二見文庫

# 楽園に響くソプラノ

ジェイン・アン・クレンツ／中西和美＝訳

**Running Hot**
**by**
**Jayne Ann Krentz**

スティーブ・キャッスルに愛をこめて
あなたを兄弟に持ててとても幸せです

# 楽園に響くソプラノ

## 登　場　人　物　紹　介

| | |
|---|---|
| グレイス・レンクイスト | 〈アーケイン・ソサエティ〉の参考司書 |
| ルーサー・マローン | 〈ジョーンズ&ジョーンズ〉の調査員 |
| ファロン・ジョーンズ | 〈ジョーンズ&ジョーンズ〉ロサンジェルス支部長 |
| ユーバンクス | 〈アーケイン・ソサエティ〉のメンバー。殺人事件の容疑者 |
| マーティン・クロッカー | グレイスのむかしの仕事仲間 |
| ヴィヴィアン・ライアン | オペラ歌手 |
| ニューリン・ガスリー | ヴィヴィアンの愛人。億万長者 |
| ダマリス・ケンプル | ヴィヴィアンの異母妹。水晶を繰る能力を持つ |
| ウィリアム・クレイグモア | ヴィヴィアンとダマリスの父親。〈アーケイン・ソサエティ〉の理事 |
| ウェイン・グローブズ | 〈ダーク・レインボー〉の共同経営者 |
| ペトラ・グローブズ | 〈ダーク・レインボー〉の共同経営者兼シェフ。ウェインの妻 |
| アリゾナ・スノー | グレイスの大家 |
| ハリー・スイートウォータ | ハンター能力者 |

# プロローグ

マーティンはわたしを殺すつもりだ。

どうしてわたしは寒々とした絶望感にここまで打ちのめされているのだろう。舷門《げんもん》を渡ってエンジンを二機搭載した流線型のクルーザーに乗りこみながら、彼女はぼんやりと考えた。

国の援助で育った人間は、最終的に頼れるのは自分だけだとすぐに悟るものだ。里親制度と路上生活は究極の学び場で、起業家精神の基本中の基本を手厳しいかたちで習得させられる。この世で頼るものが自分しかいない場合、生き残るためのルールは単純だ。彼女はそのルールをしっかり身につけていた。

過去の経験から、不測の事態への備えはできていると思っていた。はじめて信じた唯一の男にいつか裏切られる可能性があることも覚悟しているつもりだった。でも間違いだった。何をもってしても、この裏切りの辛さがやわらぐことはないだろう。

キャビンからマーティンが姿を見せた。まぶしいカリブ海の日差しを浴びて、ミラーグラスがきらりと光る。彼女を見たマーティンが、いつもの人を惹きつけずにはおかない笑顔を浮かべた。

「来たか」マーティンが彼女に歩み寄ってパソコンケースを受け取った。「遅かったな」そう声をかけ、彼女のスーツケースを持って舷門を渡ってくる白いシャツとダークブルーのズボン姿の男に目をやる。「空模様に問題でもあったのか？」

「いいえ」エリック・シェイファーが小型のスーツケースをおろした。「定刻どおりに到着しました。しかし、何やら地元の祭りがあるようで。道が混んでいたんです。空港からは一本しか道がなく、その通りは街の中心を抜けています。混雑を避けようがありませんでした」

エリックが体を起こし、手の甲で額《ひたい》の汗をぬぐった。〈クロッカー・ワールド〉のロゴが控えめに刺繍《ししゅう》されたシャツは、今朝マイアミで小型のビジネスジェットのコックピットに乗りこんだときは軍服のようにぱりっとしていた。いまはこの島の暑さですっかり張りを失っている。

「〝ナイト・アンド・デイ・フェスティバル〟だな」とマーティン。「うっかりしていた。ここではビッグイベントだ。謝肉祭《マルディグラ》の最終日とハロウィーンが一緒にきたようになる」

嘘だ、と彼女は思った。マーティンのオーラで奇妙な黒ずんだエネルギーがちらついている。何もかもわたしを殺す計画の一部なのだ。祭りは殺人の申し分ない煙幕になるだろう。島は大勢のよそ者であふれ、たとえミスター・クロッカーが自分の島から一人で戻ったところで、忙しい地元警察は気づきもしないだろう。

「ほかに何かありますか？」エリックが尋ねた。

「バナーはどこだ？」

「空港に残してきました。ジェットに目を配っています」

「おまえたちはマイアミへ戻れ。二人そろって一週間ここでじっと待機していてもしょうがない。おまえたちはマイアミへ戻れ。おまえたちに会えれば女房や子どもたちも喜ぶだろう。この数カ月、忙しい思いをさせたからな」

「はい、ありがとうございます」

エリックの感謝の言葉はほんものだ。マーティンは気前のいい給料や施しや持って生まれたカリスマ性で部下を手なずけるすべを心得ている。マーティンなら優秀なカルトのリーダーになれただろうと、これまでしばしば思わされた。だが彼は別の職業を選んだ。

マーティンが短いチークの階段をのぼって舵《かじ》を取った。

「係留ロープをはずしてくれ」下にいるエリックに声をかける。

「はい、ミスター・クロッカー」エリックがしゃがんで馬力のある船を岸壁につないでいるロープをほどいた。

彼女は自分が消息を絶ったらエリックやほかのスタッフはどう思うのだろうとぼんやり考えた。きっとマーティンはすでにそれらしい理由を用意しているのだろう。おそらく船から海に落ちたというような話を。島の周囲は潮の流れが複雑なことで知られている。

クルーザーのエンジンがかかり、足の下から振動が伝わってきた。エリックが彼女に親しげに手を振り、ふたたび額の汗をぬぐった。

エリックの顔には男の勘ぐりを押し隠した表情はなく、意味ありげなウィンクをすることも、薄笑いを浮かべることもなかった。空港へ戻ったとき、彼と副操縦士のジョン・バナーはボスが愛人の一人と出かけた話などいっさいしないのだろう。これまでマーティンのスタッフが、彼女のことをマーティンの数多い愛人の一人だと勘違いしたことは一度もない。マーティンの相手はおしなべてすらりとしたブロンドだ。彼女はそういうタイプではない。あくまで従業員にすぎない。

表向き彼女はマーティンの補佐役《バトラー》で、どこへでも同行する唯一の存在だった。マーティンの生活を取り仕切ると同時に、いくつもの住居の管理を監督している。何より重要なのは彼の友人や取引先、折に触れて訪ねてくる政治家やロビイストや州知事たちの接待を切り盛りすることだ。

彼女は片手をあげてエリックに別れの挨拶をしながら、こみあげる涙をこらえた。これから何があろうと、二度と彼に会えないのはわかっていた。

クルーザーがなめらかに栈橋を離れ、小さな港の入口へ向かった。

大富豪のみで占められた超上流階級にくわわった多くの人間の例に漏れず、マーティンは世界各地に複数の家やアパートを所有している。主な住まいはマイアミの邸宅だが、本人がわが家と捉えているのは数年前に購入した小さな島だ。そこへは船でしか行けない。滑走路はなく、栈橋が一つあるきりだ。

つねに準備万端整っているほかの住まいと違い、マーティンは島にはスタッフを常駐させていない。建物はほかの家よりはるかに小さくて質素だ。彼はそこを自分だけの隠れ家だと考えている。

港の入口を示す石の柱を通り過ぎると、マーティンがエンジンの回転をあげた。船はスピードを増し、ターコイズブルーの海を勢いよく切り裂いていく。舵を取るマーティンは操舵《そうだ》に夢中で、彼女から注意がそれていた。彼女は普通とは異なる感覚を高め、あらためて彼のオーラを観察した。黒ずんだオーラが強くなっている。奮い立っているのだ。

彼女には、自分が乗っている船がやけに小さく感じられた。隠れる場所はない。逃げる場所はない。

冷徹なまでに自分に正直になれば、何日も前から、何週間も前からわかっていた――マーティンが彼女を始末するつもりでいると。それでも心の片隅で、それを打ち消すごくわずかな可能性にすがりついていた。その可能性が消えたあとでさえ。彼のオーラの不穏な変化には筋のとおる理由があるのだろう。新たに現われた黒ずみは、精神疾患の結果なのだろう。その可能性もぞっとすることに変わりはないものの、少なくともいまのマーティンは正気ではないのだと、本当のマーティンなら彼女の殺害をくわだてたりするはずがないとわかれば気が楽になる。

けれど彼女のきわめて研ぎ澄まされた生存本能が、これ以上自分をだましつづけることを許さなかった。マーティンが彼女に好意を持ったこともあるかもしれないが、彼女は心の底ではわかっていた――二人の関係は、彼にとっての彼女の利用価値に根ざしていると。いまのマーティンは彼女がお荷物になったと判断し、それゆえに彼女を始末しようとしている。彼の頭のなかでは単純な話なのだ。

彼女は船尾に立ち、どんどん小さくなる港と小さな町を見つめていた。それがぼんやりとしたちっぽけな点になると、うしろを振り向いた。マーティンが所有する島がすぐそこにせまっている。丘の中腹に建つ家が見えている。

マーティンが船のスピードを落とし、手際よく木の桟橋に船を寄せた。

「ロープをつないでくれ」マーティンが鋭く告げた。船の操舵に意識を集中している。

それが決め手だった。なんの変哲もないいつもの指示で、どういうわけか彼女の頭のなかで最後のスイッチが入った。何日も心のなかで激しく交錯していた苦悩と悲しみと不信と心を麻痺《まひ》させるほどの恐怖が、瞬時に氷のように冷たい憤怒に取ってかわった。アドレナリンの噴出に反応し、異能の感覚がいっきに研ぎ澄まされる。

この悪党はわたしを殺そうとしている。いま。今日。

「いいわ、マーティン」自分でも意外なほど冷静で落ち着いた受け答えができた。けれど、慇懃《いんぎん》で見事なまでに礼儀正しい態度の陰に感情と反応を隠す訓練はさんざん積んできた。ゲイシャの見本にもなれるだろう。でもわたしはゲイシャじゃない。

彼女は舫《もや》い綱をつかみ、軽々と船から狭い桟橋へ飛び移った。舫い綱を結ぶのにさして時間はかからなかった。これまで数えきれないほどやってきたことだ。

マーティンが操舵室を出て階段をおりてきた。

「これを持ってくれ」コンピュータを差しだす。「ぼくはきみのスーツケースと食料品を取ってくる」

彼女はコンピュータを受け取り、マーティンがスーツケースと食料品が入った二つの袋を桟橋におろすのを待っていた。マーティンがすばやく周囲を見わたし、必要なものをすべて船からおろしたことを確認すると、桟橋におりてきた。

「用意はいいか?」

返事も待たずにマーティンは苦もなく食料品が入った袋を二つ持ちあげて、両脇に抱えこんだ。はやる気持ちと空恐ろしいほどの興奮で、オーラがきらめいている。どす黒いエネルギーの脈動がいちだんと速まっている。これは単なる務めではないのだ。彼はわたしを殺すことを心から楽しみにしている。彼女の憤怒がいっそう激しく燃えあがった。

「いいわ」彼女はマーティンの客や取引先に挨拶するときに用いる一世一代のプロらしい笑みを返した。見せかけの笑みと考えているものを。「でも、あくまで好奇心から知りたいんだけれど、いつこれを思いついたの?」

「これって?」マーティンはすでに彼女に背を向け、桟橋の端にとめてある小型のSUVに歩きだしていた。

「わたしを殺すことよ」

踏みだしたマーティンの足が宙でとまった。衝撃の奔流がオーラをつんざいている。言葉では言い表わせない色彩が、いくつも閃光《せんこう》となってあたりできらめいた。わたしは完璧に相手の虚を突いたのだ——彼女は悟った。気づかれずにわたしを殺せると本気で思っていたのだろうか？　答えはどう見てもイエスだ。とはいえ、わたしはとうとう自分の秘密をすべてマーティンに打ち明けることはなかった。

振り向いた彼の顔には、怒りとあせりが浮かんでいた。

「何を言ってるんだ？」マーティンが訊いた。「悪い冗談のつもりか？」

彼女は胸の前で腕を組み、軽く自分を抱きしめた。

「冗談じゃないのはおたがいわかっているはずよ」静かに言う。「あなたはわたしを殺すためにここへ連れてきた」

「こんな話につき合っているひまはない。ぼくは忙しいんだ」

「わたしは不幸な溺死《できし》事故の被害者になるんでしょう？」悲しげに微笑む。「痛ましい話ね。バトラーが水泳中に溺死。よくあることだわ」

マーティンが高熱がある人間を見るような表情で彼女をうかがい、首を振った。「信じられない」

「わたしもよ。でもいま思えば、何週間も前からこうなるのはわかっていた」

「いいだろう、はっきりさせよう」相手の正気を疑いはじめたような口ぶりだ。「きみとは長年にわたって手を組んできた。十二年。なぜいまになってきみを殺そうとするんだ？」

「理由は二つあると思うわ。一つめは、言うまでもないけれど、わたしが最近気づいたことね。数カ月前からあなたがひどく悪質な人間数人にクロッカー・ワールドを違法な武器密売の隠れ蓑《みの》として利用させていることに。方々の新興国にあなたが気前よく寄付した、もろもろの農業機器。あのトラクターや鋤《すき》は実弾を発射できるものだった。わたしがどんなに驚いたかわかる？」

つかのま彼女は、マーティンが見え透いた嘘を貫きつづけるつもりでいるのだと思った。だが相手はマーティンだ。これまで彼女が出逢った誰よりも核心をつかむのが速い男。それは彼の才能の一つだ。

マーティンが正真正銘の心苦しさがわずかにうかがえる笑みを浮かべ、買い物袋をおろした。「ぼくのちょっとした副業をきみがよく思わないのはわかっていた。だからこの仕事を始めるとき、きみをメンバーにくわえなかったんだ」

「あなたが取引している商品だけが問題なんじゃないわ。もっとも、それもろくでもないことに変わりはないけれど。問題はあなたを利用している人間よ」

マーティンのオーラが怒りできらりと光った。

「ぼくは誰にも利用されていない」歯噛《はが》みしながら言う。「クロッカー・ワールドはぼくのものだ。ぼくがつくった会社だぞ。ぼくがクロッカー・ワールドだ」

「以前はね。でも、あなたは自分がつくった会社を、わたしが協力して築きあげた会社を、どこかの犯罪組織に差しだした」

「ぼくの成功はきみとはなんの関係もない。きみはぼくにしてもらったことにひれ伏して感謝するべきなんだ。ぼくがいなければ、いまだにしょぼくれた花屋で働きながら二匹の猫と暮らしていたはずだ。きみと出逢う男は一人残らずびびって寄りつこうとしないからな。ぼくでさえたまに不安になる」

その言葉に彼女はショックを受けた。「なんですって？」

「ひとめ見ただけで、何が相手を動かすか見抜くところさ。なんのためなら人を殺すか。何に震えあがるか。強みと弱み。薄気味悪いことこのうえない。どうしてぼくがきみを始末しようとしていると思ってるんだ？」

「忘れていることがあるようね、マーティン。もし十二年前にわたしに仕事の話を持ちかけていなかったら、あなたはいまでもネバダ州ビンジで場末のしけたカジノの経営者をしていたわ。あなたから有り金を巻きあげていたいかさま師を特定したのはわたしよ。例のギャングのボスに借金を返す手助けをしたのはわたし。わたしがいなかったら、あなたはいまごろ砂漠につくった貧弱な墓に埋められていたわ」

「嘘だ」

「それに、最初の投資家を見つけてあげたのもわたしだった。カジノを売ってコンドミニアム建設を始める決心をしたあなたの後ろ盾になってくれたベンチャー・キャピタリストたちを」

マーティンのオーラはいまやめらめらと燃えあがっている。

「投資家ぐらい自分でも見つけられた」彼が怒鳴った。

「それは違うわ。あなたの能力は中程度の戦略能力よ。その超能力があるからこそ、チャンスを捉えて計画をまとめられる数少ない人間でいられるの。でも人を見抜くのは得意じゃない」

「減らず口をたたくな」

「人を見抜く能力がなければ、どんなビジネス上の洞察力も役に立たない。金融帝国を築くのは、数字や純損益だけじゃないのよ。競争相手の強みと弱みを見きわめて利用することなの」

マーティンがサメのようににやりとして見せた。「仕事のこつをきみに教えてもらう必要があると思ってるのか?」

「十二年間、わたしはあなた専属のプロファイラーだった。財政面にせよプライベートにせよ、取引先がまずいことになっているときに教えたのはわたしだった。あなたがだまされそうになっているときに警告した。競争相手や後援者の強みと弱みを特定した。商談をまとめるにはどんな話を持ちかければいいか具体的に教え、取引から手を引くベストのタイミングを教えた」

「きみは役に立ってくれたよ、それは認めよう。でも、もう用済みだ。とはいえ、この話を終わらせる前に、どうしてぼくの武器売買の副業に気づいたかぜひ知りたい」

「あなたの顧客や取引先にとって、わたしはあくまで信頼されたスタッフの一人にすぎない。誰もわたしになど目もくれない。でもわたしは彼らをしっかり観察しているわ。なにしろ、わたしはそのためにお給料をもらっているんだものね。あれこれ見聞きすることもある。そして、調査となるとわたしはとっても優秀なの、忘れたの？」

「どこまで知ってるんだ？」

「あなたが関わっている相手について？」一方の肩を軽くすくめる。「それほど多くないわ。能力の高い超能力者たちが運営している一種のカルテルで、あくどい仕事をするようにあなたを丸めこんでいることだけよ」

マーティンのオーラがいっそう激しく燃えあがった。「ぼくは誰にも丸めこまれたりしない」

「最近まで、あなたが誰かに買収されるなんて思ってもみなかった」彼女は言った。「世界でもっとも成功している男に対して、自由と名声と命を危険にさらす価値のあるどんなものを悪党集団が差しだせるって言うの？」

もはや全身から激しい怒りがほとばしっている。「きみは自分が何を話しているかわかってない。あの組織はそのへんのギャングとは違う」

「いいえ、違わないわ、マーティン。あなたがはじめて例の二人をマイアミの家に連れてきたとき、言ったはずよ。彼らはとんでもなく危険な人間だって」

「ぼくもそうだ」マーティンが嚙みついた。手をあげてゆっくりミラーグラスをはずす。「きみが想像もつかないほど危険なのさ。新しい取引先のおかげでね。そして彼らのおかげで、きみはもう必要なくなった」

「どういう意味？」

「あの二人が代表を務める組織が提供してくれるのは、金よりはるかに大きなものだ。力、本物の力。世界じゅうの指導者や軍司令官や億万長者にとって夢でしかないもの」

その瞬間、彼女は得心した。これ以上愕然《がくぜん》とすることはないと思っていたが、間違いだった。

「それでこの二カ月あなたのオーラが変化したわけがわかったわ」

マーティンが驚いた顔をした。

「変化？」

「超感覚に影響が出る精神疾患にかかっているんじゃないかと思っていたの」

「ぼくは病人じゃない」

「いいえ、病気よ。でもあたりまえの過程をたどった病気じゃない。あなたは自分で病気になったの。言うまでもないけれど、新しいお友だちに手を貸してもらってね」

マーティンが彼女に一歩近づいた。怯《おび》えているようには見えない。夢中になっているように見える。胸をはずませているように。「ぼくのオーラに薬の影響が出ているのか？」

「薬」おうむ返しにつぶやく。「そういうこと、それで納得がいったわ。あの二人から、超感覚に影響を及ぼす薬をもらったのね」

「生まれ持った寿命を延ばすというすばらしい可能性もあるんだ。二十年ぐらい。しかもその二十年は輝かしい二十年になる。体が弱ることも病気になることもない。力を維持できる」

「そんなの信じられないわ、マーティン、あなたは優秀なビジネスマンでしょう。いんちき商品を売りつけられたことがわからないの？　長寿の保証なんてこの世で最古の詐欺なのよ」

「研究者たちが寿命延長効果に確信を持っていないのは、この新薬ができてから理論の真偽を判断できるほど時間がたっていないからだ。上層部の人間が使用するようになってからも、まだ数年しかたっていない。だが研究室ではきわめて有望とのデータが出ている」

「あなたはばかよ、マーティン」

「嘘じゃない」マーティンが食いさがった。「たとえ寿命延長効果に関する判断が間違っていたとしても、この薬が効くという事実に変わりはない。ぼくのようなレベル7の戦略能力を、レベル9か10に跳ねあげることができるんだ」

「あなたはレベル9でも10でもないわ。もしそうならわたしにはわかる。でもあなたのオーラはどこか以前と違う。その変化が何にせよ……」そこで口をつぐんでふさわしい言葉を探す。「健全なものじゃないわ」

「健全？」マーティンが笑い飛ばした。「時代遅れのばかげたせりふだな。自分が健全かどうか、ぼくが気にするとでも思ってるのか？　ただしきみが言ったことは間違っていない。ぼくがもらった薬は能力のレベルを高めはしなかった。そういう効果をねらったものじゃない」

「どういうこと？」

「薬は個々の超能力の特性に合わせてさまざまなかたちで遺伝子操作されている。ぼくが摂取している薬は、まったく新しい能力をもたらしたんだ」

「本気でそう思っているなら、完全に頭がどうかしてるんだわ」

「ぼくは正気だ」マーティンが怒鳴る。

その声は、二人の周囲に響き渡ったように聞こえた。ぞっとするようなつかのまの静寂がそれに続く。やがてマーティンのオーラがおぞましい光を放った。

そして、彼女はついにその時がきたことを悟った。マーティンはいまからわたしを殺すつもりなのだ。唯一の問題は、銃を使うつもりなのか、素手でやるつもりなのかだけ。一ったしかなことがある――桟橋の端に立っていては逃げる場所がない。

どこからともなく脳を焼き焦がすようなすさまじいエネルギーが生まれた。そのエネルギーが頭上でうなりをあげ、彼女は認識能力を失いそうな痛みと、底知れぬ奈落へまっさかさまに落ちていきそうな予感に襲われた。

銃じゃない。感覚を切り裂く稲妻の激しさで、彼女は膝《ひざ》をついた。素手でもない。ちょっとした見込み違い。

マーティンがみずからのパワーに酔いしれながら彼女を見おろした。

「あの話は本当だった」とつぶやく。「薬に関する話は本当だったんだ。おめでとう。きみはぼくの新しい能力が可能にしたものを目の当たりにする最初の目撃者になる」

「さわらないで」

「さわるつもりはない。その必要はない。これからきみの超感覚を焼きつくす。きみは昏睡状態になり、やがて死ぬんだ」

「マーティン、やめて」さっきより声がしっかりしている。感覚も。最初のすさまじい衝撃からいくぶん回復している。痛みを抑えられるようになっているということは、襲いかかるエネルギー波を押し戻せるということだ。「まだ間に合うわ。ソサエティの専門家なら、きっと助けてくれる」

「ぼくに泣きついているのか。いい気分だ」

「命乞いをするつもりはないわ。でも、こんなことをする前に、これだけは言わせて」

「なんだ」

「あなたが現われなかったら、わたしはいまごろあの花屋のオーナーになっていたわ。チェーン店すべてのね」

「それがきみの最大の欠点だ」とマーティン。「きみの夢と野心は、ぼくのそれよりはるかにちっぽけなのさ」

マーティンが、放出しているおぞましい精神エネルギーの威力を高めた。顔をこわばらせて力をこめている。彼女はみずからのオーラからパワーを引きだし、いっそう強く押し戻した。痛みがいくらか弱まった。

「死ね」マーティンが噛みしめた歯のあいだからつぶやく。「なぜ死なない?」

彼女の活力が戻りつつあった。オーラでつくったエネルギーのバリアを保つことにしっかりと集中できる。

マーティンがよろめいたが、彼女が対抗していることには気づいていないようだった。むしろ戸惑っている。

彼が怒りもあらわに自制心を取り戻し、ふたたび一歩前に出て触れそうな距離まで彼女に近づいた。放出しているおぞましい稲妻のどす黒いエネルギー帯に、さらにパワーを送りこんでいる。

「なぜ死なない？」彼が怒鳴った。

彼女の喉《のど》をつかもうと手を伸ばす。彼女はとっさに両腕をあげて防御姿勢を取った。マーティンに手をつかまれ、相手の手首をつかみかえす。

手のひらに焼けつくような痛みが走った。世界が炸裂《さくれつ》し、衝撃波が次つぎと感覚を貫く。マーティン・クロッカーがびくりと痙攣《けいれん》した。そして地獄をのぞいているような目で彼女を見つめ、絶叫した。

「やめろ」

そしてよろめいてバランスを崩し、桟橋の端から水中へ落ちた。ぞっとするほど唐突に、マーティンのオーラが消えた。

彼女は心臓をどきどき高鳴らせながら立ちあがった。男を殺したのは、人生で二度めだった。今回はどこにでもいるような男ではない——危険な犯罪集団に図らずも関わった、きわめて影響力を持つ大金持ちの男。

そして彼女の両手は依然として焼けつくように痛んでいた。

ワイキキ

# 1

紫とオレンジ色の半袖《そで》花柄シャツを着た大柄な男が、いまから五分後にトラブルを起こす。超能力がなくても、怒りと爆発寸前のエネルギーが五番テーブルの周囲の空気をかき乱しているのがわかる。経験豊かなバーテンダーなら誰でも気づくはずだ。たまたま超能力を備え、元警官でもあるバーテンダーともなれば、三十分前に紫とオレンジの花柄男が〈ダーク・レインボー〉に入ってきたときから見えない警告サインがネオンのようにまばゆく光っているのがわかっていた。

ルーサー・マローンはマドラーですばやくマイタイをかきまぜ、ジュリーのトレイに載ったビールとブルーハワイの横に置いた。ジュリーがカウンターに乗りだし、冷蔵ケースからチェリーとパイナップルのスライスを取る。

「五番でトラブル」声を落としてジュリーが言った。「あいつ、クレイジー・レイにちょっかいを出してるの。あのうどの大木にとっては幸いなことに、レイはまだ気づいてないわ」

「ぼくにまかせろ」ルーサーは言った。

こぢんまりした店はワイキキにあるとはいえ、観光客はそれほど多くない。にぎわうクヒオ通りから半ブロック離れた狭い中庭にひっそりと建つダーク・レインボーは、一風変わった常連客を相手にしている。なかにはクレイジー・レイのように奇矯ぶりが際立つ者もいる。はるかむかし、レイはサーフィンの神にわが身を捧げていた。サーフィンをしていないときは禅めいた状態になる。彼を知る者は、別世界にそっとしておくのがいちばんだと承知している。

「気をつけてね」ジュリーがマイタイにパイナップルとチェリーを添えた。「あの巨体をつくってるのは筋肉よ、贅肉《ぜいにく》ではなく」

「ああ、見ればわかるよ。ご忠告ありがとう」

ジュリーが顔をほころばせた。「あなたに何かあったら困るわ、ボス。ここの勤務時間はホテルでの仕事とかけもちするのにちょうどいいんだもの」

ハワイ全土の観光産業で働く多くの人間と同じように、ジュリーも二つの仕事をかけもちしている。ハワイでの暮らしには恩恵もあるが、生活費がかさむ。ジュリーは金曜日と土曜日の晩にダーク・レインボーに出勤し、混雑する夕食の時間帯を手伝っている。日中の定職は、海岸沿いの大型リゾートホテルや高層マンションの陰でどうにか生き延びている、無数のうらぶれたちっぽけな安ホテルのフロント係だ。

ジュリーのほかに、通常ダーク・レインボーは週にふた晩洗い物を担当する人間を雇っている。だがそのポストは現在空いている。皿洗い係は入れ替わりが激しいので、オーナーのペトラとウェイン・グローブズはもはやあえて名前を覚えようともしなくなっていた。二人は皿洗い係すべてをバドと呼び、それ以上はこだわらないことにしている。最新のバドは昨夜辞めた。どうやら皿洗いの仕事は、覚せい剤の売人との定期的な逢瀬《おうせ》の邪魔になっていたらしい。

厨房《ちゅうぼう》に続くドアが勢いよく開いた。共同経営者のウェイン・グローブズが大皿がいくつも載ったトレイを持って現われた。どの皿にも揚げ物が山盛りになっている。ダーク・レインボーの厨房から出てくるものは、あらかた揚げてあるのだ。

ウェインの足がぴたりととまった。視線がオレンジと紫のシャツの男に釘づけになっている。

ウェインは手足がひょろ長いほっそりした体型で、往年のガンマンを思わせる鋭い顔つきをしている。目もそのイメージにぴったりで、氷のように冷たい。年齢は六十五歳かそこらだが、いまだに視力検査表のいちばん下が見える。実際にはさらに数段下まで見えるが、視力検査は超常的視力を持つ人間を対象にはつくられていない。

ウェインの全身はタトゥでおおわれ、なかでも目を引くのはてらてら光る禿頭《はげあたま》でとぐろを巻く赤い目をした蛇だ。蛇の頭は額の高いところにあり、禍々《まがまが》しい王冠の浅黒い宝石のように見える。

彼はきわめて集中力が高い。たいていはフィッシュ・アンド・チップスやハンバーガーの注文を取ることやグラスを磨くことに一心に集中している。しかしいまの彼の注意は別の標的に釘づけになっていた。本人は知るよしもないが、花柄シャツはいま、かつて極秘政府機関でスナイパーとして生計を立てていた男の照準のど真ん中に収まっているのだ。

ルーサーはカウンターに立てかけてある杖をつかんだ。行動に出るころあいだ。ダーク・レインボーにホノルル警察がやってくるはめになるのだけは避けたい。近所の店舗も歓迎しないだろう。このあたりの人間はみなめだたずにいることを好む。その傾向は、ここの常連たちでは二倍になる。多くはレイのようにぼろぼろに傷ついた超能力者なのだ。

ルーサーは巧みに杖をあやつってカウンターのうしろから出た。蒸留器のそばでつかのま足をとめてウェインを制す。

「だいじょうぶだ」彼は言った。「ぼくにまかせてくれ」

ウェインが目をしばたたかせ、必殺の不動の姿勢から覚めた。

「好きにしろ」むっつり答えて背中を向け、近くのテーブルへ向かう。

ふたたび厨房のドアが開き、油の匂いがする熱気とともにこの店の共同経営者兼シェフのペトラ・グローブズが現われた。染みだらけのエプロンで両手をふきながら、値踏みするように店内を見わたしている。

「予感がしたの」ペトラがテキサスに住んでいたのは子どものころだけだが、いまでも口から出る言葉すべてからのんびりしたアクセントが抜けない。

ペトラの勘は、信じられないほど射程距離が長いライフル射撃で標的を倒すウェインの能力のように、一般的なレベルをうわまわっている。それどころか、超常レベルとしか言いようがない。

ウェインとペトラはどちらも中レベルの超能力者で、いずれも共通の無名の機関を引退した身だ。ウェインがスナイパーとして働いていたとき、ペトラは彼のスポッターをしていた。二人は必殺のチームだった。そして別のチーム――人生のパートナー――にもなった。

六十代前半のペトラはがっしりした体型で、白髪まじりの長い髪を編んで背中にたらしている。頭のてっぺんに黄ばみきったシェフ帽が載り、片方の耳で金のリングがきらめいている。ウェインがアンクルホルスターに銃をしのばせている一方で、ペトラはナイフを好む――大型のナイフを。それをつねに長いエプロンの下につけた鞘《さや》に収めている。

「ぼくにまかせてくれ」ルーサーは言った。

「いいわ」ペトラがこくりとうなずき、すたすたと蒸し暑い厨房へ戻っていった。

ルーサーはコツコツと杖の音をたてながらタイル張りの床を横切った。店全体の緊張がどんどん高まっていて、客たちが落ち着きを失いはじめていた。現代の科学界では、超心理学の研究はまったく信頼できないものとされている。それゆえに大勢の人間が、持って生まれた超感覚から生涯を通じて目をそむけたり、それを抑えこんだり故意に無視したりする。だがいまのような状況だと、普通の感受性を持っている人間でさえ、何がおかしいのか具体的に把握しもしないうちからいちばん近い出口を探してあたりを見まわすものだ。ダーク・レインボーの客は〝普通〟とはかけ離れている。

花柄シャツはルーサーにも常連たちのそわそわしたエネルギーにも気づいていないらしい。クレイジー・レイを鋭い言葉のとげでつつくことに夢中になっている。

「おい、サーフィン野郎」花柄シャツが大声で言った。「観光客の女とやりまくってるんだろ？　おまえの貧弱なサーフボードを一回ちらつかせるたびに、いくらもらってるんだ？」

レイは取り合わず、ビール片手に背中を丸めて座り、フィッシュ・アンド・チップスをもぐもぐ食べつづけていた。レイは肩幅が広く、来る日も来る日も波乗りをしている男にふさわしくよく日に焼けている。茶色の長い髪は日差しで色あせている。花柄シャツがまずい相手を選んだのも無理はない、とルーサーは思った。レイは頭がおかしいようには見えない――彼のオーラが見えないかぎり。

「なんだ？」花柄シャツが言った。「簡単な質問にも答えられないのか？　噂《うわさ》のアロハ魂とやらはどうしたんだ？」

レイがビールを置いて振り向きかけた。ルーサーは周囲のオーラが見えるまで感覚を高めた。明暗が逆になったが、写真のネガのそれとは違う。いまのように感覚を高めているとき、見えている色は白黒とは似ても似つかない。色彩は超自然的スペクトルのさまざまな領域から発生している。言葉では言い表わせない。周囲にいる人間すべてのまわりでエネルギーが脈動し、燃えあがり、波打っていた。

緊張の高まりは普通の感覚でも感知できるほどになっていたが、超感覚で感知するそれは不気味な渦巻く奔流にまでエスカレートしていた。

知覚を切り替えるたびに起きるつかのまのめまいは、一歩進むあいだに消えていた。一瞬の強烈な失見当識には慣れている。十代初めに能力が発現したときから、それを受け入れて生きてきた。

ルーサーはまずレイに意識を集中した。花柄シャツはこの場でいちばん鼻持ちならない相手だが、予測がつかないことにかけてはレイの右に出る者はいない。レイの不規則に脈動するどんよりした色彩のオーラのなかで、かろうじて封じこめている狂気が逆巻いていた。もっとも警戒を要するのは、不規則に現われたり消えたりをくり返している緑がかった黄色の薄気味悪いフィラメントだ。レイのもろい現実認識が弱まりはじめるにつれて、細い巻きひげのような光が急激に強くなっている。特異な妄想世界へ急速にすべりこんでいるのだ。

「おれに近づくな」レイがつぶやいた。

賢明な人間なら、その声を聞くなりすぐさま退散しただろうが、花柄シャツは並外れて不安定で予測のつかない魔物を瓶から出そうとしていることに気づかずに、薄笑いを浮かべた。

「心配するな、サーフィン野郎」花柄シャツが言った。「おまえに近づく気はさらさらないよ。サービスした観光客にもらった病気をうつされるかもしれないからな」

レイが椅子から立とうとし、裂け目のあるTシャツの下でたくましい肩が盛りあがった。五〇センチほどの距離まで近づいていたルーサーは、レイのオーラでパチパチと光っている気味の悪い緑がかった黄色のエネルギーに意識を集中した。絶妙な正確さで――ミスはしばしばきわめて不愉快な結果を招く――、ルーサーはみずからのオーラから抑制エネルギー波を放った。その波動がレイの波動と対位しながら共鳴する。緑がかった黄色のエネルギー波がみるみる弱まった。

レイが二、三度まばたきし、戸惑ったように眉をひそめた。ルーサーは彼のオーラをさらに少し調整した。レイがため息を漏らして花柄シャツへの関心を失い、ふいにぐったり疲れたように椅子に腰をおろした。

「ビールを飲んじまえよ」ルーサーはレイに話しかけた。「こっちはぼくにまかせておけ」

「ああ、そうだな」レイがテーブルに載ったビールに目を向ける。「おれのビール」

桁外《けた》れの倦怠《けんたい》感のさなかにどうすればいいかアドバイスされてほっとしたように、レイがボトルをつかんで長々とビールをあおった。

獲物を横取りされ、花柄シャツが逆上した。怒りで顔をゆがめ、体をひねってルーサーをにらむ。

「おい、おれはおまえに話してるんだぞ」花柄シャツがレイに怒鳴った。

「いいや」ルーサーはレイに話しかけたときと同じ低い声で言った。「おまえの相手はぼくだ。いますぐお引取りいただくことについて話そうじゃないか」

花柄シャツのオーラはレイのオーラよりはるかに安定していた。いい兆候だ。まずい兆候は、それが苛立ちと怒りの色をしていることだった。

弱い者いじめをする人間を偏見抜きで語れば、彼らは自尊心の低さに苦しんでいて、他人を犠牲にすることでその気持ちを埋め合わせようとしていると言えるだろう。ルーサーに言わせれば、ばかばかしいにもほどがある。花柄シャツのような男は他人に対して優越感を抱き、同情など微塵《みじん》も持ち合わせていない。弱い者いじめをする人間が弱い者をいじめるのは、低い自尊心を埋め合わせたいからじゃない。いじめ方を知っていて、いじめるのが大好きだから、いじめるのだ。

やめさせるには、怖がらせるしかない。連中は自己防衛本能が強い。

花柄シャツのエネルギーの波長には、慎重を要するものも不可解なものもなかった。悪口《あっこう》雑言《ぞうごん》に対する歯止めのない欲望を示す強烈なほとばしりが、脈打ったりうねったりしている。ルーサーは抑制エネルギー波を放った。レイに難癖をつけてばかにしてやりたいという強烈な欲求は、瞬時にずっしり重たい疲労感に押しつぶされたが、すでに立ちあがっていた花柄シャツはルーサーに目を向けた。

「邪魔すんな、バーテンダー。顔に一発食らわせるぞ」

ルーサーの腕をつかんで押しのけようとする。それは間違いだった。体が接触すると、ルーサーが使っているエネルギーのパワーが高まるのだ。

花柄シャツがかすかによろめき、バランスを崩しかけた。テーブルの縁をつかんで体を支える。

「なんだ?」花柄シャツが言った。「おれは病気なのか?」

「代金は気にしなくていい」ルーサーは相手の腕をつかんで出口へ向かった。「店のおごりだ」

「え?」頭を整理できずに首を振っている。「どうなってるんだ?」

「帰るんだよ」

「ああ」眉間《みけん》に皺《しわ》が寄る。「そうか。そうだな。急に疲れたみたいだ」

抵抗する素振りはない。店内は静まり返っていた。ほかの客はみな押し黙ってルーサーが花柄シャツを店の外へ連れだすのを見つめている。

二人の背後でドアが閉まると、ダーク・レインボーの店内にふたたびふだんのざわめきが戻った。

「どうなってるんだ?」花柄シャツが目をこすった。「どこへ行くんだ?」

「あんたはホテルに帰るんだ」

「はあ?」声に反抗の色はなく、ひたすら面食らったように呆然《ぼうぜん》としている。

ルーサーは花柄シャツを連れて狭い中庭を抜け、ウェインが南の島らしい雰囲気を出そうと、中途半端な努力をした結果である貧弱な鉢植えの椰子《やし》の脇を通り抜けた。

もうすぐ十時になろうとしていた。二階にあるガンクラブのオーナーは、観光客に〝安全な射撃環境、本物の銃、工場出荷の正規弾、最高のサービス〟を保証する看板をすでに店内に取りこんでいる。ルーサーは、島を訪れた人間に室内射撃場で銃を撃たせる機会を与える商売がワイキキで繁盛している理由を心底理解できたためしがなかった。

〈レッド・スカル・タトゥ〉と〈ボディ・ピアス・パーラー〉と〈禅コミック〉もすでに閉店していたが、アダルトビデオ店がならぶアーケードの窓についた錆《さ》びたエアコンの室外機はあいかわらずフル稼働していた。営業中かどうかを知る唯一の証拠だ。アーケードの薄汚れた暗い窓に明かりがついていたことは一度もない。客たちは亡霊のように店を出入りし、闇にまぎれるのを好む。

ルーサーは中庭の入口の目印になっている旧式の木製サーフボードの下でゾンビのような連れをつつき、クヒオ通りへ続く細い路地へ向かった。この時間は交通量が多く、露天レストランやバーは込み合っている。

花柄シャツを一ブロック先のカラカウア通りへ連れて行っていいものか、ルーサーは思案した。あそこは高級ブランド店や高級レストランの煌々《こうこう》と明かりがともる窓が、さわやかな夜に大勢の客を引き寄せている。わざわざあそこまで行く必要はない。やるべきことは、ここでもできる。

あいにく、花柄シャツを単純に通りに放りだすわけにはいかなかった。抑制エネルギーの効果は長続きしない。強烈な脱力感から解き放たれたとたん、花柄シャツの通常の状態がどんなものであれ、あっという間にそこへ戻ってしまうだろう。

茫然《ぼうぜん》自失状態から覚めたら、レイをいたぶろうとしたことがうやむやになり、バーテンダーに邪魔されたことを思いだすはずだ。杖をついた男に屈辱的なかたちで店から連れだされたことも思いだすだろう。その記憶だけで、ダーク・レインボーへ復讐しに戻ってくる動機としては充分だ。

恐怖はもっとも原始的な感情で、核となる生存本能はその種のあらゆる本能と同じように脳にしっかり組みこまれている。つまり、恐怖は普通の感覚と超常的感覚双方の領域をまたいで感じるものなのだ。と同時に、要領をつかめばもっとも引き起こしやすい感情の一つでもある。そしてひとたび引き起こされると、しばらく続く傾向がある。

弱い者いじめをする人間はしょっちゅう他人に恐怖を植えつけているので、恐怖というものをよくわかっている。

ルーサーは息を吸いこんでゆっくり吐きだした。これからやることは気がすすまないが、バーテンダーはバーテンダーとしての務めを果たさなければならない。

彼は気合をこめて感覚を高めた。従順なゾンビのような花柄シャツを振り向かせ、ダーク・レインボーがある路地の入口のほうへ体を向ける。

「おまえは二度とあっちへ行く気にならない」ルーサーは言った。「あの店にいる人間は、みんな頭がどうかしている。何をされるかわかったものじゃない。ニトログリセリンでいっぱいの部屋に入るようなものだ。おまえはそんな場所へ行くほどばかじゃない」

花柄シャツの超常的領域に潜在する恐怖のつぼに狙いを定めて声にわずかなエネルギー波をこめ、相手が感知できるかぎり何度もそのつぼをつついて刺激する。〝パニック・ボタン〟という言葉には理由があるのだ。オーラをいじくられているうちに花柄シャツが汗を浮かべて震えだし、あたかも地獄の入口を見るように薄暗い路地に見入った。

うまくいけば、この状況から覚めたとき、あの路地とダーク・レインボーに関する記憶は潜在意識の底知れぬ不安としっかり結びついているはずだ。本人はけっして理解できないし、理解しようとも思わないだろう。だが何かのはずみでふたたびここを通りかかったとしても、本能的にあの路地を避けるはずだ。恐怖は精神レベルにそのように作用する。たいがいは。

恐怖反応を形成しようとするときの問題は、裏目に出る可能性がつきものなことだ。なかにはみずからの恐怖と真っ向から対決しなければ気がすまない者もいる。だがルーサーの経験では、それは弱い者いじめをする人間のメンタリティにはあてはまらない。

彼は抑制エネルギーを弱めた。花柄シャツが落ち着いた。

「おまえはホテルに帰りたくなってきた」ルーサーは言った。「今夜は少し飲みすぎた。寝ればすっきりする」

「ああ、たしかに」花柄シャツがつぶやく。そうしたくてたまらなそうに見える。「飲みすぎた」

花柄シャツが小走りで交差点へ向かって通りを渡った。そして角を曲がり、カラカウア通りと海沿いにならぶホテルのまばゆい明かりがつくる安全地帯へ姿を消した。

ルーサーはぐったりと杖にもたれながら、自分がした行為の陰鬱《いんうつ》な重みを意識していた。こういうことはいやでたまらない。花柄シャツのような人間に能力を使うと、決まってそのつけを払うことになる。

あのろくでなしにとっては自業自得かもしれないが、この闘いは最初からフェアではなかった。花柄シャツに勝ち目はなかった。自分に何が起きたのかさえ知りようがない。

そう、それが最悪なのだ。

## 2

閉店時間がきて店じまいをすませると、みんなはいつもの習慣どおりクヒオ通りを歩いて〈うどんパレス〉へ向かった。経営者のミリー・オカダが、香りのいいスープと太い麵《めん》が入った湯気のあがるどんぶりを運んできた。訳知り顔でルーサーの前にどんぶりを置く。

「だいじょうぶ？」ミリーが訊いた。

「だいじょうぶさ、ミリー」ルーサーは箸《はし》を手に取った。「きみのうどんを食べればね。長い夜だったんだ」

「またふさぎこんでるのね」とミリー。「脚はほとんど治ってるんだから、元気になってもよさそうなのに」

「ほんとに」ペトラが相槌《あいづち》をうつ。「それなのに元気になってない。さらに落ちこんでる」

怪我は治ったが、脚は二度と元どおりにはならない。いまいましい杖と一生つき合っていくのだ。ルーサーはその事実といまだに折り合いをつけられずにいたが、今夜気持ちがふさいでいる理由はそれではなかった。本当の理由をみんなにどう説明すればいいかわからない。

「ぼくは元気になってる」彼は言い張った。「少し疲れてるだけだ。さっきも話したように、今夜はいろいろあったから」

「ビールのお代わりをもってくるわ」

ミリーがフロアから厨房が見えないように吊るしてある紅白のひらひらした布をくぐって姿を消した。

「ミリーとペトラの言うとおりだ、おまえはまたふさぎこんでいる」ウェインが箸でうどんをつまみ、音をたててすすった。「J＆Jの仕事を受けろ。気持ちが晴れる」

「そうよ」とペトラ。「そうすれば、この二カ月取りつかれているふさぎの虫も治まるわ」

ルーサーは小さなテーブル越しに二人をにらんだ。「ファロンが依頼してきたのは、どうでもいいつまらない仕事だ。マウイでやる二日間のベビーシッター」

「だからなんだ？」ウェインがどんぶりの縁を箸でたたく。「仕事にかわりはない。現場に戻れるってことだろ」

「いいや」ルーサーは言った。「それは違う。ファロン・ジョーンズがぼくを哀れんでるってことだ。さすがのあいつも、前回の仕事であんなことになったのをいくぶん後ろめたく思ってるのかもしれない。ぼくの機嫌を取ろうと骨を投げてきたんだ」

ペトラが鼻を鳴らす。「まさか。ファロン・ジョーンズは同情なんてしないし、誰かに自分のお尻を噛まれたって罪悪感を抱くはずがないわ」

「いいだろう、ファロンが自分の気持ちを楽にしようとしてるんじゃないことは認めよう」とルーサー。「だとすると、あいつがぼくのボイスメールにメッセージを残した理由は一つしかない」

「何？」ペトラが訊いた。

「つまらない仕事だから、経費をかけてまで本土から調査員を送りこみたくないのさ」

「まあね」ペトラが肩をすくめた。「そうかもしれない。いいからその骨を受け取りなさい」

「どうして？」

「物思いにふける以外にかじりつくものが必要だからよ。もう一度J＆Jの仕事をすれば、たとえ二日間のボディガードだろうと、あなたにとってはプラスになるわ」

「そうかな」

「そうよ」とペトラ。「それに、その仕事を引き受けたほうがいい理由がもう一つある」

「なんだ？」

「予感がするの」

「前回の仕事のときも予感がしたじゃないか」ルーサーは念を押した。

全員が椅子の背に立てかけてある杖に目をやる。

「今回の予感は少し違うのよ」ペトラが言った。

# 3

ルーサーが足をひきずって古びたサンセット・サーフ・アパートメントの二階へ階段をあがるころ、時刻は午前二時を過ぎていた。オーナーの部屋の前を通り過ぎると、〝ブルーノ・ザ・ワンダードッグ〟がキャンキャン吠え立てた。ブルーノは毛がふわふわした小型犬で体重は二・五キロそこそこのくせに、ドーベルマン並みの警戒本能を備えている。何人《なんぴと》たりともブルーノに気づかれずにサンセット・サーフの敷地内に踏みこむことはできない。

2B号室に入ったルーサーが明かりのスイッチを入れると、二年前にハワイに越してきたときに不用品セールで買った家具と擦り切れたカーペット、古ぼけた塗装が照らしだされた。当時はまだ二度めの離婚の慰謝料を払っていて、経済的に余裕がなかった。余裕がないのはいまも同じだ。

貯蓄をふやすために、J&Jの仕事を役立てていた。状況が好転しはじめ、もっといいアパートに引っ越すことさえ考えていた二カ月前、ファロンが持ちかけてきた仕事を引き受けた。撃たれたことはひどい苦痛を伴っただけでなく、経済的に大きな打撃にもなっている。

ウェインとペトラの意見は正しい。自分はファロンに持ちかけられたベビーシッターの仕事を受けるべきなのだ。プライドは傷つくが、金にはなる。J&Jは報酬を惜しまない。

ルーサーは狭いキッチンへ行き、誕生日にウェインとペトラにもらった上等のウィスキーを出した。たっぷりグラスに注いでガラスの引き戸をあけ、猫の額ほどのベランダに出る。

手すりにもたれ、ウィスキーをすすった。見えない恋人のように穏やかな夜が彼を包みこみ、あらゆる感覚が静まっていく。サンセット・サーフはワイキキの入り組んだ裏通りに無数に存在する小さなアパートの一つだ。夕日も海も見えない。エアコンやプールもない。あるのは暑い夏の数カ月間日差しをさえぎってくれる、太い根がいくつも伸びる裏庭の大きなバニヤンツリーだけだ。

住人はビーという名前しか知らないオーナーの老人と、年金生活をしているアラスカ出身のカップルが一組、どうやって生活費を稼いでいるのか見当もつかない年取ったサーファーが一人、そして自称小説家の男が一人。人づき合いのいい隣人とは言えない。

ウィスキーの効果が出はじめた。気持ちがほぐれたとまではいかないが、少なくともさっきより多少は達観した気分になっている。

まるでそれが合図であるかのように、携帯電話が振動した。ルーサーはベルトから携帯をはずし、着信表示を確認しもせずに電話機をひらいた。この番号を知っている人間は三人しかいないうえ、ウェインとペトラはもう寝ているはずだ。

「いま何時だと思ってるんだ、ファロン？」

「いまの時期、ハワイはカリフォルニアより二時間早い」ファロンが苛立たしげに言った。

いつものことだ。「それがどうかしたのか?」

ファロン・ジョーンズは、人目を引かずにひっそりと存在する超能力調査会社〈ジョーン《J》ズ&ジョーンズ《J》〉の責任者だ。彼には取り柄となる長所がいくつかあり、それには行き当たりばったりの確率やあやふやな偶然にしか見えない場所にパターンと関連性を見つけるすぐれた能力も含まれている。だがそれ以外のさまざまな美徳、たとえば礼儀正しさや思いやりや忍耐といったようなものは欠けている。

「朝になったら電話をするつもりだったんだ」ルーサーは言った。

「こっちはいま午前四時。もう朝だ。この仕事を受けるかどうか悩んでるおまえを、これ以上待っていられない。いますぐ返事をしろ。おまえの繊細な感受性につき合っている暇はない」

「わかりやすく言えば、この近くに都合よく手が空いてる人間はいないってことだな」

「ああ、それもある。おまえは優秀だし、ちょうど打ってつけだ。双方にとって申し分ない状況だろう。何か問題でもあるのか? おまえらしくないぞ」

自分は何を迷ってるんだ? ファロンは正しい。自分らしくない。二年前にシアトル警察を辞めてから、ずっとJ&Jの仕事を請け負ってきた。J&Jの仕事は気に入っている。まあ、撃たれるのは気に入らないが。実際、いまのような気分のときはJ&Jの仕事が必要だ。

J&Jは特異な会社だ。ビクトリア朝時代に設立され、主な顧客は〈アーケイン・ソサエティ〉の運営理事会とされている。最優先事項はソサエティ最大の秘密を守ることだ。

しかし、いつしか理事会は思い知らされた——ほとんどの警察は、超能力を備えたある種の社会病質者に対処するだけの用意ができていないと。現代の法執行機関の職員の大半は、特殊能力を備えた殺人犯がいることさえ認めようとしない。基本的に理事会はそれはいいことだと考えている。超能力についてはただでさえ突飛な報道がされていて、そのほとんどはタブロイド紙の突拍子もない見出しやテレビのばかげたトーク番組という他愛ないかたちを取っている。警察に、超能力を備えた殺人犯に関する深刻な声明をマスコミに発表してほしいと望む者はいない。

ビクトリア朝時代、理事会は、ある種の危険な反逆者に犯行を続けさせる危険を冒すより、内々で問題を処理したほうがいいという考えのもと、そういう超能力者を追跡して捕らえる責任をやむなく引き受けていた。

マウイ島での仕事はありふれたボディガードかもしれないが、仕事に変わりはないし、それで得た金を使うことができる。それにペトラは予感を抱いた。

「やるよ」ルーサーは言った。

「ようやく目が覚めたか」不平がましくファロンが答える。「それはそうと、今回の仕事にはパートナーがいる」

「おい、ちょっと待ってくれ。ボイスメールにはボディガードだと入ってたぞ」

「というより付き添いに近い」

「どういう意味だ?」

「おまえが世話をする相手はいつもの調査員じゃない。いわゆる専門家だ。コンサルタント。今回はじめて現場に出る。おまえの仕事は、彼女が厄介なことに巻きこまれないようにすることだ。彼女に仕事をさせて無事にそこから帰す。簡単だろう」

「ぼくはよき指導者の器じゃない」

「意固地な態度はやめろ、マローン。この仕事の責任者はあくまでおまえだ」

「気休めのつもりか？　ぼくの経験では、専門家やコンサルタントという人間は他人の言いなりにはならない」

「いい加減にしろ。ようやくユーバンクスをつかまえるチャンスをつかんだんだ。おまえが専門家と仕事をするのをいやがっているという理由で、このチャンスをふいにする気はない」

ユーバンクスは、家族全員がソサエティのメンバーである若い女性が最近殺害された事件の容疑者だ。警察が女性の死を交通事故死と断定すると、被害者の両親はＪ＆Ｊに娘の死を調査してほしいと依頼した。事故現場を訪れた超能力プロファイラーがまとめたプロファイリングを受け取ったファロンは、それをソサエティの系図部にいる専門家の一人に渡した。その専門家は最新の高速コンピュータプログラムでデータを検索し、有力な容疑者を三名発見した。ユーバンクスの名前はリストのトップにあった。

「ほかの人間をあたったほうがいいんじゃないか」ルーサーは言った。

「ほかの人間などいない。おまえとグレイス・レンクイストは明日までに現場にいてもらわなければならない。ユーバンクスは明後日に到着することになっている。もしユーバンクスが尾行を疑っていたら、自分よりあとにやってくる人間に注意するはずだ。すでにホテルに滞在している人間ではなく」

「監視がどういうものかはわかってるよ」ルーサーは気持ちを抑えた。「グレイス・レンクイストとは何者なんだ？」

「何よりもまず、彼女はオーラが見える。その点はおまえと同じだが、彼女の能力はひとくせある」

「どの能力もひとくせあるものだ。彼女の場合は？」

「彼女のようにオーラを読める人間をほかに知らない」声に熱烈な称賛がこもっている。

「彼女がユーバンクスを見れば、事故現場を調査したプロファイラーが作成した超能力プロファイルに合致するかがわかるはずだ。それだけでなく、彼女ならこの数カ月にユーバンクスがきわめて凶悪な行為を行なったかどうかを感じ取れるだろう。クライアントの娘は六週間前に殺害されている」

「冗談だろう。そこまでくわしくオーラを読み取れる人間はいないぞ」

「グレイス・レンクイストはできるんだ。昔から、殺人は痕跡を残すと言うだろう。レンクイストに言わせると、殺人は一風変わったかたちでオーラを汚すから、痕跡を残すというのもまんざら間違いではないそうだ」

「へえ。で、彼女はどんなふうにそれを感じるんだ？」

「レンクイストには立ち入った質問はしないことにしている」とファロン。

「なあ、たとえ彼女にユーバンクスが犯人だと特定できたとしても、たいして役には立たないぞ。こういう事件では、警察に提供する確たる証拠が必要だ。おかしな話だが、警察はオーラの読み取りを根拠に容疑者を逮捕しようとは思わない」

「それがつねに癪《しゃく》の種だ」ファロンがぼやく。「だが確たる証拠を手に入れる心配は、真犯人を見つけたことがはっきりしたあとでいい。残る二人の有力な容疑者の監視は続けている」

「グレイス・レンクイストは普通の調査員とは違うと言ったな。彼女は何をしてるんだ？」

「ソサエティの系図部の参考司書だ」

「司書？」

「一族に遺伝する超能力の傾向を専門にしている」

アーケイン・ソサエティは、一六〇〇年代後半の設立当初からメンバーの広範囲に渡る系図データを管理しつづけている。超能力が一族に受け継がれることは、ソサエティの創設者で、奇人でありながらも天才的な錬金術師だったシルベスター・ジョーンズも気づいていた。この数年間、系図部はメンバーの家系図が載っている埃《ほこり》をかぶった膨大な資料の中身をコンピュータでデータベース化している。

「まさかと思うが」ルーサーは言った。「系図部の白髪のご婦人とぼくを組ませようとしてるのか？　冗談のつもりか？」

「これでわたしの苦労がわかっただろう。善良で上品な年配の女性司書を、単身こんなケースに送りこむわけにはいかない。へたをすればユーバンクスに正体を見破られ、きれいに髪を結った後頭部を殴られた遺体を遺棄されないともかぎらない。気づいたときは、部下の一人を殉職させたとおいぼれビークに怒鳴られるはめになる」

ハーレー・ビークマンは執念深さと手ごわさで有名な系図部の部長だ。おいぼれくちばし《ビーク》というあだなは、何十年も前に本人の歴然とした特性に基づいてつけられた。気むずかしい雄鶏《おんどり》の性格を備えている彼にはぴったりのあだなだ。

「仰々しい話はいい」うんざりして言う。「要点を言ってくれ」

「わたしは調査の多くを系図部に頼っている。おいぼれビークと彼のスタッフの協力は欠かせない。もし部下の一人に何かあったら、批判攻めに合う」

「あんたがつねに他人を思いやるところには感心するよ、ファロン」

「いいか、これはすぐに終わる短期仕事だ。最長でも二日。おまえとミス・レンクイストはマウイ島のリゾートホテルへ行く。おまえはレンクイストがユーバンクスの正体を確認するまでぶらぶらし、そのあと彼女がわたしの調査を台なしにしないうちに飛行機に乗せて帰す。ややこしいことは何もない」

「つまり、ぼくは年を取った母親に付き添ってハワイ旅行に来ている孝行息子を装うんだな？　四十歳近くなってもまだ母親と暮らしている男になれと言ってるんじゃないだろうな」

「レンクイストの同行者を装う書類を今夜じゅうにつくっておく」ファロンの口調は心持ちすらすらしすぎているように聞こえた。「彼女が明日ホノルルでおまえに会うときに持たせる」

「今朝じゃないのは間違いないんだな？」

「わたしはそんなミスはしない。レンクイストは明朝八時にオレゴン州ポートランドを発つ便に乗る。ペンはあるか？」

ルーサーは室内に戻った。キッチンのカウンターにペンとメモ帳があった。

「いいぞ」

ファロンが早口で便名を告げ、日付をくり返した。「レンクイストは十一時三十五分にホノルルに着く。新しい身分証明書で二人そろってマウイへ飛び、ホテルにチェックインしろ」

「彼女はポートランドに住んでるのか？」ルーサーは尋ねた。

レンクイストがどこに住んでいようがどうでもいいが。

「いいや、オレゴンの海沿いにある小さな町だ」とファロン。「イクリプス・ベイという町」

「聞いたことないな」

「ああ、だろうな。ミス・レンクイストがその町を気に入っている理由はそこにあるんだろう」

「ホノルルで飛行機をおりる老人は大勢いるんだ」ルーサーは言った。「どうやって彼女を見分ければいい？」

「手袋をしているはずだ」

「手袋？　ハワイで？　明日は二十七度ぐらいになるぞ」

「ミス・レンクイストは手袋が好きなんだ」とファロン。「少々変わっている」

「それなら人ごみのなかでもめだつな。ぼくはチノパンにダークブラウンのシャツを着ていくと伝えてくれ」

「シャツに花柄はついてるのか？」

「ついてない」

「それなら二人とも造作なく相手を見つけられるだろう」

ファロンが二度ほど鼻先で笑うような妙な声を出し、電話を切った。

ルーサーはグレイス・レンクイストが乗る便に関する情報を書き留めたメモをカウンターに残し、ふたたびベランダに出た。二、三時間眠ったら、ペトラとウェインに電話をしてマウイでの仕事を引き受けたと話そう。とりあえず喜んではくれるはずだ。

ルーサーはウィスキーを飲み干し、ファロンが電話を切る直前に出した奇妙な声について考えた。

ファロン・ジョーンズ以外の人間が出したのなら、笑い声だと思うような声だった。

# 4

## オレゴン州　イクリプス・ベイ

マウイの仕事から戻ったら、犬を飼おう。

そう決意すると、グレイス・レンクイストはドレッサーに背を向けてきれいにたたんだ寝巻きをスーツケースに入れた。地味な白いコットン製の寝巻きは、セクシーさとは無縁だ。袖は長く、丈は足首まである。男性を誘惑したり引きつけたりする目的で買ったものではない。着心地のいいこの寝巻きを選んだのは、実用性にすぐれているからだ。オレゴン州沿岸地帯の冬の夜は冷えこむ。

ハワイには場違いもいいところだけれど、それを言うならいまスーツケースに入れているすべてのものがそうだし、なかでも予備の黒い薄手の革手袋はとくにそうだ。一年前、以前の生活から着の身着のままで逃げだした。水着すら持っていないし、イクリプス・ベイで水着が必要になったことはない。でもマウイ島での滞在はごく短いものになると聞いているから、服をあれこれ新調する気にはなれなかった。アーケイン・ソサエティは給料がいいとはいえ、以前の仕事ほどではない。超能力を持つ系図の専門家として暮らす新しい生活では、出費を切り詰める必要がある。

仕事は楽しいしやりがいがあるとはいえ、孤独がもたらす暗い気持ちがつのるのを押し留めてくれるほどではない。何カ月も前に犬を飼っておけばよかった。けれどその誘惑を自分が退けた理由はわかっている。グレイス・レンクイストとして暮らす最初の一年は、何かにつけて予測がつかないことばかりだった。もしフロリダ警察に見つかったら？　もしオーラでどす黒いエネルギーが脈打っていたあの二人の男に見つかったら？　もし新しい身元がJ&Jの厳しい審査に引っかかったら？　またいつでも瞬時に姿を消せるようにしておきたかった。犬を飼っていたら逃亡計画がややこしくなる。自分に犬を捨てられないのはわかっていた。

でもマーティン・クロッカーが死んでから、もう一年以上になる。わたしを探している人間がいれば、これまでに感づいていたはずだ。わたしの生存本能は、わたし独自のオーラ能力に直結している。どちらも十四歳のとき研ぎ澄まされた。それにも増して心強いのは、J&Jの身元調査をクリアしたことだ。わたしはもう安全だ。アーケイン・ソサエティの系図部の名のもと、埃をかぶった大きな傘に守られている。実際にはその傘の下にあるものは近頃オンライン上に保存され、コンピュータでアクセスできるようになっているけれど、イメージはいまも変わらない。

わたしは安全。犬を飼ってもだいじょうぶ。

携帯電話が鳴った。グレイスはすばやく暗号化された番号を確認し、電話に出た。

「おはようございます、ミスター・ジョーンズ」礼儀正しい応答は自然に出たもので、他人と距離を置くために行なっているいくつもの手段の一つだった。

「荷造りはすんだか？」

電話の相手に直接会ったことは一度もない。ファロン・ジョーンズは、カリフォルニア北部の沿岸にある小さな町にひっそり存在するオフィスで一人でJ＆Jを運営している。偏執的なほど極度の隠遁者《いんとん》だと言う者もいる。生活も仕事も一人で行なっているのは、五分以上彼のそばにいることに耐えられる人間がいないからだと言う者もいる。機嫌の悪いサイのような性格なのは確かだ。と同時に傑出した超能力者でもある。

上司のハーレー・ビークマンがジョーンズからの問い合わせを彼女に任せるようになったころ、グレイスは内密に系図調査をしたことがあった。扱いにくいことで有名なJ＆Jのトップの絶え間ない要求に耐える忍耐を持ち合わせているのは、どうやら系図部でグレイスだけのようだった。

さほど調査に時間をかけるまでもなく、ファロン・ジョーンズがジョーンズ＆ジョーンズの創設者であるケイレブ・ジョーンズの直系子孫だと判明した。そこまでは秘密でもなんでもない。さらに、ファロンがジョーンズ基準できわめて高いレベル、おそらくは基準を超えるレベルなのは間違いない。これまで仕事をするうちに、グレイスはジョーンズ一族のメンバー――その多くがソサエティ内で伝説となっている――が自分たちの超能力を実際より低く見せかけるために何食わぬ顔でジョーンズ基準をごまかすことに気づいていた。責める気にはなれない。グレイスも自分の能力を、実際よりはるかに無難でほどほどのレベルであるかのように装っていた。

だがファロンの超能力の正確な特徴はとらえどころがない。それはたぶん、〝根っからの陰謀理論家〟と呼ぶものに対し、科学的に中立かつ礼儀にかなった表現を思いつく者がいないからだろう。

ファロンがそのへんの熱心な陰謀ファンと違うのは、彼が特定したのち独自の複雑な理論にまとめあげる得体の知れないパターンが、熱に浮かされた空想の産物ではないことだ。それらは真相なのだ。たいていの場合は。

「ほとんど終わりました」グレイスは答えた。「一時間かそこらでポートランドへ向かいます。発つ前に郵便局に寄ってミセス・ワゴナーにわたし宛の郵便物を局留めにしてもらうように頼み、そのあと大家さんに二、三日留守にすると伝えなければなりませんが、それで用事はすみます」

「今回の旅のことを町じゅうにふれまわる必要があるのか？」ファロンが不機嫌に尋ねた。

「もし大家さんに旅行のことを言わなかったり郵便局に伝言を残さなかったりしたら、二十四時間もしないうちに噂になってしまいます。そのあげく、わたしが生きているか確認するために、警察署長が玄関をノックすることになります。ここはとても小さな町なんです」

「ああ、小さな町がどんなものかはよくわかっている。スカーギル・コーブも似たようなものだ。やるべきことをやったら仕事に取りかかってくれ」

「はい」

「今夜はポートランドのエアポートホテルを取ってある。きみとマローンが使う身分証明書を、ソサエティの人間にホテルへ届けさせる。ホノルル行きの便が出るのは明朝だ。ホノルル国際空港のローカル便ターミナルのゲートでマローンが待っている。そこから二人でマウイ島行きの乗り継ぎ便に乗ってくれ」

「どうやってミスター・マローンを見つければいいですか？」

「そうだな、マローンはレベル8のオーラ能力者だ。きみの鋭敏な感覚を持ってすれば、人ごみのなかでも見つけられるだろう。ホノルル国際空港をうろついているレベル8が大勢いるとは思えない」

グレイスにとって、ルーサー・マローンは今回の冒険で唯一の気がかりだった。マローンの家系を調べる機会はなかったが、レベル8に分類されていること自体は心配していない。たしかに平均以上のレベルであることを示しているとはいえ、並外れた存在ではない。少なくともソサエティのなかではそうだ。グレイスが気がかりなのは、マローンが以前警察官だったこと、厳密に言えば殺人課の刑事をしていたことだった。しかも解決した事件の数が桁外れに多い。警察官は油断できない。でも何年も大勢の警察官をうまくあしらってきた。一人ふえたところで問題ないだろう。

「わかりました。レベル8のオーラ能力者を探します」グレイスは言った。「ほかには？」

「今夜届ける運転免許証に彼の写真が載っている」とファロン。「ああ、そう言えば、マローンはチノパンにダークブラウンのシャツを着ていくと話していた。花柄はついていない。マローンにはきみは手袋をしていると言っておいた。心配ない。きみたちが空港で相手を見つけられないようなことにはならないはずだ」

グレイスはスーツケースに入れた手袋を見おろしてため息をついた。最近会ったほかのみんなのように、ルーサー・マローンにも変人と思われるのだろう。変わり者でいるのは、もううんざりだ。

「わかりました」

「念のために言っておくが、マローンはパートナーと仕事をするのを喜んでいない。きみについてできるだけ多くを知りたがるだろう。軽く問いただそうとするかもしれない。元警察官だからな。そうせずにはいられないはずだ」

べつにかまわない。グレイスは思った。マーティン・クロッカーをあざむき、自分の秘密をファロン・ジョーンズから隠しておけるわたしなら、平均以上のオーラ能力者ぐらいたやすくあしらえるはずだ。それにマローンはマーティンの死に関心を持っていない。わたしを怪しむ理由はない。新しいパートナーに対する警察官の関心があるだけだ。

「うまくやっていけると思います」グレイスは如才なく答えた。ものごとを丸く治めるために如才なく行動するのには慣れている。マーティンと過ごした十二年間でさんざんやってきたことだ。

「きみにとってはJ&Jの調査員としてはじめての現場業務になる」ファロンが続けた。「多少の演技は必要になるだろうが、危険なまねはしないでほしい。マローンがいるのはそのためだ」

「危険なまねをするために？」

「そうじゃない、きみにそういうまねをさせないためにだ。今回の仕事は型どおりの監視と身元確認であって、相手をつかまえることじゃない。ユーバンクスの精神プロファイルを確認したら、きみの仕事は終わりだ。マローンの指示できみはマウイを発ち、できるだけ早くオレゴン行きの飛行機に乗る。いいな？」

「はい、ミスター・ジョーンズ」

「ここだけの話だが、マローンにはいらいらさせられるところがあるが、仕事の腕はいい。もしあいつがあれこれ指図しはじめたら、おそらくそうなると思うが、黙って言うとおりにしておけ。ほかに質問は？」

「ありません」

「敬語を使われるのはいいものだな。そうだ、うっかりしていた。マローンを見分ける手がかりがもう一つある」

「はい？」

「あいつは杖をついている」

グレイスは絶句した。「歩くのに杖が必要なボディガードをわたしにつけたんですか？」

「少し前に事故にあった。遺憾にも、医者の話では脚が元どおりになることはないらしい。死ぬまで杖が手放せない」

「そうですか。ミスター・マローンは銃を携帯しているんでしょうか？」

「警察を辞職してから銃は携帯していない。銃は好きじゃないと言っていた。ここだけの話、そもそも射撃の腕はお粗末だ」

すばらしい。わたしにはまっすぐ弾を撃てないうえに、杖をついているボディガードがつくのだ。

「この仕事はJ&Jにとって、最重要課題とは言えないようですね」

「ああ、そうだ」ファロンが深々とため息をつく。「悪く思わないでくれ。ユーバンクスが例の女性を殺害したのなら、刑務所送りにしたい。だが原則的に、今回の仕事はよくあるものだ。J&Jは毎年いくつもこういうケースを扱っている。クライアントから依頼がくれば、わたしのリストに載っている一人か複数の調査員に任せる。裁判で使える証拠を見つけるのは彼らの仕事だ」

「でももっと重要なケースもあるんですね？」

「ああ、グレイス。ある」ファロンの口調は厳しく、やけに疲れて聞こえた。

もっと重要なケースがどんなものか尋ねたかったが、訊いたところで答えが聞けないことがわかるくらいグレイスはファロンを知っていた。彼は腹立たしいほど秘密主義なのだ。

「わかりました」グレイスはかわりにそう答えた。「でも、この任務にミスター・マローンが適役だと本気で思っていらっしゃるんですか？　引退を考えたほうがよさそうな人物に聞こえますが」

「肝心なのは、マローンがオアフ島にいるということだ。都合がいい。それにあいつは金を必要としている」

「このうえその人は金欠なんですか？」

「四年間に二度離婚すれば、どんな男でもそうなる。〈ダーク・レインボー〉というしがない店でバーテンダーをしている」

「そうですか、まあ、都合がいいという要素にはそれなりの意味がありますからね」

「そういうことだ」ファロンが認める。「では、もう切るぞ。ソサエティの新しい宗主から電話がかかっている。マウイを楽しめ」

おもしろそうな笑い声ともつかぬ妙な声が聞こえた直後、カチリと音がして電話が切れた。

グレイスは携帯電話を閉じ、つかのま自分が耳にしたものを考えた。いまのはファロン・ジョーンズの笑い声だったのだろうか？

ありえない。ファロン・ジョーンズにユーモアのセンスがないことぐらい、誰でも知っている。

彼女はバッグに携帯をしまって荷造りに戻った。機内持ち込み用のスーツケースに最後に入れたのはパソコンだった。いつなんどき仕事中に簡単な調査が必要になるかわからない。

そして小さなスーツケースの蓋《ふた》を閉じ、ファスナーを締めた。

一年間身を隠して傷口を舐《な》めたあと、わたしはふたたび人生を取り戻そうとしている。胸躍る冒険の機会が銀の皿に載せて差しだされ、自分でもいくぶん意外ながらわたしはそのチャンスをつかんだ。今を生きることを始める頃合いだ。

二十分後、グレイスは郵便局をあとにして小走りで車へ向かった。駐車場に迷彩色に塗られたSUVが入ってきた。勢いよくドアが開き、潑剌《はつらつ》とした年配の女性がおりてきた。鉄灰色のふわふわした髪にベレー帽が載っている。身につけているのは、軍服まがいの服と頑丈な黒いブーツだ。ミラーグラスで目は見えない。腰に巻いたベルトには、双眼鏡や懐中電灯やハイテクカメラを含むさまざまな道具がついていた。

アリゾナ・スノーの日中の服装だ。夜間にイクリプス・ベイを延々偵察パトロールするときは黒いズボンにはき替え、装備に暗視ゴーグルがくわわる。

「おはよう、グレイス」アリゾナが挨拶した。「短い旅行に出かけるそうだね」

グレイスは微笑んだ。アリゾナ・スノーはイクリプス・ベイの風変わりな住人だ。八十代前半のはずだが、警察と軽くもめていることを除けば衰えの兆候はまったく見られない。みんなが知るかぎり本人の頭のなかにしか存在しない正体不明の謎の陰謀から町を守ろうとする義務感は、微塵も揺らぐことがない。

「噂が広がるのが早いわね」グレイスはアリゾナの前で足をとめた。

「この町で流れる噂のすべてが事実とはかぎらない」アリゾナが思わせぶりにつぶやき、いくつもあるポケットの一つからメモ帳とペンを出した。勢いよくメモ帳を開き、ペンの芯《しん》を出す。「ハワイへ行くんだって？」

「ええ」

アリゾナがメモを取った。「帰りは？」

「さあ、はっきりわからないの。でも長くはかからないと思う。二日か長くて三日ね。なぜ？」

アリゾナが視線をあげ、のんきな質問に首を振った。「予定どおりに戻らなかったとき署長に連絡できるように、帰宅する日を知りたいのさ」

グレイスは胸を衝《つ》かれた。アリゾナは最初からグレイスがつつがなく暮らせるかどうかに並々ならぬ関心を見せ、こぢんまりした一軒屋を快く貸してくれた。アリゾナはよそ者にはおおむね鋭い疑いの目を向ける。だがグレイスに対しては、仲間としての理解を示してくれている。あたかも口には出せない秘密を共有しているとでも思っているように。

その推測はあながち間違っていないとグレイスは思っていた。この数カ月のあいだにわかったのだが、アリゾナはイクリプス・ベイに数年間住んでいるにもかかわらず、彼女がいつここへ越してきたか正確に覚えている人間も、どこからやってきたか知っている人間もいないようだった。

彼女にまつわる噂はいくつかあり、なかでもいちばんものものしいのは、アリゾナがかつて謎めいた政府の情報機関で働いていたというものだ。憶測では、自分だけの奇妙な世界に四六時中のめりこむようになったとき、辞職するか退職をせまられたということになっている。

「ごめんなさい、でも帰宅する日ははっきりしないの」グレイスは穏やかに答えた。

「そういうことか」アリゾナがぴしゃりとメモ帳を閉じてあたりを見わたし、近くに盗み聞きしかねない人間がいないか確認した。

誰もいないことに納得し、二人の距離をわずかにつめた。いつものように、他人と一定の距離を置くのを好むグレイスの気持ちを尊重してくれている。アリゾナは、グレイスが触れられるのを嫌っていることを直感的に悟っている数少ない人間の一人だった。革手袋はある程度の保全策にはなるものの、一〇〇パーセント安全とは言えない。ほんの一瞬でもまずい相手に触れると、辛い思いをしかねない。

「じゃあ、組織はついにあんたを現場に出すことにしたんだね」アリゾナが声をひそめた。

「用心しな。見たところあんたはアナリストで、訓練を受けた諜報員じゃない。これまでコンピュータ相手のデスクワークしかしてこなかっただろう。組織があんたに目を配る腕っ節に自信がある人間をつけてくれるといいんだが」

状況の皮肉さにグレイスの口元がほころんだ。アリゾナはあらゆるものを独自のゆがんだ観点から見る。そのせいで、イクリプス・ベイで唯一事実に近いものを推測する存在になっている。もしアーケイン・ソサエティの存在を突きとめ、それが超能力の調査研究に専念している数世紀の歴史を持つ秘密組織だと知ったら、それをみずからの世界観に組みこむことなど造作もないだろう。

「わたしのことは心配いらないわ」グレイスは言った。「パートナーがいるから」

「現場経験がある人間だね」納得したようにアリゾナがうなずく。「よかった。あんたをしっかり守れとわたしが言ってたと、その人に伝えておくれ」

「わかったわ」ルーサー・マローンにわたしを守るのがあなたの務めだなんて言うつもりはない。そういう助けは無用だ。母が亡くなってから、自分の面倒はずっと自分で見てきた。

「留守のあいだ、あんたの家から目を離さないようにするよ」アリゾナが言った。「ろくでなしどもがあんたのファイルに侵入しようなんて気を起こさないように見張ってる」

「ありがとう、助かるわ」

「用心して生き延びるんだよ」アリゾナが小気味よく敬礼し、大股で駐車場を横切って郵便局のガラスドアへ向かった。

　グレイスは自分の車に乗りこんだ。大家の女性のことを考えながら駐車場を出て、ポートランドへ向かう高速道路へハンドルを切る。

　アリゾナは強力な超能力の持ち主だ。ただ、本人にその自覚はないのだろう。彼女の能力はファロンのそれに似ている。混沌《こんとん》のなかにパターンを見いだすことができるのだ。でもどこかでみずからの超自然的な側面を抑えきれなくなった。アーケイン・ソサエティのメンバーとして育っていたら、状況は変わっていただろう。自分の能力をコントロールする方法を学べたはずだ。あるいはそうではなかったかもしれないが。

いまから手を打とうとしても手遅れなのは間違いない。アリゾナは自分だけの奇妙な世界にどっぷりはまりこんでいる。いまは能力のほうが彼女をコントロールしている。ファロン・ジョーンズはいつか自身の策と対抗策の世界にはまりこみ、現実に戻れなくなる日がくるのではないかと不安になることがあるのだろうか。ファロンは過度に頑張る傾向がある。この数カ月のあいだに何度か声に疲れがうかがえた。J&J西海岸支部の運営は、一人の人間がやるには規模が大きすぎる。彼にはアシスタントが必要だ。

雨が降りはじめ、フロントガラスに大きな雨粒が落ちてきた。グレイスはワイパーを動かし、ハワイでも雨が降っているのだろうかと考えた。ハワイの天候について思いを馳《は》せることに飽きると、今度はJ&Jの仕事を受けたことに期待しすぎているのだろうかといぶかった。いくつもの〝もし〟が脳裏に浮かぶ。もし任務を果たせなかったら？　もしルーサー・マローンに秘密をあばかれたら？

考えてはだめ——グレイスは自分をいさめた。杖をついている男がどれほど厄介な存在になるというの？　これだけ長くイクリプス・ベイに身を潜めていたのだから、だいじょうぶなはずだ。

アーケイン・ソサエティの配達人——どんなに些細《ささい》な役目であろうと、J&Jという伝説的組織のために働けることに胸を躍らせている青年——が、空港ホテルにいるグレイスのもとへ封筒を届けにきた。ロビーで封筒を手渡してきた青年との距離が近く、グレイスには相手の能力の脈動とパワーが感じ取れた。超能力ハンターだ。感覚を研ぎ澄まさなくても、強い能力を持っていることがわかる。

「あなたの名前は？」反射的にあとずさって相手との距離を広げながら、グレイスは尋ねた。

「ジョーン・ジョーンズです」

やっぱり。ジョーンズ一族にはさまざまなハンターが大勢いる。

グレイスは青年に礼を言ってすばやくエレベーターに乗りこみ、部屋で一人になるやいなや封筒の封を切った。テーブルに中身を落とす――いちばん上にルーサー・マローンの偽の免許証があった。それを手に取り、言いようのない好奇心に駆られてまじまじと写真に見入る。

たいていの免許証の写真にたがわず、実物以上に見せようとした写真ではない。とても険しい顔立ちに見えるのは照明のせいかもしれないが、顔のいかつい凹凸は直接見たときと同じような気がした。黒髪を短くカットしている。但し書きでは瞳は茶色となっているが、写真に写る瞳は何を考えているか読み取れない一匹狼《おおかみ》のそれだった。

それは不快感を覚えて当然の写真だった。マローンは冷徹な男に見える。それなのに、なぜか彼の顔から目を離せなかった。

グレイスはしぶしぶ免許証をテーブルに戻し、航空券とホテルの予約表を手に取った。およそ六十秒後――指の震えを抑えるのにそれだけかかった――、グレイスはいままでは慣れ親しんだスカーギル・コーブの電話番号を押していた。

「マローンとわたしがカーステアズ夫妻として手続きされているなんて聞いていません」冷静なプロらしい口調を保とうと決意していたにもかかわらず、声がうわずってしまった。「ひと部屋しか取ってありません」

「落ち着け」いつになくなだめる口調でファロンが言った。「ふた部屋続きの部屋にしてある。寝室はきみが使え。寝室にはバスルームがついている。マローンには居間のソファベッドを使わせればいい」

「自信がありません。事前に話してくださるべきでした」

「マローンと夫婦としてチェックインするように話したら、きみがパニックを起こすのはわかっていた」ファロンが不機嫌に言う。扱いづらい神経質の部下と働かざるをえない上司の口調だ。

「そのとおりです」

「心配するようなことは何もない。マローンはプロだ。あいつがいるのはきみのボディガードをするためで、その役目を果たすにはこうするほかない」

グレイスはごくりと喉を鳴らした。ファロンは正しい。マローンはプロだ。わたしは素人《しろうと》。もしJ&Jの本物の調査員になりたいなら、プロらしい態度を身につけるしかない。

「ミスター・マローンはこのプランに同意しているんですか？」

「同意するはずだ」

「ちょっと待ってください。今回の作戦でわたしと夫婦を装うことを、まだ彼に話していないんですか？」

「それを伝えるのはきみにまかせようと思っていた」

「へえ、そうですか、それはどうも」

ファロン・ジョーンズと知り合ってはじめて、グレイスは自分のほうから先に電話を切った。

しばらくその場に立ちつくしたまま、マローンの偽の免許証とホテルの予約表を見つめる。

いまを生きるすべを学ばなければ。

# 5

空港のコンコースは世界じゅうからやってきた観光客やビジネス客で込み合っていた。滑走路を離発着する飛行機には地球上のありとあらゆる国の国旗マークがつき、なかには南太平洋地域に住んでいない者には馴染みのない国もいくつかある。暖かく穏やかなそよ風が、ジェット燃料と山から吹き降ろしてくる薄もやが混じった香りを運んできていた。

ルーサーは片手で杖の取っ手をつかんで壁によりかかり、自分のほうへ歩いてくる黒髪の女性を見つめていた。通路の先にいる彼女を視界に捉えたのは二分前になる。それ以来、なぜか気づくとそちらに目がいっていた。

まあいい、どうせあと数分は時間をつぶす必要があるのだ。フライトスケジュールによると、グレイス・レンクイストの飛行機は定刻どおり少し前にメインターミナルに到着しているが、本人がローカル便ターミナルにたどり着くにはまだ少し時間がかかるはずだ。年配の女性なら、コンコースを延々と歩くよりターミナル間をつないでいるウィキウィキバスを待つだろう。

黒髪の女性がどっさりレイをかけたお年寄りの観光客グループの陰に隠れ、見えなくなった。ふたたび姿が現われるのを待つルーサーの胸に期待がこみあげた。次に女性が視界に入ったとき、二人の距離はさらに縮まっていて、彼女は依然として彼のほうへ歩きつづけていた。さっきより細かいところまでよく見える。片手でキャスターつきのスーツケースを引いている。足取りはなめらかでしっかりしており、どこかしらセクシーだ。ルーサーの感覚——あらゆる感覚にぞくりと震えが走った。最後に経験したのがいつだったか、あえて考える気になれないほど久しぶりの感覚だ。

女性の髪は、うなじから左右の頬骨のすぐ下まで斜めに大胆にカットされている。ルーサーの視線は彼女に釘づけになっていたが、どうしてかわからなかった。その女性には尋常ならざるいわく言いがたい魅力があるが、ファッション雑誌のモデルではない。まったく違う。鼻筋や顎《あご》のラインの険しさに、プライドの高さと決意がうかがえる。わたしに触れるなと言っているような、冷たい気配がエロティックな挑発を放っている——少なくともルーサーにはそう思えた。黒いサングラスで両目が見えない。誰もがサングラスをかけているハワイではとくに珍しいことではないものの、なぜかそのサングラスが彼女の周囲でうごめく謎めいたセクシーな雰囲気をいっそう高めていた。

きっと本土から到着したところなのだろう。おそらく雨が降っていた土地から。その証拠に薄手のトレンチコートを着ている。自分は何を考えてるんだ？　腕のいい探偵じゃあるまいし。前をとめていないコートの下に着ているのは、黒いズボンと深い赤褐色のスタンダードなデザインのシャツだ。高く引きあげられたシャツの襟元がわずかに開き、喉を囲むと同時にどことなく守ってもいた。しゃきっとした肩から、ブロンズ色のバックルがついた黒い革製のハンドバッグをさげている。スーツケースの取っ手を持っていないほうの手は、コートのポケットに収まっていた。

ルーサーは相手から目を離せなかった。どうやらそれは彼だけらしい。女性に注目している人間はほかにいないようだった。長らく休眠状態だった性欲が、よりによっていま目覚めてうろうろしはじめるなんて、なんてタイミングだろう。自分だけの憂鬱の井戸にはまりこんでから、ずっと平穏な暮らしをしてきた。きっとウェインやペトラやミリーの言うとおりなのだ。きっと自分は憂鬱な気分を面白半分で楽しんでいるのだろう。それでもとりあえず日々の暮らしは平穏だ。

そしてうんざりするほど退屈でもある。

女性はもうすぐそこまで来ていた。ルーサーは感覚を研ぎ澄ませた。明暗が反転する。混雑したコンコースにいる人間の大半が、瞬時に淡い緑色の光を放つ人間のかたちをした物体になった。ありきたりの色彩とパターンで脈打つ彼らのオーラを見れば、強力な超能力を持たない人間だとわかる。

しかし黒髪の女性の周囲ではエネルギーが燃えあがっていた。特徴のない淡色の蛾《が》の群れに囲まれた光り輝く蝶《ちょう》のように、人ごみのなかで異彩を放っている。

あの女性はなんらかの強い超能力を持っているのだ。おそらくそれにこちらの感覚が反応したのだろう。普通の次元でも自分は彼女の精神エネルギーの鮮烈な強さを感じ取っていた。

こうして超自然的な次元で見ると、それは抵抗しがたいほどだ。彼女に近づきたい、もっと。ルーサーは杖をつかむ手に力をこめ、壁から体を起こした。年配の系図の専門家が到着するまで、まだ数分あるはずだ。

一歩前に踏みだした彼は、ぴたりと動きをとめた。何を考えているんだ？　ここへは仕事で来たのだ。彼女のことは放っておけ。二人の超能力者がすれ違っただけ。よくあることじゃないか。

ああ、でもこんなふうになったことはない。はじめての経験。強い超能力者に出会ったことはある。何度も。二カ月前は、その一人に殺されかけた。これほど心底から意識した相手はいなかった。

彼女との距離はもう二メートルもない。よける間もないうちに彼女がルーサーの正面で足をとめ、感覚が着火しそうな炎でルーサーを眩惑《げんわく》した。その瞬間、相手もこちらが超能力者だと気づいているのがわかった。

気づくに決まっている。

「ミスター・マローン？」女性が静かに尋ねた。

ルーサーは瞬時に感覚を通常のものに戻した。相手の周囲で虹色にきらめく炎が消えたが、すっかり魅了された彼の気持ちは消えなかった。電話の向こうから聞こえてきたファロン・ジョーンズの笑い声がよみがえる。年配の白髪の司書？　まぬけもいいところだ。

「マローンだ」彼は答えた。「グレイス・レンクイスト？」

「ええ」

「なるほど。ファロン・ジョーンズにもユーモアのセンスがあるらしいな」

グレイスの口元がかすかにほころんだ。「かなりゆがんだセンスだけれど」

「無理もない。あいつはあくまでファロン・ジョーンズだ」片手を差しだす。「ようこそ、ミス・レンクイスト。ミスでいいのかな？　それともこれもぼくの勘違いか？」

「ミスよ」グレイスが上品に首をかしげた。「どんな相手を予想していたの？」

ちらりと視線を落としたルーサーは、彼女の手袋をした手がまだスーツケースの取っ手をつかんだままでいることに気づいた。反対の手はトレンチコートのポケットにしっかり収まっているので見えない。彼は差しだした手をさげた。

「はるかに年上だと思っていたとだけ言っておくよ」

グレイスが黒いサングラスをはずした。くすんだセージグリーンの瞳が、おもしろそうに冷ややかに光っている。

「白髪とか？」彼女が言った。「補聴器をつけているんだろうって？」

「ファロンのせいで、いくつか勝手な印象を持たされた」

「わたしを見てびっくりしたなら、新しい身分証明書を見てどう思うかしらね」

そこではじめてポケットから手を出したので、高価そうな薄い革製の運転用手袋が見えた。

「コートや手袋には、少々暑すぎないか？」無表情にルーサーは言った。

グレイスはさっき握手しようとした彼を無視したように、彼のせりふを無視した。そして肩からバッグをおろして開き、なかから封筒を出した。封筒を手渡すとき、手袋におおわれた指がルーサーの素肌をかすめないように気をつけていた。

よりによってこれだ。これまで出会ったなかでいちばん胸躍らされた女性が、他人との接触を病的に恐れているとは。でも、考えてみれば、こっちも厳密には正常とは言えない。

ルーサーは封筒をあけ、運転免許証と二枚のクレジットカードとたたまれたホテルの予約表を出した。運転免許証とクレジットカードをちらりと見ただけで、新しい身元はロサンジェルス在住のアンドリュー・カーステアズだとわかった。既婚者となっている。彼は目をあげた。

「はじめまして、ミセス・カーステアズ」書類をたたみなおしながら言う。

意外にもグレイスは頬を染め、手袋をした両手をコートのポケットに戻した。「ミスター・ジョーンズは、この仕事から手を引きようがなくなるタイミングまでわたしたちの偽装について黙っていたの」

「あいつは調査員を望みどおりに動かす方法を心得てるんだ」ちらりと腕時計を見る。「マウイ行きの飛行機が出るまで、少し時間がある。軽く食事でもするか？」

「お腹は空いていないけど、コーヒーなら飲んでもいいわ」

「そうしよう」

二人は近くのコーヒーショップへ向かった。グレイスがコーヒーをブラックで注文したことにルーサーは気づいた。自分と同じ。共通点があったわけだ。明るい面だけ見るようにしよう。

二人は小さなテーブルについた。

ルーサーはカップを包みこんでいるグレイスの両手を観察した。

「マウイ行きの飛行機に乗る前に、その手袋をはずしてくれ」

口元にカップを近づけていたグレイスの手がとまった。「なぜ？」

「なぜなら、あくまでそいつをはめたままでいるとめだつからだ。それもかなり」

グレイスが眉をしかめ、手袋をはめた自分の手を見た。「そう言われるんじゃないかと思っていたわ」

「そんなにむずかしいことか？」

「ちょっと問題があるのよ」そっけない返事が返ってきた。

ルーサーはテーブルの縁にひっかけてある杖のほうへ顎をしゃくった。「ぼくもそうだ。ぼくの問題は肉体的なものだ。きみのは？」

「精神的なものよ。でもわたしの問題は触覚に結びついていて、そのせいでややこしくなることがあるの」

「ソサエティの精神科医に診てもらったのか？」

グレイスが目を細め、彼とのあいだに距離を置いたのがわかった。

「いいえ」冷ややかに答える。

「普通の状況なら、ぼくが口を出す問題じゃないのはわかってる。だがぼくたちはこれからマウイで一緒に仕事をするんだから、どういうことなのか知っておく必要がある」

グレイスが体をこわばらせた。「心配するようなことは何もないわ。わたしの恐怖症がオーラを読み取る能力に悪影響を及ぼさないことは保証する」

「何よりだ。それでも手袋ははずしてもらう。できるか？」

つかのまルーサーは放っておいてくれと言われるのを覚悟した。だがグレイスはことさらゆっくりと一方の手から手袋をはずし、次に反対の手からもはずした。手袋をバッグにしまってコーヒーカップを取りあげる。

「気がすんだ？」

彼女の手はやけに繊細で、爪はきれいに整えられていてマニキュアは塗られていなかった。指輪もしていない。

「ああ」ルーサーは軽く息を吐きだした。「悪いな」

「ええ」謝罪されて納得したようには見えない。

「耐えられそうか？」ルーサーは静かに尋ねた。

「心配しないで」けんもほろろに言う。「自分の面倒は自分で見られるわ」

「ずっとそうしてきたから？」

「ええ」グレイスが答えた。「そうよ」

# 6

マウイ島への短いフライトを終えると、アンドリュー・カーステアズの名で予約したレンタカーが待っていた。J&Jはとことん能率至上主義なのだ。グレイスは思った。

「エアコンをつけようか?」運転席に乗りこんだルーサーが訊いてきた。

「いいえ、結構よ。どうしても必要なとき以外、エアコンは好きじゃないの。窓を開けるほうがいいわ」

「同感だ」ルーサーがエンジンをかけて駐車場を出た。

グレイスはルーサー・マローンの第一印象について考えをめぐらせた。三つの言葉に集約できる――強力、自制が働いている、魅力的。心に浮かんだ言葉はもう一つあった――刺激的。漠然とした電気エネルギーのようなものが存在する。少なくとも車内のわたしの側には。これまで人生のさまざまな時期に男性に魅力を感じたことはあったけれど、いま感じているような期待のときめきめいたものを感じたことはなかった。興味をそそる妙なかたちで、あらゆる感覚を揺さぶってくる。

力はつねに興味をそそるものだ。ルーサーが巧みに操るような絶妙なテクニックで制御されている力には、とりわけ興味をそそられる。少なくともわたしはそうだ。オーラをひとめ見ただけで、レベル8ではないとわかる。むしろレベル10かそれ以上だろう。どうやら彼はその些細な事実を公にせずに切り抜けているらしい。責める気にはなれない。わたしも自分のレベルをごまかしているのだから。強力な超能力者はソサエティ内で〝変種〟のレッテルを貼られる。称賛の意味でも敬意の意味でもない。どんな種類の能力であれ、強力な超能力を持つ人間はほかの超能力者から多かれ少なかれ警戒される。最悪の場合は避けられる。力は興味をそそるかもしれないが、危険でもあるのだ。

ルーサーの新しい免許証の写真は嘘ではなかった。写真と同じように実物もいかめしい。瞳の色も申告どおりの茶色だ。でも天然の琥珀《こはく》の色に近い。それを見ると、薄暗いジャングルや禁じられた欲望が思い起こされる。どちらもさほど経験があるわけではないけれど。

「空気がおいしいのね」グレイスは大きく息を吸いこんだ。「うっとりするわ。犬みたいに窓から頭を出したくなる」

「ハワイは大勢の人間にそういう影響を及ぼすんだ」ルーサーがちらりとグレイスをうかがった。黒いサングラスに隠れて目の表情は読み取れない。「手袋なしでだいじょうぶか？」

その質問にグレイスは苛立ちを覚えた。膝の上でしっかり指を組んでいる両手に一瞬視線を落とし、昂然《こうぜん》と顎をあげる。

「言ったでしょう、だいじょうぶだって」

「ほんとうに？　飛行機に乗っているあいだ、ほとんど膝に置いたコートの下に両手を入れたまだったぞ」

「きちんとやり遂げる自信がなかったら、この仕事を引き受けなかったわ」

「すまない」

「悪いなんて思っていないくせに」鼻の頭に皺を寄せる。「あなたはいらいらしているわ。わたしのせいで落ち着かないのよ」

「詮索《せんさく》好きなだけかもしれないぞ」

「あなたはいらいらしてるの」淡々とくり返す。「不安になるのは無理もないけれど、ためしにわたしの立場になって考えてみて」

「きみの立場？」

グレイスは両眉をあげて見せた。「わたしには、銃が苦手で歩きまわるのに杖が必要なボディガードがついているのよ」

「ファロンから銃のことを聞いたのか？」

「ええ」

ルーサーがじっくり考えこんだのち、こくりとうなずいた。「たしかにそうだな。きみにとって、その情報は一見したかぎりでは心強く思えるようなものじゃないだろう」

「幸いなことに」グレイスは冷静に続けた。「わたしはもう一度見てみたの」

「ぼくのオーラを」質問ではない。

「わたしはオーラ能力者よ。オーラを見るのが仕事だわ」

意外にもルーサーがかすかに微笑んだ。「どうしてぼくのオーラを見て安心したんだ?」

グレイスはシートの背にもたれ、おいしい空気に酔いしれた。

「とことん融通がきかない頑固者は大勢知ってるわ」

「融通がきかない頑固さは長所なのか?」

「それはつまり、あなたはこの任務を達成するために必要なことはなんでもするという意味よ。そのうえ、あなたは自分の能力とそれをコントロールする方法を理解している。わたしと同じように、自分の能力に自信を持っている」

読み取ったのはそれだけではなかったが、くわしく話すつもりはなかった。はじめてのデートで話題にするべきではないこともある。そう思うと口元がほころんだ。

ルーサーはつかのま口を閉ざし、グレイスに言われたことを考えていた。そしてハンドルをきつく握りしめた。「オーラを見るだけで、相手が頑固かどうかわかるのか?」興味と不信半々の口調だ。

グレイスは彼に目を向けた。「わたしの能力のほかとは違う性質について、ミスター・ジョーンズから聞いていないの?」

「ファロンは、きみは他人の精神プロファイルを読み取れると話していた。どうやらぼくはそれが具体的に何を意味しているのか理解していなかったらしい。きみが超能力精神分析家として雇われていないのは意外だな」

「カウンセラーになるような学歴はないもの」

「どうして系図部で働くようになったんだ？」

「あそこで仕事がしたいと自分で申しこんだのよ。超能力の血統の研究が好きなの。わたしの能力にはうってつけだわ。あなたはなぜワイキキでバーテンダーをするようになったの？」

「ぼくの能力にはうってつけなんだ」

この話はここまでという意味だ。それぐらいはわかる。

「そう。あなたの能力の話題になったところで訊くけれど、どうやって悪者を見つけるの？」彼女は尋ねた。「麻薬犬みたいにホテルをうろついてオーラを見ればいいの？」

ルーサーの口元がかすかにひきつった。「もう少し慎重なやり方をする」

「どんなに慎重にやろうと、ユーバンクスを見つけるのにさほど時間はかからないはずよ。種類にかかわらず、強力な超能力者はめったにいない。レベル9の超能力者がぞろぞろ集まってくる可能性がどれだけあると思う？」

「ファロン・ジョーンズもそう言っていた」

「可能性にくわしい人間がいるとしたら、ミスター・ジョーンズを置いていないわ」

「ファロンのちょっとした秘密を教えてやろう」ルーサーが言った。

「何？」

「たいていの場合、あいつの判断は正しいが、たまにへまをすることがある。そしてそのときは、派手なへまになる」

グレイスはじっくり考えてみた。「たぶんそれは、彼が自分と自分の能力に自信があるあまり、ほかの可能性を考慮に入れないことがあるからよ。あるいは働きすぎが原因かもしれない。最近はかなりストレスを抱えているような気がするわ」

「あいつがたまたま見事な実績をあげている一流の陰謀理論家だということは、知ってるのか？」

「ええ」グレイスは咳払いした。「ただ、彼をそんなふうに捉えると、少々不安を覚えざるをえないけれど」

「でも給料はいい」とルーサー。

グレイスは微笑んだ。「ええ、そうね」

# 7

ワイレア・リゾート地区にある海に面したリゾートホテルにチェックインしたとき、時刻は四時を少しまわっていた。四階にあるスイートルームからはプールと庭とその先にある海が見晴らせ、マスターベッドルームと居間の両方に、しっかり日差しをさえぎられたベランダがついていた。ハネムーンには最適な場所だ——ルーサーは不機嫌に思った。まあ、断言はできないが。二度のハネムーンの行き先は、いずれもラスベガスだったのだから。

彼は革製の小さなトラベルキットを持って予備のバスルームに入り、シンク横のカウンターに置いた。グレイスはマスターベッドルームでスーツケースの中身を出している。つかのま彼はエロティックな楽しい幻想にふけり、本物の妻と本物のハネムーンにやってきた本物のミスター・カーステアズだったらどんなによかっただろうと考えた。

やめておけ。彼女はおまえの妻ではなく、迷惑なパートナーだ。現場経験ゼロの人間。好ましい状況とは言えない。

同時にグレイスは、ここ数カ月ではじめてルーサーの感覚を刺激して股間を固くさせた女性でもあった。それが悪いことであるはずがない。とはいえ、気が散る問題ではある。集中力を切らさないためには努力がいりそうだ。脚がうずいた。ホノルルからのフライトと空港からの運転の影響が出ているのだ。苛立ちながらルーサーはキットから抗炎症剤の容器を出して四錠振りだした。バスルームの壁に容器を投げつけたい抗しがたい衝動をなんとか抑える。役立たずの脚が元どおりになることはないのだ。それを受け入れろ。

薬の容器をキットに戻し、杖の取っ手をつかむ手に力をこめてバスルームを出ると、グレイスが待っていた。薄手のズボンと、さっきとは別の長袖のシャツに着替えている。とりあえずトレンチコートは着ていない。

ルーサーはグレイスがスイートルームにそれほど感激した素振りを見せていないことに気づいた。彼自身は驚いていた。兵役経験があり、警察で数年過ごしたのち、いまはバーテンダーとJ&Jの臨時雇いの職員を掛け持ちしている。これまでの仕事で、この部屋のような高級スイートルームに泊まれるだけの収入を得ることはなかった。だがグレイスは贅沢《ぜいたく》な部屋にも臆していないように見える。系図部で働くことを考えてもよさそうだ。

「出かけるのか?」彼は訊いた。

「ビーチを散歩しようと思って」グレイスが答えた。「ほとんど一日じゅう飛行機か車に乗っていたんだもの。夕食までに脚を伸ばしたいわ」

このあたりで現状を説明しておいたほうがよさそうだ。ルーサーは決意した。

「この仕事には、一つルールがある」彼は言った。「ルール1と呼ぼう」

グレイスが眉をつりあげた。「で、それはどんなものなの?」

「指示を出すのはぼくだ。そして最初の指示は、きみはこの部屋を一人で出ないこと。ぼくの許可がないかぎり、一人で出歩くな」

グレイスが慇懃に首をかしげた。「要するに、あなたも一緒にビーチへ行くということね」

「まあいいだろう。どうせぼくもここの雰囲気をつかんでおきたい」ドアをあけてやる。「だがルール1は変わらないぞ。一人ではこの部屋を出ないこと。いいな?」

グレイスがうっかり触れないように器用に彼を避けながら廊下に出た。「この仕事の責任者はあなただとファロン・ジョーンズに言われたわ」

「了解したという意味だと捉えておこう」

彼はグレイスに続いて廊下に出てドアを閉め、鍵が締まる音を確認した。しっかり施錠されたことに満足し、もう一つのオーラのようにグレイスを包みこんでいる見えない〝接触禁止ゾーン〟に踏みこみたい衝動をこらえながらエレベーターホールへ向かった。彼女は一見なにげないようすで胸の下で腕を組んでいる。だが注意して見れば、視界に入らない安全な場所に指をしまいこんでいるのだとわかる。

女性が他人に触れるのを怖がるようになる原因はなんだろう。こちらとじかに軽く触れるだけで、グレイスが実際に精神的苦痛を味わうとなると、厄介だ。自分に触れられることに耐えられないなんて、どうにも間違っている気がした。こちらは彼女に触れることが喜び以外の何ものでもないはずなのに。

「手袋のことでは、悪いことをしたと思いはじめている」彼は言った。

「わかってもらえて嬉しいわ」

「おい――」

「気にしないで、わかってる」グレイスが自嘲《じちょう》気味に微笑んだ。「今回の仕事で手袋をしているなんてプロ精神にもとるわ」

ルーサーは〝接触禁止ゾーン〟に踏みこむ別のルートを探った。

「系図部で働くようになってから、どのぐらいたつんだ？」

「一年よ」

「たった一年？　ファロンはかなりきみを買っている口ぶりだったが」

グレイスの顔が輝いた。「それを聞いて嬉しいわ。ミスター・ジョーンズは率直に肯定的な意見を言うタイプとは言えないもの」

「たしかに〝今年最高の上司〟の候補にはなりそうにないな。でもこれだけは言っておく。きみの仕事ぶりが気に入らなければ、ファロンは二度ときみを使おうとしないだろう」

「ご忠告ありがとう」

「ソサエティで働く前は、何をしていたんだ？」

「ミスター・ジョーンズから聞いてないの？」

「ファロンは自分が重要と思わない些細な問題を、曖昧《あいまい》にする傾向があるんだ」

「以前は〈クロッカー・ワールド〉という会社で働いていたの」

ルーサーはエレベーターの前で足をとめてボタンを押した。「マーティン・クロッカーの会社か?」

「そうよ」心なしか驚いた顔をしている。「あの会社を知ってるの?」

「クロッカーの死は大きなニュースになった。ソサエティのなかでも話題になった。彼はソサエティのメンバーで、いくつもの調査プロジェクトに資金を提供していた」

「ええ、知ってるわ」

「クロッカー・ワールドでは何をしてたんだ?」

「法人調査資料部のスタッフだったの。ミスター・クロッカーが亡くなったあと、あの会社に問題があることが明らかになった。彼という舵取りを失ったクロッカー・ワールドが破綻《はたん》するのは目に見えていたわ。わたしは不穏な気配を感じて、すぐに求職活動を始めたの」

じつに流暢《りゅうちょう》で、しごくなにげない説明だったが、ごくわずかながら話をそらしている。ルーサーは相手のオーラが鮮明に見えるまで感覚を高めた。グレイスのようにくわしいところまではわからないかもしれないが、ある種の強い感情なら判読できる。彼女の周囲で光り輝いているエネルギー場は張りつめていた。それがうまくつくられた嘘につきものなのは、警察官時代に学んでいる。

「ソサエティのメンバーにはいつなったんだ?」

「わたしが生まれたとき、母が登録したのよ」そこで一拍置いて尋ねる。「あなたは?」

「ぼくの両親は二人ともメンバーだった。生まれたときに両親が登録した」

扉が開き、混雑したエレベーターのなかが見えた。ルーサーはひとめで状況を察知した。込み合ったエレベーターに乗りこめば、誰かの体がかすめるリスクをグレイスに強いることになる。瞬時にグレイスが緊張したのがわかった。

ルーサーはエレベーターに乗っている人たちににっこり微笑んだ。

「次を待ちます」

扉が閉まった。

「ありがとう」グレイスがつぶやく。

「気にするな」彼は言った。「階段でおりてもいいが――」そこでふと口を閉ざし、いまいましげに杖を見る。脚の調子が悪く、四階から下まで階段を使ったら悪化しそうだなんて話したくない。「階段でおりてもいいが、あまり見栄えがいいとは思えない」かわりに彼はそう言った。

「気にしないで」いたわりがこもる声でグレイスが答える。「べつに急いでいるわけじゃないわ」

二人は黙ったままその場にたたずみ、三基のエレベーターの上で光る数字を見つめていた。グレイスの表情は落ち着いていて穏やかだ。何を考えているのか判断できない。ルーサーはその時間を使い、クロッカー・ワールドでやっていた仕事について彼女が嘘をついた理由に思いをめぐらせた。

# 8

　二人はオープンエアのバーで一杯飲んでから、レストランでしょうが風味の味噌ソースをかけたフエダイを食べた。テーブルにはキャンドルが置かれ、月の光が海面を照らしてのんびりしたギターの調べが静かに流れている。目をつぶって夢見心地な物思いに身をゆだねたら、本物のデートをしている気持ちになれそうだと、グレイスは思った。もちろん、恋人と手をつなぐことさえできないという現実を無視する必要はあるけれど。べつにルーサーがそういう密接な接触を試みようとしたわけじゃない――グレイスは自分に釘を刺した。その逆だ。わたしとたっぷり距離を置こうとかなり努力しているように見える。偶然体が軽く触れただけでわたしがヒステリーを起こし、二人の正体をばらすんじゃないかとびくびくしているに違いない。

　夕食後、海沿いの遊歩道を散歩しようと彼に誘われたときは、少なからず驚いた。最初は断わろうと思った。むかしから暗くなったあとはいっそう無防備になった気がするのだ。夜になると誰かが忍び寄ってきそうな古い恐怖心がひときわ強くなり、それはたぶんあのモンスターが寝室に現われたのが夜だったせいだろう。でも今夜は一人で闇に立ち向かわずにすむ。隠していることがいろいろあるのに、ルーサーといるとなぜか安心できる。

海沿いにならぶホテルをつなぐ薄暗い遊歩道を歩くあいだ、ルーサーは二人のあいだが少なくとも三〇センチぐらいあくように気を配っていた。歩道にあたる杖の音が小さく響く。グレイスは彼が苛立ちをかろうじてこらえているのを感じ取った。

「脚が痛むの？」

「少しこわばっているだけだ」

嘘だ。でもさっきあれこれ問い詰められたとき、わたしも嘘をついた。こちらの返事に彼がすっかり納得していないのはわかっている。いちばん気にかかるのは、チェックインしたあとホテルの廊下でした会話だ。ただ、あの会話の内容を何度も思い返してみて、いまはうまく切り抜けたと思っている。ルーサーの警察官としての勘は刺激されたかもしれないが、あのファロン・ジョーンズですらわたしが慎重に仕立てあげた過去の煙幕を突破していないのなら、ルーサーに真実を見抜かれるはずがない。

「ハワイにはいつから住んでいるの？」グレイスは遊歩道の下の岩に打ち寄せる月光に照らされた波を見つめながら尋ねた。

「二年前からだ。二度めの離婚のあと引っ越してきた。同時に警察も辞めた。環境を変えることにしたんだ」

「離婚は残念だったわね」しんみりと言う。

「ああ、まあね。だがとくに珍しいことじゃない」

「奥さんのことを愛していたの？」

「トレイシーに対してどんな感情を持っていたにせよ、ぼくのパートナーとベッドにいるところを見つけた日に消えうせた」

「自分が信頼していた人間に裏切られたとわかると、関係が終わってしまうなんておかしな話よね」

「経験があるのか？」

「ええ」

「元ダンナか？」

「いいえ。結婚はしていなかった」

まったく、わたしったらどういうつもり？　たとえ犯した罪を隠すために名前を変えていても、マーティン・クロッカーとのややこしい関係を説明しようとするのは単にむずかしいだけでなく、危険きわまりないのに。わたしは人生の大半を秘密を抱えて生きてきた。わたしはプロだ。それなのに、こうしてルーサーと闇に包まれていると、なぜか注意がおろそかになってしまう。

「オーラを読み取る能力は遺伝なの？」

「一族にたまに現われる能力だ。祖父は強いオーラ能力者だった。だが祖父の話ではぼくの父は高い戦略能力を持っていたそうだし、母は意外にも、色とデザインに対する中レベルの能力を持っていた」

「超能力そのものは強い遺伝形質になる傾向があるけれど、それがどんな形を取るかはなかなか予測がつかないものなの。おじいさまからご両親の話を聞いてる？」

「両親はぼくが赤ん坊のとき、酔ったドライバーが起こした事故に巻きこまれて亡くなった。両親のことは何も覚えていない。ぼくは祖父に育てられたんだ」

「おじいさまはいまもお元気なの？」

「いいや。ぼくが高校を卒業して軍隊に入った年に亡くなった」

このあたりでやめておいたほうがいい――グレイスは自分をいさめた。けれど自分をとめられなかった。「ほかに家族はいるの？」

「遠いいとこが何人かいるはずだ」関心なさそうに答える。「いるとしても、ぼくの両親が死んだとき訪ねてこようとはしなかった」

「要するに、親戚は一人もいないということ？」

「オアフに親しい友人が二人いる。ぼくがバーテンダーをしているレストランのオーナーだ。きみは？」

「母はわたしが十三歳のとき亡くなったわ。珍しい感染症が原因で」

「辛かっただろうな」

「ええ、辛かった」

「お父さんは？」

「一度も会ったことはないわ」いっさい感情をこめずに答える。「子どもを持とうと決めたとき、母は精子バンクへ行ったの」

「なんとまあ」ルーサーがつぶやいた。

グレイスは危うく微笑みそうになった。核心をついたひとことが、事情を察知したことを何より雄弁に物語っている。

「ええ」彼女は言った。「たしかに〝なんとまあ〟だわ」

「きみの超能力の由来には穴があるなんてものじゃないな」首をめぐらせてグレイスを見る。

「きみは系図の専門家だろう。父親を探そうとしたことはないのか？」

「もちろんあるわ。精子バンクの落とし子の多くは父親を探すものよ。母が使った施設の名称までは突きとめた。〈バーンサイド・クリニック〉。ソサエティのメンバーが設立した施設よ。ドクター・バーンサイドはアーケイン・ソサエティのメンバーをクライアントにしていた。ドナー全員がなんらかの高度な超能力を持っていることを保証していて、ドナーとクライアント双方の秘密厳守も確約していた」

「お父さんの記録を見つけられたのか？」

「いいえ。クリニックは数年前に火事で全焼してしまったの。記録はすべて失われた。放火の可能性が高かったけれど、逮捕者は出なかった」

「おそらく身元を明かしたくないドナーの一人だろう」

「そう思う？　わたしもその可能性は考えたわ」

「ほかの可能性もある」考えこんだ口調になっている。「ドナーにわが子の存在を知られたくないと考えた母親のしわざかもしれない。あるいは父親を見つけられなくて腹を立てた子どもかもしれない。クリニックが行なっているサービスに賛同しない人間だった可能性もある」

「言い換えれば、容疑者のリストはそうとう長くなるということね」

「そういうことだ」

グレイスはつかのま口を閉ざした。「父親は特定できなかったけれど、系図部で働くようになってから、わたしをソサエティに登録したとき母が系図データにくわえた父に関する情報を見つけたの。ほとんどは健康状態と超能力に関する経歴だった」

「それで？」

グレイスは肩をすくめた。「たいしたことは何も。父はしっかりした遺伝材料を持つ一族の子孫で、強い超能力を持っていた。でもドクター・バーンサイドなら、ドナーすべてがその種の特徴を備えていると断言するはずだわ」

「たしかに」

「目は父親譲りだった」しばらくしてからグレイスはつぶやいた。「でも、わかったのはそれだけ。父はオーラ能力者でさえなかった。母は父を戦略能力者として登録していたわ」

「緑の瞳を持つ戦略能力者の血を引く緑の瞳のオーラ能力者だとわかっただけじゃ、たいした手がかりにはならないな」

「ええ」グレイスは答えた。「ならない。ソサエティでは戦略能力者はありふれた存在だもの。それこそ数えきれないほどいる。年齢と性別と瞳の色で候補をしぼっても、役には立たなかった。結局はあきらめたわ」

前方から手をつないだカップルが近づいてきた。どちらも相手に夢中で、遊歩道のスペースの大半をふさいでいることに気づいていない。ルーサーが何度か杖で地面をたたいて大きな音をたてた。それを聞いたカップルがあわてて歩道の反対側へ寄った。

長年やってきたように、グレイスは自分の謎の過去について思いを馳せているとき決まって感じる物悲しさを払いのけた。

「慣れてるのね」

「この脚にも長所はあるんだ。たいていの人間はぼくに道を譲る。杖をついている人間をころばせた責任を取りたいやつはいない。訴訟の街だからな」

「そもそも何が原因だったの？　ファロンは事故がどうのと言っていたけれど」

「ぼくが不注意だったんだ」

気のおけない会話もここまでだとグレイスは悟った。とりあえずいまのところは。もっと探りを入れるうまい手を探していると、うなじを気味の悪い指がかすめた。グレイスは反射的に体をこわばらせ、胸の下で腕を組んで両手を隠した。

遊歩道には大勢の人間がいるが、暗がりから近づいてくる男の動きはほかの人間とわずかに異なっていた。男とはまだ数メートル離れている。暗くて顔は見えないが、相手の歩き方の何かが気になった。のんびり散歩をしているのでも、ジョギングをしているのでも、普通に歩いているのでもない。狩りをしている大型の猫科の動物を思わせる、捕食動物のさりげない動き。

心の片隅でルーサーの意識がわずかに変化したのがわかった。彼も近づいてくる男に気づいたのだ。

グレイスは最高レベルまで感覚を研ぎ澄ませた。接近してくる男を囲う強力なオーラをひとめ見たとたん、正体がわかった。超能力ハンター。

あらゆる本能が踵《きびす》を返して逃げろと叫んでいたが、理性では逃げても無駄だとわかっていた。わたしをつかまえに来たのなら、簡単に追い詰められてしまうだろう。あの種の能力を備えた人間はけっしてスーパーマンではないけれど、持って生まれた人間狩りの能力が超能力で高められている。暗闇でもかなり目が利く。反射神経は野生の捕食動物のそれに匹敵する。彼らは獲物の心の臭跡を嗅ぎつけることが可能で、もっとも好む獲物は人間なのだ。

多くのハンターは、最終的に軍隊や警備の仕事につく。だが生まれ持った資質ゆえに危険な捕食者になるしかない者もいることを、グレイスは知りすぎるほどよく知っていた。

ルーサーのオーラも強まっているが、緊張は表には表われていない。足をひきずりながら歩く歩調はそのままだが、いつのまにかグレイスとの距離を縮め、できるだけ彼女と離れた遊歩道の反対側をハンターが通り過ぎるようにしている。

落ち着くのよ――グレイスは自分に言い聞かせた。あの男が誰にせよ、狙っているのはわたしじゃない。もしわたしの居場所がすでに突きとめられているなら、イクリプス・ベイに誰かが送りこまれてきたはずだ。ハワイに旅行に来るまで待っていたとは思えない。

でも……。

ハンターとの距離はもう二メートルもなく、それはどんどん短くなっていた。グレイスはなんとかルーサーの慎重でゆっくりした歩調に合わせ、彼とならんで歩きつづけた。杖が刻むコンコンというリズムはいっさい変化しない。

グレイスはさっきより冷静を取り戻しつつあった。理性と常識が働きだして、脳のそれより原始的な部分がしりぞけられていた。

違う、理性と常識じゃない。それとは別のものが恐怖を中和している。本来なら不安でいてもたってもいられなくなっているはずだ。どういうことだろう？ それを思うと、近づいてくるハンターと同じぐらい恐怖を覚える。

とっさにグレイスは心を落ち着かせる力を押しのけようとした。怯えるべきなのだ。こんな状況ではそれが正しい反応だ。そう、怯えるのが筋なのに。

不自然な落ち着きが揺らいで消えた。狩られる恐怖がいっきによみがえったが、同時に真偽の観念も戻ってきた。これこそわたしが感じるべきものだ。

恐慌状態に戻ったことに慣れないうちに、グレイスはルーサーのオーラを察知した。スペクトル上の異常な場所で脈打っている。闇のなかでパワーが振動していた。

二人の男は手を伸ばせば触れられる距離まで近づいていた。出し抜けに、あたかも精神のスイッチを切ったかのように男のオーラがかすれ、明らかに弱くなった。超能力ハンターのオーラであることに違いはないが、獲物を求めてうろついているときのオーラではない。むしろ、エネルギー場はまどろんでいる人間の穏やかな色と波長になっている。あのハンターが誰であれ、わたしにもルーサーにも関心を持っていない。

男は左にいるカップルには無関心のまますれ違っていった。グレイスは肩越しに振り返りたい衝動を必死でこらえた。

「だいじょうぶだ」ルーサーが言った。「もう行ってしまった」

「ハンターだったわ」とささやく。

「ああ」

グレイスは自分が目にするものをなかば恐れながらちらりとルーサーをうかがった。けれど彼のオーラは正常に戻っていた。きっとさっきのはわたしの勘違いだったのだろう。ハンターのすさまじいオーラに接近したことで、感覚が狂ったのだろう。

「あの男がハンターだってわかったの？」グレイスは訊いた。

「きみほどはっきりオーラを読み取ることはできないが、ああいうエネルギーなら苦もなく見きわめられる。感覚を鋭くしていたからなおさらだ。歩道にいるほかの人間が無意識にあいつに道を譲っていたことに気づいたか？　超能力者じゃなくても、近くにハイレベルの捕食者がいればそうとわかる。きみは何を感じた？」

「あいにく、いちいち注意していなかったわ。でもすごく能力が高かった。そしてあなたが言ったように、能力を解き放っていた」

「狩りをしていたのか?」

グレイスはあらためて考えてみた。「いいえ。オーラからそういう印象は受けなかった。あの男は意識を集中していなかった。特定の誰かを狙っていたとは思えない。たぶん夜の散歩をしにきて感覚を高める気になっただけよ。どういうものか、あなたもわかるでしょう。自分には超感覚を使えるという理由だけで使うこともあるわ」

「縄張りを調べていたのかもしれないな」とルーサー。「軽く偵察をしていたのかも」

「たしかにその可能性もあるわね。でも、なんのために?」

「いい質問だ。ほかにぼくが知っておいたほうがいいことはあるか?」

「一つだけ」グレイスは言った。「さっきの男が何者にせよ、暴力になじんでいるわ」

「殺人犯か?」

グレイスはつかのまためらった。「殺人を犯したことはあると思う。でもごろつきでもモンスターでもない。正気を失ってもいないし、自制を失ってもいない。社会病質者でもない。そういう人間ならすぐわかるの。わたしに見えたのは、暴力をビジネスライクと言えるほど冷ややかに捉えていることよ」

「軍人か警察官の可能性もあると?」

「たぶん。あるいはプロのギャングなのかもしれない。何にせよ、分けて考えることができる人間」

「どういう意味だ?」

グレイスは鼻の頭に皺を寄せた。「昼間どんな仕事をしているかにかかわらず、愛する妻と家族を持てる人間という意味よ」

「さっきの話だが」ルーサーがさりげなく続けた。「この仕事に関するファロン・ジョーンズの確率論について話し合ったときの話だ」

グレイスはごくりと喉を鳴らした。「それって、おおまかに言い換えると〝リゾートホテルにハイレベルの超能力者が一人以上いる可能性がどれぐらいあるか?〟という、あの説?」

「ああ、その説だ」とルーサー。「どうやらほころびがあったらしいな」

「そのようね。でも理屈のうえでは、いますれ違った男が近くのホテルにたまたま滞在しているただの観光客という可能性もあるわ。ここの海沿いにはたくさんホテルがあるもの」

「とはいえ」

「そうね。とはいえ、あそこまで強力なハンターは、ありふれた存在じゃない」

「ああ、違う。ぼくたちみたいなハイレベルのオーラ能力者がそうでないように」ルーサーがぴたりと足をとめる。「となると問題は、きわめて能力の高い超能力者が三人、同じ晩にこのビーチに居合わせる可能性はどのぐらいあるか、ということだ」

「この些細な偶然は、わたしたちの任務と関係があると思ってるのね?」

「ファロンに連絡したほうがよさそうだな。まったく、せっかくの夜があっという間に台なしになりそうだ」

グレイスには彼が携帯電話に手を伸ばした瞬間がわかった。なぜなら、そのとき彼女の腕をつかんでいた手が離れたからだ。

# 9

月明かりのもと、ルーサーにはグレイスの表情がはっきり見えなかったが、見なくてもぎょっとしているのはわかった。彼も啞然《あぜん》としていたが、それはグレイスに触れたからではなかった。

二人は一瞬前までルーサーがしっかりつかんでいたグレイスの二の腕を見おろした。

「くそっ」ルーサーは言った。「すまない。考える前にやっていた。あいつの通り道からできるだけきみを遠ざけたかっただけだ。だいじょうぶか？」

「だいじょうぶ」グレイスが不思議そうに指先でむきだしの彼の腕に触れた。「痛くないわ。ぜんぜん平気。久しぶりよ、一年以上になる。またほぼ普通に戻ったとわかって、どれだけほっとしているか、あなたにはわからないでしょうね」

「ほんとうにだいじょうぶなのか？」

「ええ」声がはずんでいる。うきうきしていると言ってもいいほどに。「ええ、だいじょうぶよ」そこで口を閉ざし、自分の両手を見おろす。「少なくとも、あなたに対しては」

ルーサーは悪い気がしなかった。特別な存在、少なくとも彼女にとって特別な存在だと思うと悪い気はしない。グレイスは、もともと少し変わったところのあるぼくの世界をたったいま揺さぶったことに気づいてもいないのだろう。それとなくオーラを操ったことを察知されたことはこれまで一度もないし、ましてや強い拒絶ははじめてだった。

　さっきのハンターは悠々と無頓着にすれ違っていき、高めた感覚が一時的に抑えこまれたことには気づいてもいなかった。けれどグレイスは、すばやくそっとパニックを静めようとしたぼくを、そよ風で開いてしまったドアを閉めるようにやすやすと押し返した。どうしてそれにこれほど興味をかきたてられるのだろう？

「ハワイの魔法のせいにしておこう」彼は言った。「さあ、人目につかずにファロンに電話できる場所へ行こう」

　ふたりは遊歩道をはずれてビーチから離れ、いちばん近くにあるホテルの豊かに植栽された庭の奥へ入っていった。ルーサーは大きな木の低く垂れさがった枝の下で足をとめた。グレイスが近くで立ちどまる。彼はふたたび感覚を研ぎ澄ませ、近くにオーラが存在しないことを確認した。植え込みのなかに人間型の電球が浮かびあがることはなかった。自分たち以外誰もいないことに満足し、ルーサーはファロンのコードを打ちこんだ。

　ファロンの応答を待ちながら、シルエットになったグレイスを見つめていた。静かに隣りに立って、また胸の下で腕を組んでいる。何を考えているのだろう。

　さっきの遊歩道でぼくがやろうとしたことには気づいていないらしい。それは喜ぶべきなのだろう。グレイスは自分が何をしたかもはっきり自覚していないような気がする。彼女の関心はハンターに釘づけになっていた。

二度めの呼びだし音でファロンが出た。珍しいことだ。

「どうかしたのか、マローン？」ファロンが不機嫌に言った。

「留守なのかと思いはじめていたよ。ふだんのあんたは、一回めの呼びだし音が鳴っているあいだに電話に出る」

「コーヒーを淹《い》れなおしていたんだ。長い夜になりそうだからな。電話をしてきた理由は？」

ルーサーはハンターとの遭遇について手短に説明し、方程式の新たなファクターについて熟考するファロンを辛抱強く待った。

「おまえとミス・レンクイストが、宿泊しているホテルのそばでハイレベルのハンターに遭遇するのは、たしかに稀有《けう》な出来事だ」やがてファロンが言った。「警戒すべき要素ではあるが、深刻なものではない。超能力者だってハワイ旅行ぐらいするんだ。それどころか、ジョーンズ一族の一人だったのかもしれない」

「あんたの一族にハンターがぞろぞろいるのは知ってるよ、ファロン。だがグレイスとぼくが凄腕の殺人犯を監視することになっているときと同時期に、そのうちの一人がここにいる可能性がどのぐらいある？」

「およそ二〇パーセントだろうな。ジョーンズの多くは西海岸に住んでいて、ハワイでの休暇を楽しむ者も大勢いる。わたしも行ったことがある」

「あんたが休暇を取ったのか？」

「大昔の話だ。いまの仕事に就く前。そいつは間違いなくハンターだったのか？　ほかの能力を持っていた可能性は？　ユーバンクスが予定より早く到着したのでは？」

「ユーバンクスはレベル9の戦略能力者と言ったのはそっちだぞ。さっきの男は間違いなくハンターだった。グレイスもぼくもそう感じた」

「わかった、いまは少し疲れているんだ」ファロンが言った。「ベストの体調じゃない。もう少し考えさせてくれ。おまえたちはとりあえず当初の計画に従え。ユーバンクスが予定どおり明日現われれば、ハンターがいたのも単なる偶然と考えていいだろう」

ファロンが疲れた声を出すのはきわめて異例なことだ。彼の下で働いたこの二年のあいだに、ルーサーはJ&Jのトップがこれほど疲れた声を出すのをはじめて聞いた。

「偶然は信じないんじゃなかったのか、ファロン？」

「ああ」ファロンが答えた。「信じない。そのハンターには用心しろ。もしまた姿を見せたら、わたしもそいつが何者か知りたい」

「そう言うと思ってたよ。グレイスをオレゴンに戻る飛行機に乗せたら、探してみる」

暗闇のなかでグレイスが体をこわばらせた。つんと顎をあげた仕草に強情さがうかがえる。

「次にそいつを見つけるときもグレイスの協力がいるんじゃないか？」

「いいや、必要ない。さっきも言っただろう。今夜ぼくは難なくあいつをハンターだと特定できた」

「それはそいつが感覚を研ぎ澄ませていたからだ。平常心でプールサイドでくつろいでいたとしても、特定できたと思うか?」

二人とも答えはわかっていた。

「たぶんできなかっただろう」ルーサーは認めた。「だがグレイスをあいつに近づけたくない」

「彼女はJ&Jの調査員だ。おまえと同じように。いまのような状況で、彼女には自分で判断を下す権利がある」

「グレイスは専門家だ。現場仕事をする訓練を受けたプロの調査員じゃない」

「おい、マローン——」

「また連絡する」

電話が切れた。ルーサーは携帯電話を閉じてベルトにつけた。

「それで?」グレイスが訊く。「これからどうするの?」

「計画どおりに進める。ターゲットの到着を待って正体を確認する」

「そのあと、さっきのハンターの正体を確認するのね」きっぱりと言う。

「ファロンはできればあいつの正体を突きとめたいと考えているが、それはぼく一人でもできる」

「わたしがここに留まって協力したほうが簡単だわ」

「グレイス——」

「だいじょうぶよ。次のときには覚悟ができている。震えあがったりしないと約束するわ」

「だめだ」

「ミスター・ジョーンズとの会話が聞こえたわ」反抗的にグレイスが言った。「彼は、どうするかはわたししだいだと言っていたわ」

「ファロン・ジョーンズがどう言おうが関係ないこともある。いまはそういうめったにない場合だ」

「あなたにはわたしが必要よ」執拗《しつよう》に食いさがってくる。「認めなさい」

「冷静になれ。ハンターを追い詰めるのは、きみの専門分野じゃない」

「さっきハンターとすれ違ったとき、わたしが少し怯えたからそう言ってるんでしょう？そんなのフェアじゃないわ」

ルーサーは苛立ちがこみあげるのを感じた。「フェアかどうかなんて関係ない。きみは訓練を受けたプロの調査員じゃない。緊急の現場仕事に駆りだされた系図の専門家だ。任務を終えたら、ぼくが乗せた飛行機でできるだけ早く帰るんだ」

グレイスが影から姿を現わした。「ミスター・ジョーンズは明らかに違う意見よ。わたしは彼の下で働いているの。あなたの指図は受けない」

「いいことを教えてやろう。ぼくといるあいだは、ぼくの指示に従うんだ」

「いい加減にして」ぴしゃりと言い返す。「〝ボスはおれだ〟みたいな頑固な態度はやめて」

「ボスはおれだ的な頑固な人間なら、こういうことはしない。この話はもう少しきみが冷静になった明日の朝話したほうがよさそうだな」

「今度は先輩風を吹かせるつもり？」

「そう思うのか？　ぼくは自分の仕事をしているだけだと思ってる。ホテルに戻ろう。きみ
「きみは今日、いろいろあった」

ルーサーは無意識にグレイスの腕をつかんでホテルの庭から連れだそうとした。グレイスがすばやく身を引いた。彼女が触れてもだいじょうぶな特別な存在になったと思ったのもこれまでだ。ルーサーは体の脇に手をさげ、胸にしみる浮かない気持ちを抑えこんだ。

「ここを出る前に、一つお願いがあるの」グレイスが静かに言った。

「今度はなんだ？」

「もう一度あなたに触れてもいい？」

またたく間に浮かない気分が消え去り、あらゆる感覚にぞくりと震えが走った。だが次の瞬間、ルーサーは理解した。当初のときめきが薄れていく。

「実験したいんだな？」彼は訊いた。「ハンターに気を取られていないいまなら状況が違うか、確かめたいんだろう？」

「まあね」とグレイス。「さわられるのがいやだとしても、気持ちはよくわかるわ。実際、たいがいの人よりその気持ちは理解できるつもりよ。他人に触れられるのがいやなのは、身をもって知っているもの」

「いいや」ルーサーは言った。「いやじゃない。実験してもらってもかまわない」

彼は手のひらを上に向けて片手を差しだした。上等じゃないか。実験用のラットにされている。

グレイスが人間にエサを差しだされた野鳥のようにおそるおそる一歩前に踏みだした。ゆっくりと片手を伸ばす。

つかのまルーサーの手の真上で指先をためらわせ、それからわずかに手の位置をさげて彼の手のひらに軽く触れたのち、すばやく手を離した。ルーサーは相手の手首をつかんで引き寄せたい衝動を懸命にこらえた。

グレイスがふたたび手をさげ、素肌どうしを触れ合わせた。今回はあわてて手を引こうとはしない。かすかに震えているのがわかる。

「だいじょうぶか？」

「ええ、だいじょうぶ」声が感きわまっている。「驚きだわ。先週、食料品店の店員の手にうっかり触れたとき、またひどいショックを受けたの。今回は二度と回復しないんじゃないかと思いはじめていたのよ」

ルーサーはこれまで何度そんな思いをしたのか訊いてみたかったが、いまそんな質問をするのはふさわしくない気がした。

「何か感じるか？」かわりに尋ねる。

「ええ、でもいやな感覚じゃない」

「じつに男の心に響くお褒めの言葉だな」

「ごめんなさい。でもこの一年、強い精神的ショックを受けずに誰かに触れることができなかったんだもの。歯医者さんに行くのも辛かった。歯のクリーニングを乗りきるにも抗不安薬が必要だったのよ。自分の感覚が正常に戻ったとわかってどんな気分か、想像もできないでしょうね」

ルーサーはゆっくりグレイスの手を握った。骨格がほっそりした彼女の手は、いまにもこわれそうでひどくなまめかしかった。肌は温かくてやわらかい。手を離そうとする気配はない。

「これはあなただけなのかしら」考えこんだようにグレイスがつぶやく。「オーラ能力を持つ者同士ということと関係があるのかもしれない。やっぱり治ったわけじゃないのかも」

ルーサーはわずかに指に力をこめた。グレイスは怯《ひる》まなかった。

「この実験をくり返せるか確かめるために、出逢った男の手を片っ端から握ろうと思ってるなら、いささか異議がある」

グレイスが笑った。低い小さな笑い声はやけに女らしくて、ルーサーの感覚を刺激した。彼はグレイスのほうへ体を傾け、彼女の周囲で揺らめいている激しく甘いエネルギーを噛みしめた。

「片っ端からというわけにはいかないわ」とグレイス。「でも誰か一人で確認すれば、もっと信頼性の高い科学的な検査になるかもしれない」

「実験を続けるつもりなら、ぼくがいつでも協力しよう」

「利他主義の精神に富んでいるのね」

「ああ、ぼくのミドルネームはそれだ」ルーサーは言った。「利他主義」

グレイスが空いている手の指先で彼の頬をなぞった。

「感覚を高めているのね」グレイスが言った。「高ぶっているのが感じ取れる」

「こうしたほうが、もっと楽しめる気がしたんだ」

「何を楽しむの？」

「全力できみにキスすることを」

グレイスは彼の言わんとする意味を理解した。

「誰かとためしたことはあるの？」

よし、とりあえず断わられはしなかった。

「何度か」ルーサーは正直に答えた。

「それで？」

「あまりうまくいかなかった。たいがいの場合、ぼくは相手を震えあがらせてしまった。強いオーラがエネルギー場に侵入すると、超能力を持たない人間でも不安になる」

「じゃあ、いま話しているこのキスは、あなたにとっても実験なのね？」

「そうだ」

ルーサーは木の幹によりかかってわずかに脚を広げ、近くに杖を立てかけた。両手を伸ばし、太ももがつくる親密な囲いのなかへ彼女を引き寄せる。グレイスは抵抗しなかった。

「あなたは怖くないわ」グレイスがささやく。挑発しているのではない。事実を言っているだけだ。

「ああ」ルーサーは言った。「ぼくもきみは怖くない」

「ほんとうに？」言葉にセクシーな笑みがこもっている。ルーサーは一本の指でグレイスの唇の輪郭をなぞった。

「怖がっているように見えるか？」

「いいえ」

彼は唇を重ねた。慎重に、ゆっくりと。何があろうとこの瞬間が死ぬまで忘れられないものになるのはわかっていた。グレイスの両腕が首に巻きついてきた。しっかりと。そしてキスに応えてきた。彼に身をゆだね、幹に押しつけてくる。

グレイスの周囲の光が燃えあがり、光り輝くオーラに変わった。名前のない色がついたいくつもの波が、みずからのエネルギーで寄せては引き、砕けてはそれをくり返している。強烈になまめかしい快感は、八月の乾ききった森に火をつけそうなほど激しかった。突如として闇に火がついている。

ルーサーは自分が興奮しているのはわかっていた。だがいまは一触即発の状況だった。ほとばしる感情で感覚がかき乱される。方向感覚まで失いそうだ。立っていられるのは、背中にあたっている幹のおかげにほかならない。考えてみれば、そもそも立っていたくはない。むしろ地面に寝転びたい。グレイスの上に。

はじめてのキスは、怖がらせないようにやさしくするつもりだった。なにしろグレイスは一年間誰にも触れていないのだから。少なくとも感覚にショックを受けずには。紳士なら、こういう状況ではゆっくりことを進めるものだ。それなのに、ルーサーは自分の自制力と格闘していた。一刻の猶予もならない切迫感が押し寄せてくる。

グレイスも同じ渦に巻きこまれているようだった。両腕で激しく抱きつき、やわらかい唇を開いてキスに応えている。ルーサーに対する欲望は、おそらく悲惨な一年から解き放たれた結果にすぎないのだろう。彼はその心配をするのはあとにすることにした。いまは自分と同じぐらいグレイスも彼を求めていることしか考えられない。

焼けつくようなキスが、かつて経験したどのセックスより熱い炎で彼の感覚を燃えあがらせていた。

「この場でイキそうだ」唇を重ねたまま彼はつぶやいた。「キスだけで」

「信じられない」グレイスが彼の腕のなかで身震いし、わずかに身を引いて彼を見あげた。

「こんな気持ちになったのは、はじめてよ。感覚が焼き切れる前もなかった。わたしたちがオーラ能力者だということと関係があるに違いないわ。それ以外説明がつかない」

「頼む。分析しようとするのはやめてくれ」

「ごめんなさい。あんまり不思議だから——」

ルーサーは唇を激しく押しつけてグレイスを黙らせた。彼女がふくらはぎに右足をからませて応えてきた。まるで彼の固くなったものによじ登ろうとしているかのように。

彼は下へ手を伸ばしてグレイスのズボンのファスナーを探りあて、それをおろした。ショーツのなかに入れた手が太もものあいだに触れた瞬間、グレイスが切羽詰まった小さな声を漏らした。すっかり熱く潤っている。神経が集まる固いつぼみを探しあてると、彼女があえいだ。

ルーサーはきつい奥へと指をすべりこませた。すぐさまグレイスが締めつけてきた。あたかもずっと彼を待っていたかのように。

「ああ」グレイスの両手が彼の肩をしっかりとつかむ。「いい」

ルーサーはグレイスをそっと撫でて彼女を感じ取った。集中するのは不可能に近かったが、必死でグレイスのオーラに意識を合わせ、正しい場所に触れていることを告げるいちだんと大きく突きだす光の矢を見つめて的確な力をくわえつづけた。

「ルーサー」

グレイスがショックを受けた声を出した。驚きで息を詰まらせたあえぎ声は、そうとしか表現しようがない。ぞっとするような一瞬、ルーサーはやはり彼女の感覚に拒否されているのだと思った。快感ではなく苦痛を与えている可能性など、考えるだけでおぞましい。

だがグレイスは逃げようとしていない。それどころか彼の首筋に顔をうずめてしがみついている。クライマックスを迎えた彼女の痙攣《けいれん》が全身を震わせ、オーラを輝かせている。

それが治まったとき、ルーサーはグレイスと同じぐらいほっとした。

「まいったな」グレイスの髪に口をうずめてつぶやく。「二度とあんな怖い思いはさせないでくれ。一瞬、痛い思いをさせているんじゃないかと思った」

グレイスが彼のシャツに向かって弱々しいこもった声を漏らした。笑っているのだとわかるまで、少し時間がかかった。彼に抱きついたまま、ぐったりと脱力している。息遣いは、溺《おぼ》れかけたあと水面に顔を出したばかりの人間のようだ。

ルーサーはしっかり彼女を抱きしめ、呼吸と激しい欲望を静めようとした。

やがて、グレイスがもう笑っていないことに気づいた。シャツの前が涙で濡れている。

「グレイス?」

「心配しないで」ルーサーのシャツから顔をあげずに言う。「わたしはだいじょうぶ。こんな経験をするのがはじめてなだけ」

彼はグレイスの髪に顔をうずめたまま微笑んだ。「ぼくもだ」

グレイスはじっと黙っていたが、やがて顔をあげた。「でもあなたは――」

「気にするな」耳のうしろに髪をかけてやる。「心を整理するまで、きみには少し時間が必要だ」

「そうね。一日じゅうジェットコースターに乗っていた気分よ」

「そう思ってるのは、きみだけじゃない」

「ごめんなさい」くやしそうにグレイスが言った。「こんなつもりじゃなかったの。プロとして失格よね」

ルーサーは彼女の唇に指先をあてて黙らせた。

「何があろうと」不機嫌に言う。「いまやったことを後悔しているとだけは言わないでくれ。

それだけは聞きたくない。いいな？」

グレイスはつかのまためらっていたが、こくりとうなずいた。

ルーサーは彼女の唇から手を離し、そっとグレイスを押し離して杖をつかんだ。月明かりのなか、二人は黙ったままホテルへ戻った。触れ合うことなしに。

# 10

ビーチ沿いの遊歩道をはずれてホテルに戻る階段をのぼりかけたところで、ハリー・スイートウォーターは携帯電話がかすかに振動するのを感じた。ハリーは着信表示を確認し、大きな椰子の陰に入って電話に出た。

「ハロー、ゴージャス」

「ハロー、ハンサムさん」アリソンが言った。

このやりとりは二人の関係と同じぐらい古いものだった。始まったのは、三十四年前の最初のデートのときだ。

「手はずは整った?」アリソンが訊く。

ハリーはきれいに整頓されたデスクについている妻の姿を思い描いた。厳重に暗号化されたコンピュータと複数の電話機がすぐ手の届くところに置かれている。デスクがあるのは、便利なオフショアの島の大きな商業ビルに入っている人目につかない小さなオフィスだ。ビル内のほかの企業の大半は、合法的な企業に投資する前に資金を徹底的に洗浄する必要がある人間向けに財政的援助を行なっている。慎重にビジネスを遂行するそれらの企業にまぎれ、厳選した顧客に特別なサービスを提供する小規模な家族経営会社はめだたない。

「万事整った」ハリーは答えた。「ターゲットが明日チェックインするホテルの隣りのホテルに部屋を取った」

「今度のクライアントは、なんだか面倒なことになりそうな予感がするの」

ハリーは妻の判断を追究しなかった。アリソンにはハイレベルの直観力がある。

「ナンバー2の仕事はこれまでに何度もしてきたぞ」

クライアントは二人しかいない。そのほうが顧客管理が簡単になる。

「何もかも、一見まともなの」とアリソン。「ナンバー2は正しいセキュリティコードを使ってる。今回の仕事の何が引っかかるのか、自分でもわからないのよ。たぶん向こうが細かいことまであれこれ管理しようとしてることと関係があるんだわ」

「またメールが届いたのか？」

「ええ。数分前に、また最新情報を知らせるように言ってきた。これまでにはなかったことよ。これまでナンバー2は、いったん仕事を依頼してきたあとは変更がないかぎり連絡してこなかった。契約どおりに仕事がすめば、こちらの口座にお金が振りこまれて終わりだったわ」

それは事実だった。これまでクライアントは二人とも、必要にせまられないかぎり依頼した仕事に関する瑣末《さまつ》な情報を知りたがったりしなかった。知らないのが一番だし、単にどちらのクライアントもそのほうがよく眠れるのだろう。

「セキュリティのリバースチェックはやったのか？」

「ええ。異常はなかったけれど、どうもいやな予感がするのよ」

「ハッキングされているのか？」

「いまその可能性をジョンに確認させているわ。あの子はうちのコンピュータに外部からの侵入があるとは思っていないけれど、ナンバー2のシステムがハッキングされている可能性は否定できない」

ハリーは父親としての誇りを感じた。末息子はコンピュータにかけては抜群の能力を備えている。超自然的な能力を。ジョンは暗号解読が得意で、サイバースペースという新たな次元でパターンを読み取ったり入り組んだ経路をたどったりするこつを心得た戦略能力者なのだ。スイートウォーター家の男の多くと違って本物のハンターではないものの、的確な直観力には事欠かない。ハッカーの正体を突きとめられる人間がいるとしたら、ジョンをおいていない。

「ジョンに調査を続けるように言ってくれ」ハリーは言った。「時間はある。ミスをしたら面目丸つぶれだ」

「何かわかったら、すぐ連絡するわ」

「待ってるよ」

「マウイはどう？」

「暖かい。さわやかな風。椰子の木。ビーチ。まあ、島だから当然だ」

アリソンが笑った。「あなたが仕事をしているときは、すぐわかるわ。立ちどまってプルメリアの花の香りをかごうとはしない」

「仕事中はしない」

だがそう言いながらもハリーの胸で不安がよじれていた。数分前、感覚を解き放ってビーチ沿いの遊歩道でありふれた偵察をしていた。だがその途中で無意識のうちに緊張を解き、通常の感覚に戻っていた。自分らしくない。ふだんなら、仕事中は少なくともある程度は警戒している。周辺をつねに意識していることの重要性は物心ついたときから教育されてきた。ごく些細なことでも悲惨な結果を招きかねない。ミスはビジネスに悪影響を及ぼす。

さっき遊歩道にいた自分に何が起きたのだろう？　五十九歳そこそこの熟年で盛りを過ぎつつあるのかもしれないと考えると気が滅入る。父親も祖父も七十代まで仕事をしていた。たしかに時の流れとともに多少の衰えはあったものの、抜群のスピードや超能力の鋭さを失った分は経験が補っていた。最終的に二人が引退をよぎなくされた理由は能力の低下ではなかった。父親も祖父も、さんざん抵抗したあげくそれぞれの妻によって引退させられたのだ。

「テレサはどうしてる？」彼は訊いた。

「元気よ。ちょっといらいらしているだけ。むしろニックのほうを心配してるわ。あの子、ノイローゼぎみなのよ。ニックにとっては長い九カ月だったから」

ハリーの口元がほころんだ。ニックにとっては長い九カ月だったから」

ハリーの口元がほころんだ。仕事中の長男は冷徹なハンターだが、愛する妻ともうすぐ生まれるはじめてのわが子のこととなると冷徹とはほど遠い。ニックはテレサと出産前の講習を受けられるように仕事を調整している。インターネットで見つけられるかぎりの出産と子育てに関する本を読みあさっている。ある本に載っていた〝子育て環境〟をつくるために、子ども部屋をデザインする専門家を雇うと断固として主張しさえした。いまは絶対に出産に立ち会うと決意している。

「なんとか乗りきるさ」ハリーは言った。「おれもそうだった」

「よく言うわ。あなたが分娩室に入ってくるたびに、気絶するんじゃないかと心配したのよ」

「まあ、たしかに多少青ざめていたかもしれないが、卒倒はしなかった」

二人はしばらく他愛ない会話を続けたのち、いつもの別れの言葉を口にした。

「おやすみ、ゴージャス」

「おやすみなさい、ハンサムさん」

ハリーの手のなかで電話が黙りこんだ。彼は携帯電話をポケットにしまい、その場にたたずんだまま黒い鏡のような海を見つめた。さっき遊歩道で、たしかに何かが起きた。ハリーは普通とは違う自分の感覚が活動を停止したときのことを正確に思いだそうとした。手をつないでいる年配のカップルとすれ違った。そのあと杖をついている男と女が目に入った。二人は並んで歩いていて、たがいに触れてはいなかった。男の何かに注意を引かれた。研ぎ澄ましていたハンターの直観が、別の捕食者らしき存在を感知した。だがその直後、ハリーは興味を失っていた。

次に気づいたときは遊歩道を数メートル進んでいて、ありきたりの感覚に戻っていた。リラックスする正当な理由がないのに、仕事中にリラックスしていた。

# 11

それは見慣れた夢だった。マーティン・クロッカーを殺害した日に関連する、何度もくり返し見た悪夢の一つ。けれど今回は何かが違う。まず、夢を見ているという自覚がある。でももっともめだつ特徴は、恐怖を感じていないことだ。

……マーティンが近づいてくる。もう二メートルほどしか離れていない。彼が抱えている食料品を入れた袋が下に落ちる。パンとコーヒー豆の包み、そしてレタスが入ったビニール袋が桟橋に散らばる。わたしは逃げたいのに逃げられない。そのとき、感覚に鋭い痛みが走る。マーティンがわたしをつかまえようと手を伸ばしてくる。

でも、何かがおかしい。わたしは恐怖に捉われていない。むしろ落ち着いている。変だ。怯《おび》えきっていて当然なのに。マーティンだけでなく、自分がこれからやろうとしていることに対して……。

「いや」

グレイスは不自然な落ち着きのベールを押しのけ、正しい感情を探し求めた。

そこではっと目が覚めたが、桟橋での出来事の夢を見たあとのいつもと違い、心臓は高鳴っていなかった。息が切れてもいないし、冷や汗で寝巻きが肌に貼りついてもいない。グレイスはまぶたを開いてガラスの引き戸の向こうを見た。夜明けの淡いグレーの光のなか、ベランダの手すりとラウンジチェアの一部の輪郭が浮かびあがっている。ここはイクリプス・ベイじゃない。

そう、わたしはマウイ島にいる。J&Jの仕事をするために。そして、そう、いまを生きるすべを身につけようとしている。

「だいじょうぶか？」戸口からルーサーが声をかけてきた。

グレイスはどきりとして体を起こし、彼に振り向いた。ズボンをはいているが、まだかなりの部分がむきだしのままだ。素足やがっしりした肩や胸板の厚さがどうしようもなく意識される。杖を使っていることが、トレーニングから遠ざかる原因になっていないのは明らかだ。

昨夜あの肩と胸に触れたときの感触の鮮やかな記憶がいっきによみがえった。

セックス。わたしはこの人とセックスをした。人間同士が行なうもっとも親密な触れ合い。まあ、厳密に言えば最後まではいかなかった。少なくとも、伝統的にも法律用語でも一般的に最終段階で用いられると考えられている男性の一部を使っては。たぶん〝ヘビーペッティング〟が正しい表現だろう。それでもじかの接触はかなりあった。そして言葉を失うほどの強いクライマックスも。少なくともわたしはそうだった。その点については少々うしろめたく思っている。

実際は、わたしはばらばらに砕け散ってしまって、お返しをする余裕がなかったのだ。立っているだけで体力も気力も精一杯だった。昨夜の体験すべてで妙に頭が混乱し、強烈な安《あん》堵《ど》感と不安まじりの驚きのはざまで危なっかしくバランスを取っている状態だった。わたしの恐怖症は治ったのだろうか？　それともゆうべはハンターとの接近遭遇がもたらした奇妙な空白だったのだろうか？

ルーサーはわかっているようだった。そうでなければ、わたしが脱力して彼の胸で泣いたとき、関心を失ったのだろう。男は泣いている女の相手が苦手なものだ。オルガスムに達したあと泣く女が相手となれば、その気持ちは倍増するだろう。彼を責める気にはなれない。

事実がどうあれ、ルーサーはすぐにホテルに戻ることにした。ありがたいことに、エレベーターは無人だった。わたしは階段をのぼれる状態ではなかった。部屋に着くと彼はわたしを寝室に案内し、ことさらゆっくりとドアを閉めた。

どうやら夜のあいだに彼はドアをあけたらしい。まあ、ボディガードなんだから当然だ。

「だいじょうぶよ」グレイスはふとんの下で両膝《ひざ》を引き寄せ、抱えこんだ。「いやな夢を見ただけ」どっと警戒心がこみあげる。彼を起こしてしまったのなら、大きな声を出したに違いない。「わたし、何か言ってた？」

「いや」

「よかった」少しほっとする。

「〝いや〟と言ってた」ルーサーが言いなおす。「何度も寝返りを打って、二回〝いや〟と言っていた。いやな夢だったんだろうな」

「まあ、楽しい夢じゃなかったわ」どさりと枕にもたれる。とりあえず寝言でマーティンの名前を口走ったりはしなかった。でも間一髪だったという事実に変わりはない。

「きっとゆうべハンターに出くわしたせいだろう」ルーサーが言った。「ああいう経験はぼくたちみたいな人間の夢に影響を及ぼす」

「わたしたちみたいな人間？」

「超能力者」

「そうね」

でも、夢に侵入してきたのは昨夜のハンターではなかった。ハンターとすれ違ったとき、不安が鎮まったときの記憶がいっきによみがえる。わたしはほかのこと——あえて思いだそうとも思わないほど久しぶりに得たオルガスムを含めて——に気を取られ、遊歩道であったことを考えられずにいた。けれどいま思うと、ゆうべ感じた不自然で不思議な落ち着きは、いま見た夢をいつもとはまったく違うものにした落ち着きと同じものの気がする。どちらのときも、パニックの治まりかたが不自然だった。わたしは無意識にそれに抵抗していた。

「ほんとうにだいじょうぶなら、着替えをすませてくる」ルーサーがそう言って、戻ろうとした。

「ええ、どうかしたわ」グレイスはふとんを押しのけて立ちあがり、乱れたベッドをはさんで彼と向き合った。「説明してちょうだい」

「何を?」

「ゆうべ遊歩道で、オーラのエネルギーを使ってわたしのオーラを静めたわね? 嘘をついても無駄よ。さっき夢を見ているわたしにも同じことをしたでしょう。どういうこと?」

ルーサーは戸口で微動だにしない。「落ち着け。きみにとって昨日は長い一日だったし、悪い夢から覚めたばかりだ。まだ神経が少しささくれているんだ」

「わたしの神経に問題はないわ。心配ご無用よ。わたしに何をしたの?」

「気づいたのか?」自分の耳を疑っているように眉間《みけん》に皺《しわ》を寄せている。

「もちろん気づいたわ。ゆうべはほかのことに気を取られて考える余裕がなかっただけよ。ハンターや、すれ違ったときに彼がわたしたちに無関心だったことや――」そこではっと思い当たり、言葉を失う。「なんてこと。あのハンターにも同じことをしたのね? 緊張を静めるとか、そういうことを。あの男は感覚を研ぎ澄ませていたのに、あなたがそれを静めた。オーラを使って抑えこんだんだわ」

「ずいぶん呑みこみが早いようだな」他人を寄せつけない警戒した顔になっている。「これまで感づいた人間はいなかった。唯一可能性のある例外はファロン・ジョーンズだけだ」

「彼はあなたに何ができるか知っているの?」

「ファロンが何を知ってるかは、誰にもわからない」

「ふうん、これであなたがボディガードとしてやってこられた説明はつくわね」考えながら言う。「それに警察官やバーテンダーとしてやってこられた理由も。銃が好きじゃないのも当然だわ。あなたにはそんなもの必要ない。悪者に意識を集中して相手のスイッチを切ればすむ」

ルーサーの杖をつかむ指に力が入った。「あいにく、それほど単純な話じゃない。効果は距離によってぐっと弱まってしまうんだ。悪党が離れた場所にいるときは、射程内まで近づくように説得するしかない。屋上にいるスナイパーのオーラを静めることはできない」

グレイスはかすかに微笑んだ。「プロのスナイパーから守ってもらう必要があるクライアントがどれくらいいるの?」

「ぼくにまわってくる数はそれほど多くない」ルーサーが打ち明けた。「たいていの場合、脅しはもっと現実的なものだ」

「警察官をしていたときは、その能力が役に立ったでしょうね」

「警察を辞めたのは、この能力が原因だ」感情のこもらない返事が返ってきた。

「どういうこと? 役に立ったはずだわ」

「話せば長い」

「そしていまは話す気分じゃない?」

「ああ」

彼にも秘密を持つ権利はある。わたしだって秘密にしていることがあるのだから。グレイスは別の感覚を鋭くし、ルーサーのオーラを見た。感情を抑制しているのが感じられる。ほとんどは性的なものだ。グレイスは顔が赤くなるのがわかった。

彼の口元がわずかにほころんだ。「何かおもしろいものが見えるのか？」

ぎょっとしてグレイスは口を開き、それをいったん閉じてからふたたび開いた。「わたしにオーラを見られているのがわかるの？」

「もちろん。きみはぼくに見られているのがわからないのか？」

度肝を抜かれ、グレイスはルーサーを見つめることしかできなかった。「わ、わからないわ」

「わからない？」ひとことひとことに不信がこもっている。

グレイスはごくりと喉を鳴らした。「その、あなたの近くにいるとき馴染みのないエネルギーを感じることはあるけれど、てっきりそれは――」恥ずかしくて口を閉ざす。

「おたがいに惹かれあっていることと関係があると思った？」ルーサーが肩をすくめた。「たぶんそうなんだろう。昨日きみは空港でぼくに見つめられていることに気づいた。ぼくはきみが誰か知らなかったが、きみから目を離せなかった。ぼくは、きみのことを信じられないほどきらびやかな超自然的な蝶のようだと思ったのを覚えてる」

「いやだ、わたしはあのとき感じたものの意味に気づかなかったわ」

グレイスは前日コンコースではじめて彼に気づいたときに感じた興奮と期待に思いを馳せた。頬がほてる。どこまでルーサーに見られたのだろう？　ゆうべあったことを考えると、そんなのたいしたことではないけれど。ルーサーは最初から、わたしが彼に惹かれていることを見抜いていたに違いない。

これまでわたしのオーラを読み取れる人間はいなかった。読み取るのはつねにわたしのほうで、相手が行動に出る前に何をするつもりか見抜くのはわたしのほうだった。そうやって秘密を守ってきた。

「こういうのって、ばつが悪いものね」頬が熱い。

ルーサーがおもしろそうな顔をした。「慣れるには少し時間がかかるだろうが、きみさえよければぼくはかまわないよ」

わたしはかなりの危険地帯に踏みこんでいる。用心しなければ。慎重に築きあげてきた新しい暮らしを危険にさらすわけにはいかない。

「もう少し考える時間が必要だわ」弱々しく言う。

「ああ、そうだろう。さしあたって、きみのジョーンズ基準がほんとうはいくつか教えてくれないか？」

今度こそ本格的に動揺し、グレイスはなんとか落ち着こうとした。

「ミスター・ジョーンズから聞いていないの？」

「オーラを読み取る特殊な能力を持つレベル7とかいう話は聞いた。でも、真っ赤な嘘だろう？　きみのレベルは最低でも10のはずだ。数字のうしろに星印がついていたとしても驚かない。きみは変種だ」

パニックを起こしている場合ではない。グレイスは自分に言い聞かせた。反応としては、怒りのほうが安全だ。

「どこからそんな結論に至ったのか、理解に苦しむわ」冷ややかに言う。「わたしのレベル7は、あなたのレベル8と同じぐらい正式なものよ」

ルーサーが満足げにうなずいた。「さっき言ったように、真っ赤な嘘だ」

「認めるの？」信じがたい思いで問い詰める。

「いけないか？　第一級の超能力者であるきみなら、とっくに見抜いていたはずだ。会う人すべてにしゃべってまわるとは思わないが」

「そんなことはしないわ。あくまでも、ミスター・ジョーンズがあなたはレベル8だと断言したというだけのことよ」

「ファロン・ジョーンズが自分に都合がよければしゃあしゃあと嘘をつく人間だということを早く学んだほうが身のためだ」

グレイスはどさりとベッドの縁に腰かけ、膝の上で両手を握りしめた。ルーサーに背を向けてベランダを見つめる。「ミスター・ジョーンズが嘘をついた理由はそれじゃないと思うわ。きっとあなたの秘密を守ろうとしたのよ」

「ファロン・ジョーンズに善意があると考えるのは用心したほうがいい。あいつが最優先するのはソサエティの秘密だ。そのためなら手段を選ばない」

「あなたの言うとおりなんでしょうね」グレイスは自分のジョーンズ基準について、ファロンがどこまで知っているのか、あるいはどこまで疑っているのか不安になった。

「ファロンはぼくのレベルが人目を引かないように細工した」とルーサー。「ぼくの能力を表ざたにしたくなかったんだ。だがきみはどうやって自分のレベルを改竄《かいざん》したんだ？」

「どうしてわたしが改竄したと思うの？」

「なぜなら、ぼくにはきみのパワーの波長が見えるからだ」淡々と言う。「それを感じる。きみがどんな人間であれ、レベル7じゃない」

わたしならなんとかごまかせるはずだ。

「以前も話したように、母はわたしが十三歳のとき亡くなったの。わたしがアーケイン・ハウスで検査を受ける直前に。わたしはすぐに里親制度に組みこまれて、そこにはソサエティの存在を知っている人も、それを気にかける人もいなかった。だから、系図部に求職したときはじめて検査を受けたのよ。そのころには自分の能力をコントロールできるようになっていた。レベル7と査定されるのは簡単だったわ。レベル9や10の人間に対して、ソサエティの人間がどう反応するか、あなたも知ってるでしょう」

「ああ。特異な存在だと思われる。特異な存在は、とくに力の強い特異な存在は、人を不安にさせる。それで、きみはいくつなんだ？　10か？」

グレイスは咳払いした。「9よ」

「でたらめだ。自分のオーラを見てみろ。激しく脈打っている。きみは10プラスだな？」

それだけは間違いない。

「ええ」

「ぼくのように」

グレイスはため息をついた。「ジョーンズ基準は10までしかないわ」

「それは単に、それ以上の精神エネルギーを測定する方法が見つかっていないからだ。だからいまいましい星印があるのさ。ファロン・ジョーンズはきみの本当のレベルを知ってると思うか？」

「今朝までならノーと答えたでしょうね」組んでいた手をほどく。「いまはわからない。彼の能力の性格から考えて、わたしの能力が記録にあるより少し高いと推測している可能性はあるわ」

「きみは変種だ」確信をこめてルーサーが言った。「ぼくのように」

一つの秘密を隠すために、別の秘密を明かすこともある。さっきルーサーが指摘したように、ほかのオーラ能力者に事実を一つ知られたところでどこがいけないの？　すべてを理解してくれる相手に事実を打ち明けると救われる気がする。

「ええ」グレイスはそう言って顔をしかめた。「でも、その表現は好きじゃないわ」

「変種？」

「異常な超能力者を婉曲《えんきょく》に表現する言葉にすぎないもの」

「きみは異常じゃない」ルーサーが近づいてきた。カーペットを打つ杖が小さな音をたてている。「でもぼくに言わせれば、かなり珍しい存在だ」

グレイスは立ちあがって彼に振り向いた。

「そうなの？」

ふたたび官能的な熱いエネルギーがふわりと漂ってきた。ルーサーがまた感覚を高め、わたしのオーラを見ているのだ。彼のエネルギー場が発する明るい光の脈動を感じる。それが何を意味するか、いまのグレイスにはわかっていた。彼の感情はきわめて親密なものだ。ルーサーは本当のわたしを見ている。こんな男性ははじめてだ。

ルーサーがグレイスの前で立ちどまり、かすかに微笑んだ。「きみのために乾杯、と言うべきなんだろうな」

グレイスは笑った。いっきに心が軽くなってひどく舞いあがった気分だった。セクシーな気分。大胆。いまを生きている。

「気に入った？」グレイスは言った。いやだ、わたしったらほんとうに彼の気を引こうとしている。

「ああ、気に入った」ルーサーが彼女の頬に触れた。「これまでぼくが相手のオーラをいじくっていることに気づいた人間はいなかった。ましてやぼくを押し返した人間ははじめてだ」

グレイスは息を詰めたが、心的ショックは受けなかった。ためしに彼のむきだしの胸に指先で触れてみる。肌のぬくもりと、たくましいなめらかな筋肉の感触しか感じない。ゆうべの出来事は偶然ではなかったのだ。ほんとうに苦痛を感じずに彼に触れることができる。グレイスはルーサーの胸の上で手のひらを広げた。

彼の欲望の集中した強いエネルギーが周囲で渦巻き、強烈でおそらくはきわめて危険な奔流となって包みこんでくる。でもいまはその警告サインも気にならない。

「わたしがオーラを操作されないように阻止できるから、わたしに惹かれるの？」

ルーサーの笑みが官能的なものに変わる。「それともちろん、きみがセクシーだからだ」

グレイスは目をしばたたいた。「本気でわたしがセクシーだと思ってるの？」

ルーサーがグレイスの背中に杖をまわし、右手で杖の先をつかんで彼女を囲いこんだ。グレイスを引き寄せ、唇を近づけてくる。

「ものすごくセクシーだ」グレイスの唇のすぐ手前でささやく。

そのひとことでグレイスのあらゆる感覚に震えが走った。彼はわたしをほしがっている。新鮮で刺激的な対象と思っているのがわたしに惹かれている理由の一つだとしても、何が悪いの？　少なくとも、わたしはルーサーが怖くない。ほかの男性に感じたようには。それは大きな利点だ。それに、わたしは彼に触れることができる。

いまを生きる。

「そう」グレイスは言った。「でもあらためて言ってもらうのはいいものね」

「行動に出るのはどうだ？　それは大事じゃないのか？」

「いいえ」うまく息ができない。「行動はとても大事よ」

「それはよかった。なにしろいまのぼくは、少し行動にでたい気分なんだ」

彼の唇が重なってきた。グレイスはルーサーの首に両手を巻きつけてキスに応え、彼の抱擁に飛びこんだ。突然体重をかけられてルーサーがバランスを崩し、杖を落としてうしろによろめく。二人は乱れたベッドに倒れこんだ。

上になったグレイスは、われを忘れて夢中で彼の喉にキスをした。ルーサーの両手が体の横を移動してヒップに達し、寝巻きの裾《すそ》をたくしあげる。次の瞬間、むきだしのヒップをつかまれていた。

彼の指にゆっくり力が入る。グレイスは身震いして彼に爪を食いこませた。

「ああ、すごくセクシーだ」ルーサーが言った。こわばったかすれた声になっている。

彼が片方の膝を曲げて太もものあいだにグレイスをはさみこみ、激しく求めている固いものを彼女の脚に押しつけた。

無我夢中でグレイスは彼の胸から平らなお腹へと片手を這《は》わせ、ファスナーを見つけた。それをおろしはじめる。大きなものが邪魔をして、ファスナーはなかなか動こうとしなかった。

ルーサーがかすれた息を吸いこみ、わずかに緊張を解いた。

「自分でやる」

「いいわ。急いで」

ルーサーがベッドの片側で体を起こす。「約束するよ、精一杯急ぐ」

グレイスは横向きに寝返りを打ち、ズボンを脱ぐ彼のたくましい腰と肩をうっとり見つめた。ルーサーがズボンをおろすと、腰と膝の中間あたりの太ももに治ったばかりのぎざぎざの傷痕が現われ、グレイスはショックを受けた。

「まあ、ルーサー」

彼が視線を落として口元をひきつらせた。「見て楽しいものじゃないだろう？ 医者には見栄えをよくするために形成手術を勧められたが、当時は病院に逆戻りするのだけはいやだったんだ」

「見栄えなんてどうでもいいわ」彼の隣りに座って痛々しい傷痕にそっと触れる。「かなり出血したんでしょうね。命を落としていたかもしれないわ」

「言っただろう、責任はぼくにある」そこで口を閉ざし、まっすぐグレイスを見る。「気になるか？」

「もちろん気になるわ。そうとう重傷だったみたいだもの」

「そういう意味じゃない。気持ちがそがれるか？」

「ばか言わないで。心配になっただけよ。交通事故だったの？」

「違う」ルーサーが財布を開いてコンドームの包みを出した。

「まだ痛むの？」

「たまにうずく」コンドームをつける。「きみさえよければ、この話はしたくない。せっかくの楽しい時間に水を差すからな。どういう意味かわかるだろう」

グレイスの頬が赤くなった。「それは避けたいわ」

ルーサーが胸に手をあててきた。寝巻き越しでも手のひらのぬくもりが強烈に意識される。グレイスは両手で彼の肩をつかんだ。ルーサーの体に身震いが走り、オーラが輝きを増す。それはあたかもグレイス自身のオーラと響きあっているようで、女としての力に対するえもいわれぬ自覚がいっきに高まった。

彼の手が太ももの内側をゆっくり這いあがり、熱く高まった場所に到達した。昨夜と同じようにそっと触れてくる。まるでグレイスが何を望み、何を求めているか知りつくしているように。グレイスはいまや馴染みとなった彼のエネルギーの脈動を感じ取った。

ああ。彼はほんとうにわたしが何を望み、何を求めているか心得ている。どうすれば効果があって、何に効果がないか、わたしのオーラから読み取っている。

「待って」あえぎながら言う。「ずるいわ」

「愛と戦争にアンフェアはない」

彼が指を使ってしたことが、グレイスの感覚に甘美なショックを与えた。乱れたシーツの上でひとりでに両脚が動き、彼を受け入れられるように開いてしまう。

グレイスは思わず下へ手を伸ばし、彼の固くなったものに指を巻きつけた。ルーサーが大きく息を吸いこみ、うめき声とともに吐きだす。オーラを見なくても、自分の行動が正しかったとわかった。

「そうね」たくましい感触を楽しみながらグレイスは言った。「アンフェアなものはないわ」

すっかり固く大きくなっている。グレイスは通常とは違う視覚でルーサーを見つめながら探りを入れ、どこをどう触れればいいか正確に見きわめた。彼のエネルギー場の興奮が激しさとスピードを増し、グレイスの興奮をあおる。これまで誰かとこんなことをためしたことはない。この駆け引きには抵抗しがたい魅力があってくせになりそうだ。しかも彼のオーラから得るもののおかげで、どうすればいいかすぐわかる。

低くかすれた笑い声が聞こえ、自分がルーサーと同じようにひどくなまめかしい目で彼を見ていることに気づかれたのがわかった。

「ほんとうに呑みこみが早いな」かすれ声で彼が言った。グレイスの両手首をつかんで頭の上で押さえつける。「でも、さっさと終わらせるわけにはいかない」

グレイスはにっこり微笑んで腰を軽くあげ、彼を軽くつついた。それに気を取られたルーサーが空いているほうの手を下へ伸ばしたので、グレイスの唇が彼の肩に届くようになった。

グレイスは彼の肩を甘噛《あまが》みし、歯の感触を伝えた。

「その手できたか」ルーサーがつぶやく。「いいだろう。きみの考えはわかった」

手首が自由になり、グレイスは探索を再開した。ルーサーも同じだった。セクシーな駆け引きはじょじょに激しさと興奮を増し、二人はどちらも相手をもっと夢見心地にさせようとした。

やがてルーサーが体を重ね、奥まで入ってきた。グレイスは彼の肩をつかみ、膝を曲げて両脚をしっかりからみつけた。寝室で見えない光と炎が閃光《せんこう》を放つ。グレイスはいっそう強く彼に抱きつき、これまでどの男性にもしたことがないほど強引に求めつづけた。つかんでいる彼の筋肉がこわばったのがわかった。体の奥が彼をきつく固く締めつけている。ルーサーが全身をこわばらせた。手のひらの下で背中の筋肉が鋼鉄のように固くなっている。グレイスはやっとの思いで目をあけた。朝日で彼の険しい表情が見えた。オルガスムか死を招く暴力に出る直前の男性の表情だ。

ルーサーが目をあけ、グレイスに見つめられていることに気づいた。何も言わない。しゃべれないのだ。グレイスにはわかっていた。わたしも同じだ。二人とも渦巻く炎に巻きこまれている。けれどほんの一瞬、グレイスは二人のあいだで響きあう強い認識を、一種の相互承認のようなものを感じ取った。

はじめて感じるエネルギーを分析する余裕もないうちに、クライマックスが押し寄せて息が詰まった。その直後、ルーサーも絶頂を迎えた。

時間を超越したある瞬間、グレイスは二人のオーラがたしかに一つのエネルギー場になって自分たちを包みこんだような気がした。

もちろん、超心理学の法則によれば、そんなことはありえないのだが。

## 12

エレベーターには、彼らのほかに一人しか乗っていなかった。ホテルのスパのふんわりした白いローブにくるまっている女性。ルーサーはグレイスの落胆を感じ取り、笑いを嚙み殺した。他人に触れるときの感覚がどこまで〝治った〟か、グレイスがほかの人間で確かめたがっているのはわかっていた。

オープンエアのレストランがあるテラスに着き、グレイスが先にエレベーターをおりた。ルーサーは彼女に続きながら、これほど気分がいいのは、こんなにすっきりした気持ちになるのはいつ以来だろうと考えていた。

「オーラを操る特技を使って、女性を一瞬であなたに夢中にさせることはできるの？」グレイスが学術的興味を引かれているように尋ねた。

にやつきそうになる気持ちがいっきに失せた。わなを仕掛けられたときは、そうとわかる。

「おい、グレイス、声を落としてくれ」

すばやく周囲に視線を走らせ、質問をはぐらかせるものを探す。だがレストランに続く風通しのいい柱廊を歩いている五、六人との距離は、いずれも盗み聞きされるほど近くない。

これ以上言い逃れするのは無理そうだ。ルーサーは声を落とし、精一杯強い口調で言った。

「そういう効果はない」

「どうしようもなく興味を引かれるの。これまでしてきた系図の研究で、あなたみたいな能力には一度も出逢わなかったんだもの」

ルーサーはサングラスをかけて彼女を見た。激しい汗まみれのセックスのあとシャワーを浴び、まだ湿ったままの髪を耳のうしろに梳《と》かしつけている。ズボンとこれまで見たことのない長袖《そで》のシャツを着ているが、シャツの袖は肘のあたりまでたくしあげてあった。かなり大胆な行為だ。

「ぼくは、都合のいいときコンセントにつなげる小さな家電じゃない」ぼそりとつぶやく。

「もちろんそうよ」グレイスが同意した。「あなたは絶対に〝小さな〟家電じゃない。それで？　返事は？」

「ぼくたちは、これから朝食を食べるんだ。ぼくは朝食を食べながら新聞を読むことにしている。この話は別の機会にしないか？」

「イエスかノーで答えればすむのよ」

「セックスに関しては、単純にイエスかノーじゃ答えられない」

いいぞ。ルーサーは悦に入った。なかなかうまい受け答えだ、マローン。それどころか見事だ。

グレイスが小首をかしげて彼を見た。黒いサングラスで目が見えない。

「それじゃ答えになっていないわ」

ルーサーはゆっくり息を吐きだし、ひどく気分を害したふりをした。「ねらった女性を口説くために、自分の能力を使うか知りたいのか」

「違うわ」グレイスが足をとめてくるりと彼に振り向いた。明らかに耳を疑っている。「そんなモラルに反することをする人じゃないのはわかってる」

ルーサーも立ちどまった。「へえ。どうしてわかるんだ?」

「わたしはオーラを分析できるのよ。忘れたの?」

ルーサーは顔をしかめた。「ぼくを分析したのか?」

「あたりまえでしょう」冷ややかに言う。「分析もしていない男とベッドをともにすると思うの? ましてや、あんな問題を抱えているのに?」

「そこまで深く考えていなかったな」そこでつかのま口を閉ざす。「それで、ぼくは合格したのか?」

「ええ」グレイスが南国の朝日よりまぶしい笑みを向けてきた。「しっかり合格したわ」

「となると、きみがぼくに惹かれたのは、ぼくにさわっても電気ショックを受けないからなのか、という疑問が浮かぶな」

「なんですって?」今度はグレイスが腹を立てた。「さわれるという理由だけで、男性とベッドをともにする女だと思ってるの?」

「一年以上男に近づけなかったと言ったのは、きみだ」

「わたしの恐怖症は、ゆうべや今朝あったこととはなんの関係もないわ」ぴしゃりと言う。

「少なくとも、あなたが思ってるような意味では。侮辱だわ」

「そうかりかりするな」

「かりかりして当然でしょう。侮辱どころじゃない。腹が立つわ。ものすごく腹が立つ」

「ああ、見ればわかるよ」彼女の周囲で飛び跳ねている激情をほれぼれと見つめる。

「はっきりさせておくわ」感情を抑えた声で言う。「わたしは、さわれるという理由だけで男性とベッドをともにしたりしない」

怒った女性の炎が、欲望の生き生きした熱い波長と見事に同調していた。グレイスは憤慨しているが、ぼくを求めている。ルーサーはふたたびいっきにこのうえなく浮かれた気分になった。

「わかりきった結論に飛びついたからって、男を責めることはできない」

「いいえ、できるわ」

「〝怒ったときのきみはかわいい〟って言われたことはあるか？」

つかのまルーサーはグレイスが怒りをぶちまけると思った。だが彼女は顔をしかめた。

「いいわ」グレイスが言う。「そういう態度を取るなら、もう結構よ。お腹が空いたわ。食事にしましょう」

くるりと踵《きびす》を返し、つかつかとレストランの入口へ歩いていく。ルーサーは仕返しに傷ついたふりを装い、わざとらしく足をひきずりながらあとを追った。レストランの入口に着くころには、受付係がメニューを片手に目に同情を浮かべて待っていた。

グレイスがにらみつけてきた。ルーサーはちょっとした復讐《ふくしゅう》に満足して微笑んだ。

「そういう態度は受動攻撃と言うのよ」椅子に座りながらグレイスが言った。

「知ってる」メニューを手に取る。「でも気分はすっきりする。断わっておくが、ぼくはきみの質問に答えようと努力はするが、あいまいな返事しかできなくてもぼくを責めないでくれ。かなり漠然とした問題なんだ」

グレイスが眉をあげた。「続けて」

「性的エネルギーの操作は一筋縄ではいかない」ここは学術的な重みをつけて語るべきだと判断し、言葉を継ぐ。

「オーラのほかの要素を微調整するよりむずかしいの？」

「そうだ」

「どうして？」

「ぼくにわかるわけないだろう。文句は生物学に言ってくれ」学術的に話そうとする努力もこれまでだ。

「そんなに簡単にこの話を終わらせようとしても無駄よ」

「まず第一に、ぼくは存在しないものには干渉できない」

「どういう意味？」

「もし女性がすでにぼくに惹かれていなければ、エネルギーは存在しない。ぼくは何もないところからエネルギーを発生させることはできない」

「でも、女性がもとから持っている性欲はどうなの？　それを――」片手を軽く動かす。

「ちょっと高めることはできないの？　相手をその気にさせることは？」

そんなに単純な話だったら、どんなにいいか。

「たぶん」彼は言った。「もし相手の女性がほかのことに気を取られていなければね。たとえば、絵を描くこととか料理とか物理を教えることとか音楽を聴くこととかに」

「どうしてそれが障害になるの？」

「なぜなら、性的エネルギーは原油みたいなもので、いくつもの異なるエンジン、この場合はいくつもの異なる情熱に向けることが可能だからだ。ぼくは状況しだいで女性の肉体的興奮を高めることはできるかもしれないが、あいにく相手の興奮の対象がぼくになる保証はない。彼女はその日の午後サーフボードを抱えてビーチへ歩いていくのを見かけた男のほうが、はるかに興味をそそられると考えるかもしれない」

グレイスはうっすら唇をひらき、何やら考えこんでいた。「でも、もしその女性があなたにまんざら関心がないわけでもなかったら、その関心を強めることはできるんじゃない？」

「理論上はね、たぶん。でもたとえ相手のオーラをいじくってベッドに誘いこむことができたとしても、それにどんな意味がある？　翌朝彼女は、ぼくのどこに惹かれたのか首をかしげるはめになる。プライドが傷つくだけさ」

「翌朝女性がどう思おうが、気にしない男性もいるわ」

「ああ、まあね。でもぼくは違う」

「そうね」グレイスが真顔で言った。「あなたは違うわ」

ルーサーはその言葉をどう捉えていいかわからずに眉をひそめた。「プライドの問題を抜きにしても、ベッドで女性のオーラを操ろうとしてもうまくいかない大きな理由がもう一つある。少なくとも長期的にはむずかしい理由が」

「それは何？」

「他人のオーラを見るには、エネルギーも労力もさほど必要ない。だがぼくに言わせれば、人間のエネルギー場を操るにはかなりの集中力と最大限のパワーが求められる。相手の女性の関心を失わないように絶えず精神レベルに働きかけなければならないから、ぼくにとってその夜は台なしになってしまう。ほかのことに集中する余裕がなくなるんだ……つまり、その場の肉体的な側面に」

グレイスがメニューで軽くテーブルの縁をたたいた。「そんなにエネルギーを消耗するなんて、知らなかったわ」

「物理の法則は逃れようがない」ルーサーは自分のメニューを手に取った。「エネルギーはエネルギーだ。作用反作用の法則さ。力を他に及ぼした物体は、同じ大きさの反対向きの力を及ぼされる。パワーをたくさん使えば、回復に時間がかかる」

ウェイターがコーヒーを運んできて、注文を取って去っていった。ルーサーはグレイスが近くのテーブルをうかがったことに気づいた。つかのま彼女は妙な憂い顔をして、正面を向いてコーヒーカップを手に取った。

ルーサーがグレイスの興味を引いたテーブルに目をやると、四人家族が座っていた。おしゃれな服を着た魅力的なブロンドの母親は、銀髪の夫よりかなり年下だ。五歳ぐらいの元気な少年と、七歳ほどと思われる金髪のお姫さまもいる。

ルーサーは自分のコーヒーカップを持った。「きみのことはわからないが」声を落として言う。「子どものころ、ぼくは祖父とマウイ島のリッチなホテルで休暇を過ごしたりしなかった。州立公園でのキャンプがせいぜいだった」

カップの取っ手を持つグレイスの指に力が入ったが、顔は無表情なままだった。「見た目ほど理想の状況じゃないわ。あの男性にとっては二度めの結婚よ。もとの奥さんとのあいだには、もう成人していて異母きょうだいが二人ふえることに胸を躍らせていない子どもたちがいるの」

「信託財産や遺産を分配するとなると、なおさら?」

「最初の奥さんの家族がもらったお金は、二度めの奥さんの家族がもらうはずの金額より少なかったから、遺産をめぐる争いはいっそう熾烈《しれつ》なものになるわ」

ルーサーは片眉をあげて見せた。「人生のやりなおしを楽しんでいる親ばかな父親から、たっぷり愛情を注がれているんだな?」

「ええ」

「妻のほうはどうなんだ?」

グレイスが切り捨てるように手を振った。「うんと年上の男性と結婚する若い女性の典型よ。目的はお金とステイタス。いまのところ取引に満足しているけれど、近いうちに愛人をつくるわ」

「あてずっぽうで言ってるのか？　それともオーラでそこまでわかるのか？」

「くわしいことまで正確にはわからない。ほんものの読心術なんてものは存在しないもの。でも、わたしはオーラのパターンや主題や琴線を感じ取れるの。そういう要素を分析して、ある程度の推測はできる。直観的プロセスよ」

「ファロンがきみを珍重するのも当然だな」ルーサーは二人の子どもを連れたカップルを見つめた。「でも、あの一家の将来の姿を知るのに超能力が必要だとは思わない。年配の男、若く美しい妻、幼い子どもたち。ありふれたシナリオだ」

「たしかにそうね」グレイスが同意する。「でも、わたしはたまたまこういうゲームが得意なの。ほかのテーブルでもためしてみる？　将来像があそこまではっきりしていない例で？」

「ゲーム？」

グレイスが肩をすくめた。「子どものころ思いついたの。〝理想の家族なんていない〟ゲームって名づけたわ。何年間もくり返しやっていた。わたしに家族を見せてごらんなさい。どんな家族でもいい、あらを見つけてあげるわ」

ルーサーは小さく口笛を吹いた。「いやはや。ずいぶん容赦がないんだな」

グレイスが決まり悪そうに頰を赤らめた。「そうね、そんなふうに聞こえるでしょうね。もちろんこれは自衛手段よ。子どものころ周囲を見わたして、どの家族にも問題やぎくしゃくしたところがあるとわかると、あまり辛い思いをせずにすんだ。そのうちこのゲームは習慣になったわ」

「まいったな。きみはぼくよりひねくれているらしい」

「当然よ」ふいに瞳がおもしろそうに輝いた。「あなたは根っからのロマンティストだもの」

「何を言ってるんだ？」気を悪くするのは彼の番だった。「ぼくにはロマンティックなところなんてこれっぽっちもない。もとの妻二人に訊いてみるといい」

グレイスが驚いた顔をし、次に考えこんだ顔をした。「離婚した奥さんたちは、あなたのすべてを知っていたわけじゃないのね？」

たしかに、たったひと晩できみが知ったことまでは知らなかったよ、お嬢さん。ルーサーはそう思ったが、いま口に出すのはふさわしくない気がした。

「元妻たちに言わせれば、ぼくが向こうを理解していなかったんだ」かわりに言う。「彼女たちの言うとおりだ。離婚の原因はぼくにある」

「どうしてそう思うの？」

ルーサーは肩をすくめた。「それが事実だからさ。いま思うと、二人ともぼくが怖かったんだと思う。自分が怖がっていることに気づくのに少し時間がかかっただけでね。どちらも一年ほどかかった」

「前の奥さんたちは超能力者だったの？」

「いいや」

訳知り顔でうなずく。「そしてあなたは結婚する前に、自分のちょっとした秘密を明かさなかった」

ルーサーは頬が赤くなるのがわかった。「もっとぼくを理解してもらったあとのほうが説明が簡単だと思ったんだ。でも、二回とも同じパターンをたどった。華々しく始まった結婚生活は、そのうちうまくいかなくなった。彼女たちはほかの警察官の妻たちからぼくの噂《うわさ》を聞いたんだろう。あれこれ質問してきた。ぼくは毎回超能力がどんなものかやんわり説明しようとしたが、事態を悪くするだけだった。最終的に、妻たちはぼくは単なる変わり者ではなく、妄想を抱いていると考えるようになった。そして離婚を申しでた」

「もう少し複雑だったんじゃないかしら」

「どういう意味だ？」

「どんな力も最初は魅力的に見えるものよ。あなたの奥さんたちは、あなたの力を感じ取ってすてきだと思ったのよ。何が自分の関心を引いたのか理解していなかったとしてもね。でもしばらくすると、あなたの力が自分の手にあまるほど強いことが直観的にわかって不安になった。本人にも理由は説明できなかったけれど、萎縮《いしゅく》しはじめ、おそらくは少し怯んでしまった。要は、力のバランスが対等とはほど遠かったのよ。かたよった関係は不安定なのが世の常だわ」

「そうか？　それなら、どうしてぼくがロマンティストだとそこまで確信があるんだ？」

「オーラに出ているからよ」あっさりと答える。「そして言うまでもなく、これまで就いてきた職業にも」

「言うまでもなく？」

「あなたはたまたま警察官になったんじゃないし、最近J&Jの仕事をしているのも偶然じゃない。あなたは何かを守り保護する人間になるべく生まれたのよ」

「ぼくはバーテンダーもしてるんだぞ」ルーサーは言った。グレイスを挑発したかった。分析されるのを自分が喜んでいるのかわからなかった。むしろ喜んでいないと確信がある。

「このことは、きみの持論にどうあてはまるんだ？」

「まだわからないけれど、それにも何かしら意味があることは間違いないわ。〈アーケイン・マッチ〉を試してみようと思ったことはある？」

「ない」ルーサーは答えた。「ソサエティの縁組サービスは、変種の縁組は得意じゃないという噂を聞くんでね。とくにジョーンズ基準を偽っているクライアントが相手の場合は。未知の要素や予測できない問題がありすぎる。きみは？」

「ないわ」それ以上説明しようとしない。

「結婚したことはあるのか？」ルーサーはたたみかけた。

グレイスがふたたび首を振った。「ないわ」

「なぜだ？」

彼女がにっこり微笑んだ。「あなたと違って、ロマンティストじゃないからよ」

「嘘だ」ルーサーは言った。「きみが一度も結婚したことがないのは、理想の相手を待っているからだ」

「わたしは好みがうるさいの」

## 13

午後になると、宿泊客が到着しはじめた。ルーサーはグレイスとならんでホテルの日陰になった幅の広いベランダに座っていた。左側にはプールテラスがあり、その先はビーチになっている。右側は視界をさえぎるものがなく、オープンエアのロビーとフロントデスクがよく見えた。籐《とう》の椅子にはさまれた小さな丸テーブルにはアイスティーが入ったグラスが二つ置いてある。ルーサーは『ウォール・ストリート・ジャーナル』を持っていた。グレイスは持参したペーパーバックの小説に没頭しているふりをしている。二人ともサングラスをかけていた。

ルーサーは、リムジンのうしろから値が張りそうなゴルフバッグをおろすベルボーイをながめながら、勝手につくりあげた楽しい空想に手なおしを入れていた。最新版の空想には、J&Jではなく彼自身の金でマウイ島にハネムーンにやってきた自分とグレイスが登場する。その空想には超能力殺人犯を見逃さないように監視することは含まれていない。

リムジンから男と女がおりてきた。ホテルのスタッフが蘭《らん》のレイで二人を出迎え、フロントデスクへ案内していく。ルーサーは反射的に別の視覚で二人を見た。男からは、めまぐるしく脈動するグリーンのオーラが出ていた。それ相応のきっかけがあれば怒りに変わりかねない、くすぶる苛立ちを示すオーラだ。

「彼女は低レベルの直観力を備えているわ」本から目をあげずにグレイスが言った。「たぶんレベル3。自分と同じぐらい野心的な夫を選ぶとき役に立てるには充分なレベルよ。彼女は、いまの夫があるのは自分のおかげだと思ってる」

「彼女は自分の資質の超自然的側面に気づいていると思うか？」

「それはないと思う。あのレベルでは無理よ。たいていの女性と同じように、おおかた自分の直観をあたりまえのものとして捉えているでしょうね」

「夫のほうはどうなんだ？」

グレイスがページをめくった。「苛立っているわ」

「ああ、ぼくもそれは感じた。たぶん長いフライトのあいだによくあるささいなトラブルがいくつかあったんだろう。ほかには？」

「夫婦の手綱を握っているのは奥さんのほうよ。夫は自分より妻のほうが利口なことも、出世の階段をのぼるには妻が必要なこともわかってる。でもだからこそよけいに腹が立つの。この分析から判断すると、彼には強い男と思わせてくれる愛人がいるわね」

「優秀なんだな」

「そうよ」ページをめくる。「だからミスター・ジョーンズはわたしをこの任務につけたの」

「女ジェームズ・ボンドになったつもりのきみのイメージを壊したくはないが、このマウイ島での滞在を任務と呼ぶのはどうだろう」

「あなたはどう呼びたいの？」

「仕事」

「わたしはあくまで任務と呼ぶわ。そのほうがどきどきするもの」

ルーサーはうなずいた。「たしかにこの二十四時間はどきどきするものになっているな。間違いなく」

別のリムジンがホテルの前に到着した。ゴルフバッグとダイビング用品と思われるものがおろされている。ルーサーはてきぱき働くベルボーイを見守った。四十代前半の品のある男がリムジンからおりてきた。男の連れは同年代の魅力的な赤毛で、スパと高級美容室でかなり長い時間を過ごしていることがうかがえた。

「あの結婚の寿命は、あと半年ね」グレイスがこともなげに言う。「彼は本格的な中年の危機に突入していて、友だちをうならせるような若くてきれいな奥さんをほしがってるの」

「子どもは？」

グレイスがつかのまカップルを観察した。「いるわ。彼はこうするのがいちばんいいんだと子どもたちに説明するはずよ」

「なるほど」ルーサーは言った。「きみはこのゲームの達人だな。だが、気が滅入ることもあるんじゃないか？」

「現実的だと思うことにしてるの」

ルーサーはグレイスの本の表紙に目をやった。女性の横顔のシルエットが描いてある。女性は片手に銃を持っている。タイトルも不吉なものだ。

「殺人ミステリみたいだな」

「ロマンティック・サスペンスよ」と訂正する。

「意味は？」

「ロマンスと複数の殺人事件が両方入っているという意味」

「そういう小説が好きなのか？」

「ええ」

ルーサーはにやりとした。「ロマンティストじゃないんじゃなかったのか？」

「違うわ」またページをめくる。「だからって、ロマンスを読むのが嫌いとはかぎらない」

「殺人はどうなんだ？」

「そっちはヒーローとヒロインの怜悧《れいり》な調査によって解決するのよ。とても痛快なの」

「現実世界で起きる殺人の動機は、たいてい小説のなかの動機よりはるかに単純なんだ」ルーサーは言った。「腹を立てたやつが手近の銃をつかみ、自分を怒らせた相手を撃つのさ」

「ほんとう？」格別関心があるようには見えない。

「しかも、殺人事件の大半が解決する原因は、誰かがしゃべったせいだ。科学捜査や怜悧な調査の結果ではなく」

「ほんものの警察の仕事をしようと思ったら、小説ではなく新聞を読むわ」

「そのほうがいい。あとでその本の結末を教えてくれ」

グレイスがまたページをめくった。「結末はもう知ってるわ」

「きみは最初に結末を読むのか？」

「一冊通して読む前に、まず結末を読むことにしているの」

ルーサーは困惑して彼女を見つめた。「結末を知ってるのに、なぜ読んでいるんだ？」

「結末のために読んでるんじゃないわ。ストーリーのために読んでるのよ」エントランスへ目を向け、ホテルの前にとまったタクシーを見る。「いやな終わり方をする小説で時間を無駄にするには、人生は短すぎるもの」

「〝いやな〟というのは、ハッピーエンドじゃないという意味だろう？」

「わたしに言わせれば、その二つは同じことよ」

「なるほど、で、その本の結末はどうなるんだ？　待て」片手をあげる。「あててみよう。犯人は執事《バトラー》だ」

グレイスが傍目《はため》にもはっきりわかるほどたじろいだ。ショックでうっすら口が開き、手に持った本は間違いなくかすかに震えている。ルーサーは感覚を高めた。

周囲の普通の色彩や色調が薄れていく。超常的スペクトルに存在する無数の色がちらちらと見えてきた。驚いたことに、グレイスのオーラから見まがいようのない恐怖の矢がいくつも突きだしている。どうしたのか尋ねようとしたとき、彼女がロビーのエントランスを見つめていることに気づいた。

その視線を追うと、新たに到着した車の運転席から男がおりてくるところだった。ステロイドを摂取しているウェイトリフティングの選手のような筋肉隆々な体型だ。頭を剃《そ》りあげ、ミラーグラスをかけている。

だがルーサーの警戒心をかきたてたのは、男のオーラだった。強いだけでなく、どこか変だ。どす黒いエネルギーがちらちらと閃光を放っている。その点滅のリズムが波状に広がるたびに、不穏なパルスを発している。

「なんだあれは」ルーサーはつぶやいた。

「ハンターよ」グレイスがそっと答えた。

「くそっ。ファロンの確率論もこれまでだな」「一種の」

「おかしいのは、確率の問題だけじゃないわ」わずかに声が震えている。金縛りになっているようだ。「普通のハンターと特徴が違う」

「どう違うんだ？」

「まず第一に、現われ方にむらがある。あのタイプの超能力者のオーラには、一般的にあらゆる能力が現われているものだけど、あの人は違う。一部がそっくり抜けているか、スペクトル上で弱まっているわ」

「たとえば？」

「そうね、たとえばあの男は暴力の残留思念を察知できない。平均以上の能力があるハンターならたいがい持っている能力なのに。ただ、夜目は利くし、体力とスピードは備えている」

「ほかにないものはあるか？」男から目を離さずに訊く。

「ええ。通常、知性とあらゆる種類のハイレベルの超能力のあいだには相関関係があるの。あの男のようにレベル8か9のハンターなら、平均以上の知性を備えているはず」

「あいつは違うのか？」

「違う。ばかではないけれど、独自の判断ができないことは間違いない。あれは、他人を利用する方法を知っている人間に簡単に操られてしまう男よ。命令に疑問を抱くこともないまま」

「少々頭が足りないというわけか」

「ええ」

「ユーバンクスである可能性は？」

グレイスが首を振った。「わたしが読んだ資料の内容にとんでもない不備がないかぎり、それはないわ。そして、不備があったとは思えない」

ルーサーが見つめているうちに、男が後部座席のドアをあけた。別の男がおりてくる。見たところ三十代後半で、がっしりした顎《あご》をした長身のその男は、スプレー缶で塗ったとしか思えないほど完璧すぎる日焼けをしていた。

グレイスがはっと息を呑み、ふたたび身を固くした。

「ユーバンクスよ」とささやく。「ハイレベルの戦略能力。それ以外もすべて一致するわ」

「間違いないのか？」

「絶対に」

「あの異常な波長はなんだ？」

グレイスがさっと彼に振り向いた。驚いた顔をしている。「見えるの？」

「悪気はないが、見過ごすほうがむずかしいと思う。警察官をしていたころ、頭のおかしいやつらに会ったことがある。その多くのオーラが不規則に脈打っていた。だが、あいつのはそれとも違う」

ユーバンクスが運転していた男とベルボーイに荷物をまかせ、出迎えたスタッフが差しだしたレイを無視して足早にフロントデスクへ歩きだした。

「麻薬中毒者も妙な波長を出すわ」ためらいがちにグレイスが言った。

ルーサーはユーバンクスを見つめながら、その可能性を吟味した。「麻薬のヘビーユーザーは妙な波長をたくさん出すものだ。でもぼくの経験では、麻薬中毒者のオーラは頭のおかしい人間のオーラに似ている。不完全燃焼やショートを起こしているようなものがたくさん見える。そのパターンは本質的に予測がつかないし、普通の波長で共振させるのはむずかしい。少なくとも長期的には」

「でも、あれはよくあるくり返すパターンよ」あいかわらず妙に静かな声でしゃべっている。

「安定した異常な波長」

「矛盾した表現に聞こえるな」

「なぜユーバンクスはハンターを連れているのかしら」

「きっとぼくがきみと一緒にいるのと同じ理由だろう。あのハンターはボディガードだ」

ルーサーはハンターがロビーをくまなく観察し、あらゆる場所をチェックするのを見つめていた。その視線が二人の上を素通りし、その先へ移動した。オーラのパターンに警戒がちらつくことはなかった。

グレイスの肩からわずかに力が抜けた。「わたしたちに関心を示さなかったわ」

「きみが言ったように、さほど鋭くないんだ。いずれにしても、きみの仕事は終わった。この島を出る時間だ」オレゴン州の海沿いにある小さな町に送り返すのは気が進まないが、彼女をユーバンクスの近くにいさせたくないことは断言できる。

「まだ終わってないわ」グレイスが言った。「ゆうべ出逢ったハンターを分析するのに、わたしの協力が必要なはずよ」

「状況が複雑になっている」

「複雑になってもだいじょうぶよ」

「ここでやる必要はない」

「あなたにはパートナーが必要よ」グレイスが食いさがった。「そしていま手っ取り早く使えるパートナーはわたしだけ。ユーバンクスはものすごく危険な男だし、あのハンターもそうよ」

「この杖が頼もしい印象を与えないのはわかってるが、こういう仕事のやり方は心得ている」

「あなたの力量はよくわかってるわ。仕事ぶりはゆうべ見たもの。でも、あなたは正気よ」

興味を引かれる表現だ。「ユーバンクスは違うと思ってるのか？」

「あの男は」慎重に言葉を選んでいる。「何かがひどく逸脱しているわ。ボディガードが逸脱しているように」

「異常な波長か？」

「ええ。あの二人には近づかないほうがいいと思う」

ルーサーの最初の反応は、グレイスが見せた明らかな不安を苦々しく思うことだった。まあ、たしかにいまの自分はベストの状態とは言えない。だがそのうちに、グレイスが本気で彼の心配をしていることに気づいた。それをどう捉えていいのかわからない。前向きに捉えよう。心配するほど気にかけてくれているのだから。

「ぼくはだいじょうぶだ」彼は言った。「イクリプス・ベイに帰るかわりに、ホノルルに戻って向こうでぼくを待っていてくれ。長くは待たせない。ファロンに連絡すれば、あいつがすぐさまユーバンクスに長期の監視をつけるように手配するはずだ。ぼくはここをうろついて、昨夜のハンターを見つけられるかやってみる。そのあと――」

グレイスが聞いていないことに気づいて口を閉ざす。彼女の関心はもうユーバンクスには向いていなかった。ユーバンクスはカードキーを受け取り、ボディガードを連れてすでにせかせかとエレベーターホールへ向かっている。グレイスが見つめているのは、新しく到着した別の客だった。たったいま白いリムジンからおりてきた女性。

管理職だな。ルーサーはそう判断を下し、ベルボーイに高圧的に指示する女性を観察した。サイズが合っていないジャケットを着たたくましい男を連れている。

女性はユーバンクスと同じように差しだされたレイには見向きもせず、早足でロビーを横切ってフロントデスクへ歩きだした。

「あの二人を見て」グレイスが緊迫した声で言った。

「見てるよ。それがどうかしたのか？」

「あの二人を見て」

「わかった」素直にふたたび感覚を高める。

女性のオーラは燃え盛っていた。冷え冷えしたブルーとガラスのようなグリーンが冷たく輝いている。

「何かを狙っている彼女の前に立ちはだかるのは避けたほうがよさそうだな」やんわりと言う。「あれに似た警部の下で働いたことがある。警部の唯一の関心事は長官になることだった。邪魔をする人間すべての背中に足跡を残した」

「その警部のオーラが彼女のオーラと同じだったとは思えないわ」

そのとき、ルーサーにも波動が見えた――ブルーとグリーンを貫いてパチパチと火花を散らす短い黒い矢が、共振するパターンをわずかに変化させている。異常さはユーバンクスやハンターのそれと同じではないものの、明らかに類似点がある。

ルーサーが女性の連れに視線を向けると、同じ不穏なエネルギーが見えた。

「ハンターよ」とグレイス。「未熟。さっきのハンターと同じように」

「ボディガードがもう一人。これでジャケットが体に合っていない理由も説明がつくな。携帯しているんだ」

「何を？」

「銃を」

「ああ、そうね」訳知り顔を装っている。「たしかに携帯しているわ」

また別の車がエントランスにとまった。今回は男が二人おりてくる。一人がゴルフバッグをおろすようにベルボーイに指示するあいだに、もう一人がロビーへ向かう。

「ハイレベルの確率分析能力者と、そのボディガード」グレイスが言った。「同じ黒っぽいエネルギーを発しているわ」

「いったいどうなってるんだ？　あんな得体の知れない異常な波長は見たことがない」

「わたしはあるわ」グレイスがつぶやく。

「そんな気がしていたよ」ルーサーは杖に手を伸ばした。「話をする必要がありそうだな」

# 14

「いったいどういうことだ、そしてきみは何を知ってるんだ？」ルーサーが訊いた。平板で感情のない警察官の口調を使っている。

グレイスにとって、今日一日でいろいろなことがありすぎた。苛立ちがつのっている。

「そういう口のきき方はやめて」

「そういうとは？」

「取調室に追い詰めた容疑者にきくような口よ」

ルーサーは黒いサングラスに隠れた目でグレイスをにらむだけで、何も言おうとしなかった。警察官や精神科医が、相手が落ち着かない気分になってしゃべりはじめるのを待つときのやり方だ。

二人が立っているのは、前の晩にルーサーがはじめてグレイスに触れたとき二人を隠してくれた木の陰だった。けれどいまグレイスを呑みこんでいるのは、昨夜の出来事のすばらしい記憶ではなかった。まだ忘れていないことを思い知らされずにはいられない、マーティン・クロッカーの夢の断片だった。

グレイスは海を見つめながら頭を整理した。ルーサーには、さっき到着した奇妙な集団のオーラについて、わたしが話せることを知る権利がある。でもわたしの秘密をあらいざらい打ち明ける必要はない。警察官に嘘をつくのはこれがはじめてじゃない。うまくやれるはずだ。

「以前、似たような乱れたオーラを発している人間に会ったことがあるの」グレイスは静かに話しだした。

「続けてくれ」

「感じの悪い警官じゃなくてやさしい警官を演じてくれたら、もっと話しやすいんだけれど」

「いいから話せ、グレイス」

「わたしが会った男、あなたの表現を借りれば彼の〝異常な波長〟は、彼が薬を摂取するようになってから現われるようになった」

「どんな薬だ？」隣りにいるルーサーは身じろぎもしないが、感覚を高めたのがわかった。通常とは違う視覚でわたしを見つめ、嘘をついたりはぐらかしたりしていることを示す不安や恐怖や怒りなどの強い感情がないか探っているのだ。見させておけばいい。わたしが怯えていたとしても、なんだと言うの？　彼も怯えるはずだ。

「彼が何を摂取していたにせよ、名前は知らないわ」グレイスは言った。「でも、違法なものだったことは間違いない。その薬は、彼に奇妙な影響を及ぼした。新しい能力を与えたの。

その薬を摂取しはじめる前は絶対なかった能力を。うまく説明できないけれど――」

「くそっ」ルーサーがつぶやき、やんわりと話をさえぎった。「〈夜陰〉だ」

グレイスははっとして彼に目を向けた。感覚がいっきに高まる。ルーサーのオーラは、顔には出ていない自制した冷ややかな動揺でぎらぎら光っていた。精神的にだけでなく、肉体的にも高ぶっているのがわかる。アドレナリン。

「夜陰ってなんなの？」慎重に尋ねる。「新しいストリートドラッグ？」

「違う。創設者の秘薬の再現に成功した悪党超能力者集団にファロンがつけた暗号名だ」

「創設者の秘薬？」驚いたどころではない。愕然《がくぜん》としている。「でも、あれはあくまでソサエティの古い神話だわ」どうにか弱々しく答える。

「いまは違う。夜陰のスパイを追い詰めてリーダーを特定するのは、最近のJ&Jの最優先事項になっているんだ。J&Jの関係者なら全員知っている」

「わたしは夜陰のことなんて何も聞いていないわ」

「たぶんファロンがきみを一時的な助っ人だと考えているからだろう。でもぼくは、J&Jにおけるきみの立場はたったいままったく違うものになった気がする。夜陰について、何を知ってる？」

気をつけるのよ。彼にすべて話す必要はないわ。

わたしは誰をだまそうとしてるの？　わたしの恐怖のパンドラの箱はたったいま開いてしまった。もう都合の悪い情報を箱のなかに戻すことはできない。生存本能が機能しはじめ、すばやく選択肢を吟味したグレイスは、選ぶ道は二つあると判断した。ふたたび姿をくらますこともできるけれど、それは危険な作戦だ。Ｊ＆Ｊならあらゆる手段を使ってわたしを捜しあてる気がする。二つめの選択肢は、夜陰の調査に協力することだ。いちかばちかの賭《か》けだけれど、用心を怠らなければ自分の秘密を明かさずにうまくやり遂げられるかもしれない。

　グレイスは背筋を伸ばした。心は決まった。Ｊ＆Ｊの役に立つ可能性のある情報をルーサーに教えよう。でも自殺行為をする必要はない。

　この判断には、わたしにとって一つ大きな利点がある。Ｊ＆Ｊには明らかにわたしが提供できるデータが必要だ。つまり、わたしには交渉の道具があるということだ。いざというときはそれを利用すればいい。

「系図部に入る前は大企業で情報調査をしていたと話したでしょう」グレイスは言った。

「〈クロッカー・ワールド〉だな」

「ええ。仕事の大半は、ミスター・クロッカーを含めた重役たちに頼まれたネットでの調査だった。たまに調査結果を重役室へ届けるように言われることもあったわ」

「マーティン・クロッカーが自分のオフィスに調査の担当者を呼んだのか？」

　声に苛立ちともどかしさがこもっている。わたしの話を信じていないのだ。

「ミスター・クロッカーは戦略能力を備えていた。戦略能力者は背景事情と調査を好むの。判断を下す前に入手する事実関係やこまかなデータが多ければ多いほどいいのよ。わたしは彼のためにそういう仕事をたくさんしたわ」

グレイスは自分の説明に満足していた。ルーサーにはこちらのオーラを見せておけばいい。話した内容はすべて事実だ。

「続けろ」彼が言った。

「マイアミ本社で何年か働くうちに、何度もミスター・クロッカーを見かけたわ」これも事実。

「上階の重役室へ行く途中で」ルーサーが淡々と言う。

いやだ。わたしの話を信じているのかしら、それとも疑っているの？

「わたしが言いたいのは、彼のオーラをチェックする機会が何度かあったということよ」これも事実だ。

「なぜそんな気になったんだ？」

つかのまグレイスは虚を突かれた。企業の情報調査担当者が社長のオーラを気にする理由はなんだろう？

「たぶん」グレイスはすげなく答えた。「彼がマーティン・クロッカーだったからでしょうね。あの業界で彼はロックスターみたいな存在だった。しかもわたしのボスでもあった」

「クロッカーを分析したんだな？」

グレイスはうなずいて水平線を見つめた。「彼はわかりにくい男だったわ。何かにとりつかれていた」

「彼に魅力を感じていたのか？」

「あなたが思ってるような意味ではノーよ」これも事実。「でも一目置いていたとは言えると思う。社員は全員、彼のビジネスの能力に感心していた。なんと言ってもマーティン・クロッカーだもの。彼は一つの帝国を築いたのよ」

「続けろ」

「亡くなる前の数カ月、クロッカーは大きなプロジェクトに関わっていた。詳細な調査をいくつも頼んできたわ」

「調査結果はすべてきみが直接渡していたのか？」

「ええ。重役室へ行くことが何度もあって、クロッカーに会うことも数回あった。そのあいだに、彼のオーラに変化があったの。黒ずんだエネルギー波が見えたわ。最初はかすかではっきりしなかったけれど、週を追うごとに強くなっていった」

「きみは何が起きていると思ったんだ？」

グレイスはしっかり腕を組んだ。「超能力が原因で起きる一種の精神病の症状が現われているんじゃないかと思ったわ。彼の黒ずんだエネルギーの何かが、わたしをひどく怯えさせたの」

ルーサーがつかのま考えこんだ。「いいだろう、たしかにぞっとする話だ」

「ある日、重役室に呼ばれたとき、クロッカーのオフィスに男が二人入っていくのを見た。どちらもいやな雰囲気を放っていた。見逃すはずがないものだった。オーラ能力者なら絶対に」

「その二人のパターンをチェックしたんだな」

「ええ」

「それで?」と促す。

「二人の周囲にも、同じようなどす黒いエネルギーのパターンがあったわ」

「きみはどうしたんだ?」

「履歴書を書きはじめたわ。ほかにどうすればよかったの? これまでの人生で異常な人間にはそれなりに遭遇してきたから、大怪我をしないうちに手を引くタイミングはわかっていた。でもほかの仕事が見つからないうちに、クロッカーが所有している島へ向かう途中で行方不明になったというニュースが広まったの。憶測がいくつも飛び交ったわ。その憶測をたどると、誰もが自説を持っているのがわかったはずよ。噂もいろいろあった。そのなかには新聞に載ったものもある」

「どんな噂だ?」

「クロッカーがどこかの麻薬王と関わっていて、もめごとがあったという噂。わたしはそれを聞いて、クロッカーが麻薬を使っていたと思ったの」まあ、これは多少事実を曲げている。

「その麻薬王がクロッカーを始末したということか?」

「それほど突飛な結論じゃないわ」グレイスは言った。「クロッカー・ワールドの本社はマイアミにあったんだもの」

ルーサーはしばらく黙りこんでいた。警察官の厳しい表情を浮かべている。グレイスは頭のなかですばやく自分の話をチェックした。抜かりはなかったはずだ。わずか二、三分で考えだしたわりには悪くない。もちろん、話した内容のほとんどが事実なのも役に立った。マーティンが麻薬取引に関わっていたという噂を含めて。

思いきってルーサーのオーラをうかがったグレイスは、気落ちした。彼はわたしの話を部分的には信用しているけれど、すべてではない。どうやらソサエティの系図ファイルを利用してつくりあげたひと握りの身分の一つを騙《かた》って姿をくらましたほうがよさそうだ。犬を飼わなくてよかった。でも、姿をくらますことを考えるとひどく落ちこんでしまう自分が意外だった。ルーサーとひと晩過ごしただけで、末永く幸せに暮らす幻想を抱きはじめていた。そんなことにはならないと、誰よりもわかっていていいはずなのに。

「ファロンに電話する」ルーサーが言った。

そして携帯電話を出した。

# 15

「監視対象の夜陰のスパイが三人いるだと？」ファロンが語気を強めた。電話を通して緊迫感がびりびり伝わってくる。「ユーバンクスはその一人なのか？」

「夜陰のスパイの可能性がある人間が三人だ」ルーサーは自分のなかで噴出するアドレナリンに蓋《ふた》をしながら答えた。「プラス、それぞれのボディガード。それと近くをうろついている正体不明のハンターもいる。ゆうべぼくたちが遭遇したやつだ。あいつを忘れるな。どうやら超能力者の定例会議でもあるらしい」

「おまえとグレイスは、相手のオーラのパターンで夜陰のメンバーを特定できるのか？」

「落ち着け、ファロン。ぼくたちには連中の周囲にあるおかしなエネルギーが見えると言ってるんだ。グレイスは全員の心的要素が異常だと言っている。ぼくもグレイスも、一種の薬物が原因と考えている。現時点で言えるのはそれだけだ」

「複数の異なる人間の超能力にその種の一貫した影響を及ぼす薬物は、創設者の秘薬に由来しているとしか考えられない」

「オーケイ、たしかにそう考えるのが妥当だな。だが似たような効果のあるほかの薬物が出まわっているとしたら?」

「もしそうなら、めったにない偶然ということになる」ファロンが言った。「ありえない、これは夜陰だ。忘れるな、ユーバンクスはソサエティの信望あるメンバーだ。あらゆる証拠が、夜陰が豊富なコネを持つハイレベルな超能力者をソサエティ内に潜入させていることを示している。そもそも夜陰が創設者の秘薬を入手できたのも、おそらくそれが理由だ。つねにわれわれの一歩先を行っている理由も」

「ちょっと待ってくれ。夜陰のスパイがいまもソサエティに潜入していると思ってるのか?」

「ああ、しかもザック・ジョーンズも同じ意見だ。数週間前にザックが宗主を継いでから、彼とはほぼ毎日この話をしている」

ファロンは、お気に入りの自説にかけてはしばしば前後の見境をなくすことで知られている。だがソサエティの新しい宗主のザック・ジョーンズが高度な直観力を備えた冷静で頭の切れる男だというのは衆目の一致するところだ。もし夜陰に関してザックがファロンと同じ意見なら、ファロンの判断が正しい可能性が高い。

「わかった」ルーサーは雇い主の意見を受け入れた。「ほかにもじっくり考えるべきことがある。グレイスは以前にも似たような波長を見たことがあるんだ」

「なんだと。どこで?」

「前のボスのマーティン・クロッカーのオーラでだ。それと、彼が会っていた二人の男のオーラでも」

「くそっ」ファロンがつぶやく。「ではクロッカーは夜陰だったんだな」

「また結論に飛びついてるぞ」

「それがわたしだ。くそっ、わたしはあいつに疑いの目を向けていたんだ。クロッカーはめだつ男でソサエティのメンバーでもあったから、たびたびわたしのレーダーに引っかかった。いかがわしいサイドビジネスでもしてるんじゃないかと思いはじめていたんだ。ただ、武器か麻薬の密売だと思っていた。夜陰との接点はまったくなかった」

「何があったんだ？」

「クロッカーは、わたしが調査を開始するか判断しないうちに死んだ。これが何を意味するかわかるか？　もしひとめ見ただけで夜陰のスパイを特定できるなら、大きな強みになる。ソサエティのメンバーにはオーラ能力者が大勢いる。是が非でもそのうち数人を採用して訓練しなければ」

「そう簡単にはいかない」ルーサーは釘を刺した。「グレイスは、邪悪なエネルギーを感知できるのはハイレベルのオーラ能力者だけだと考えている。オーラが見える人間のほとんどは、相手が病気か精神的に不安定であることを示す曖昧《あいまい》な兆候を感知するのがせいぜいだ」

「だとすると、こちらのスタッフを配置につけるまで、おまえとグレイスにマウイで監視を続けてもらうしかない」

「ぼくは続ける」ルーサーは言った。「でもグレイスはできるだけ早くこの島から出したい」

「彼女に代われ」

「だめだ」

「おまえが意地を張るのはわかっていたよ」

グレイスの電話が鳴る音がした。驚いてバッグをあけている。

「あんたはほんとにむかつく男だな、ファロン」ルーサーは言った。

グレイスが電話に出た。「もしもし？」

「そのまま待て」ファロンがルーサーに告げる。「すぐ戻る」

ルーサーは電話を切った。

「まあ、こんにちは、ミスター・ジョーンズ」とグレイス。「ルーサーと話しているんだと思ってました。ええ。ホテルのすぐそばにいます。いまの状況を話し合うために、さっき外に出てきたんです。はい？　いいえ、昨夜遭遇したハンターには異常なパターンはありませんでした。ええ、ミスター・クロッカーには間違いなくありました。最後に彼に会ったのはいつか？　ええと、そうですね、たしか彼が行方不明になる少し前でした。わたしは調査を頼まれていたので、彼が所有している島へ発つ前に報告書を届けに行ったんです」

ルーサーは木にもたれ、ファロンと話すグレイスを見つめていた。

「調査の対象ですか？」眉間に皺を寄せて思いだそうとしている。「一年以上前のことですから。でもたしか、土地開発を行なっている慈善団体に依頼された農業機器に関することだったと思います。わたしが見かけた似たような波長パターンを持っていた男性二人は、その団体の代表だったと思われます」

そこで口を閉ざし、相手の話に真剣に耳を傾けている。

「はい、もちろんです」グレイスが言った。「喜んでお手伝いします。質問があったら、いつでも遠慮なく電話してください。はい、ルーサーに伝えます」

電話を切ってバッグにしまい、ルーサーを見る。

「今日イクリプス・ベイには帰らないんだな?」彼は訊いた。

「ミスター・ジョーンズに、あなたとここに留まるように言われたわ。すぐホテルに戻って、ほかにも夜陰のスパイがいないか確認するようにって」

「そしてきみは承諾した」

グレイスがつんと顎をあげた。「ええ、承諾したわ」

「ぼくは気に入らない」

「そうだろうと思っていたけれど、決めるのはわたしよ」

「どうしてファロンはあの三人とボディガードだけじゃなく、ほかにもいると思ってるんだ?」

「ミスター・ジョーンズは、蛇が何匹かいるところには巣があるかもしれないと言っていたわ」

「マウイ島のリゾートホテルに夜陰が群れをなしてうろついている可能性がどれだけある?」

「率直に言ってかなりあるわ。ミスター・ジョーンズは、夜陰が組織だという点を指摘していた。それはつまり、整然とした構造と厳格なヒエラルキーがあるということよ。どんな組織も折に触れて直接顔を合わせる会合なしには存続できない。マウイ島で管理職の会議が行なわれても不思議じゃないわ。製薬会社や保険会社はしょっちゅうやってることよ」

声にこもっていた緊張が興奮に変わっている。ルーサーは自分の敗北を悟った。

「スパイの役目を楽しんでいるんだな？」

「この一年、イクリプス・ベイではあまり活躍するチャンスがなかったの」

ルーサーは杖をついてもたれていた木から体を起こした。「わかった。一日か二日ホテルの宿泊客を観察して、何がわかるか調べよう。だがこの仕事のルール1を忘れるな」

「ごめんなさい、興奮しすぎて忘れてしまったみたい」

「ルール1、現場で命令を出すのはぼくだ」

「わたしはあなたのパートナーで、J&Jの専門コンサルタントでもあるのよ。現時点でJ&Jが使える唯一の調査員」

「きみはぼくの言うとおりにするんだ。さもないと荷物をまとめる暇もないうちに飛行機に乗せるぞ」

「でもミスター・ジョーンズは——」

「ファロン・ジョーンズはここにいない。いるのはぼくだ」

# 16

謎の請負人から届いたEメールを読むダマリス・ケンブルの両手が、キーボードの上で拳になった。ダマリスはごくりと固いつばを飲みこみ、こみあげる怒りと苛立ちに耐えた。

貴殿との契約を破棄します。貴殿の信用照会状に虚偽の記載があったことが明らかになったため、返金には応じられません。

「ああ、いまいましい!」

請負人はなんらかの方法で、わたしが本物のウィンスロップでないことを見破ったのだ。父の期待を裏切ってしまった。

計画のアイデア自体は非の打ちどころがなく、見事なまでにシンプルかつ大胆なものだった。けれど、うまくいかなかった。まずいことに、もう時間がない。あと数日でユーバンクスやほかのメンバーがマウイ島に集合する。ダマリスは乱暴にコンピュータから離れて携帯電話をつかんだ。

最初の呼びだし音で相手が出た。

「請負人が契約続行を断わってきたわ」ダマリスは言った。

「何があった?」

落ち着き払った自制した声が心強かった。父の声。ダマリスはそれを聞いて少し気持ちが楽になった。

「請負人は、なんらかの方法でわたしの信用証明が偽物だと見破ったの」

「正しいセキュリティコードを使ったのか?」

「ええ、もちろん。いま確認したわ。お父さんから教えてもらったコードだった。でも請負人は、なぜかわたしが本物のウィンスロップじゃないと見破ったのよ」

「おもしろい。ごく最近コードが変更されたに違いない」つかのま間があく。「大事なのは、この件でわたしたちの正体を突きとめられる可能性はないことだ。請負人は何者かが政府機関のコンピュータに侵入し、コードを盗んだと考えるだろう。政府機関に機密漏洩《ろうえい》があると連絡するかもしれない。だが請負人か政府機関がJ&Jを調べたり、ソサエティ内の人間が関わっている可能性を疑うことはないはずだ」

「ほんとうにわたしたちは安全だと思う?」

「ハニー、わたしはこういう駆け引きを長年やっているんだ。自分がやっていることはよく心得ている。終わったことはもうしょうがない。次の手に集中しなければ。われわれには三日しかない。ほかのプロの請負人を手配している余裕はない。予備のプランでいくしかない」

　ダマリスは椅子のなかにぐったり沈みこんだ。「きっとそう言うと思っていたわ。でも以前も言ったように、あのプランはリスキーよ」

「おまえに危険は及ばない。わたしに任せておきなさい」

「わたしが心配しているのはお父さんのことよ。もし失敗したら――」

「失敗はしない」

　確信のこもる父の口調で、ダマリスの不安がいくらか鎮まった。最近の彼女はかなり神経質になっていて、すぐにびくついたりやけにぴりぴりしてしまう傾向があった。あの薬を摂取するようになってから、よく眠れなくなっている。なんとか眠っても、奇妙な悪夢を見てひんぱんに目が覚めてしまう。父親には、その問題はあくまで短期的な薬の副作用だと説明された。薬がいったん水晶を操るダマリスの能力を高めてしまえば、神経も落ち着くと。

「あの子に電話しなさい」父親が言った。

「わかったわ」ダマリスは一拍置いて声をひそめた。「今度はいつ会えるの?」

「この件が終わるまで、会わないほうがいいとおまえも納得していただろう」

「それはそうだけれど、もう何週間もたつわ。長いあいだお父さんの存在さえ知らずにいたんだもの、できるだけ一緒にいたいのよ」

「長くはかからないよ、ハニー。現時点でわたしの最大の目標は、おまえを守ることだ。おまえはわたしの生粋の後継者だが、薬が効いて能力が完全なものになるまで待たなければならない。それに、おまえに多くの危険を冒される前に、充分訓練を受けさせたい。おまえは組織の未来をになっているんだ。おまえに危害が及ぶようなまねはできない」

組織にはほかに正式な名称があるが、メンバーはアーケイン・ソサエティがつけた名前――夜陰――を借用していた。そしてダマリスはその未来なのだ。

「わかったわ、お父さん」父親とはそういうものだ。ダマリスは思った。父親は娘を大切にする。

「心配するな。ユーバンクスが死にさえすれば、すべてうまくいく。数カ月以内に作戦の第二段階に入れるはずだ。電話をしなさい」

「ええ。お父さん?」

「なんだね?」

「愛しているわ」

「わたしも愛しているよ」

ダマリスは電話を切った。はるかに気分がよくなっていた。父親と話したあとはいつもこうなる。けれど予備のプランを楽しみにする気にはなれなかった。それは単なる有能なプロではなく、精神的に不安定でもある人殺しと関わることを意味していた。姉と。

# 17

彼女にとって、正しい音を探りあてるためにキーを奏でてもらう必要はなかった。彼女は〝ラ・セイレーン〟。絶対音感に恵まれた彼女は虚空からAの音を引き抜くと、夜の女王の二番めのアリアを歌いだした。

完璧に音響効果が整えられたエレガントな練習室は、彼女のために現在の愛人がつくったものだ。退屈なパソコン機器やハイテクのセキュリティソフトウエアをいくつも発明して富を築いた億万長者のニューリン・ガスリーは、建設費を惜しまなかった。練習室があるのは、ラ・セイレーンの能力に誘い寄せられたガスリーが彼女のために購入した地中海風の邸宅の二階だ。サンフランシスコ湾岸にあるサウサリートの斜面に建つ小さな宮殿のような優雅な邸宅からは、湾の見事な景観を臨むことができる。

ラ・セイレーンがマウイ島で行なう個人的なパフォーマンスに〈復讐の炎に燃えて〉を選んだのには、理由が二つあった。一つめの理由は、間もなく上演することになっている『魔笛』で演じる役のいい練習になるからだ。もう一つの理由は、彼女特有の能力にあつらえ向きだから。人間の脳の重要な神経機能に干渉するには精神エネルギーの特定の波長が必要だが、力量を問われる高音のF——充分な声量で歌えるソプラノ歌手はそういない音階——は、その波長を発生させて焦点に集めることを可能にする数少ないものの一つだ。彼女がその音程を歌うと、ガラスが割れる。人間は死ぬ。

そのうえ、殺人をもくろんでいるとき、〈復讐の炎は地獄のようにわが心に燃え〉という曲名を持つ歌でしくじるとは思えなかった。その場にふさわしい曲を選ぶことの重要性はずっと前に学んでいる。人知れず行なう特別な仕事となればなおさらだ。芸術とは、芸術家と観客のあいだのコミュニケーションがすべてなのだから。

マウイ島へ出向くつもりはなかった。一週間後にアカシア・ベイに新しくできたオペラハウスのこけら落としで夜の女王を演じることになっている。愛しいニューリンが手配した今回の公演に、歌手としての復帰がかかっている。二年前、芸術がわからない観客がこともあろうにブーイングを浴びせてきたオペラ座での悪夢の夜以来、何もかもうまくいかなくなっていた。

でも妹に電話で泣きつかれ、断われなかった。なにしろダマリスは家族なのだ。唯一の家族。父は数に入らない。

とはいうものの、突然の頼みを受けてマウイ行きの飛行機に乗ろうとしている自分に腹が立ってもいた。こけら落としの夜まで暇をもてあましているわけではない。しかも、ダマリスが今回の仕事を頼んできた唯一の理由はほかでもない、父親のせいなのだ。

ラ・セイレーン自身は、いきなり現われて父親面をする男を快く思っていなかった。娘たちがこの世に生を受けたことへの唯一の貢献が、ガラス瓶に射精してそれを精子バンクに託すことだけだった男に対し、ダマリスが愛情を抱ける理由をラ・セイレーンは理解できずにいた。彼女にとっては、父親など明日脳溢血《のういっけつ》を起こそうがどうでもいい存在だった。事実、父親だけに聞かせるために個人的なパフォーマンスを行なうことをしばしば想像していた。あいにくこのアイデアには問題がある。死因を察したダマリスが腹を立てる可能性が高い。もう一つ、別の問題もある。父親にも超能力があり、それは人を殺せる能力なのだ。

マウイ島行きは負担だが、ラ・セイレーンは内心楽しみにしはじめていた。パフォーマンスの成功は、どんなものにせよつねにほかでは味わえない多幸感を与えてくれる。そのあと何時間も、とてつもなく強くなった気分になれる。でも人知れず行なう特別なパフォーマンスのあと感じる、目がくらみそうな恍惚《こうこつ》感に勝るものはない。そういうパフォーマンスのあとは、本物の女神になった気分になる。不死の快感は、ときには数日続くこともある。

ラ・セイレーンがみずからが持つ能力の究極のパワーにはじめて気づいたのは、プロになって間もない二十三歳のころだった。むろん、彼女の歌はもともと特別なものだった。母親は出産前から娘の将来を決めていて、精子提供者を選ぶにあたっては提供者の超能力にこだわるのではなく、エネルギーそのものの強さを重視した。

多くの超能力者を祖先に持つ母親は、超能力の遺伝に関する複雑な法則を細部まで研究していた。誰でもある程度の超能力を持っているが、末端レベル——いわゆる普通レベル——の超能力は主に漠然とした直観力として現われ、あきれるほど多くの人間がそれを当然のものとして捉えるかあえて無視している。

だがそれにはあてはまらない者も存在する。無視することも抑えつけることもできないほど高度な超能力に恵まれた者が。ジョーンズ基準でレベル5かそれ以上に認定されるほど高い能力は、いちだんと特化された特別な能力として区別される。きわめて高度な能力となると、複数の能力を同時に持つのは不可能とされている。それは一種の進化の法則だと母親は話していた。きわめつけの捕食者を生まないための自然の流儀だと。

母親はさらに、ある種の能力――神がかりと言えるほどの歌姫の能力を含めて――は優勢遺伝形質で、往々にして性別と関連していると考えていた。歴史的に美声《セイレーン》を誇る人物は一人残らず女性だが、それはおそらく〝マネーノート〟と呼ばれる音を出せるのが女性――しかも音楽教育を受けた女性――に限られるからだろう。マネーノートとは、セイレーン特有の精神エネルギーに焦点を当てられる能力を持つ者のみが出せる、夢のような、現実離れしていると思えるほど高いDやEやF、どうかするとGに至る音のことだ。コロラトゥーラ・ソプラノのすべてがセイレーンというわけではないが、真のセイレーンは訓練さえすれば一人残らずコロラトゥーラを歌うことができる。

母親は超能力の遺伝に関し、もう一つの複雑な法則も理解していた――セイレーンのような強力な優勢遺伝形質は、それ以外のほぼすべての能力によって高められ、その結果、よりハイレベルなセイレーンが生まれると。この知識をもとに母親は精子提供者を選んだ。

歌と音楽のレッスンは、ラ・セイレーンがまだ歩けないうちに始まった。

「あなたはサザーランドやシルズやカラスより有名になるのよ」母親はそう断言した。「あなたには同世代で最高のソプラノ歌手になる力があるの。ひょっとしたら世代を問わず最高の歌手に。そういう才能がある血統なのよ」

事実ラ・セイレーンは一躍有名になり、スターの地位に駆けあがったが、それには乗り越えなければならない障害もいくつかあった。最初の深刻な障害は、ラ・セイレーンが二十三歳のとき受けた重要なオーディションに現われた野心に燃える若いライバルだった。その女は明らかに〈狂乱の場〉のEフラットをろくに出せなかったし、ましてやラ・セイレーンのように高音のFに装飾音をつけることもできなかったのに、『ランメルモールのルチア』の公演でまんまと主役を勝ち取った。じきに、才能のないあばずれが、もっとも影響力を持つ裕福な後援者と寝ているという噂が広まった。たしかにそう考えれば説明がついた。

そのしばらく前から、ラ・セイレーンは理屈のうえでは自分の声に殺傷能力があるのを知っていた。女性の祖先のなかに、実際にそれを行なったことがある者がいると母親から聞いていた。けれど、本気で信じてはいなかった。ステージ裏の練習室にあのあばずれを追い詰め、自分にしかできない歌い方で〈狂乱の場〉を歌ったあの夜までは。

検死の結果、死因は動《どう》脈瘤《みゃくりゅう》破裂とされた。将来を嘱望された若い歌手が、めざましい活躍をする直前に夭折《ようせつ》するとはなんたる悲劇……。だが公演は行なわなければならない。そして実際に行なわれた。新進気鋭のコロラトゥーラ・ソプラノ、まもなく〝ラ・セイレーン〟として知られるようになる歌手がルチア役を務めることによって。

考えてみると、マウイ島での仕事はそれほど負担にはならないかもしれない。個人的なパフォーマンスのあとは、しばらく歌の調子が最高になるのがつねだ。完璧を保つには、たまに〝声《ボイス》〟を最大限まで出す練習をする必要がある。

アカシア・ベイでの公演は、完璧でなければならない。

# 18

その夜の十時十五分までに、二人は異常なオーラを持つ者を全部で十人特定した。そのうち五人は管理職らしく、残りの五人は不完全なハンターの特徴を持つボディガードと思われた。

グレイスはホテルのオープンエアのバーの端にできた陰になった場所にルーサーと座り、炭酸水を片手にゆったりしたギターの調べに耳を傾けながら獲物を見張っていた。

五人の管理職はそろってテーブルを囲み、長年のあいだにグレイスが数えきれないほど見てきた光景そのままに酒を飲みつつ談笑していた。ボディガードたちは近くのテーブルのそばに立ち、リゾート地ののんびりした雰囲気のなか、緊張して居心地が悪そうに見える。

「ねえ、もしあの五人のオーラに薬の兆候があることや、全員高い能力を持っていることや、ボディガードを連れて旅をしている事実を無視したら、彼らの特徴は普通の上級管理職とほとんど同じじょ」グレイスは言った。「どうやらミスター・ジョーンズは正しかったようね。わたしたち、夜陰のトップ会談に出くわしたんだわ」

「あいつらが夜陰だという証拠はまだ何もない」ルーサーが言った。「だがぼくも同じ意見だ。彼らが何者にせよ、会社の重役に見える。ユーバンクスはあのヒエラルキーのどこにいるんだろう」

グレイスはあらためて獲物のオーラをじっくり観察した。「みんな相手をほぼ同等と見ているわ。ということは、たぶん組織でのランクは同じね。昼間あなたが見たラゲージタグから判断して、アリゾナから来た一人を除いてあとはすべて西海岸から来ているわ」

「ファロンによると、夜陰は西海岸とアリゾナに集結しているらしい」とルーサー。「おそらくあいつらは各地区の担当者だ」

「みんないかにも親しげで、かなり打ち解けた感じね」グレイスは言った。「でもひと皮むけば敵対意識満々よ」

「ああ、ぼくにも見える」ルーサーが答える。「そうする価値があると思えば、あそこにいる全員が躊躇《ちゅうちょ》なくほかのメンバーの喉を切り裂くだろうな。夜陰はダーウィン説信奉者の集まりなんだ。強くて容赦ないものだけが頂点に立てる」

グレイスは身震いした。「あの人たちを取り巻いている潜在的暴力性のレベルはかなり高いけれど、ほんとうに気になるのは、見たところあのうち二人に新たな能力が発現していることよ」

「そういうことは遺伝学的に不可能なんだと思っていた」

「一〇〇パーセント不可能ではないわ。これまでしてきた系図の研究から、複数の超能力を備えた人間がきわめてまれに存在するのはたしかよ。でも数世紀のあいだに片手ほどしかいない。問題は、その例外はすべて正気を失って早死にしていることなの。脳への刺激が大きすぎることと関係があるのよ」

「じゃあ、あそこにいる複数の超能力を持ってるやつらは、薬による人為的な結果なんだな」

「ええ」グレイスは言った。「黒ずんだエネルギーが現われたあとのミスター・クロッカーのオーラにも、同じものが現われていたわ。でも当時はそれが何かわからなかった」

「ユーバンクスに関する情報がもっと必要だな。あいつが夜陰とどうやって接触しているのか、その方法だけでも知りたい」

「何が言いたいの？」

ルーサーが炭酸水をテーブルに置いた。「ユーバンクスがここにいるあいだに、ちょっとあいつの部屋をのぞいてくる」

グレイスの体に身震いが走った。「賛成できないわ」

「何が問題なんだ？　あいつの居場所はわかってる。ぼくが部屋を調べているあいだ、きみが見張っていればいい」

「彼がバーを出たら、どうやってあなたに知らせればいいの？」

「携帯に電話してくれ。ここからロビーを横切ってエレベーターに乗り、廊下を歩いて六〇四号室へ行くまで五分、おそらく八分はかかる。あいつに姿を見られずに部屋を出る時間はたっぷりある」

「ルーサー、意気地なしに聞こえるでしょうけれど、いやな予感がするわ」

「たしかに意気地なしに聞こえるな」悠々と席を立つ。「あいつが部屋へ戻りそうになったら電話してくれ」

ふたたび反論しかけたグレイスは、言葉を呑みこんだ。さっきより説得力のある言葉が浮かばない。彼女は獲物をじっくり見つめたが、管理職たちもボディガードも誰一人バーを出て行くルーサーを気にしていないようだった。

グレイスは片手に携帯電話を持ったまま、ひたすら様子をうかがった。

# 19

ルーサーはファロンがすべての調査員に支給しているJ＆Jの小型の便利グッズを使ってドアをあけた。反射的に感覚を高めながら戸口を抜ける。

室内にいるのが彼だけではないことを告げる唯一の警告サインは、燃えあがるオーラのきらめきだった。ハンター。

ルーサーは敵のほうへくるりと振り向いた。杖から手が離れ、彼はカーペットに倒れこんだ。そのおかげで助かった。

突進してきたハンターが標的を失ってベッドにぶつかった。男はハンター特有の電光石火の反射神経で体勢を立てなおし、あたかも上掛けの上ではずんだかのようにベッドに着地した。

ルーサーはあえて立ちあがろうとはしなかった。同じ能力を持っている人間でないかぎり、素手でハンターに勝てるはずがない。かわりに彼はすばやく意識を集中し、敵のオーラのパターンに向けてありったけをぶつけ、燃えあがる相手のエネルギーに強烈な倦怠《けんたい》感を津波のように浴びせかけた。

ハンターが足をもつれさせてうしろによろめいた。当惑したようにどさりとベッドに腰をおろす。

「くそっ」ハンターがつぶやいた。「何をした?」

「何者だ?」ルーサーは全力で抑制エネルギーを浴びせながら立ちあがった。「ここで何をしてる?」

室内はほぼ真っ暗だったが、ハンターにとってそれは障害にはならない。感覚を高めているハンターは、かなり夜目《よめ》が利く。ルーサーには相手のオーラしか見えなかったが、それで充分ことは足りた。

「どうやらおたがい、ここへは同じ理由で来たようだな」ハンターが言った。「ユーバンクスに関する情報を手に入れるために」

「あいつを始末するために来たんじゃないのか?」

「計画が変わってね」

ハンターがベッドからおりようとした。まったく音はたてなかったが、動きだす一瞬前にオーラが揺れ動いた。

「じっとしてろ」ルーサーは警告とともにいちだんと強い抑制エネルギーを送った。

ハンターがどさりとベッドに腰をおろした。立てないほど疲れ果てているのがわかる。

「なかなか見事な手だな」ハンターが言った。「どのぐらい続けていられるんだ? かなりエネルギーを消耗するはずだ」

たしかにルーサーはハンターの動きを封じるために相当なエネルギーを使っていた。もっとも、認めるわけにはいかないが。ただ、相手が〝エネルギーを消耗する〟と言ったときの無造作な口調が気になった。たとえ自分の超自然的特質と折り合いをつけているとしても、ソサエティ外の人間がそういう表現をするのは珍しい。

「おまえはアーケイン・ソサエティのメンバーなのか？」ハンターが訊いた。

「まあ、血は争えないというやつだな。そっちは？」

「J&Jだ」

「だと思ったよ。あいつがこの仕事はいやな予感がすると言ったのも無理はない」

「あいつ？」

「おれのマネージャーさ。ゆうべ、クライアントと状況すべてが疑わしいと話していた。今朝になって彼女は契約を破棄して帰ってくるように言ってきた。だが、おれはユーバンクスの部屋をどうしてものぞいてみたかった。彼女とは長年のつきあいなんだから、あいつの勘を尊重するべきだったよ」

「クライアントの名前は？」

「本人はウィンスロップと名乗っていた。クライアント・ナンバー2のコードネームだ。おれたちはその女の話をチェックした」

「自分は女だと言ったのか？」

「いいや、本物のウィンスロップは男だ。さっきも言ったように、おれのマネージャーは勘が鋭くてね。彼女はおれたちに接触してきた人間は偽者だという勘を抱いたのさ」

「そのウィンスロップとかいう人間が、ユーバンクスを始末したがる理由に心当たりはあるのか?」

「ユーバンクスは人妻二人と若い女性を殺害したと聞いたが、おれたちに依頼してきた理由はそれじゃない。ウィンスロップの言い分では、ユーバンクスの最大の罪は、テロリストに資金提供しているグループのためにマネーロンダリングをしていることらしい」

「あんたたちは政府の仕事をしてるのか?」

「随意契約だ。クライアントの数はごく限られている。とある政府機関もそのなかに入ってる。本物のウィンスロップはそこで働いている」

ルーサーのポケットで携帯電話がせわしく振動した。彼はすばやく電話機を取りだして着信表示をチェックした。グレイス。

「ユーバンクスが戻ってくる」ルーサーは言った。「ハンターのボディガードを連れている」

「ハンターならこの部屋で何かあったと気づくはずだ」

「それはどうかな。ぼくのパートナーは、ユーバンクスのボディガードは完璧なハンターじゃないと言っている。典型的な能力がいくつか欠けているらしい。それには暴力の痕跡を感知する能力も含まれている」

「だとすると、ハンターとしてはたいしたことはないな。まあ、おれはこのあたりで手を引くよ。ちょうどいい。はじめての孫がもうすぐ生まれるんでね。ビッグイベントを祝うために家族が集まっているんだ。すまないが、起こしてくれるか?」

「もう一つ」ルーサーは言った。「あんたの言い分が正しいという証拠はあるのか?」

「魔法の言葉を言おう」

「どんな?」

「ファロンにスイートウォーターがよろしく言っていたと伝えてくれ」

「ファロンを知ってるのか?」

「おれたちのクライアントは二人しかいない。クライアント・ナンバー1はJ&Jだ」

## 20

「ユーバンクスの部屋でハリー・スイートウォーターに会った？」ファロンは心底びっくりしているようだった。めったにあることではない。「なんてこった。そんな確率がどのぐらいある？」

「それぱかり言ってるぞ」ガラスの引き戸に達したルーサーは、向きを変えて反対方向へ歩きだした。カーペットの上で杖が大きな音をたてている。「いいか、ファロン。そのいまいましい確率を知っているのは、そっちのはずだぞ。それがあんたの仕事だろう。確率の計算。点と点をつなげること。可能性の検討。これはとんでもない失態だぞ。いったいどうなってるんだ？　ユーバンクスのところへプロを送りこんでおきながら、それを言い忘れたのか？」

ルーサーは、グレイスが心配そうな顔でソファに座っているのをひしひしと感じていた。スイートウォーターをベッドに押さえつけるために大量のエネルギーを使った影響がしっかり現われていて、グレイスもそれに気づいているらしい。血液中に噴出していたアドレナリンやそれ以外の生化学物質がじょじょに減少し、神経が高ぶってぴりぴりしている。こうなるからいやなのだ。グレイスに疲れた姿を見せたくない。いまいましい杖だけでも充分見苦しいのに。

「わたしはユーバンクスのところへスイートウォーターを送りこんではいない」ファロンが言った。

「J＆J以外の誰がユーバンクスの死を望む？」

グレイスが片手をあげた。「彼のポストを狙っている人はどう？」

「聞こえたぞ」とファロン。「気に入った。筋がとおる。わたしが夜陰について知っていることを考えるとな。あれは謀略だらけの団体だ」

ルーサーは足をとめてグレイスを見た。「スイートウォーターは、自分のマネージャーはウィンスロップと名乗った人間を女だと考えていると話していた。どうやら本物のウィンスロップは男らしい」

「スイートウォーターのマネージャーは彼の妻だ」とファロン。「おそらく彼女は正しい。ハイレベルの勘を備えている」

「信じられない。妻が殺しを指示してるのか？」

「スイートウォーターは家族で仕事をしている」ファロンが説明する。「J＆Jの設立直後に開業した。それ以来、双方は取引先の関係を保っている。まもなくスイートウォーターの次の世代が登場するはずだ。ハリーの長男が結婚してから、しばらくたつ」

「たしかに孫が生まれるから帰らなきゃいけないようなことを話していたな」

「とても仲がいい家族なんだ」

「変人ぞろいの家族？」

グレイスがソファで眉をつりあげてみせた。

「だから固い絆《きずな》で結ばれているんだろう」ファロンが言う。

「あくまで好奇心から訊くが、J&Jはどのぐらいの頻度でスイートウォーター一族を雇っているんだ？」

「できるだけ回数は抑えているし、ほかに選択肢がないときに限られる。おまえも知っているように、通常J&Jは正規の法執行機関や法廷に証拠を提供できるように事件を解決するべく努力している。おまえにもこれまで何度か協力してもらった。だがたまに、われわれが相手にしているのが悪党と化したハイレベルの超能力者で、きわめて狡猾《こうかつ》でどうにも力が強すぎる人間だと判明することもある。セシル・ファーガソンが一つの例だ」

「ファーガソン？」

「レベル10の催眠術師で、連続殺人犯でもあった。J&Jが目をつけるまでに十二人を殺害していた。そこまで時間がかかったのは、ファーガソンがわれわれの同類、超能力者だったからだ。ハイレベルの催眠術師はきわめてまれな存在だから、秘薬で能力を高めていたのではないかとわたしは考えている」

「夜陰か？」

「おそらく。だが証明はできなかった。夜陰がからんだごく初期の出来事だ。われわれが立ち向かっているのが錬金術師になろうとしている一介の異端科学者ではなく、本格的な犯罪組織だとようやく気づきはじめたころだ。いずれにせよ、ファーガソンを警察に引き渡すわけにはいかないことはわかっていた。たとえ証拠が山ほどあろうとな。ファーガソンの一メートル以内に近づいた人間は、催眠をかけられる危険があった。あいつは自分を逮捕した警官を残して立ち去ってしまっただろう」

「だからスイートウォーターを送りこんだんだな」

「安全な距離を保ったままファーガソンを始末できる人間を。断わっておくが、わたしは最後の切り札としてしかスイートウォーターを使わないし、それも理事会の全会一致と宗主の承認があるときのみに限られる。そしてマウイ島には断じて送りこんでいない」

「スイートウォーターを送りこんだ女が誰にせよ、クライアント・ナンバー2を騙《かた》る方法を知っていた。スイートウォーターは、相手は正しい暗号を使ったと話していた」

「おもしろい」ファロンが考えこんだようにむっつりつぶやく。

「いいだろう、こっちのちょっとした問題に話を戻そう。長期の監視をつける件はどうなってる？　あいつらはすぐにでもホテルを発ってしまうかもしれない」

ソファに座っているグレイスがふたたび片手をあげた。「わたしが夜陰のスパイの一人を尾行するわ」

ルーサーは精一杯すごみをきかせて彼女をにらみつけた。グレイスはそしらぬ顔をしている。

「いまのも聞こえたぞ」とファロン。「残念だが、グレイスはその種の仕事の訓練は受けていない」

ルーサーはグレイスに微笑みかけた。「きみはその種の訓練を受けていないとファロンが言ってる」

グレイスが顔をしかめてクッションにもたれた。

「監視の件は、いま手配中だ」ファロンが言った。「二十四時間以内に五人の調査員をそちらへ向かわせる。それまでおまえとグレイスが見張っていてくれ」

「これ以上グレイスは必要ない。彼女をここから遠ざけたい」

「夜陰のメンバーがまた到着するかもしれない」とファロン。

「ぼくでも特定できる」

「ああ、だが分析することはできない。それで思いだした、今日の午後報告書を受け取ったとグレイスに伝えてくれ。ひじょうに行き届いた内容だった」

いきなり電話が切れた。

ルーサーはグレイスを見た。「きみの報告書を気に入ったそうだ」

グレイスの顔が輝いた。「よかった。じゃあ、わたしたちはまだパートナーなのね？」

「ああ」

「とっても乗り気みたいでわたしも嬉しいわ」ソファから立ちあがり、ルーサーの腕をつかんで寝室へ向かう。「来て。少し休んだほうがいいわ。あなたはガス欠になりかけてる」

「スイートウォーターでエネルギーを消耗したんだ。しばらく横になる。用心しろよ。すべてのドアに鍵をかけておくんだ。この部屋から一歩も出ず、誰も入れるな。ミニバーの補給に来たホテルのスタッフでもだめだ。いいな?」

「いいわ」

ルーサーはどさりとベッドに腰をおろし、ランニングシューズを見つめた。杖をついている男にランニングシューズは必要ないな、とぼんやり考える。シューズを脱ぐ体力が残っているか思いあぐねているうちに、グレイスが彼の前に屈みこんだ。黒髪がやわらかく光っている。ルーサーは靴ひもをほどく彼女を見つめていた。

「この旅でぼくたちが出会った人間のなかで、いちばん理想的な家族が雇われ殺し屋だという事実を、心配するべきだと思うか?」彼は尋ねた。

「家族に違いはないわ」

# 21

眠りから覚めると同時に部屋に彼女がいるのがわかった。まぶたを開かなくても彼女が見える。自分でも説明できないが、ルーサーにはグレイスが近くにいるときはかならずわかった。空港のコンコースでこちらへ歩いてくる彼女を見たとき襲ってきた強烈な認識感は、彼の腕のなかで体を震わせながらグレイスがはじめてクライマックスを迎えたときに百倍強くなり、二人のオーラが一つに溶け合ってけっして離れない絆で結ばれたように感じられたあの朝の永遠とも思われる瞬間に千倍強まっていた。

まいったな、たぶんグレイスの言うとおりなのだろう。ぼくはロマンティストなのだろう。

「目が覚めたのね」グレイスが言った。「気分はどう?」

そこでようやくルーサーは目をあけ、両肘をついて体を起こした。ガラスの引き戸のそばにグレイスが立っていた。カーテンが五〇センチほどあいていて、まばゆい朝日が見えている。

ルーサーはグレイスがまだ前の晩と同じ服を着たままでいることに気づいた。妙に警戒した雰囲気をただよわせている。ルーサーはひとめで理解した。眠れぬ夜を過ごしたあと、彼も一度ならず同じ気持ちを経験したことがあった。

「元気になったよ」相手を観察しながら答える。「でもきみは一睡もしなかったみたいだな」

「あなたはぐっすり眠っていたわ。いまの状況を考えると、どちらか一人は起きていたほうがいい気がしたの」

ルーサーはグレイスに背を向け、大きく足を振ってベッドの縁に座った。「別の表現をすれば、ぼくが自分の務めを果たせないんじゃないかと心配だったんだな。ぼくが寝ぼけているあいだに誰かが押し入ってきたら、ぼくには自分たちを守れないんじゃないかと」

「わたしたちはパートナーよ、忘れたの？」

ルーサーは首のうしろをこすった。グレイスとのあいだには特別な絆ができているかもしれないが、だからといって彼女に腹が立たないことにはならない。

「はっきり言っておく」感情をこめずに彼は言った。「ぼくは仕事の余波ぐらいちゃんと対処できる」

「そのくらいわかってるわ。わたしはただ、用心に越したことはないと思っただけよ」

「誰かがこの部屋に侵入しようとしたら、すぐ目が覚めていた。それだけは断言できる」

「寝起きはいつもそんなに機嫌が悪いの？」責めているというより、好奇心から訊いているように聞こえる。

「いいや、ぼくが守るはずのクライアントが、ぼくを守るのは自分の役目だと思っていると思い知らされた朝だけさ」

「わたしはクライアントじゃないわ。パートナーよ」

「ぼくは自分の務めを果たすためにここにいるんだ」

「ゆうべ果たしたじゃない。ねえ、こんなことで言い争うなんてばかげているわ。シャワーを浴びてきたら？」

ルーサーは考えてみた。なかなかいいアイデアだ。

「きみは？」彼は訊いた。「少し眠ったほうがいい」

「ソファで横になったわ。少しうとうとした」

「ひと晩じゅうぼくを見守っている必要はなかったんだ」

「ぐっすり眠らなかった夜は、これがはじめてじゃないわ。わたしならだいじょうぶ。さあ、シャワーを浴びていらっしゃい」

ルーサーは杖をつかんで立ちあがった。視線を下に落とすと、まだシャツとズボンを着たままだとわかった。顔をあげると、鏡に映る自分が見えた。服はしわくちゃで目は落ち窪《くぼ》んでいるし、無精ひげが伸びている。見られたものじゃない。

何よりも、飢餓感を覚え、それは食べるものに対してだけではなかった。彼はグレイスに目を向け、彼女の疲労の具合を量ろうとした。

「なあ」顎《あご》の無精ひげを片手でさすりながら言う。「気配りができる男は、眠れぬ夜を過ごした女性に一緒にシャワーを浴びないかなんて訊かないんだろうな」

グレイスが眉間に皺を寄せて責めるようににらみつけてきた。「そうね、気配りのできる男性なら、こんなときに一緒にシャワーを浴びようなんて言うはずがないわ」

ルーサーはおとなしくうなずいた。「だろうな。いまのぼくは少々むさくるしい」

「違うわ、見た目とは無関係よ」グレイスが言下に言い返す。

「じゃあ、なぜだ？」わけがわからない。

「わたしたち、喧嘩《けんか》をしたばかりなのよ」勢いよく両手を振る。「あなたはさっきわたしに対して声を荒げた。なのにいまはなにごともなかったみたいにセックスしようと言ってる」

「さっきのあれを喧嘩だと思ってるのか？」

「あなたはどう思ってるの？」

ルーサーは考えてみた。「議論だ。それはもう終わって、ぼくはシャワーを浴びようとしている。きみも一緒にどうかと思った。それだけだ」

「あれは喧嘩だったわ」

「大げさに考えすぎだ。きっと睡眠不足でぴりぴりしているせいだ」

「あれは喧嘩だったし、わたしは睡眠不足でぴりぴりなんてしていない」

「なあ、一緒にシャワーを浴びれば、とがった神経もやわらぐんじゃないか？」

グレイスが何度か口をぱくぱくさせた。ルーサーはさらに何か言おうとしたが、その前に彼女が飾り用の小さな枕をつかんで彼の顔に投げつけてきた。

ルーサーは枕を横にはらい、ベッドをまわってグレイスのほうへ歩きだした。

「枕投げのことなら理解できる」

すばやく二人の距離を縮める。たちまち室内のエネルギーが燃えあがった。

グレイスが壁に一歩あとずさった。「さっきの軽い議論のあと、わたしがセックスする気分でいると一瞬でも思ってるなら、考えなおしたほうがいいわよ」

「いいかい、男とセックスとはそういうものだ」杖をベッドに投げて両手を壁につき、両腕でグレイスを囲いこむ。「たいていの場合、そのなかに考えることは入っていない」

「それでいろいろ説明がつくわね」

「お役に立てて嬉しいよ」

そして彼はキスをした。ゆっくり時間をかけた朝のキス。自分が満足していることを自覚している男が女性にするキス。ふたたび彼女を満足させるつもりでいることを、はっきり伝えるキス。そして、お返しに自分も満足させてもらうことを伝えるキス。求めるキス。

だがグレイスの反応は求められた女性のそれではなかった。意外にも、彼を求めているのは自分のほうだということが、はっきり伝わってくる情熱的なキスで応えてきた。

「よし」唇を重ねたままルーサーはつぶやいた。「こうでなくちゃ」

グレイスがわずかに身を引いた。「何がこうでなくちゃなの？」

「気にするな、説明はまた今度にする」

グレイスの唇から力が抜け、オーラがきらきら輝いて彼のオーラと同調しはじめた。ルーサーは二人が絆で結ばれている実感を嚙みしめた。グレイスが気づいていようがいまいがどうでもいい。

四十八時間。ぼくたちが出逢ってから、せいぜいそのくらいだ。たとえ二度と会うことがかなわなくても、これから死ぬまでグレイスのことを考えつづけ、彼女に恋焦がれ、彼女を求めつづけると断言できるのはなぜだろう？　いったいどういうことだろう？

でもいまは考えている余裕はなかった。グレイスが彼のズボンのファスナーをおろしている。固くなったものに彼女の指が触れ、そっとつかまれたとたん、穏やかな興奮がいっきに熱い炎へと燃えあがった。それに応えてグレイスの指に力が入る。

彼女のシャツの前をひらくと、夜のあいだにブラをはずしていることがわかった。昨夜は絶対つけていたはずだ。ルーサーは両手の手のひらで乳房を包みこんだ。素肌に固く小さな乳首があたる感触で、どうしようもなく興奮が高まっていく。

彼は彼女のシャツの前をはだけさせたまま、ズボンを脱がせはじめた。足首までズボンをおろしたときには、グレイスが小さく震えながら彼の名前をささやいていた。何よりも、ルーサーの全身に触れていた。めったにない貴重な芸術品に触れるように、両手で太ももや胸や背中を撫でまわしている。

「すてき」グレイスが彼の肩にキスをした。「こんなふうにあなたにさわれるなんて、とってもすてきだわ」

「ぼくにさわるのを喜んでくれて、ぼくも嬉しいよ」両手でグレイスの顔をはさみ、顔をあげて目を合わす。「でもきみがほかの誰かをこんなふうにさわるところを想像すると、頭がどうにかなりそうだ」

「いまさわりたいのは、あなただけよ」

「それはぼくが聞きたかった返事と少し違うが、その話はあとにしよう」

「どういう意味――」

「どうでもいい。いまは」

杖を取ってグレイスの手首をつかみ、大理石のタイルがきらめくバスルームへ向かう。そして二人がまだ身につけていた服をすべてはぎ取って降り注ぐシャワーの下に入った。バスタブのなかにある腰掛けに腰をおろし、グレイスにまたがらせる。人工の滝の下で愛し合ううちに、二人はそろって激しいクライマックスを迎えた。

これからぼくたちのあいだに何があろうと――ルーサーは思った――、グレイスはけっしてぼくを忘れないだろう。


しばらくのち、グレイスは湯気で曇った鏡の前に立っていた。体に大きな白いタオルを巻き、別のタオルで髪をくるんでいる。エネルギーが満ちあふれている気がした。潑剌《はつらつ》とした気分。ゆっくり睡眠を取る必要なんてない。

隣りでは、腰にタオルを巻いたルーサーがひげを剃っていた。グレイスは曇った鏡のなかで彼と目を合わせた。

「あれは喧嘩だったわ」

ルーサーがにやりとした。「じゃあ、もっとひんぱんにやらなくちゃな」

# 22

その客室係の女性はハミングをしていた。カートを押しながらグレイスとすれ違い、そのまま廊下を歩いていく。どこか聞き覚えのあるメロディで、グレイスは無意識のうちになんの曲か思いだそうとしていた。意識を集中すればするほど、メロディはわかりにくくなり、引きこまれる度合いがどんどん増す気がした。

流行のポップスでないことは間違いない。古いロックでもない。はるかに複雑で洗練されたもの。たぶんオペラのアリアだ。

オペラをハミングする客室係がどれだけいるだろう？　職業の選択を間違ったに違いない。でも、ひょっとしたらあの女性はプロの歌手なのかもしれない。客室係は日中の仕事にすぎないのだろう。

ハミングは廊下に静かに反響し、音が小さくなるにつれていっそう聞く者の興味をかきたてて眩惑《げんわく》するものになっていく。

音楽は一種のエネルギーだ。あらゆる感覚にダイレクトに訴えかけ、スペクトル全体に影響を及ぼす。その証拠はいたるところで見ることができる。音楽は感情をくすぐり、気分をあおったり血液中にアドレナリンを噴出させたりする。宗教のなかにはその力を恐れるあまり、音楽を禁じているものもあるほどだ。それ以外の宗教は、神性を賛美し称えるために音楽特有のエネルギーを利用している。音楽は聴く者に魔法をかけて彼らを酔わせ、人びとをひざまずかせ、そのエネルギーを行動のかたち——舞踏——で解放せずにはいられなくする。音楽を聴くと、とても重要な何かに意識を集中したい気持ちにさせられる。曲名を当てたいという気持ちに。

グレイスは妙な寒気を覚えた。だしぬけに、客室係が口ずさんでいる曲を特定することが何よりも重要に思われた。ここ数年のあいだに、何度かオペラを観に行ったことがある。ふだん慎重に感情を封じこめているせいで、極端なほど情感にあふれたオペラのストーリーにまず惹きつけられた。マイクも使わずに、息を呑むほど美しい声を三千席の劇場のいちばん奥まで届かせる歌手たちの驚くべき能力には、毎回驚かされた。けれどわたしはオペラの熱心なファンではない。音楽に関するくわしい知識はない。それでも客室係が口ずさんでいる曲はオペラを観に行ったときに聴いたことがあるものだ。それは間違いない。

何がなんでも曲名を思いだしたいという名状しがたい欲求は、浮かんだときと同じぐらいすばやく霧散した。

うなじにぞっと寒気が走った。鼓動が速まり激しくなっていく。突然グレイスはパニックと言っていいほどの不安に襲われた。この症状が何かは知っている。生存本能がいっきに働きだしているのだ。ここから逃げなければ。

音楽は一種のエネルギー。

グレイスははたと気づいた。客室係との距離は一メートルもなかったのに、相手のことを何一つ思いだせない。髪の色はもちろん、太っていたのかやせていたのか、中年だったのか若かったのかさえ。彼女が口ずさんでいた曲に意識を集中したいという抗しがたい衝動以外、何一つ思いだせない。

グレイスは足をとめて振り返った。客室係とカートは、長い廊下の先にある角を曲がって見えなくなっていた。

どうしていいかわからず、グレイスはつかのま躊躇した。今朝は自分の好きなように行動できる。夜陰の管理職五名と彼らのボディガードは一時間前にゴルフへ行った。ルーサーはかならず部屋かホテルの人目につく場所にいるように厳重に申し渡したあと、彼らを追って出かけて行った。

ハミングしている客室係とすれ違ったのは、プールに持っていくのを忘れた帽子を取りに部屋へ戻ったときだった。どうしても曲名をはっきりさせたい気持ちに気を取られ、部屋へ戻った理由をつかのま忘れるほどだった。

何かがひどくおかしい。

さっきの客室係を見る必要がある。

グレイスは足早に来た道を戻り、客室係が向かったほうへ歩きだした。曲がり角に近づくと、またあのハミングが聞こえてきた。今回はかなり音が小さい。またしてもその旋律のパターンに集中したい衝動に襲われたが、今回は心の準備ができていた。グレイスはその衝動を、そっと、だがきっぱりと押し戻した。衝動が霧散した。

角を曲がると、客室係の姿が見えた。貨物用エレベーターを待っている。カールした褐色の髪が大きく盛りあがっていて、横顔の一部しか見えない。フレームが太い黒いサングラスをかけている。動作はきびきびしてしなやかだ。意欲満々で張りきっているのが感じられる――明らかに自分の仕事を心から楽しんでいる女性。荷物でいっぱいの重そうなカートにてこずっているようすはない。楽々と操っている。

グレイスはすばやく別の感覚を働かせた。客室係のオーラはまばゆいばかりに輝いていた。はじめて見る、きわめて強い精神エネルギーが波打っている。そのほかの特徴はつかみどころがない。そこにもどこか不自然なものがある。夜陰のオーラ特有の黒ずみはないものの、波打つ帯状のエネルギーはところどころいびつになっていて、それ以外の場所では不安定だ。あの客室係は自分の仕事を楽しんでいるかもしれないが、同時に精神的に重大な問題を抱えている。

話しかけるなんて、できない。丸一年まともに他人にさわることもできなかったのだから。

貨物用エレベーターと廊下をはさんだ向かいにある部屋のドアがひらき、カップルが出てきた。

客室係がハミングをやめて歌いだした。声は小さいが、翼の生えたエネルギーが廊下を漂ってくる。あらゆる音色が水晶のように透きとおっている。グレイスは自分に聞かせようとして歌っているのではないという印象を持ったが、それでも空中を漂ってくる鈴のような音色をとらえたい気持ちを懸命にこらえなければならなかった。

カップルが客室係の横を通り過ぎた。客室係には目もくれない。ホテルのスタッフを無視する人間は大勢いるが、相手があんなふうに歌っていたら話は別だ。カップルは二人ともまったくの無表情だった。

貨物用エレベーターのドアがひらいた。ピンとベルが鳴り、昇りを示す矢印が光っている。客室係がカートを押してエレベーターに乗りこんだ。ドアが閉まると同時に歌も聞こえなくなった。グレイスの目の前で、カップルのようすが目に見えて生き生きと元気になった。女性が何度かまばたきし、連れの男性に目を向けた。

「わたしのスパの予約は十一時なの」女性が言った。「あなたはゴルフから何時に戻ってくるの？」

「五時にはなるな」男性が答える。

「じゃあ、わたしは午後はショッピングでもしているわ」

二人はグレイスに軽く会釈して、廊下の先にある宿泊客用エレベーターへ向かった。

グレイスはカップルが見えなくなるまで待ってから、階段室のドアをあけてなかに踏みこんだ。いまいるフロアの上には二階分しかない。五階と六階。

グレイスはコンクリートの階段を駆けあがり、ドアをあける前に耳を澄ませた。向こう側からアリアは聞こえない。慎重にドアをあけ、廊下をうかがう。誰もいない。

もう一つ上の階へ急ぎ、ふたたび廊下に出るドアの前で足をとめた。ほとんど聞き取れないが、音楽が小さく執拗《しつよう》に響いてくる。

ドアをあけて廊下に出ると、客室係が歌いながら廊下のいちばん奥にある部屋へ入っていくのが見えた。まばゆいオーラを輝かせ、カートは外に残している。だが、ホテルの通常の手順とは違い、ドアをあけたままにはしなかった。それどころか、しっかりとドアを閉めた。

グレイスは自分がいる場所の向かいにある部屋の番号に目を走らせ、計算をした。数え間違えていなければ、たったいま客室係が入って行った部屋は六〇四号室だ。ユーバンクスの部屋。

ミスター・ジョーンズ。こんな確率はどのくらい？

事情はどうあれ、これは重要なことだ。間違いない。問題は、これからどうするか。ルーサーならわかるのだろうが、彼はいまいない。優秀な現場調査員なら、一人で決断できるはずだ。

歌う客室係が入って行った部屋の前を通ってルームナンバーが間違いなく六〇四だと確認するぐらい、たいしたことじゃない。こんなに大事なことでしくじりでもしたら、Ｊ＆Ｊの専門家としての将来は知れている。

グレイスはカードキーを片手に、のんびり自分の部屋へ向かっている宿泊客を装って廊下を歩きだした。周囲にほかの宿泊客の姿はない。

別の客室係が重そうなカートを押して廊下の先に現われた。一つの部屋の前で足をとめ、軽くノックしている。

「お部屋のお掃除にまいりました」

オペラを歌っていた客室係がやらなかったことには、あれもある——グレイスは思いあたった。あの客室係はノックも断わりもなしに部屋に入っていった。あたかも客がいないのは承知のうえであるかのように。

歌を歌っていた客室係のカートのところまで行ったグレイスは、閉まったドアを見た——六〇四号室。

彼女はこれからどうしていいかわからず、そのまま歩きつづけた。でも論理的に考えると、自分なりの判断ができる頭の鋭いJ&Jの調査員なら、歌う客室係から目を離さずにいて、ユーバンクスの部屋を出た相手を尾行するはずだ。そもそも今回の任務は監視なのだから。

それにくわえ、あの客室係がホテルのスタッフかどうかはさておき、ハイレベルの超能力者が夜陰のメンバーの部屋へ入ったことをルーサーに知らせる必要がある。

グレイスは携帯電話を出し、すばやくメールを送った。「Eの部屋に超能力者が侵入。監視する」

携帯をバッグにしまい、あたりを見わたして客室係が出てくるのを待つあいだ隠れる場所を探した。前方には二列のドアがずらりとならんでいるだけだ。いまいる廊下は別の廊下と交差するところで終わっている。選択肢は二つ——来た道を戻ってさっきの階段室に隠れるか、廊下の先の角を曲がって六〇四号室のドアがあくのを待つか。

階段にしよう。そっちのほうが近い。急いで逆戻りしてユーバンクスの部屋の前を通過し、階段室のドアまであと少しのところまで行ったとき、背後で人の気配がした。肩越しに振り向くと、二人めの客室係がきっぱりした足取りで六〇四号室へ歩いていくのが見えた。

グレイスは通常とは違う感覚に切り替えて客室係のオーラを見た。超能力を持たない人間にありがちなオーラだが、気分を害しているのがはっきり見て取れる。どうやらほかのカートが廊下にあるのが気にさわったらしい。おそらくここが彼女の持ち場だからだろう。

ふいにグレイスは、その客室係が六〇四号室に消えた女性と対決するのはまずいと確信した。

反射的に六〇四号室へ歩きだしたが、客室係はすでに力強くドアをノックしていた。返事を待たずにマスターキーを差しこみ、ドアを押しあける。室内をにらみつけた客室係の体がこわばり、オーラの不安の色が増した。

「誰？」客室係が強い口調で問い詰めた。「この階の担当はわたしで、今日は臨時の手伝いは頼んでいないわ。あなた、新人ね」

部屋のなかから歌が聞こえてきた。気迫に満ちたその歌には、つい引きこまれそうになる邪悪さがあり、グレイスは迫りくる不幸の重さに押しつぶされそうな感覚に襲われた。コロラトゥーラ・ソプラノの純粋でどうにも抗しがたい声が持つパワーと暴力が、廊下にあふれだしている。

二人めの客室係のオーラが恐怖で震えた。客室係が一歩あとずさり、逃げようとするかのようにわずかに体の向きを変えた。だがそこで彫刻のようにぴたりと動かなくなった。そしてあたかも見えない鎖に引っ張られるように、六〇四号室の薄暗い戸口へ歩きだした。

歌のエネルギーが超自然的スペクトルで震えている。グレイスは直感的に、ターゲットは客室係であって自分ではないとわかっていたが、それでも歌の容赦ない引力が感じ取れた。

客室係は音楽で金縛りになっている。そのまま不吉な戸口へさらに一歩近づいた。もうすぐ六〇四号室に入ってしまう。

「待って」グレイスは有無を言わさぬ口調で歌の呪文が解けるように祈りながら、大声で叫んだ。「とまって。入っちゃだめ」

客室係は彼女の警告の叫びを聞き流した。すでにオーラの脈動が普通のものではなくなっている。戦慄《せんりつ》しながら見つめるグレイスの目の前で、それはむらのある不安定なものに変化した。そのあいだも、オーラでパニックが脈動しつづけている。あの女性は自分が破滅へ引きずりこまれているのを知りながら、なすすべがないのだ。

グレイスは駆け寄りながら、自分のオーラを最大限まで強めた。廊下に聞こえる音楽はさほど大きくないが、あたり一帯に抑制されたパワーが満ちあふれているようだった。

もう長いあいだ、これからやろうとしていることをする必要に迫られたことはない。それでもグレイスは、自分の感覚の避けがたい反応を忘れてはいなかった。痛い思いをするはずだ。

肉体的接触で受けるショックに備えて気を引き締めると、彼女は客室係の肩をつかむと同時におぞましい音楽の波長を全力で押し戻し、金縛りになっている女性を自分のオーラで守ろうとした。

全身を痛みが走った。客室係の制服の薄い生地は、防護策としてはなきに等しい。グレイスは歯を食いしばり、必死で客室係の肩から手を離すまいと頑張った。

はずみで二人は戸口から一メートルほどあとずさり、よろめいてカーペットに倒れこんだ。グレイスは夢中で脇に転がり、動かない客室係から離れた。

すばやく床に膝《ひざ》をつき、六〇四号室の戸口へ目をやる。

室内のカーテンはすべてぴったり閉じられ、部屋は濃い陰に閉ざされていた。歌い手はベッドのそばに立っていて、まだ口をあいたまま、おぞましい曲の最後の旋律を歌っていた。大きすぎる黒いサングラスとふさふさしたウィッグと薄暗さのせいで、顔がはっきり見えない。それでもグレイスの警戒心が弱まることはなかった。相手のオーラで渦巻く憤怒はしっかり見て取れる。

室内の女がふたたび滔々《とうとう》と歌いだした。一つ一つの音が、見えない爆発が生みだす衝撃波のようにグレイスに襲いかかった。猛襲を浴び、感覚がふらつく。息ができない。心臓が早鐘を打っている。周囲で廊下がぐるぐるまわっている。

とっさにグレイスは持てるすべてのエネルギーを対位するパターンに向けた。廊下が安定し、頭がはっきりした。

女のオーラの憤怒がいっそう強くなったが、歌のパワーは弱まった。澄みきった旋律がだしぬけに崩れた。

「誰？」女がヒステリックに叫んだ。「なぜわたしのパフォーマンスを邪魔するの？」

グレイスはよろよろと立ちあがり、倒れた客室係の前に立ちはだかった。「この人を殺そうとしたわね」

「そんな馬鹿女、死んで当然よ。わたしの邪魔をしたんだから」

「わたしもあなたの邪魔をしたわ」グレイスは言った。「わたしも殺すの？」

「ええ」

たったひとことの返事は、絶叫となって発せられてもおかしくなかった。だがそれは薄闇を縫ってふわふわと漂ってきて、見事にコントロールされたエネルギーでグレイスを室内に引きこもうとした。その声色はあまりに強烈で、痛いほどだ。グレイスの鼓動がふたたび激しくなった。

彼女は部屋に入りたいという欲望に必死であらがい、力のかぎり抵抗した。いくらか効果があったらしい。相手の歌声が高まり、こちらの抵抗に負けまいとしているのがはっきりわかる。いつかかならず誰かが気づくはずだ。近くの部屋に誰かいるはずだ。宿泊客すべてがビーチやスパやゴルフコースに出かけているはずはない。

だが長い廊下にあるドアのどれかがあくことはなかった。誰もこの歌声を不審に思っていないらしい。グレイスはぞっとする可能性に思いあたった。この歌声を聞いた人間は、ホテルが廊下に流している音楽だと思っているのだろう。

歌声の完璧さが文字どおりグレイスの呼吸を奪っていた。彼女は自分が息を吸いこんでいないことに気づいてぞっとした。胸と頭が猛烈に痛む。見えない海で溺《おぼ》れかけているようだ。息をするのよ――グレイスは自分に言い聞かせた。息をしなければ死んでしまう。

グレイスはわずかに残っていた力を必死でかき集めた。死を招く音楽がふたたび弱まった。依然として頭はくらくらしていたが、その一瞬のすきになんとか大きく息を吸いこみ、もう一度吸いこんだ。助けを呼ぶ体力は残っていない。肺を空気で満たすだけで精一杯だ。それでもいっきに体内に流れこんできた酸素で生きる意欲に火がついた。母の死や里親制度や路上生活やマーティン・クロッカーに耐えて生き抜いてきたのは、人殺しの歌姫の手にかかって死ぬためじゃない。

グレイスは力をふりしぼって意識を集中した。相手のオーラで閃光を放っているパワーの脈動には、明確な不安定性がある。あの女性は少々正気を失っているだけでなく、混乱した激しい怒りへいまにも飛びこもうとしている。わたしに抵抗されて激怒しているのだ。

もう少し追い討ちをかけてみよう。さもないと、この廊下で命を落とすことになる。

いっそう力を込めた抵抗は、すぐに効果を現わした。相手のオーラが黒ずみ、不安定な怒りできらりと光った。感情のコントロールを失いつつあるのだ。グレイスは、それが声のコントロールにも影響を及ぼすはずだと思った。感情過多になるのは歌には致命的だと語るプロのオペラ歌手の話を何かで読んだことがある。理由は明らかだ。胸や喉が怒りや涙や恐怖でこわばっているとき、自分の声を完璧にコントロールしつづけるのは不可能とまではいかなくとも、困難だ。

グレイスは自分も同じ問題を抱えていることに気づいた。もしパニックの瀬戸際から引き返さなければ、わたしも自制を失ってしまう。迫りくる死以外のことを考えなければ。

ルーサー。

名前には力がある。その名前の人物と強いつながりがある場合は。ルーサーの名前から得た力が、グレイスにとって彼がどれほど重要な存在かを示していた。

女が絶叫した。そうとしか言いようがなかったが、その声はよくある恐怖の叫びではなかった。生々しい憤怒の熾烈な波動。信じがたいほどの高音は、この世のものとは思えなかった。

グレイスは自分が動けることに気づいた。とっさに両耳に指を差しこむ。音楽と痛みがわずかに弱まった。

そのとき、廊下の先で別の音が聞こえた。エレベーターのベルが鳴る小さな音。

相手の女にもそれが聞こえ、ほかの人間がやってくることを悟ったに違いない。オーラで混乱の閃光があがった。狂気の憤怒の縁でぐらついた女が、鉤爪《かぎづめ》のように爪を立ててグレイスに襲いかかってきた。

グレイスはすばやく身をかわし、相手とのあいだにカートをはさんだ。あわてて武器になるものを探す。羽根ばたきが手に触れた。

女は自分の進路を修正しようとしたが、意識不明のもう一人の客室係につまずいてカーペットにぶざまに倒れこんだ。グレイスはそちらに向かってカートを押したが、相手には届かなかった。

女がよろめきながら立ちあがった。口をひらく。喉が動きだす。けれど出てきたのは喉に詰まったあえぎ声だけだった。

女がちらりとエレベーターホールをうかがった。エレベーターのドアがひらきかけている。理性か生来の生存本能が怒りに勝ったのだろう。女はすばやく踵《きびす》を返し、グレイスの脇を駆け抜けて角を曲がって姿を消した。

グレイスは羽根ばたきをつかんだままじっとしていたが、もう歌は聞こえてこなかった。

一つ深呼吸して倒れた客室係に近づく。女性はもぞもぞ動きはじめていた。グレイスの足の裏で何かが砕けた。見おろすと、割れたガラスがカーペットに散らばってきらめいていた。カートに載っていた清潔なグラスが一つ落ちて割れたのだ。

六〇四号室のドアが開けっぱなしになっている。グレイスはドアを閉めた。ファロンはこの出来事をできれば内密にしておきたがるだろう。

グレイスはぼんやりしている客室係の横にしゃがみこんだ。

「だいじょうぶですか？」やさしく問いかける。

「ええ、たぶん」客室係が放心した顔を向けてきた。「わたし、気を失ったんでしょうか？」

「ええ。立とうとしないほうがいいわ。エレベーターの横に内線電話があるから、責任者に連絡してきます」

「わたしなら平気です、ほんとうに。ちょっと疲れているだけです。今日は長い一日だったので」

「たしかにそうでしょうね」

客室係はだいじょうぶだろう。オーラが正常に戻っている。無意識にグレイスは安心させるように軽く客室係をたたこうとした。ぎりぎりのところで、相手を戸口から引き戻そうとしたとき、手のひらが火傷《やけど》を負ったように痛んだことを思いだした。痛みはもう感じないが、ここでまた触れるのはやめたほうがいい。回復するまで数日、ことによったら数週間かかるだろう。

ふりだしに逆戻り。

「ああもう」グレイスはそっとつぶやいた。「いまいましいったらないわ」

グレイスはふらふらと立ちあがり、廊下の先の内線電話へ向かった。

# 23

グレイスが向かいのコーヒーテーブルにひらいたパソコンを置いたままソファの上で丸くなっていると、ルーサーが帰ってきた。ずかずか部屋に入ってきた彼は、黄泉《よみ》の国の王のようだった——激怒した王。彼はグレイスをにらみつけ、ひとことひとことを杖で強調した。「いっ」ごつん「たい」ごつん「何」ごつん「を」ごつん「考え」ごつん「て」ごつん「るん」ごつん「だ?」ごつん。

「さわらないで」グレイスは悲痛な声をあげてソファから飛びおり、ベランダに続くひらいた引き戸へすばやくあとずさった。両手は胸の前で交差させた腕の下に隠してある。「わたしは本気よ。お願いだからさわらないで」

ルーサーが雷に打たれたようにぴたりと足をとめた。「ぼくがきみを殴ると思ったのか? 信じがたい思いとやるせなさが顔に表われている。

「そうじゃないわ」グレイスは歯がゆかった。「もちろんそんなことは思ってない。ただ触れてほしくないだけ。とにかくいまは。また敏感になってるの」

「くそっ」怒りは微塵《みじん》も治まっていないようだが、傷ついた表情は消えている。「わかった、何があったか話してくれ」

グレイスはとことんプロに徹した報告に聞こえるように祈りながら説明をした。話し終えたときは、てっきりルーサーが携帯を出してファロンに電話をすると思っていた。だが彼はじっと立ちつくしたまま、あたかもはじめて見るように、不安になるほど考えこんだ顔でグレイスを見つめてきた。

「客室係にきみが使った手段だが」やがて彼が言った。「以前も使ったことがあると言ったな？」

「何度か」胸の前で交差していた腕を放し、手のひらを見る。「母が亡くなったあと、里親のもとへやられたの。わたしは半年後にそこを飛びだした。しばらく路上生活をしていたわ。そこにはひどく心がゆがんだ人間がいた」

「そのくらい言われなくてもわかってる」むっつりとつぶやく。

グレイスは聞き流すことにした。「なかには自分の能力を使って他人を操る超能力者もいた。一人のポン引きがいたの。よくわからないけれど、カリスマ性みたいなものを備えていた。若い女の子を誘惑して、自分に夢中にさせることができた。女の子たちは彼のためならなんでもしたわ」

「そいつは彼女たちに路上で客を取らせたんだな」声に怒りがこもっている。

「あなたもああいうドブネズミに会ったことがあるようね」グレイスは静かに言った。

「ああ」くわしく話そうとはしない。

「わたしは夜になると、よく彼女たちと一緒にいたの。自分の能力を使って、どの男が安全で、どの男を避けるべきか教えていた。ある日、そのポン引きは彼女たちが危険な客の一部を断わっていることに気づいた。彼は激怒して、見せしめに何人かの女の子を殴ろうとしたの。わたしにはそいつが何をするつもりかわかった。最初にどの子を殴ろうとしているのかも。いちばん若くて新人の子よ。わたしは彼がその子をつかまえに来た晩、その場にいたの。彼女は怯《おび》えていたわ。彼の周囲には殺気がみなぎっていて、ナイフで切れそうなほどだった。彼が女の子に手を伸ばしたとき、わたしはその子の腕をつかんで限界まで気合をこめ、自分のオーラで彼女のオーラを呑みこんで一種のバリアをつくったの。ポン引きは彼女に触れたとたん、フライになった」

「〝フライになった〟を具体的に説明しろ」とルーサー。「死んだという意味か?」

「違うわ」ぎょっとしてあわてて答える。「殺してなんかいない。本当よ」

「きみがそいつの息の根をとめたところで、ぼくはなんとも思わない」

「ああ」ごほんと咳払いする。「でも殺しはしなかった。ただ、彼がわたしのオーラに触れたとたん、何かが起きたの。向こうのエネルギー場が一瞬ショートしたみたいだった。うまく説明できないわ。ただ、彼はしばらく意識を失っていた。女の子のほうも。でも意識を取り戻したとき、彼女に異常はなかった。少し震えていただけで」

「ポン引きはどうなった?」

「無事じゃすまなかったわ。一種の神経衰弱になったみたいだった。とにかくぼろぼろになってしまったのよ。能力に一生消えない何かが起きたんだと思う。何にせよ、その影響は超能力のみならず、それ以外のあらゆるものにも及んでいた。彼は腑抜《ふぬ》けになってしまって、いつのまにかそのあたりからいなくなった。しばらくたってから、風の噂で麻薬取引がもめたときに殺されたと聞いたわ」

「ほかにも似たようなことがあったと言ったな？」

「二、三度」と打ち明ける。「超能力を持たない人が相手でも効果があるの。誰にでもオーラはあるから。でも、あれをやるたびにわたしは敏感になってしまうのよ」

「ふむ」

グレイスは続きを待ったが、ルーサーは何も言おうとしなかった。ただそこに立ったまま、物思いにふけっている。

「なんなの？」グレイスは促した。

「考えているんだ。きみは今日、歌を歌っていた客室係のオーラをショートさせたんだと思うか？」

「いいえ。あの人はすごく力が強かったもの。幸い彼女が冷静さを失ったとき、同時にコントロールする力の大部分も失った。ちょうどそのときエレベーターの扉が開きかけて、彼女はパニックになって逃げたのよ」

ルーサーが真顔で見つめてきた。「相手が逃げていなかったら、どうなったと思う？」

「わからないわ」正直に答える。「結果は、わたしたちのどちらの能力が強いかで決まったでしょうね。今日は最後まで闘えなかった。引き分けというところね」

「もう一度張り合おうなんて気は起こすな。いいな？」

グレイスは身震いした。「約束するわ、わたしもそんなことをしたいとは思わない。さあ、もうわたしを怒鳴りつけてもいいわよ」

ふたたび長い沈黙が落ちた。

「怒鳴らないの？」

「勘違いするな、怒鳴りたい気持ちはやまやまだ」

「でも？」

「でもきみはもう一人の客室係の命を救った。そういう状況に置かれたJ＆Jの調査員なら、ほぼ同じことをする」

グレイスの気持ちがいっきに楽になった。「ありがとう」

「ほんとうにぼくが触れるのは無理だと思うのか？」

緊張が走る。「すごく熱かったの。回復するまで数日か、ひょっとしたら数週間かかると思う」つかのま感じたプロとしての誇らしさが、明かりが消えるように消えてしまった。泣きださないだけで精一杯だ。「せっかく最後の火傷から回復したばかりだったのに、癪《しゃく》にさわるったらないわ」

「実験してみないか？　ぼくたちがどちらもオーラ能力者だということが、一種の保護の役目をしているのかもしれないときみも言っていたじゃないか」

グレイスはためらった。「いいわ」

「きみからさわってくれ。そうすればきみのペースでやれる」

つかのまグレイスは固まっていた。J&Jの調査員でしょう。思いきってやってみるのよ。ゆっくりルーサーに近づき、五〇センチほど離れたところで足をとめる。彼が手のひらを上に向けて片手を差しだした。グレイスはこわごわ指先で触れてみた。ショックは感じない。鋭い痛みはない。どっと安堵《あんど》がこみあげ、グレイスはゆっくりと彼の手のひらに自分の手のひらを重ねた。

「信じられない」感きわまってつぶやく。「今日みたいな経験をした直後に誰かに触れたことなんて一度もなかったのに。これまでずっと、見当違いの男とつき合ってきたみたいね」

ルーサーが不満の声を漏らしてグレイスの手をつかみ、引き寄せて激しくキスをした。唇が離れたとき、グレイスは少し息が切れていた。

「そんなふうにぼくをからかうのはやめろ」怖い顔で警告する。「きみのメールを読んだときのショックからまだ立ちなおっていないんだ。心臓がとまるかと思った」

「彼らはセイレーンと呼ばれています、ミスター・ジョーンズ」グレイスは電話に向かって告げた。「きわめてまれな能力です。だからあなたもこれまで聞いたことがなかったんでしょう。ソサエティの記録にもごくまれにしか現われないので、系図部のスタッフの多くも実在の人物ではなく伝説だと考えていました」

グレイスはふたたびソファに座っていた。疲労困憊《こんぱい》していて、パソコン画面のデータの意味を仮にも理解できるのが意外だった。ましてや雇い主に筋道だった報告ができるなんて驚きだ。アドレナリンの余波でまだ全身が震えている。眠れるほど神経が静まるのはしばらく先になるだろう。

でも、わたしはいまもルーサーに触れることができる。その感動が何よりも気持ちを明るくしてくれた。

ルーサーは窓際に立ち、午後の強い日差しを浴びてまばゆく輝く海を見つめながらファロンと話すグレイスの会話を聞いている。グレイスがプロモードと思いはじめている状態に戻っていた——冷静で厳しく、一心に集中している状態に。

「セイレーンとはなんだ？」強い口調でファロンが訊いた。「一種の催眠能力か？」

「声を介して精神エネルギーを送るという点では催眠術と同じですが、きわめて高音の澄みきった声が必要で、そういう声を出せる人間はめったにいません。また、セイレーンの能力を備えた人間はこれまでにそれなりの数が存在したと思われますが、実際に人を殺せるエネルギー波を出せるほど強力なのはそのうちごくわずかだったはずです」

「それ以外の人間はどうなる？　なぜ死を招かないセイレーンの噂を聞かないんだ？」

グレイスはかすかに微笑んだ。「聞いたことがあるはずです。はっきり意識しなかっただけで。彼らはオペラ歌手として知られているんです」

「オペラ歌手？」面食らっているらしい。

「もちろん、オペラ歌手のすべてがセイレーンではありません。有名なコロラトゥーラ・ソプラノの数人にすぎないと思います。そしてそういうセイレーンたちは、自分に超能力があることに気づいてもいないはずです。いえ、いまの発言を取り消します。オペラ歌手はプライドが高いので有名です。なかには自分の能力は既存の科学では説明できないものだと考えている人もいるでしょう」

「どういう意味だ？」

「オペラ歌手が〝聴く者を魅了する〟と形容されるのを何度聞いたことがありますか？　歴史を振り返ってみても、聴衆を釘づけにするとか、とりこにするなどと言われた歌手は大勢います」

「ふむ」

グレイスはパソコン画面を見つめてすばやく目をとおした。「人間の神経系統を混乱させるほどハイレベルな能力は、ほぼ女性にのみ現われますが、それは本物のコロラトゥーラ・ソプラノが殺戮《さつりく》音階に達する高音を出す必要があるからです。声との関連にくわえ、この能力はセックスアピールとも結びついていて、だからセイレーンと呼ばれているんです」

「オペラ歌手はセクシーなのか？」唖然《あぜん》としている。

「ミスター・ジョーンズ、こんなことを言うのは気が引けますが、オペラ歌手は男女を問わず恋多き存在として有名なんです。裕福で力のある男性は、とりわけソプラノ歌手に魅力を感じるようです。マリア・カラスとアリストテレス・オナシスがいい例です」

それを聞いたルーサーが振り向いた。眉をかすかにつりあげている。グレイスは気づかないふりをした。

「今日遭遇した歌手は頭がおかしかったと言ったな？」ファロンが訊いた。

「それは、あなたが〝頭がおかしい〟をどう捉えているかによります。彼女はひどく不安定なものを放っていましたが、入念に計画を練ってそれを実行できるのは明らかです。六〇四号室には誰かを襲う目的で侵入したと考えて間違いないと思います。おそらくユーバンクスを」

「部屋でユーバンクスを待ち伏せするつもりだったと？」

「間違いありません」

「ボディガードはどうなる？」

「おそらくユーバンクスにボディガードがいることを知らなかったんでしょう。あるいは二人ともあしらえると思ったか。いずれにせよ、別の客室係に邪魔をされた。あのセイレーンはそれに激怒したんです」そのときのことを思いだして身震いする。「彼女はパフォーマンスを邪魔された本物の歌姫のような反応を見せました」

「客室係を殺そうとするのは、少々やりすぎの気がするが」とファロン。「そのセイレーンは自分が新人か何かだと本物の客室係に説明して、その場をやりすごすことはできなかったのか？」

「彼女はオペラ歌手で、精神的に不安定です。極端な行動に出るのが習慣になっているんでしょう」

「相手は訓練を受けた歌手だと本気で思ってるのか？」

「間違いありません。以前プロとして歌ったことがあるはずです。いまも現役かもしれません」

「きみと客室係にパ、フ、ォ、ー、マ、ン、ス、を邪魔されたと責めてきたのか？」

「変な言い方なのはわかっています。あのセイレーンは精神的に不安定かもしれませんが、自分はスターだと思っています。保証します、オーラに現われていました」

「もう一人の客室係はどうなった？」ファロンが訊く。「何があったか覚えているのか？」

依然としてルーサーはグレイスを見つめている。彼女はパソコン画面に集中した。毎度のことながら嘘をつくのは神経を使う作業で、疲労困憊しているいまはとくに注意が必要だ。いつものようにグレイスはできるだけ真実を残しておいた。

「たいして覚えていないはずです」グレイスは答えた。事実だ。「先ほどもお話ししたとおり、客室係はセイレーンが彼女に向けて歌いはじめた段階で気を失いました」完全に事実ではない。客室係を気絶させたのはわたしで、セイレーンではない。「意識を取り戻したとき、問題はありませんでした。オーラを確認しました。体に別状はないようでした」事実。「ほかの客室係が六〇四号室の清掃をしているのを不審に思って廊下を歩いてきたのは覚えていましたが、そのあとのことは何も覚えていませんでした」

「きみはなんと言ったんだ？」

「彼女が気を失うのを見てようすを見にきたと」

「すべて事実だな。よし。嘘はそうあるべきだ。この仕事の才能があるようだな、グレイス」

疲れているにもかかわらず、誇らしさで背筋が伸びて気分が明るくなった。

「ありがとうございます」

「総括すると、ホテルのセキュリティに連絡は行かなかったんだな？」とファロン。

「はい。客室係と責任者は、清掃スケジュールに混乱があったと考えたようです」

「つまり、ユーバンクスがこの件について耳にすることはない」ファロンが満足げに言う。

「はい」グレイスは答えた。「先ほどルーサーが確認しました。ユーバンクスは仲間とゴルフコースから戻ってきて、まっすぐ部屋へ戻りました。いまはスパでマッサージを受けていますので、懸念はいっさい抱いていないようです」

「要するに、ユーバンクスのボディガードはそこらじゅうに残っているはずの暴力の痕跡に気づかなかった」

「以前もお話ししたように、ボディガードたちのハンターの特徴は、すべて不完全なものです」

「秘薬が原因だ。間違いない」ファロンが断言した。「ふん、この先どうなるか、じつに楽しみだ」

その口調の何かで、グレイスはファロン・ジョーンズが大勢ハンターがいる一族の子孫であることを思いだした。彼の能力に一風変わった特殊な点があるのはたしかだが、追跡で得るアドレナリンの噴出はすんなり起こるのだ。

「はい」グレイスは言った。

「歌手の人相特徴を説明できるか？」

「いいえ、申しわけありません。六〇四号室から飛びだしてきたとき、ウィッグや大きなサングラスにくわえ、厚化粧していることがわかりました。おそらく三十代半ばと思われます。長身で細身、上半身の力が強かったということは言えますが、それだけです」

「細身？　オペラ歌手はSUVみたいな体格だとばかり思っていた」

「それは一般論です。かなり体格のいい歌手がいることはたしかです。ワーグナーを歌う女性の多くは大きなサイズコーナーで服を買っていると思われます。でも実際にはステージ上にはさまざまな体格の歌手がいます。もっとも有名なソプラノのなかには、かなり小柄な人もいます」

「今回の相手がソプラノなのは間違いないのか？」

グレイスは割れたグラスのことを考えた。「間違いありません。コロラトゥーラ・ソプラノと呼ばれるタイプです。もっとも高い音域を歌える人たち。わたしは専門家ではありませんが、彼女は信じられないほどの高音を巧みに操っていました。少なくとも怒りにかられるまでは」

「きみはその女のオーラを見た。くわしい報告書がほしい」

「はい。できるだけ早くお送りします。でも、よろしければ少し考える時間をください。系図ファイルの調査ももう少ししたいので。きわめて珍しい能力ですから」

「ぐずぐずしている余裕はない」声に苛立ちが混じっている。

「それはわかっています。でも正確を期したいんです。いまは体調が万全とは言えません」

「いいだろう。少し寝てから報告しろ」

「わかりました」

「監視チームの残りが先ほどマウイ島に到着したと、マローンに伝えてくれ。夜陰の五名のスパイの監視は彼らが引き継ぐ。きみたちは荷物をまとめろ」

グレイスはいっきに気持ちが沈むのがわかった。J&J調査員としての大冒険が終わろうとしている。

「これからどうなるんですか？」

「夜陰のメンバーを尾行し、同時にハリー・スイートウォーターと連絡を取る」

「なぜですか？」

「きみが遭遇したセイレーンは明らかにプロだ」

「プロのオペラ歌手ということですか？　ええ、わたしもそう思います」

「そうじゃない。プロの刺客だ」じれったそうにグレイスの勘違いを正す。「夜陰のスパイを始末するために、何者かが彼女を雇ったんだ。ということは、彼女は随意契約で雇われるフリーランスということになる。スイートウォーターは競争相手を知っている。運がよければ、スイートウォーターが彼女に関する情報をつかんでくれるだろう。セイレーンの刺客がぞろぞろいるとは思えない。もしいれば、わたしの耳に入っているはずだ」

「そうでしょうか。プロの殺し屋は、なんというか、冷血なんじゃありませんか？　少なくとも仕事中は」以前の職場にいるとき、武器密売まで手を広げたマーティンのおかげで数人の人殺しに実際に会ったことがあるが、それをここで打ち明けるわけにはいかない。「今日会ったセイレーンは本物の歌姫でした。自分のパフォーマンスが邪魔されて、彼女はかっとなりました。かっとなりやすい気質や感情のコントロールの欠如が雇われ殺し屋にとって望ましい資質だとは思えません」

「どんな職業にも、いろんな人間がいるものだ」とファロン。「マローンに替わってくれ」

グレイスはおとなしくルーサーに電話を差しだした。彼が戦いへ向かう男さながらにひったくるように電話をつかむ。

「なんだ？」ぶっきらぼうに言い、相手の話に耳を傾けている。「いいや、イクリプス・ベイには帰さない。とにかくいますぐはだめだ。ぼくが自宅まで送り届ける」

グレイスの心が浮き立った。

「なぜか？」とルーサー。「なぜなら、いまいましいセイレーンは頭がイカれているからだ。今日彼女はグレイスに激昂《げっこう》した。執念みたいなものに取りつかれないとはかぎらないだろう。そうじゃない、グレイスを狙ってくるとは言ってない。ただ賭けに出るつもりもない。あんたがあの女を見つけだして無力化するまで、グレイスはぼくと一緒にいる」

急上昇していたグレイスの気分がいっきょに失速した。ルーサーはわたしをそばに留めておくつもりでいるけれど、それはわたしの安全を危惧《きぐ》しているからにすぎない。でもえり好みしている場合じゃない。二人の関係を引き延ばすためなら、どんな理由でも大目に見よう。

「何かわかったら、すぐ連絡してくれ」ルーサーが電話を切り、グレイスを見た。

「眠る必要があるのはわかってる」彼が言った。「だがもうしばらく頑張ってくれ。この島から出てほしい」

「わかったわ、荷物をまとめるわ」ソファに手をついて立ちあがる。「でも、コーヒーが必要みたい」

「ルームサービスにテイクアウトを頼もう。空港へ行く車のなかで飲めばいい」

「いいわ」

「それから、コーヒーを飲みながら一年前にあったことを話してくれ」そうつけくわえたルーサーの声は、気味が悪いほど穏やかだった。

グレイスは寝室の戸口で凍りついた。「いまなんて?」

「きみは丸一年敏感になっていた。きっかけになった出来事は、今日あったことよりいささかドラマチックだったはずだ。きみは今日の事件から回復するには数週間ですむと予想しているようだった。それを聞いてざっと計算した結果、去年何があったにせよ、それは今日あったことより不愉快なものだったと推測せざるをえない」

グレイスは震える息を吸いこんだ。「なんだか警察みたいね」

「ああ、ときどきこうなるんだ。いいか、きみがファロンに嘘をつこうがどうでもいい。でもぼくは真実が知りたい。きみの命が危険にさらされているかもしれないんだ。きみはぼくを信用するほかない」

# 24

車で空港へ向かうころには、グレイスは当初のショックから抜けだしてあきらめの境地に達していた。たぶん疲れて抵抗する気になれないだけなのだろう。いいえ、そうじゃない、これ以上ルーサーに嘘をつきたくないからだ。わたしたちのあいだで何が起きているのかわからない。二人の絆を〝愛〟という言葉で表わすのははばかられる。まだ早すぎるし、そういう感情を抱いてもすぐにそれと認知できるほどの経験もない。けれどそれがなんであれ、彼を信じたい気持ちはどうしようもなく強い。

グレイスはコーヒーカップの蓋《ふた》をはずした。「ミスター・ジョーンズは、今日わたしが自分のオーラでしたことについて話した内容すべてが事実じゃないと気づいていると思う？」

「さあね」路面から目を離さずにルーサーが答えた。「ただ、ファロンは点をつなげる達人だから、表に出した以上に疑っていると思ったほうがいい」

「どうして何も言わなかったのかしら」

「たぶんあいつの流儀じゃないからだろう。ファロンは口数が多いタイプじゃない」

グレイスはぐったりシートにもたれた。「あーあ」

「いちばんの問題は、きみが自分の能力でできることをあいつに話さなかった理由だ。J&Jの本物の調査員になりたいんだろう？　なぜ雇い主にいいところを見せなかったんだ？」

グレイスはむっつりとサトウキビ畑を見つめた。「秘密を守るのが癖になっているの。わかるでしょう？　あなただって自分にできることをふれまわったりしていないわ」

「一年前に何があった？　何があったにせよ、そうとうな大事件だったに違いない。襲われたのか？」

「エネルギー波みたいなもので殺されそうになったのよ」淡々と言う。

ルーサーの横顔がこわばった。「襲ってきたやつも超能力者だったのか？」

「ええ。わたしは自分の能力で対抗した。精神衝撃波みたいなものでわたしを殺せないことに気づいた相手は、激怒してわたしを絞め殺そうとした。そのときわたしは臨戦態勢になっていて、自分を守るために最高潮まで能力を高めていた。彼に触れられた瞬間、何かが起きたの。まるでわたしに向けていたエネルギーが、相手に跳ね返ったみたいだった。気づいたら彼は死んでいたわ」

ルーサーがつかのま黙りこんだ。グレイスは次の展開を予想して身がまえた。

「相手はある種の精神エネルギーをぶつけてきたんだな？」

「ええ。どうやったかはわからないけれど、それを一点に集中してきた。ものすごく痛かった。殺されるかと思ったわ」

「ファロンから聞いた話だが、エネルギーの衝撃波で相手を意識不明にできる夜陰のスパイに調査員の一人が遭遇したことがあるらしい。アリゾナ州のストーン・キャニオンで起きたことだ。そのスパイは薬で能力を高めていた。創設者の秘薬を摂取していたんだ」

「わたしを殺そうとした男も薬を摂取していたわ」言わずにいた真実を打ち明ける。「彼は、薬のおかげで証拠を残さずに人を殺す力を得たと話していた」

ルーサーが小さく口笛を吹いた。「なるほど、ぼくはばかだったよ。きみはマーティン・クロッカーを殺したんだな？」

「ええ」

「あててみようか。きみは情報調査係なんかじゃなかった」

「わたしは彼のバトラーだったの」

「嘘だろ」

「それが正式の肩書きだったわ」と説明する。「一介の社員になんて誰も関心を払わない。あの事件のあと、新聞ではわたしが同じヨット事故で死んだことさえろくに触れられていなかった。まるでわたしなんかもとから存在しなかったみたいにね。わたしにとっては好都合だったけれど」

「たしか、捜索隊が漂流しているクロッカーのクルーザーを発見したんだよな。きみはどうやって逃げたんだ？」

グレイスはあの晩感じた強烈なまでの恐怖と生きようとする強い決意を思いだし、身震いした。

「捜索隊が知らず、マーティンとわたしだけが知っていたのは、万が一のために彼が島に小型のゴムボートを用意していたことだった。わたしは暗くなるまで待ってから、マーティンの遺体をクルーザーに乗せて本土の途中まで運んだの。遺体を海中に落とし、クルーザーを漂流させた。それからゴムボートに乗りこんだのよ」

ルーサーは何も言わずに手を伸ばしてつかのまグレイスの手を握りしめ、そのとき彼女が感じた恐怖も生きようとする意志もよくわかっていることを伝えてきた。

その感触で勇気が出た。「ゴムボートにはなんの印もついていなかった。マーティンやわたしに結びつけるものは何もなかった。わたしはそれを沖に流し、翌日偽の身分証明書を使って民間の飛行機でマイアミに戻ったの」

「偽の身分証明書を持ち歩いていたのか？」

「必要最低限の荷物を詰めた小さなスーツケースと一緒にね。数日前からどこへ行くにもその二つを持っていたわ」ごくりと喉《のど》を鳴らす。「マーティンのことは本人以上によくわかっていた。偽の身分証明書と着替えが必要になる状況は、もしじゃなくていつかという問題だった」

「きみはクロッカーの単なるバトラーじゃなかったんだな？　ほかに彼のために何をしてたんだ？」

「わたしは彼専属のプロファイラーだったの」グレイスは答えた。「取引先、愛人、そのほか彼に接触してきた人間すべてのオーラを分析したわ」

「究極のボディガードだな」

「競争相手の強みと弱点を特定した。誰なら信用できるか教え、マーティンに対して陰謀を企てている人間がいるときは警告した」

「彼とはどのぐらい手を組んでいたんだ？」

「十二年」

「恋人だったのか？」事務的な口調で訊く。

「いいえ。おたがいにそういう気持ちにはならなかった。わたしは彼のタイプじゃなかったの。最終的に、彼は最初からわたしのことが少し怖かったと言っていたわ。わたしのほうは、最初からマーティンが真実の愛や結婚みたいなものとはおよそ縁のない人間だとわかっていた。それでもわたしたちはいわばパートナーであり友人だった。わたしは彼にはわたしが必要だとわかっていたし、マーティンもそれを承知しているとわかっていたから、彼を信じていたの」

「何があったんだ？」

「マーティンが例の薬を摂取するようになってから、何もかも変わってしまったのよ」

「どうしてマーティンはきみを殺そうとしたんだ？」

「もうわたしは必要ないと判断したのよ。でもわたしは彼の秘密をすべて知っていた。彼に言わせれば、そのせいでわたしは彼にとって厄介きわまる邪魔者になったわけ」いまだに信じられずに首を振る。「マーティンは夜陰に言われた嘘をすべて本気で信じていたわ。あの薬で寿命が延びるという作り話まで」

「姿をくらますとき、なぜ企業の情報調査担当者という経歴をこしらえたんだ？　なぜまったく新しい身元をでっちあげなかった？　クロッカー・ワールドとはいっさい無関係なものを？」

「ある程度の事実を留めた嘘がベストだというむかしからの説を採用したのよ。それに、わたしはクロッカー・ワールドについて何から何まで知りつくしていた。コンピュータ化された職員ファイルにアクセスする方法や、精密な調査にも耐える雇用記録のつくり方を含めてね。それは役にも立ったわ。J&Jの身元調査をパスしたもの」

ルーサーの口元がわずかにほころんだ。「ファロンが知ったら鬱病になるだろうな」

グレイスはさっと彼を見た。「彼に話すつもり？」

「いいや」

「よかった。助かるわ」ふたたびコーヒーに口をつける。

「マーティン・クロッカーが死んで彼のバトラーが行方不明になった日、具体的に何があった？」

グレイスはすべてを打ち明けた。話し終えたあと、ルーサーはしばらく黙りこんでいた。

「信じてくれる？」沈黙に耐えられず、グレイスは尋ねた。

「ああ」

こっそり彼のオーラをうかがうと、本心だとわかった。

「もう一つ訊きたいことがある」ルーサーが言った。「いつか誰かにクロッカーを殺したことがばれるんじゃないかと心配してるなら、いったいなぜソサエティの仕事を志願したんだ？　ありとあらゆる超能力を備えた人間に囲まれるのはわかっていたはずだ。きみの秘密は日々危険にさらされることになる」

「マーティンをスカウトした人間が、彼の死を不審に思ってわたしを探しにくるかどうかわからなかった。それにマーティンの話で、あなたが夜陰と呼んでいる組織が反乱分子の超能力者集団ということはわかっていた。彼らが避けようとする団体があるとしたら、それはアーケイン・ソサエティだと思ったの」

「それでソサエティの本丸に身を隠すことにしたのか」口元がわずかにほころんでいる。「気に入ったよ。なかなか肝の据わった行動だ」

「系図部に求職したのには、もう一つ理由があるの」そっと言い添える。「ほんとうに困ったときは、実家へ帰ると言うでしょう」

「だから？」

「ソサエティはわたしにとって、いちばん家族に近い存在なのよ」

# 25

許せない。

ラ・セイレーンはホテルのスイートルームをうろうろと歩きまわっていた。怒りではらわたが煮えくり返っている。ザラストロへの復讐《ふくしゅう》を誓う〝夜の女王〟の気持ちなど、ものの数ではない。なんらかの手段でわたしの歌に抵抗したあの女に対する身もだえしそうな復讐心に比べたら、あんなもの泣き言にすぎない。あの馬鹿女はほかの人間のように死ぬはずだったのに。なぜ死ななかったのだろう?

時間。そうに違いない。最後までやり遂げる時間がなかっただけだ。あと一分あれば片がついていた。いまいましいエレベーターが来てさえいなければ。

ラ・セイレーンは両手を拳に握りしめた。いまだにしくじったことが信じられなかった。まぬけな客室係はすっかり金縛りになっていた。ジョン・アダムズ作曲によるオペラ『中国のニクソン』のなかで江青が歌うコロラトゥーラ曲、〈わたしは毛沢東の妻〉の見事なまでに激しく力強い旋律は完璧な出来で、客室係を破滅に引き寄せていた。〝ボイス〟には非の打ちどころがなかった。わたしはボイスにエネルギーを織りこみ、必殺の威力を持たせていた。客室係は抵抗できなくなっていた。誰も抵抗できるはずがない。

パニックが、蛇が這《は》うようにずるりとラ・セイレーンの全身に広がった。わたしのボイスに落ち度はなかった。何一つ。二年前スカラ座で起きた不愉快な出来事は、あくまで偶然にすぎない。たしかにブーイングを浴びたが、オペラの世界にいる人間は一人残らず早晩オペラ座のろくでもない観客からブーイングを浴びるのだ。歌手にとっては通過儀礼のようなもの。けれど、もし高音のFの力不足が実際に聞き取られていたとしたら?

続くシーズンも状況に改善が見られなかった事実は無視できない。ルチアのマネーノートのいくつかをごまかさなければならなかった。シアトルでの恐ろしい夜のことがある。『シアトル・タイムズ』の評論家がそれに気づいた。でもあのときは風邪で調子が悪かったのだ。だからなんだというのだろう? どんな歌手にも調子が悪い夜がある。

そう、ある朝目覚めたら声が出なくなっていた有名なソプラノ歌手はいくらでもいる。ラ・セイレーンの全身にふたたび寒気が走った。

医者には声帯にはまったく異常がないと言われたが、医者はわたしの超能力を知らないし、ましてやそれが歌声と不可分な関係にあることなど知るよしもない。もしこの問題が超能力に結びついていたらどうしよう? 最悪の悪夢が現実になりつつあるとしたら? セイレーンの能力を失いかけているとしたら?

ありえない。そうなるにはまだ若すぎる。わたしはたかだか三十五歳だ。いまが絶頂期。けれど歌手としてのキャリアが窮地に立っていることは否定できない。もちろん、すべては以前のエージェントのせいだ。あの能なしのせいで重要な契約を失った。あいつはわたしに関する噂《うわさ》を本気にしたのだ。一対一のパフォーマンスで永遠にクビにするしかなかった。エージェントが最期に聴いたのは、モーツァルトの〈テッサリアの民よ〉の息を呑むほど完璧な高音のGだった。流麗なパッセージワークに聴きほれる余裕があったらいいのだが。

何も問題はない。少々の不運とマネージメントの不手際があっただけ。でもアカシア・ベイで行なう『魔笛』のオープニングでわたしが夜の女王を歌えばすべてが変わるはずだ。ニューヨークのメトロポリタン歌劇場ではないものの、ガスリー・ホールは小さいながらも洗練された華麗な劇場だし、ロサンジェルスとも近い。いとしいニューリンが言っていたように、今度のパフォーマンスが名のある評論家数人の関心を引く可能性は大いにある。そこで彼らはラ・セイレーンの復活を目にすることだろう。以前に増してすばらしくなった姿を。

ふたたび一流のデザイナーたちが、自分のドレスや宝石を身につけてくれと列をなすだろう。すぐにわたしはかつてのようにサインを求められるだろう。世界有数のオペラハウスでの公演予定が三年先まで埋まり……。

携帯電話が小さくさえずり、華々しい未来に関するきらびやかな空想がさえぎられた。ちらりと番号を見たラ・セイレーンは眉をひそめた。いまは妹とだけは話したくない。彼女はため息をついて電話をひらいた。

「何？」

「どうしたの？　ずっと電話を待ってたのよ。すべてうまくいってるの？」

「落ち着いて、すべてうまくいってるわ。今日の午後、ユーバンクスの部屋に入ったときちょっと手違いがあったけれど、べつにたいしたことじゃ――」

「何があったの？」ダマリスが取り乱した声を出した。

「むきにならないでよ。計画どおり、お父さんにもらった道具を使って部屋に入ったわ。ユーバンクスとボディガードを待つつもりだった。パフォーマンスに備えて軽くウォーミングアップをしていたら、ホテルの客室係に邪魔されたのよ。練習を邪魔されるのをわたしがどれほど嫌いか、知ってるでしょう」

「何をしたの？」ダマリスが金切り声をあげた。「まさか殺したんじゃないでしょうね」

「いいえ、殺してないわ。あいにくそっちのパフォーマンスもどうにも我慢できない女に邪魔されたのよ。お父さんにあの女を見つけるように言ってちょうだい。そのくらいしてくれてもいいはずだわ」

「客室係を見つけてほしいの？」

「違うわ。すべてをぶちこわしにした不愉快な女よ。少しのあいだわたしに抵抗して見せた女。信じられる？　その女は客室係をまんまと助けたのよ」

「なんですって？」ダマリスが叫んだ。「客室係のほかにも姿を見られた人がいるの？」

「ええ。状況を収拾できないうちにその場を離れるしかなかったわ。エレベーターをおりてくる人がいたのよ。わたしの能力の効果は知ってるでしょう。個人的なパフォーマンスで最大二人まではさばけるけれど、それ以上は無理よ」

「何もかも失敗よ」「わたしたち、もう終わりだわ」ダマリスがかすれ声でつぶやいた。

「ばか言わないで。冷静になってよ。ユーバンクスに対する内輪のパフォーマンスは今夜やりなおすわ。はるかにふさわしい場所に心当たりがあるの。明日のいまごろには、サンフランシスコへ戻る飛行機に乗っているわ」

「でも、もう一人の女の人はどうなるの？」ダマリスが泣き叫んだ。「もしあなたに抵抗できたのなら、超能力者に違いないわ。夜陰の可能性はあるの？」

「わたしにわかるわけないでしょう。家族でいちばんのスパイはお父さんよ。こういうことを解決するのは、お父さんの仕事だわ」

「その人がお姉さんの正体に気づいた可能性はあるの？」

「熱心なファンでないかぎりありえないし、そうは思えない。わたしの声に気づいたようすはなかった。わたしは打ち合わせどおりしっかり変装していたから、人相の説明ができるはずがない」

「でももしその人が夜陰だったら、きっとユーバンクスに警告するわ」

「ユーバンクスはまだホテルにいるわ。これで気がすんだ？　さっきスパに入っていくのを見かけた」

「じゃあ、その人は夜陰じゃないのね」

「たぶん」

「何者なの？」

「見当もつかないわ。お父さんに訊いて。あの女の正体がわかったら、一対一のパフォーマンスをしてやるつもりよ。今日みたいな邪魔にはもう耐えられない」

「ヴィヴィアン、こだわりすぎじゃない？」不安げに訊く。「その人があなたの歌に抵抗できるのは、間違いないの？」

「短いあいだだけよ。あと一分か二分あれば息の根を止めていたわ。もう切るわよ。今日はすごく心が乱れる一日だったの。次のパフォーマンスの準備をしないと。じゃあね、ダマリス」

「待って――」

「あの女を捜すようにお父さんに伝えて」

ラ・セイレーンは携帯電話を閉じて脇に放った。姉というのはなんて責任が重いことか。

哀れなダマリスは最近いとも簡単に動揺する。もちろん、悪いのはお父さんだ。

「彼女はJ&Jだ」父親が言った。

「な、なんですって？」

「落ち着きなさい。たったいま調べがついた。ファロン・ジョーンズがユーバンクスを監視していたことがわかった。だがユーバンクスを夜陰だと思っているからではない」

「それはたしかなの？」ダマリスはデスクに両肘をつき、ずきずきする頭を片手に乗せて耳に電話機を押しあてた。寒気とほてりが悪化している。例の薬にアレルギーを起こしているのかもしれない。「きっとＪ＆Ｊは関連に気づいたんだわ」

「それはない」父親の声には確信がこもっていた。「わたしを信じなさい。もしＪ＆Ｊがそれを疑っているなら、理事会に報告がきているはずだ。夜陰は最近の最優先事項だからな。これはＪ＆Ｊのありふれた調査だ」

「どうしてありふれたものだなんて言えるの？」

「ユーバンクスは三人を殺害した正式メンバーの超能力者だ」辛抱強く父親が答えた。「三人めの被害者の両親はソサエティのメンバーだったため、Ｊ＆Ｊに調査を依頼してきた。ジョーンズがあいつを監視している理由はそれにほかならない。こういうこともある」

「状況がややこしくなっているわ」

「頭を冷やせ。Ｊ＆Ｊがマウイ島にいる人間を夜陰だと特定すれば、わたしにはわかる。そうなったところで問題に対処する用意はできている。とりあえずおまえの姉さんが仕事を終わらせてくれるように祈ろう」

「ヴィヴィアンが、客室係を救った女性の正体をつきとめてほしいと言っていたわ」

「心配ない。言われなくてもそうするつもりだ」

「そのあとはどうするの？」

「そのあとは、わたしが手を打つ」

# 26

トイレを出たユーバンクスは、歌声を聞きつけた。ホテルの広い庭のどこかから聞こえる歌声が、上階の長いベランダまで漂ってきている。その音色はあまりに高く美しく透きとおっていて、最初ユーバンクスは誰かがフルートを吹いているのだと思った。オペラのアリアだと、彼は思った。オペラのファンだったためしはないものの、これほど心の琴線に触れてくるものは聞いたことがなかった。その歌声は彼のあらゆる感覚をくすぐった。

このうえなく魅力的で吸い寄せられそうな音色に、つかのまユーバンクスはトイレの入口で待っているはずのクレイトンのことをすっかり忘れていた。遅まきながら彼はボディガードの姿がないことに気づいた。クレイトンはさっきトイレが無人なのを確認し、そのあといつもの手順どおりに誰も入らないように見張るために外へ出て行った。

クレイトンの姿はなく、それは不自然なことだった。だが歌声が頭から離れなかった。それはユーバンクスに呼びかけ、なまめかしく誘いかけていた。

彼はふたたびクレイトンのことを忘れ、ベランダの手すりに歩み寄って下を見おろした。

庭木の葉が厚く密集し、ジャングルの林冠のようだ。ほかより高い椰子《やし》の長い葉が、月明かりを浴びてほのかに輝いている。そこかしこに見える淡いライトが、絵のようなウェディング・チャペルに向かってうねうねと延びる小道を照らしだしていた。

歌声はユーバンクスを引き寄せていた。それは彼にとってはじめての経験だった。フルートのような音色で体が刺激されている。そうとしか言いようがない。股間が固くなっている。

歌っているのは女性で、彼女に対する激しい欲望がこみあげた。彼女は庭のどこかでユーバンクスを呼んでいる。彼女のもとへ行かずにはいられない。

ついさっきまで、ユーバンクスは夜陰の最高幹部にくわわる計画にすっかり夢中になっていた。最近空席になった幹部のポストに収まるのは彼だと考えられていた。彼以上にふさわしい人間はいない。幹部から組織のトップへまっしぐらに上りつめるのもそう先の話ではないだろう。

ユーバンクスは、自分が監督する研究所が最近成し遂げた秘薬の改良に幹部たちがいたく感銘を受けているのを知っていた。初期の臨床試験で不幸な事故がいくつかあったものの、夜陰は古臭くて意気地なしの食品医薬品局ではない。幹部たちが重視するのは成功だけだ。そしてユーバンクスはその期待に応えた。見事に。

彼が権力の究極レベルへの昇進が近いとされている理由は、彼の研究所のスタッフがささいではあるがきわめて重要な改造を行ない、冷蔵の必要なしに秘薬の保存・輸送を可能にしたためだと言われていた。さらに、秘薬をカプセルに詰め、注射ではなく経口で摂取できる

ように した。個々に合わせて遺伝子操作された秘薬を摂取している人間は、これまで薬が入った小さなガラス容器を氷と一緒に保存するか冷却装置のようなものに入れるほかなかったのだ。

ユーバンクスが最高幹部の一角を占める権利を得たことは間違いなかった。あの薬のおかげで彼はハイレベルの戦略能力を備えるようになっていた。幹部の大半が戦略能力を備えているのは周知の事実だ。相手の機先を制し、相手を出し抜き、相手の裏をかく能力は、言うなれば究極の能力だ。それがあればトップに立てる。

たしかにほかの能力にも使い道はある。だが目的を達成するためにいかにおのれの能力を使うかを知らなければ、錯覚を起こさせたりオーラを見たりカリスマ性の超能力を備えていたところでなんの役に立つだろう？ ハイレベルの戦略能力を持つ人間は、ほかの超能力者をコマにして利用するのだ。

そう、ユーバンクスは幹部になるのがふさわしい人間だった。

だがまずは歌っている人間を見つけなければ。今夜はそれが何より大切だ。ユーバンクスはあらゆる感覚を用いて耳を澄ませ、相手の居場所を特定しようとした。暗い庭の中心あたりに違いない。

彼は石の階段をおりていった。下までおりたのち、歌声に引き寄せられるままに細い通路をたどる。角を曲がったところで何かにつまずいた。よろめいて転びそうになったが、なんとか体勢を立てなおす。下に目を向けると、シダの茂みから男の脚が突きだしていた。それを見たとたん、歌声がもたらした夢うつつ状態が一瞬途切れた。

ぎょっとしてあわてて一歩あとずさる。そのとき、黒いズボンとランニングシューズにどこか見覚えがあることに気づいた。全身で恐怖が炸裂《さくれつ》した。

「クレイトン？」

相手はぴくりともしない。

ユーバンクスは確認するためにしゃがみこんだ。通路の淡いライトでかろうじてクレイトンの顔が見て取れた。目をつぶっている。身動きはしないが、息はしている。弱々しい光のなか、黒く見える血で顔の一部がぐっしょり濡れていた。

軽快な歌声に心を奪われる一方で、ユーバンクスは何者かがボディガードを庭に誘いこんで鈍器で殴り倒した事実に意識を集中しようとした。ハイレベルのハンターのすきを突くのは容易ではない。たとえ能力増強が不完全なハンターが相手でも。

逃げろ。すぐここを立ち去れ。

ユーバンクスはすばやく立ちあがり、あたりに視線を走らせた。暗くて何一つはっきり見分けることができない。彼は来たほうへ戻りかけた。

だが暗闇から届く歌声は以前に増して強く大きくなっていた。歌っている人間はすぐそこにいる。抵抗できない。心は安全な場所へ逃げろと大声で叫んでいるのに。

意に反してユーバンクスは引き返し、庭の奥へ向かった。ゆっくりと一歩ずつ歩を進め、鯉《こい》が泳ぐ漆黒の池にかかる橋を渡る。真っ黒な水面で何かが跳ねた。月光を浴びたチャペルの優美なシルエットが見えてきた。歌声はそのなかから聞こえている。

ユーバンクスは階段をのぼり、開いていた扉からなかに入った。明かりはついていないが、床から天井まで伸びるいくつもの窓から漏れてくる銀色の光で、前方に立っている人影が見えた。丈の長い白いバスローブに身を包み、頭にかぶったフードで顔が影になっている。違う次元から現われたこの世のものではない存在のようだ。

心を奪われ夢うつつのまま、彼は通路を歩いていった。歌声の牽引力にあらがえない。歌い手が彼に向けて両腕を広げた。歌声がいっそう高くなり、完全無欠で空恐ろしいほどのほとばしる水晶の噴水になっていく。

出し抜けに苦痛に襲われた。焼けつくような熱さと凍るような冷たさが交互に襲ってくる。それはあっという間に全身に広がり、突然の頭痛は耐えがたいほどだった。

そのときようやくユーバンクスは相手が自分を殺そうとしているのだと悟った。何者かが彼の殺害を手配したのだ。

こんなことがあるはずがない。わが身にかぎって。自分には権力と名声が約束されているのだ。ここまで来るために女を三人殺した。

ユーバンクスは床に倒れこみ、暗闇に呑まれた。ぞっとする思いが脳裏に浮かぶ。歌で自分を殺そうとしているあの女は、自分が殺した三人のうちの誰かの亡霊なのか?

深みへ沈む彼のあとを、透きとおった歌声が追ってきた。

そして何もわからなくなった。

# 27

目をあけたルーサーを待っていたのは、椰子の葉のあいだから降り注ぐ日差しと、横で丸くなっているグレイスの信じられないほど心地よい感触、そして携帯電話の不愉快な呼びだし音だった。日差しと電話は朝の定番だ。ぴったり寄り添っているグレイスの感触はそれとはまったく違う。たったひと晩ベッドをともにしただけで、ルーサーはグレイスなしではいられない体になっていた。

彼はしぶしぶグレイスのやわらかいぬくもりから離れ、ベッドの縁に腰かけて電話をつかんだ。見慣れた着信表示が目に入り、わずかにアドレナリンが噴出した。

「どうした、ファロン?」

「ユーバンクスが死んだ」ファロンが言った。クマを思わせる低い声のなかにハンターの期待が聞き取れる。「数時間前、ウェディング・チャペルでホテルの清掃係が遺体を発見した。昨夜の零時前後に死んだらしい。警察は心臓麻痺《まひ》だと考えている。外傷はない」

「セイレーンのしわざだ」

「ああ。われわれはひとまずようすを見る。誰がユーバンクスのあと釜に座るのか楽しみだ。

それがわかればこの殺人を依頼した人間がわかるかもしれない」

「セイレーンはどうなる?」

「契約は果たしたんだ。わたしがにらんでいるとおり本物のプロなら、さっさと姿をくらますさ」

「だがあんたは彼女を探しているんだろう?」

「ああ」一拍置いて続ける。「まあ、探しているのはスイートウォーターだが。そのほうが手っ取り早い」

「これはスイートウォーターにまかせる仕事じゃない。セイレーンは超能力者なんだぞ。つまり彼女はJ&Jの仕事だ。あんたの仕事」

「マローン、はっきり言っておくが、現時点で彼女はわたしの予定表のトップにはない」珍しく、心なしか声に怒りがこもっている。ファロンはしょっちゅう苛立っていて、しばしば腹を立てるが、いまのように強い感情に屈することはめったにない。「ほかにも山ほど仕事を抱えているんだ。セイレーンが夜陰のメンバーに専念しているかぎり、わたしに不満はない」

「彼女はグレイスと罪もない第三者を殺そうとしたんだぞ」

「グレイスの説明を聞いたかぎり、あれは偶発的な事故だった可能性がある」

「殺人未遂をよくも事故なんて言えるな」

「いいだろう、厳密には事故じゃない」ぼそりと言う。「まずい時にまずい場所にいたと言ったほうがいいかもしれない。わたしが言いたいのは、セイレーンがグレイスや客室係を狙っていた形跡はないことだ。二人は彼女の邪魔をしたんだ」

「だから危うく殺されかけたのは、グレイスと客室係のせいだと?」

「そんなことは言ってない」ファロンが声に憤りをこめた。「グレイスは、セイレーンはしっかり変装していたと話していた。だとすると、相手はグレイスに正体を見破られたはずがないと考えているはずだ。ゆえにグレイスを狙う理由もない。これで理解してもらえたか?」

「グレイスが彼女のオーラを見分けられることは、ぼくもあんたもわかってる」

「また二人が直接顔を合わせればな」ファロンが言い返す。「そんな確率がどのぐらいある?」

「ぼくにわかるわけないだろう」

「いいか、セイレーンにはグレイスの身元を知りようがない。ましてや彼女の居場所や彼女にオーラを読み取れることなどわかるはずがないんだ。わたしの判断に間違いはない。グレイスに危険はない。セイレーンの件は、わたしよりスイートウォーターのほうがうまく見つけられるはずだ。同じ業界にいるからな。スイートウォーターには、彼女を見つけだすコネがある」

「彼女はスイートウォーターの予定表のどこにいるんだ?」

「トップだ」抑揚のない無愛想な口調。「どうやらハリーは存在すら知らなかった優秀な超能力者の競争相手がいると知って、少々頭にきているらしい」

「セイレーンは執念深いタイプだと言ったグレイスの判断が正しかったら？　マウイ島で起きたことが原因で、グレイスに執念を燃やすようになっていたら？」

「その場合は厄介なことになる」質問ばかりする子どもをなだめる口調でファロンが言った。

「だがさっきも言ったように、相手はプロだ。間違いない、とっくに雲隠れしているさ」

ルーサーはぴしゃりと電話を閉じてテーブルに投げた。振り向くと、グレイスが例の一度見たら忘れられないグリーンの瞳で彼を見つめていた。

「セイレーンがユーバンクスを殺した」ルーサーは言った。「スイートウォーターが彼女を見つけだすとファロンが言っていた」

「それまでどうするの？」

ルーサーはグレイスの腰に手をまわし、シーツの下で体を丸めている彼女の引き締まった女らしい感触を味わった。「それまで、きみはハワイで休暇を過ごすんだ」

# 28

シェフは野菜以外のものを切り刻むためにつくられたような大きなナイフを持っていた。たっぷりタトゥを入れたウェイターは、ズボンの下に銃を装着している。二人のオーラには、平均以上の超能力と、過激な暴力で負った一生消えないはっきりしたダメージが現われていた。さらに、自分がしてきたことや、自分がどんな人間かという自覚を、禅めいた一種独特なかたちで受け入れていることを示すものも見て取れる。

〈ダーク・レインボー〉は見たところ、社会に順応できない超能力者に奇妙な溜まり場を提供しているようだった。店内にいる人間の大半ははるかかなたの崖っぷちから転落し、ハワイの浜辺に流れ着いたように見えた。客の多くは、混乱し、ゆがみ、あるいはひどく傷ついたオーラを持つ人間特有の特徴を備えている。おそらく彼らのほとんどは自分が超能力者であることさえ知らず、ましてや自分の問題の原因がそこにあることなど知るよしもないのだろう。

それなら、どうしてわたしはここにいるとくつろげるんだろう？　グレイスは不思議だった。

グレイスは、店の奥にあるブースにペトラ・グローブズと座っていた。すぐ横にあるスイングドアの奥は、湯気でむんむんしている厨房《ちゅうぼう》だ。時刻は夕方前で、バーカウンターのうしろではウェインが空恐ろしいほど几帳面にグラスを磨いていた。あたかもどのグラスもこれからライフルにこめようとしている弾薬で、それに自分の命がかかっているかのように。先ほどペトラから、いまはあわただしいランチタイムとディナータイムのあいだのひとときの暇な時間なのだと説明を受けた。店内に客は一人しかいない。その男が外の中庭に置いてきた錆《さ》びついたショッピングカートには、染みだらけの寝袋といくつもの空き缶や空き瓶が積んであった。客と呼ぶのは少し無理があるかもしれない——グレイスは思った。なにしろ無料《ただ》で食事をしているのだから。

「あれはジェフよ」ペトラがささやいた。「三度めの軍役中に頭に怪我をしたの」

「ダメージが見えるわ」グレイスは静かに答えた。「低レベルの超能力者。すっかり被害妄想に陥っている」

「ええ。退役軍人庁を信じちゃだめよ。たぶん信じないほうがいいのよ。医者が超能力者の扱いを心得ているとは思えないもの。気分がすぐれないと、ジェフはここへ来るの。ルーサーが彼のオーラを少しいじると、ジェフはすぐ落ち着くわ。今日みたいに気分がいい日は、ここに寄ってフィッシュ・アンド・チップスを注文するの」

「料金をもらわずに食べさせてあげるの？」

ペトラが肩をすくめた。「ジェフはいつも払うと言うけど、うちにはこれ以上、空き缶や空き瓶は必要ないもの」

「ランチタイムの混雑から判断すると、常連の多くはソサエティの精神科医に診てもらったほうがよさそうね」

ペトラが鼻先で笑った。「連中のほとんどはソサエティの存在すら知らないわ。それだけじゃない、もしそんなものが存在すると知ったら、きっとみんなそっちに背を向けて一目散に逃げだすでしょうね」

グレイスは神妙にうなずいた。「被害妄想をつのらせるあまり、医療機関に入るように説得しようとする人間すべてが怖いんだわ」

「被害妄想になるのも無理もない人もいるのよ」ペトラが厳しい表情を浮かべた。「常連客の多くは、白衣を着た人間が自分の超能力に関心を持ったとき面倒に巻きこまれた経験があるから」

「正気じゃないと思われたとき、という意味?」

ウェインがグラスを磨く手をとめた。なめらかな頭をもたげた蛇のような冷えきった目をしている。「常連の二人は、最終的にろくでもない研究材料にされたんだ」

ペトラがコーヒーマグをさげた。「わたしたちはダーク・レインボーで医者のふりをするつもりはないの。わたしとウェインは子どもを持つのを先延ばしにしていたんだけど、そのあとで子どもは持てないとわかった。ここへ越してきたあと、いつのまにかジェフやレイみたいな人たちを受け入れるようになっていたわ。お客は最初は食事やお酒のためにここへやってくる。また戻ってくるのは、ここにいると気が楽だからよ」

グレイスは微笑んだ。「そして彼らが気が楽なのは、オーナーが彼らを理解し、バーテンダーが心を落ち着かせてくれるとっておきの技を備えているからなのね」

ペトラがさっと手を払ってグレイスの言葉をしりぞけた。「幸い、空き缶はあまり扱わずにすんでいるわ。お客のほとんどは本物のお金で支払いをしてくれる。わたしたちの話はもういいわ。あなたの話をしましょう。ルーサーの話だと、オペラを歌って人を殺せる女を警戒しているそうね」

「ええ。彼女の歌はオペラのアリアに聞こえたわ」

「わたしは古いロックのファンなの。オペラが好きなのはウェインのほうよ」

グレイスは驚きを隠して彼を見た。「オペラのファンなの？」

バーカウンターにいるウェインが別のグラスを手に取った。「嫌いじゃない。おれを見る目が変わるだろう？　生《なま》では二回しか観たことがないが、CDはたくさん持っている。そのセイレーンとやらだが、歌はうまかったのか？」

「そうね、彼女の歌が聴衆にドラマチックな影響を与えることは間違いないわ」グレイスは答えた。「でも超能力はさておき、かなりじょうずだったと思う。ファロン・ジョーンズは彼女はプロの殺し屋で、プロの歌手ではないと確信しているけれど、わたしはそこまで確信がない。逆なのかもしれないわ」

ウェインは、ほかのグラスを磨きながらグレイスが言ったことをじっくり考えていた。

「いずれにしても、ルーサーは正しい。J＆Jがその女の始末をつけるまで、あんたは一人でうろつかないほうがいい」

グレイスはセイレーンを殺すことを示す無造作な表現にショックを受けまいとした。ごほんと咳払いする。

「J＆Jは実際にそんなことをするの？」

「ファロン・ジョーンズは絶対に認めないでしょうね」とペトラ。「でも、答えはイエスよ。たまにそういうこともあるわ」

壁の電話が鳴った。ウェインは聞こえないふりをしている。ペトラがテーブルに手をついてブースを出ると、受話器を取った。

「ああ、ジュリー」ペトラが言った。「気にしないで。早くよくなるといいわね。おちびさんによろしく伝えて。こっちはだいじょうぶだから」

受話器を架台に戻し、大きくため息をつく。「ジュリーは今夜来られないそうよ。たぶん明日の夜も。息子が病気なの」

「皿洗いとウェイトレスがいないってことか」とウェイン。「週末が近いってのに。今週で最高に忙しい夜になりそうだな。いかにもありそうなこった」

ペトラが首を振った。「繁盛すると、こういうスタッフの問題はつきものなのよ。BLには、誰かが休むんじゃないかと心配する必要なんてなかったのに」

「BL？」

「ルーサー以前《ビフォア・ルーサー》」。ペトラが説明する。「繁盛するのがこんなにわずらわしいなんて、思いもしなかったわ。ジュリーがいなくてもなんとかしのげるけれど、店がお客でいっぱいのときに、料理をしながら皿洗いもこなすなんてわたしには無理」

「お皿洗いはわたしがやるわ」グレイスは言った。

ウェインとペトラが、グレイスが外国語を話しはじめたかのように彼女を見た。

「むかしお皿洗いで生活費を稼いでいたの」グレイスは説明した。「バトラーになったのはそのあと。言うなれば、わたしはプロなのよ」

# 29

日付が変わったころ、ルーサーはぐずぐずと長居している数人の客のオーラにやんわり手をくわえ、帰るように促した。厨房へ行くと、グレイスが洗剤液に肘まで腕を突っこんでいた。足元に届きそうな大きなエプロンをつけ、髪をネットでくるんでいる。湯気と汗で顔が光っているのがほほえましい。ルーサーは彼女を裏の倉庫に連れていって、二つならべたじゃがいも袋の上で愛し合いたくなった。

「閉店だ」彼は言った。「食事にしよう」

「いま終わるところよ」とグレイス。「このお鍋《なべ》で最後」

ペトラが頭からすっかり黄ばんだシェフ帽子をむしり取って脇に投げ、二の腕で額《ひたい》の汗をぬぐった。

「てんてこまいだったわね」きっぱりと言う。「どんなぐあい？」

「いまウェインが片づけをしてる」ルーサーはグレイスを見た。「疲れただろう」

「わたしなら平気よ」グレイスが大きな鍋をすすぎ終え、両手でシンクから出して水切りカウンターに置いた。「少し調子がくるってるだけ。食事って、どういうこと？」

「忙しい夜を過ごしたあとはみんな腹が減ってるし、たいていは少し気分が高ぶってる」と説明する。「いつもミリー・オカダの店にうどんを食べにいくんだ」

「いいわね」両手をタオルでふきながらグレイスが言った。

ルーサーはペトラに目を向けた。「表《おもて》はおおわらわだったよ。きみたちはどうだった?」

「ばっちり呼吸が合ったわ」満足顔でペトラが答える。「すごくうまくいった。グレイスはまさに皿洗いマシーンよ。どうやらバドのあと釜が見つかったみたいね」

「誰にでも才能があるのよ」グレイスが謙遜《けんそん》した。

四人は店の鍵を締めて中庭を横切り、半ブロック先のクヒオ通りへ歩きだした。打ち合わせをせずともルーサーとペトラとウェインはグレイスの周囲で彼女を守るように方陣を組み、四人はひとかたまりになってよどみなく混雑した通りを歩きつづけた。

〈うどんパレス〉にはほとんど客がいなかった。もっと夜がふけてほかのレストランが閉店し、スタッフが夜食を食べに集まってくる時刻になれば、あっというまに満席になるはずだ。厨房からミリー・オカダが現われ、ルーサーに気づいて微笑んだ。

「戻ったのね。しかもうふさぎこんでいない」ミリーがきっぱりそう言い、グレイスに目を向けた。「そして、この若いレディがその理由。でしょう?」

グレイスがまごついた顔をし、ルーサーはあわてて彼女を紹介した。

「ミリー、こちらはグレイス・レンクイスト。本土から来たんだ」

「ハワイへようこそ、グレイス」値踏みするようにグレイスを見ている。

「ありがとう」グレイスが礼儀正しく答えた。

「グレイスに一杯飲ませてあげて」ペトラがミリーに話しかけた。「新顔のバドが数日前に辞めてしまってね。グレイスがひと晩じゅう洗い物をしてくれたの」

「じゃあ、あなたはバドのあと釜なのね?」ミリーがくすくす笑う。「皿洗いには見えないわ」

「経験豊富なのよ」とグレイス。

「あらあら」ミリーがつぶやいた。「おもしろいじゃない?」誰も返事をしないうちに近くのテーブルを示す。「さあ、座って。ビールを持ってくるわ」グレイスに向かって一方の眉をつりあげる。「あなたはワイン?」

「ええ、お願い」グレイスが答えた。「ありがとう」

ルーサーはグレイスのために椅子を引いてやった。それからペトラやウェインとテーブルを囲んで腰をおろした。

「今日の午後、系図データでセイレーンについて何かわかったのか?」彼は訊いた。

「ランチ後の客足が少し途切れたときに少し進展があったわ」

ペトラが椅子の背にもたれて腕を組んだ。「どうして彼女がソサエティのメンバーだと思うの?」

「彼女はかなり能力が高いし、その能力はそうとう珍しいものよ。だとすると、超能力者の家系出身の可能性が高い。あの人みたいな強力な超能力者には、強い遺伝的要素があるはずなの」

「要するに」ルーサーは言った。「たとえメンバーとして登録されていなくても、殺人能力を持つ先祖の誰かがメンバーだったと考えられる？」

グレイスがうなずく。「そう。もしその先祖の誰かを特定できれば、ソサエティの系図データからソサエティ以外の組織が持っているデータへ飛べるかもしれない」

ペトラが眉をしかめた。「よその系図データでは、ハイレベルの超能力者かどうかはわからないわ」

「ええ」とグレイス。「それでもセイレーンの先祖を特定する役には立つかもしれない。そうなれば、その先祖の誰かが歌に関する珍しい能力を持っていたかどうか調べられるわ」

ウェインの目がわずかに細くなった。「かなり手間がかかりそうだな」

「たしかに」グレイスが認める。「でもファロン・ジョーンズから連絡を待つあいだ、何かやることはできるわ」

ミリーがビール三本と白ワインが入ったグラスを持って現われた。そのあとすぐに湯気のあがるうどんを持ってふたたび現われ、それぞれに手渡す。

「ほかには？」厨房にミリーが戻ると、ルーサーは尋ねた。

「あまり」グレイスが答えた。「とかく〝聴く者をとりこにする声〟と表現されるものを備えたメンバーに関する記述はいくつかあった。でもそういう表現は現在の評論家だって日常的に使っているから、重視していいのかわからない。実際、聞く者を睡眠状態に似た人事不省に陥らせることができる歌声を持つ歌手に関する記述も、いくつか見つけたわ」

「オペラでは、そういうことがよくあるって聞くわ」とペトラ。「たぶんその能力はそれほど珍しいものじゃないのよ」

グレイスが微笑んだ。「ただ、実際に声で人を殺せる歌手に関する記述は一つも見つけられなかった。ファロン・ジョーンズにメールを送って、系図データの機密扱いになっている部分にアクセスする許可をくれるように頼んだわ」

ルーサーはビールを手に取った。「機密扱いになっているデータがあるのか？」

「ええ」とグレイス。「とりわけ危険だったり風変わりだったりする能力に関するデータの多くは、極秘扱いになっているわ。これまでもミスター・ジョーンズが容疑者を特定しようとしたとき、たまに閲覧を許されたことがあるの。今度の調査でもきっと許可してくれると思う」

どんぶりからあがる湯気を吸いこむ。「すごくいい香り」

「ハワイで最高のうどんだ」ウェインが保証する。

ルーサーはグレイスが箸《はし》を使ってつゆからうどんをつまみあげるのを見つめていた。オーラを見るまでもなく、疲れきっているのがわかる。

「ゆっくり眠ったほうがいい」彼は言った。

グレイスは言い返してこなかった。

ウェインがルーサーをにらんだ。「で、これからどうするつもりだ？　店にやってきて不愉快な歌を歌うやつを片っ端から始末するのか？」

「だとすると、申し開きをしなきゃいけない死体が山積みになるわね」とペトラ。「不愉快な歌であふれてるから」

「それよりも、この件が終わるまでグレイスを一人にしないことのほうが大事だ」ルーサーは言った。

「それは問題ない」ウェインがふたたびうどんを食べはじめた。

グレイスがやけにていねいに箸をどんぶりの上に置き、どことなく戸惑った顔で三人を見た。

「わたしのために、いろいろありがとう」彼女が言った。「なんてお礼を言っていいかわからないわ」

「たいしたことじゃないわ」安心させるようにペトラが答える。「生活に変化ができるもの」

「たまには変化もいいものだ」とウェイン。「人生を楽しくしてくれる。お礼なんて言う必要はない。あんたはルーサーの友だちだ」

グレイスがちらりと探るような視線をルーサーに向け、ウェインに向きなおった。「それが大事なことなの？」

「もちろん」ペトラが答える。「あなたは家族ということよ」

グレイスが椅子に深く腰かけ、両手できつくテーブルの縁をつかんだ。目にショックが浮かんでいる。「でも、わたしは家族じゃないわ」

「あんたにはあんたの定義があるだろうが」ウェインが言う。「おれたちにはおれたちの定義がある。おれたちがあんたは家族だと言ったら、あんたは家族なんだ」

グレイスの瞳が涙で光った。「でも……わたしのことなんて、たいして知らないのに」

「センチメンタルな話はおしまいにしましょう」ペトラが言った。「セイレーンのことをもっと教えて」

グレイスがナプキンをつかんで涙をぬぐい、二度ほど咳払いした。ワインをひとくち飲んでグラスを置いたときには落ち着きを取り戻していた。

「背景をつかむために、神話に出てくるセイレーンについて少し調べてみたの。古い伝説の一部は事実に基づいているのかもしれないと思って」

「へえ」興味を引かれ、ルーサーはうどんから目をあげた。「セイレーンの歌声に魅惑されて岩にぶつかって死んだ船乗りにまつわるむかし話と、関連があるかもしれないと思ってるのか？」

「ひょっとしたら」とグレイス。「神話によると、セイレーンとの出逢いを生き延びた人間も数人いるのよ。ある物語では、セイレーンの歌声を聞いたオルフェウスは自分の竪琴《たてごと》を出して、セイレーンの歌声より美しい音色を奏でることで対抗したとされている」

「つまり、オルフェウスは逆共鳴する波長でセイレーンの歌のエネルギーを相殺したんだな」ルーサーは言った。

「あるいは単にセイレーンの歌声をかき消したのか」とグレイス。

「夜中の車の騒音を消すために、ホワイトノイズ発生器を使うようなものか？」ウェインが訊いた。

ペトラが顔を輝かせた。「ダーク・レインボーでかけているロックのボリュームをあげればいいわ」

「やっても損はないでしょうね」グレイスが言った。「でも問題は歌声だけじゃないの。セイレーンは自分の声に精神エネルギーを吹きこむことができる。〈グレートフル・デッド〉でも、その種の波長をかき消せるとは思えないわ」

「だが、どんな音でもボリュームが大きければ、セイレーンは集中できなくなるかもしれない」ルーサーは言った。「そしてもし集中力を保てなければ、どんな精神パワーも役に立たない」

「たしかにそうね」とグレイス。「それに、歌手はきちんとした聴覚フィードバックを得られなければ音程を保てないから、セイレーンのパフォーマンスにはふさわしい場所が必要なはずだわ」

「その女との対決法として、ほかにアイデアはあるのか？」ウェインが訊く。

「たぶん。オデュッセウスが船員たちとセイレーンのいる海域を通過するとき、彼は船員たちに蜜蠟《みつろう》で耳栓をさせて歌声が聞こえないようにしたのよ」

「単純だが効果的だな」とウェイン。「だがおれは二十四時間耳栓をしたまま歩きまわる気にはなれないね。おれは耳を使いたい」

グレイスが両手で三角形をつくってグラスの柄を囲いこんだ。「もう一つ、あてにしてもいいことがあるわ。わたしが調べたかぎり、きわめて強力なセイレーンなら満席の劇場の観客全員を軽い催眠状態にできるかもしれないけれど、最大限の殺人能力を向けられるのは一度に一人か多くて二人よ。ホテルでその証拠を見たわ。セイレーンが客室係からわたしに意識を切り替えたのがわかった。でもエレベーターの扉が開きはじめると、彼女はパニックを起こして逃げだした。わたしと客室係以上の相手をコントロールするのは無理だとわかっていたんだわ」

「客室係を殺そうとしたのは愚かな行為だったわね」ペトラが独りごちる。「死体をどうするつもりだったのかしら」

グレイスがつかのま考えこんでいた。「わたしだったら、ランドリーカートに遺体を入れてそのまま運びだしていたでしょうね」

沈黙が流れた。

グレイスが眉を寄せた。ウェインとペトラは感じ入った顔をしている。

「いや」ルーサーは答えた。都合の悪い死体の正しい処理法を知っている理由を誰かが尋ねる前に。「話を進めよう。セイレーンについてもう一つわかっているのは、彼女がオペラを好むのは、高音の殺人音域を出せるからということだ」

「そうね、なかなか興味深いわ」とペトラ。「でも、それで何がわかるの?」

「たとえば」グレイスが言う。「おそらく彼女は本格的な音楽の訓練を受けているわ。重要な情報ではないけれど、ないよりましよ。ちなみに、こちらには一つ強みがあるの」

ペトラが眉をあげた。「何？」

「超物理学の法則よ。精神エネルギーは機械で送ることはできない。わたしたちと同じように、セイレーンは直接相手に自分の能力を投射しなければならない。狙った相手にCDを送りつけて、歌声を聞いた相手が気絶するのを期待するわけにはいかないのよ」

ペトラがルーサーに向かって眉をつりあげて見せた。「おめでとう。ものごとを楽観的に見られる女性を見つけたようね」

ルーサーはグレイスににやりとした。「ああ、心を入れ替えて心機一転したのさ。もうふさぎこんでるなんて言わせないぞ」

## 30

ダマリスは例のパニックめいた感覚とともに目を覚ました。何かがおかしい。でも、そんなはずがない。すべてはふたたび順調に進んでいる。マウイ島での作戦は、最終的には滞りなく運んだ。ユーバンクスは死に、ラ・セイレーンはサンフランシスコに戻っている。激しい鼓動や胸が締めつけられる感覚は薬のせいだ。次の注射をするのが怖い。予定では午前九時に打つことになっている。

電話が鳴った。ダマリスは横向きに寝返りを打ち、サイド・テーブルに載った電話をつかんだ。着信表示を見たとたん、血が凍りついた。

「どうしたの？」電話に向かって言う。「何かあったの？」

「何もないわよ」苛立ちを丸出しにしてラ・セイレーンが言った。「アカシア・ベイへ戻る準備で、頭のおかしい女みたいに駆けずりまわっているだけ。いとしのニューリンが自家用機をよこしてくれることになってるの」姉がほかの誰かに話しかけ、声がわずかにこもった。「違う、違う、その靴じゃないわ、ばかね。青いやつよ。青がわたしの色なの。オープニング・パーティは青い靴でなきゃ」

頭のおかしい女みたいに。ダマリスは身震いした。その表現がどれほど的を射ているか、姉はわかっているのだろうか。おそらくわかっていないだろう。頭のおかしい人間は、その自覚がないものだ。

「それはよかったわね」ダマリスは二度深呼吸して鼓動を静めた。「お姉さんの夜の女王を聴いたら、お客さんはきっと心臓がとまるほど感動するわ」自分が選んだ言葉の不吉さに顔がゆがむ。「楽しみにしているわ。きっと有名な評論家が顔をそろえるんでしょうね」

「ニューリンがかならずそうすると約束してくれたわ。お父さんはあの女を見つけたの?」

ダマリスは目をつぶった。「ヴィヴィアン、よく聞いて。客室係のことは忘れるのよ」

「言ったでしょう、客室係なんてどうでもいいって」ぴしゃりと言い返す。「あの女には関心がないわ。どうでもいい。わたしが知りたいのはもう一人の女のことよ。客室係を守ってわたしの歌に抵抗しようとした女」

ダマリスはベッドから起きあがり、電話機をきつく握りしめた。「もう一人の女もどうでもいいわ。放っておくのよ、ヴィヴィアン。アカシア・ベイでの公演に集中して。歌手としてもう一度脚光を浴びようとしているのよ。ほかのことに気を取られている場合じゃないわ」

「エメラルドじゃないわよ、ばか。ニューリンがくれたサファイアとダイアモンドでなくちゃ。靴とドレスに合うのはあれよ」電話に向かって直接話しているので声が大きくなっている。「ダマリス、わたしのためにせめてこのぐらいしてくれてもいいはずよ。いいえ、言いなおすわ。お父さんはせめてこのぐらいしてくれてもいいはずよ。わたしにそのぐらいの借りはあるはずだわ」

「肝心なのは、その女性にはお姉さんが誰だか知りようがないことよ。お姉さんの正体を突きとめられるはずがない」

「あの女にわたしの正体がわかるかどうかなんてどうでもいい。あの女はわたしに抵抗したの。超能力者に間違いないわ。お父さんに見つけられないなんて言わせないわよ」

「いまも探しているわ」ダマリスは嘘をついた。「お父さんが見つけしだい連絡する」

「約束する?」

ダマリスはため息をついた。「約束する」

電話が切れた。ダマリスは電話機を見つめながら、どうして震えているのか不思議に思った。まもなく、自分の手が震えているせいだと気づいた。

鼓動を静めるために何度か深呼吸をし、窓に歩み寄る。そして長いあいだロサンジェルスの夜景を眺めながら考えをめぐらせた。

二つのことがはっきりしてきた。ユーバンクスを始末するために姉を使うことに不安を抱いていたのは、間違っていなかった。ラ・セイレーンはマウイ島で遭遇した謎の女性に執着するようになっている。その女性をライバルとみなしている。ヴィヴィアンの性格を考えると、病的な執着は相手の女性が死ぬまで消えないだろう。

計画全体が危機に瀕している。

ダマリスはベッドサイド・テーブルへ戻って電話を取った。最初の呼びだし音で父親が出た。

「起きていたのね」静かに言う。

「最近はあまり眠らないのでね。何かあったのか？」

「どうやら問題が起きたみたい。ヴィヴィアンが、マウイ島のユーバンクスが泊まっていた部屋で姿を見られた女性に執着しているの。客室係ではなく、もう一人のほうに」

短い沈黙が流れ、続いて含み笑いのようなものが聞こえた。「おまえの姉さんは、おまえが思っているほど頭がおかしくないのかもしれんな」

「どういう意味？」

「わたしも彼女に執着しているんだ」

「わからないわ」消え入りそうな声でつぶやく。「なぜなの？」

「なぜなら、おまえの姉さんの歌を邪魔するほど能力の高い超能力者が、ユーバンクスが泊まっているフロアにたまたまいたなんて偶然とは思えないからだ」

ダマリスの全身に戦慄が走った。「ええ、そうね。もっと早く気がつくべきだったわ」

「ああ、おまえはもっと早くこの可能性に気づくべきだった」

「ごめんなさい」汗ばんだ額をぬぐう。「薬のせいよ、お父さん。このところ、頭がうまくまわらないの」

「わかっている。言っただろう、最初の数カ月は多少調子が悪くなると。心配するな、わたしはこの程度の失態に腹を立てたりしない。状況は掌握している」

「彼女を見つけたの?」

「名前はグレイス・レンクイストだ。系図部の専門家にすぎないことがわかった。ただし、きわめてハイレベルなオーラ能力者だ。ファロン・ジョーンズがユーバンクスを監視するために、ボディガードと一緒にマウイ島へ送りこんでいた。だとすると、レンクイストはオーラを特定できるに違いない」

「J&Jはどこまで知っているの?」

「現時点では何も。わたしの予想どおり、ジョーンズはユーバンクスが殺した女性の一人、最後の被害者の型どおりな調査の一環として彼を監視していた。被害者の遺族がJ&Jに調査を依頼したんだ。ファロン・ジョーンズは、ユーバンクスは悪の道に走ったハイレベルな超能力者の一人にすぎないと判断した。ユーバンクスは心臓発作で死んだことになっている。J&Jにとって、この件はすでにけりがついている」

「でもグレイス・レンクイストはどうなるの? ハイレベルのオーラ能力者なんでしょう? ヴィヴィアンのオーラを見たはずだわ。強力なオーラ能力者の多くは、個人のエネルギー場を特定できる。少なくともレンクイストはヴィヴィアンがなんらかのハイレベルな超能力者だと気づいたはずだわ。J&Jならその情報をもっとくわしく調べようとするはずよ」

「夜陰の未来の指導者にふさわしい考え方をしているな」ひとことひとことに称賛がこもっている。「そのとおりだ。ミス・レンクイストはたしかに悩みの種になっている。現時点で彼女はラ・セイレーンを特定しかねない唯一の存在だ。そしてもしラ・セイレーンが探しあてられて素性を突きとめられたら、いささか厄介なことになるかもしれない」

事態を把握したダマリスの体に身震いが走った。彼女は懸命に息をした。「もしJ＆Jがヴィヴィアンを見つけたら――」最後まで言葉にできずに口を閉ざす。

「ああ、そうだ」父親が穏やかに言う。「もちろん可能性はきわめて低いが、万が一J＆Jがヴィヴィアンを見つけだし、ユーバンクスの部屋にいた女はヴィヴィアンだとグレイス・レンクイストが特定したら、おまえやひいてはわたしとの関連に気づく可能性がある」

ダマリスの口が渇いた。「まさか……まさかヴィヴィアンに何かするつもりじゃないわよね？」

「もちろんそんなことはしない。あの子はわたしの娘だ。消えてもらわなければならないのはグレイス・レンクイストだ。レンクイストがいなくなれば、ラ・セイレーンを特定できる者はいなくなる。われわれの身はふたたび安全だ」

ダマリスは耳に電話機を押しつけて父親のように考えようとした。夜陰の未来の指導者のように。「事故に見せるようにしなければならないわ。あるいは少なくとも夜陰のしわざのように」

「そうだ」父親が言った。「だが心配いらない。わたしはおまえたちが生まれる前からこういうことをしてきたんだ。すべてわたしにまかせておきなさい」

電話が切れた。

ダマリスは立ちあがって窓際へ戻った。〝すべてわたしにまかせておきなさい〟父親にふさわしいせりふ。なのになぜこんなに怖いのだろう？　いまいましい薬のせいだ。ちらりと時計に目をやる。次の注射まであと二時間。

ウィリアム・クレイグモアは電話を置くと、本を脇に押しのけて読書用の椅子から立ちあがった。危険な挑戦を楽しみにしている自分に気づき、頬がゆるむ。現場仕事でしか得られないこの種のアドレナリンの噴出を実感するのは久しぶりだった。夜陰を取り仕切るのは腕の鳴る刺激的な仕事だが、人目につかない場所で一対一の真剣勝負を行なったかつての日々がたまになつかしくなる。

廊下を進みながら、クレイグモアは鏡に映る自分の姿にちらりと目をやった。七十歳になるが、いまでもかくしゃくとしているし体調も良好だ。秘薬の効果で寿命が数十年延びたかどうか判断するのはまだ早計だが、一六〇〇年代後半に最初に秘薬をつくった錬金術師のシルベスター・ジョーンズは、秘薬の予想外の結果として長寿がもたらされると確信していた。ちょっとした楽しみではないか——クレイグモアは思った。こうして娘たちが見つかったいまは、なおさらだ。自分の遺伝子が未来に引き継がれるのだ。孫の成長を見届けるまで、なんとしても長生きしたい。改良された秘薬で能力を高めた子孫は、地球上でもっとも力のある人間になるだろう。

クレイグモアは暗証番号を打ちこんで金庫室の扉をあけ、なかに入った。自動的にライトが点灯し、いくつものガラスケースに収まった中身を照らしだした。いずれも成功裏に成し遂げた任務の記念品だった。クレイグモアが記念品を保管していることを知ったら、かつて彼が勤務していた秘密の政府機関の役人たちは卒倒するに違いない。役人たちは自分たちの活動の存在自体を示す痕跡をすべて消したと確信している。そう信じるあまり、職員も全員死亡したと思いこんでいる。まぬけなやつらだ。職員の一人は、不吉な前兆に気づくだけの察しのよさを備えていた。

クレイグモアが求めているものは、どのガラスケースにも入っていなかった。彼は部屋の奥へ進み、壁に取りつけられた金庫にふたたび暗証番号を入力した。扉がひらく。彼は金庫に手を入れて、あるものを取りだした。

それを手に持っているだけで、期待で全身がぞくぞくした。

むかしのように。

# 31

グレイスは汗で濡れたほつれ毛をネットに押しこみ、両手で重たい鍋をつかんだ。

「最後にこの揚げ物用の鍋を洗って油を変えたのはいつ？」

「思いだせないわ」冷凍庫からペトラが冷凍した魚の切り身が入った包みを持って現われた。

「揚げ物をすればするほど、油の風味が増すのよ。それに、火を入れるたびにばい菌は死んでしまうし」

「おもしろい考え方ね」グレイスは大きな鍋と格闘しながら洗剤液につけ、たわしに手を伸ばした。「でも、保健所がそれとは少し違う考え方をしていても驚かないけれど」

「ダーク・レインボーはあまり保健所の検査官ともめたことはないの」ペトラが包みを引き裂き、こちこちに凍った大きな切り身をカウンターに出した。「そうしょっちゅうは来ないし、来たとしてもあまり長居しないしね。たいていはざっと見るだけで帰っていくわ」

「そうなるようにルーサーが能力を使ってるなんて言わないでちょうだい」

「いいわ、なら言わない」ペトラが未調理のフライドポテトをたっぷり揚げかごに放りこんだ。「でもルーサーが持ってる例の能力には、それなりに使い道があるのよ」

熱い油に揚げかごを入れ、慣れた動作ですばやくあとずさって跳ねた油をよける。厨房のスイングドアがひらき、店側からやかましいロックミュージックが押し寄せてきた。ウェインがやってきた。腕の下に空のトレイをはさんでいる。

「注文が入ったぞ」彼が高らかに告げた。「三件だ」オーダーシートからページを三枚破り取り、カウンターの上にずらりと吊るしてある長い列にくわえる。「忙しくなってきた。今夜は満席だ。観光客のやつらがぞろぞろ来やがった」

くるりと向きを変えたウェインが大股でスイングドアを抜けて行き、ふたたび厨房にハードロックがあふれた。

「まったくいやになるわ」ペトラがこぼした。「わたしをなんだと思ってるのかしら。機械じゃないのよ。流れ作業で物を組み立てるロボットみたいに料理をつくるなんて無理よ」

「まさに流れ作業が必要みたいね」グレイスはエプロンで手をふいた。「洗い物は一段落したわ。フィッシュ・アンド・チップスはわたしが引き受けるから、あなたは肉料理をさばいたら？」

「それがよさそうね」ペトラがつぶやく。「油で火傷しないように気をつけて」

グレイスは煮えたぎる油を不安な面持ちで見つめた。「気をつけるわ」

ペトラが残りのオーダーシートを一瞥《いちべつ》して顔をしかめた。「フィッシュ・アンド・チップス三つにハンバーガー五つ」

「了解」グレイスは解凍した切り身を三つ選んで揚げ衣をつけた。

「ひと切れを一二〇グラム以下に抑えてね」生のハンバーグを五つグリルに載せながらペトラが言った。「目標は九〇グラムよ。うちはホームレスのシェルターじゃないんだから」

「九〇グラムじゃちょっと少ないんじゃない？」

「観光客が相手のときは別よ。どうせ違いはわからない。それに、油のなかで衣がふくらむから大きく見える。そのあとはお皿の残った場所を山盛りのフライドポテトで埋めるの。ポテトのほうが魚より安いから。全部揚げてあるから、色はみんな同じよ。どこまで魚でどこからポテトか、誰にもわかりゃしないわ」

「職人芸に達しているのね」

「そういうこと」

グレイスが衣をつけた魚が入ったかごを揚げ油に入れたとき、ふたたびスイングドアが開き、またしてもロックミュージックがなだれこんできた。ルーサーがやってきて、グレイスを見て眉をしかめた。

「油に気をつけろよ」彼が言った。「危ないぞ」

「だいじょうぶ、気をつけてるわ」

「洗い物をしてるんじゃなかったのか」

ペトラがハンバーグから顔をあげた。「てんてこまいだから、持ち場を格上げしたのよ。表《おもて》のようすはどう？」

「忙しい。たぶんこれから一時間かそこらがピークだ。観光客の一団に見つかったんだ。こっちはだいじょうぶか？」

「だいじょうぶに見える？」ペトラが言い返す。「ここは地獄より熱いし、注文がクソみたいにどんどん入ってきてるのよ」

「食欲をそそる表現だな」とルーサー。「料理専門チャンネルじゃ、そんな話し方をするのか？」

「知るわけないでしょう」ペトラが答えた。「料理専門チャンネルで料理を習ったわけじゃないんだから」

「そうか、まあ、ぼくはただのバーテンダーだ」ルーサーが言う。「きみたちの邪魔はしたくない。どうぞ割烹《かっぽう》の熟練の技をふるってくれ」

グレイスにウィンクし、スイングドアを抜けて店へ戻っていく。

ペトラがスイングドアをにらんだ。「割烹？」

「料理のことよ」

「ああ、そうだったわね」

「料理はどこで習ったの？」興味を引かれてグレイスは尋ねた。

「この店を買ったとき、ウェインとわたしは本物のコックを雇ったの。しばらく仕事ぶりを観察していた。彼が辞めるころには──遅かれ早かれみんな辞めるのよ──、自分でも厨房をやりくりできると思ったわ。たいして技術は必要ないもの。揚げたり焼いたりすれば、お客は食べてくれる。厳然たる事実よ」

「ダーク・レインボーが安全でオーガニックな料理を重視しているのはわかるわ。ルーサーはどんないきさつでここで働くようになったの？」

「ワイキキに越してきたあと、ほかの常連客みたいにこの店にたどり着いたのよ。ときどきビールを飲みにやってきて、食事をすることもあった。暇な夜は話をしたわ。わかるでしょう。ハイレベルの超能力者は同類がわかるものなの」

「ええ」グレイスは空港のコンコースで初めてルーサーに会った日のことを思い浮かべた。

「わかるわ」

「わたしたちには共通点があった。ルーサーは元警察官で、たまにJ&Jの仕事を請け負っていた。わたしとウェインも似たような経験がある。三人とも話ができる家族はいない。言ってみれば、わたしたちはわかり合えたのよ」

「家族になったのね」

「そんなようなものね、ええ」

「でも、ルーサーはどうしてこの店で働くようになったの？」

「しばらくすると、ここで厄介なことが起こりはじめたの。裏の路地で麻薬の売買が横行して、バーに安い売春婦がたむろしはじめた。何度か喧嘩になることもあったわ。警察がしょっちゅうやってくるようになって、動揺した常連たちの足が遠のいた。あれやこれやで経営が行き詰まるようになった。ルーサーが解決してくれたのよ」

「どうやって？」

「厄介な問題をいくつか取り除いてくれたとだけ言っておくわ。常連客が戻ってきて、それ以来うちは安泰なの」

グレイスは微笑んだ。「それもルーサーの能力の現実的な利用法だったというわけね?」

「言ったでしょう、彼の能力はたまに役に立つのよ」

# 32

クレイジー・レイはいつもより少しぴりぴりしているように見えた。ルーサーは居残っていた数人の常連客と一緒にレイを外へ出す前に、神経を静めるエネルギー波を送ってやった。ほかの客に続いて店の外へ出たレイが、戸口を抜けたところで足をとめ、ルーサーに振り向いた。

「今夜は用心しろ」

レイが意味の通る文章を口にできるほど長いあいだ妄想の世界から外に出てくることはめったにない。ルーサーはうなずき、相手のメッセージを深刻に受けとめたことを伝えた。

「わかった」と答える。「用心するよ」

レイの姿が暗闇に消えた。

ウェインがルーサーのうしろにやってきた。「いまのはなんだったんだ?」

「レイがレイだっただけさ。用心するように警告された」

「たぶんおれたちの雰囲気を感じ取ったんだろう。グレイスに目を配っているせいで、今夜は三人とも少々ぴりぴりしてたからな」

ルーサーは夜のあいだに何度か感じたぞくぞくする寒気のことを思った。

「ああ」彼は言った。「ミリーの店へ行こう。長い夜だった」

「観光客にはうんざりだ」

「ここはワイキキだぞ、ウェイン。たまには観光客が来ることもあるさ」

「看板を出したほうがいいかもな」

「〝観光客お断わり〟？　観光局はいい顔をしないだろうな」

うどんを食べ終えるころ、グレイスはあくびをしていた。

「この件にけりがついたら、『一日八時間の皿洗いと揚げ物で体力をつけてやせる方法』っていうハウツー本を書くわ」グレイスが宣言した。

「一年間系図部で楽な思いをしていたから」ペトラが言う。「体がなまってるのよ」

「そうね」グレイスが伸びをした。「でも、まるで自転車に乗ってるみたいだわ。あらゆるものがわたしのところへ戻ってくるの」シャツの袖《そで》の匂いを嗅ぎ、鼻に皺《しわ》を寄せる。「匂いまで。なんで揚げた魚の匂いが服に染みこむのかしら」

「そのうち慣れるさ」とウェイン。

「そろそろ帰ろう」ルーサーは言った。「ジープを取ってくるから、店の外で待っていてくれ」

その手順はウェインとペトラと相談した結果決められたものだった。いまの状況を考えると、たとえボディガードが一緒でも、深夜にグレイスが歩いてサンセット・サーフ・アパートメントまで戻るのは賢明とは思えなかった。段取りは単純だ。ルーサーは近くの駐車場にジープをとめる。ダーク・レインボーが閉店したあと、ルーサーが車を取ってくるまでウェインとペトラはミリーの店でグレイスと一緒にいる。

杖をついて歩道を駐車場へ向かいながら、ルーサーは夜の新しい決まりごとの残りに思いを馳《は》せた。二十分後には、グレイスとアパートに戻り、一緒にベッドに倒れこんでいるだろう。グレイスがそれほど疲れていなければ、愛し合うことになるはずだ。そのあと彼女はぼくにぴったり寄り添って、ぼくの腕のなかで眠りに落ちる。朝は遅くまで寝ている。起きたらコーヒーを淹《い》れ、新鮮なパパイアを切る。

自分はこの日課にやみつきになるに違いない。それどころかすでにどっぷりのめりこんでいて、終わらせたくない。

クヒオ通りはまだかなり人出があった。ブロックのはずれでルーサーは感覚を高め、角を曲がって古いホテルの駐車場へ続く路地を歩いて行った。ホテルは二年前に営業を停止した。上階の窓には板が張られ、プールにはカバーがかかっている。最近、かつてホテルの二階だった場所でナイトクラブが開業した。今夜はボリュームをいっぱいにして営業している。がんがんとけたたましいハードロックが暗闇にあふれだし、ビーチで過ごした一日とアルコールで盛りあがった客のざわめきも聞こえていた。

駐車場はナイトクラブの客のおかげで満車だった。ルーサーはいちばん奥にとめてあるジープへ向かいながら、車のあいだにできた暗い谷間にオーラのきらめきがないか、無意識のうちにうかがっていた。コンクリートの壁のあらゆるすきまからやかましい音楽の底鳴りが響き、階段になだれ落ちてくる。

今夜はまた脚がうずいていた。アパートに帰ったら抗炎症剤を飲まなければ。それを思うと杖をまっぷたつにへし折っていちばん近いゴミ箱に放りこみたくなる。寝室から銃を持って飛びだしてきた相手に不意打ちを食らったときの記憶がよみがえった。忘れろ。はるかに悪い結果になっていた可能性もあるんだ。

ジープへ向いながらキーを出したときも、依然として暗闇で動くものや異常を示すものがないか警戒していた。駐車場に人影はなく、見えるのはずんぐりした車のシルエットだけだ。警察官の勘や超感覚を揺さぶる不自然なものは何もない。それなのに、なぜ胸騒ぎがするのだろう？　びくびくさせてくれてありがとうよ、レイ。いろいろしてやったのに。

ジープに近づき、ルーサーはリモコンで鍵をあけた。反射的にふたたびすばやく周囲をチェックする。右側には、かつてはホテルのロビーでいまはナイトクラブの入口がある二階へあがるコンクリートの階段がある。照明がついていない。昼間ジープをとめたときはついていた。

アドレナリンが血管を焦がした。

最初に見えたのは、ペンライトの細い光だった。踊り場で揺れた光が階段を照らしている。次の瞬間、小さなライトを持った人間が角を曲がって階段をおりてきた。暗闇のなか、長身でほっそりしたシルエットしか見えないが、オーラは暴力と強烈なパワーを示す色で激しく脈打っていた。

念のために、ルーサーは意識を集中して相手のパターンを読み取ろうとした。男が階段のふもとで立ちどまった。オーラは真っ赤に燃え盛っているのに、暴力行為に出そうな気配はまったくない。空いているほうの手には銃もナイフも持っていない。ただその場にじっと立ったまま、ルーサーの胸にライトをあてている。

男のオーラで凶暴な光が波打った。ルーサーはそれを押さえこむエネルギー波を送った。何も起こらない。

そのとき、ルーサーは自分の超感覚が急速に弱まり、視力が衰えていることに気づいた。突如として男のパターンをはっきり見きわめられなくなっている。そんなはずがない。はっきり見えるはずだ。

「残念だが、きみは厄介な存在になった、ミスター・マローン」男が言った。「だがわたしはきみのような問題を解決するベテランでね」

その声は奈落の底から聞こえてくるようだった。死の宣告をはらむ声。ルーサーにはほとんど聞き取れなかった。駐車場は波のように盛りあがる闇で埋めつくされそうになっている。押し寄せる暗闇が、天井の弱々しい光をみるみるおおい隠していく。いまや視界もぼやけていた。すさまじいほどの脱力感が彼をとらえ、骨まで染みこんでいる。

ルーサーは自分が死にかけていると確信した。鉛筆ほどの細い光線があたっている胸が痛む。自分のオーラを急速に無力化しているのはこの光に違いない。エネルギー場が消えると、命も尽きる。

ルーサーは力を振り絞ってなんとか動こうとしたが、筋肉が言うことを聞かなかった。彼を麻痺させるペンライトの力を前に、生きようとする意志は脆弱《ぜいじゃく》で無力だった。

「何者だ?」かすれ声で訊く。

「ウィリアム・クレイグモアだ。聞いたことがあるのでは?」

「理事」それだけ口に出すのが精一杯だった。ファロンとザック・ジョーンズは正しかった。よりによってソサエティのもっとも高い地位にスパイがいたのだ。「夜陰」

「よろしい」でかしたと言うようにクレイグモアが言う。「わたしはいかにも夜陰だ。そして十五年以上理事会のメンバーを務めている。残念だが、まもなく姿を消すことになるだろう。できればあと二年は留まっていたかったが、ザック・ジョーンズが宗主となったいま、それも不可能になった。なんとも慙愧《ざんき》に耐えない。もう少しであの男が宗主を引き継ぐのを阻止できるところだったが、いかんせんうまくいかなかった」

ルーサーは何も言わなかった。しゃべることができない。全身ががたがた震えだしている。息が詰まる。痛みが増し、あらゆる感覚を焦がしている。

「思ったよりやるな」クレイグモアが言った。「たいていの者ならすでに意識を失っている。ファロン・ジョーンズはおまえの本当の能力レベルに関するデータをうまくごまかしていたが、長年理事を務めるあいだに、わたしはソサエティの秘密をほぼ知っているのだ。J&Jの暗号化コードを迂回する方法を含めてね。ミス・レンクイストが見た目以上の存在なのも知っている。おまえを始末したら彼女を排除する。そうすればほころびもすべてつくろえるはずだ」

グレイス。彼女を守るために生きなければ。グレイス。心のなかで彼女の名前をつぶやくだけで、なぜか混乱した頭がつかのまはっきりした。

いま立っていられるのは意思の力と杖のおかげにすぎない。ルーサーは杖の取っ手をきつく握りしめた。もし倒れたら、二度と起きあがれないだろう。

もし倒れたら。

ルーサーは光線の影響にあらがうのをやめた。残っていた最後の力が手から抜ける。杖がコンクリートに転がった。予想どおり、ルーサーもどさりと固い床に倒れこんだ。痛めた脚に痛みが走ったが、貴重な数秒間、ペンライトの明かりが胸からそれた。

いっきに感覚が戻ってきた。駐車場の照明が見えた。けたたましいロックミュージックと客のざわめきが大きくなっていく。また息ができる。

日差しから逃れようとする夜行性の生き物のように反射的に暗闇を求め、ルーサーはジープの下へ転がった。クレイグモアはペンライトを前後に動かし、ふたたび光線で彼を捕らえようとしている。

ジープの下へもぐりこむ彼の脚を細い光線がかすめ、外科医のメスで切り裂かれるような痛みが走り、肩と背中にもつかのま突き刺さった。下半身にあたった殺人光線の衝撃は、上半身をかすめたときほど強くなかった。ひどく痛むが、動けないほどではない。

ジープの下にもぐりこむ二秒のあいだに、あらゆる感覚が接触不良の電線のようにオンとオフをくり返した。騒音と静寂、視力のあるなしが、めまぐるしく変化して神経をかき乱す。

車の下の狭いスペースに入ったルーサーは、そのまま奥へ進んで車の反対側へ出た。

「あきらめろ」クレイグモアが言った。

これまでとは違うものが声に含まれている。おそらく怒り。あるいは激昂がこもる純粋な驚き。オーラ能力者が相手だとみなそうなる。誰も由々しい存在とは考えない。

クレイグモアがジープに近づいてきたが、少し離れたところで足をとめ、用心深く距離を保った。おそらく元警察官のルーサーが銃を携帯しているかもしれないと思っているのだろう。

そうだったらどんなによかったか――ルーサーは思った。

「さっきおまえが通りを歩いているのを見た」クレイグモアが言った。「走れないのはわかっている。その脚ではな。たとえ脚に問題がなくても、わたしのライトから逃れるほど早くは動けない。ジープのうしろから出てこい。すぐ楽にしてやる。約束する」

アドレナリンは一時的な鎮痛剤として願ってもない効果をあげる。太ももの刺すような痛みを無視してルーサーは助手席のドアをあけ、シートに体を押しあげた。なんとか運転席に移動して四つのドアすべてをロックするボタンを押し、車内に閉じこもる。

彼は超心理物理学の法則に関する過酷な実験をしようとしていた。もし間違っていたら、命はない。

ルーサーは、ペンライトの光は本質的に超常的なもののはずだという考えに賭《か》けた。それ以外にオーラへ影響を受けた理由を説明できない。鋼鉄やコンクリートのような固体のほとんどは、超常的エネルギー波を事実上せき止める。それに反し、液体はせき止められない。水晶や一種の反射面は固体でありながら三つめのカテゴリーに属している。やり方さえ心得ていれば、それらはエネルギーを集中させるために用いることができる。

だが超心理物理学に関するかぎり、ガラスは四つめのカテゴリーに入る。結晶構造の物質でも液体でもなく、物質として双方の状態を備えている。ガラス製のバリアは一般的に、それを通過するエネルギー波を大幅に弱め、場合によってはゆがめさえする。

あいにく、ガラスとなると、法則には山ほど例外がある。アーケイン・ソサエティの研究者たちも、いまだにほとんど理解できていない。要するに、ガラスはまったく予測がつかないのだ。

ルーサーはジープのエンジンをかけた。クレイグモアが運転席の窓越しにライトをあててきた。ルーサーの体が震えはじめた。ガラス越しでも光線の影響をいくらか受けているが、完全に金縛りにはなっていない。ルーサーは体をかがめて光線をよけると、すばやくギアをバックに入れて思いきりアクセルを踏みこんだ。

タイヤをきしませながらジープがいっきにバックした。うしろの窓が破裂した。くそっ。相手は本物の銃も持っているのだ。しかも弾丸は通常の物理の法則に従っているらしい。ただし、音はしない。サイレンサー。

ルーサーは左に急ハンドルを切ってから前へ飛びだし、クレイグモアに突進した。光線に効果がないと気づいたクレイグモアが、ふたたび銃をかまえた。ルーサーがすばやく首をすくめた瞬間、フロントガラスが粉々になった。前部座席に破片がちらばる。これで光線を遮断するバリアがなくなった。

だがジープは前進を続けていて、飛びのくのに精一杯だったクレイグモアには光線の狙いをつける余裕がなかった。

ルーサーはブレーキを踏み、クレイグモアのオーラの位置を確認した。ライトとサイレンサーつきの銃の両方で狙いをつけようとしている相手に、抑制エネルギー波を投げつける。頭を狙うのはむずかしいことで有名だ。突然眠ることしか考えられなくなったときは、いっそうむずかしくなる。

クレイグモアがぐったりし、よろめいて倒れこんだ。光線を出していた装置が手から落ちてコンクリートの床を転がり、まもなく光が消えた。

ルーサーはジープをとめてドアをあけ、すばやく外へ出た。足をひきずりながら、近くの車のフェンダーを支えにしてクレイグモアに近づく。

クレイグモアはルーサーに顔を向け、オイルの染みがあるコンクリートにうつぶせに横たわっていた。驚いたことにまだ銃を持っていて、両手で狙いをつけようとしている。口元には残忍な笑みが浮かんでいた。そしてどうにか一発発砲した。弾はそれたが、ルーサーはとっさに横へよけた。突然動いたせいで、またしても脚から力が抜けた。

膝と肘が激しく床にぶつかり、つかのま集中力が揺らいでしまった。自由になったクレイグモアがふたたび銃を構えたが、オーラにかかっていた抗しがたい圧力が突然なくなったせいで方向感覚を失っていた。

ルーサーはオーラを最大限まで強め、よろよろと中腰になってクレイグモアの上に倒れこんだ。相手の片腕をつかんで思いきりひねりあげ、それと同時に激しく脈動する相手のエネルギー波に持てるすべてを投げかけた。

超自然的領域でエネルギーが目もくらむほどの光を放った。ルーサーはつかのま超感覚が麻痺したのがわかった。

クレイグモアの口が悲鳴をあげようとしているように開いた。だがそこから出てきたのは薄気味悪いうめき声だった。夜中の墓場で聞こえそうな声。ショックで両目をむいている。全身がびくっとひきつり、何度か痙攣《けいれん》したのち嘘のように動かなくなった。数分前にレーザー光線が消えたようにオーラが消える。拳銃が駐車場の床に落ち、大きな音をたてた。

永遠とも思える時間が流れた。

ルーサーの感覚がすさまじい勢いで戻ってきた。まだ死んだ男の腕をつかんでいることに気づいて手を放し、転がって死体から離れた。つかのま冷たいコンクリートに寝転んだまま、呼吸を整え感覚を落ち着かせようと努める。

コンクリートの階段を踏むごくかすかな足音が聞こえ、まもなくオーラのきらめきが見えた。ルーサーは動かなかった。

「ウェイン、ぼくだ」あわてて言う。

　ウェインが階段から現われた。銃を持っている。彼のすべてが異常なまでに集中していた。殺戮モードになっている。

「無事か？」抑揚がいっさいない口調でウェインが尋ねた。

「ああ」ルーサーはわずかに体から力を抜いた。「ぼくを待っていたんだ。待ち伏せされた。ここで何をしてるんだ？　いや、答えなくていい。ペトラが感じたんだな？」

　ウェインが殺戮モードを解いた。肩をすくめ、ズボンの下につけているホルスターに銃をしまう。

「二人とも感じたんだ」

「二人とも？」

「グレイスとペトラ。二人ともいやなものを感じた。グレイスはおれと一緒に来たがった。ペトラはもう少しで彼女を縛りつけなきゃならなかった」

「レイの警告をもっと気にかけるべきだったよ」

「まあ、そうする気になれなかったのも無理はない。レイは頭がいかれてるからな」

# 33

「ホノルル警察にいる仲間に話をしておくか?」ファロン・ジョーンズが訊いた。

「いや」ルーサーは答えた。「クレイグモアはサイレンサーを使っていた。警察の捜査は入っていない。現場はウェインとペトラが片づけた」

ルーサーとグレイスはアパートに戻っていた。電話をしながら彼はうろうろと歩きまわり、ひどい火傷のなごりを気にとめないように努めていた。グレイスは水晶玉であるかのようにパソコンの光るモニターをのぞきこみ、目を皿にして虎の子の系図データを見つめている。

ファロンとの会話に集中するには、ありったけのものが必要だった。ほんとうにほしいのは、必要なのは、一杯の強い酒と睡眠だ。

「遺体はどうした?」ファロンがいつものように実利一点張りな質問をしてきた。

「ここはハワイだ。少々気温が高い。キッチンラップでぐるぐる巻きにして、店の大型冷凍庫に入れてある」幸いなことに、ペトラは特別頑丈なラップを業務用の単位で購入していた。

「おまえはほんとうに慎み深さとは縁のないやつだな」電話をとおしてファロンの低い声が響いた。「クレイグモアは理事会のれっきとしたメンバーだった。十五年にわたって理事を務め、ソサエティでもっとも力のある人間の一人と考えられていた。それが裏切り者だったとは」

「どんな能力を持っていたんだ？」ルーサーは訊いた。

「クレイグモアはクリスタル・ジェネレーターだった」

「なんだそれは？」

「特殊なタイプの水晶使いだ。きわめて希少な宝石の原石をとおしてエネルギーを送ることができた。おまえが話していたレーザー装置は、人間のオーラを混乱させて無力化することによって作動するようだな」

「そんなものをどこで手に入れたんだ？」

「いい質問だ。いまそれを調べている。ソサエティの研究所から出たものじゃないのは確かだ。以前クレイグモアが働いていた無名の政府機関が、彼のためにつくったものと考えるのが現時点では無難だろう」

「クレイグモアは政府の職員だったのか？」

「かつてはな。国家の安全と情報に尽力している政府機関は二十以上ある。内情に通じている者のなかには、その数は三十に迫ると言う者もいる。そしてそのすべてに、人目を忍ぶ目的のためにつくられた未知の部署があるんだ。その一つが超常的なものの研究を行なう方針を固めることもある。もちろん、それを認める機関はないがね。連邦議会に財政支援の正当性を説明するようなものだ。似非科学に税金を使っていると、政府はマスコミから槍玉《やりだま》に挙げられるに決まっている」

ルーサーにはファロンの声がいきなり怒気を含んだ理由がわかっていた。ソサエティのメンバーの多くは、超常的なものに対する世間の考え方を歯がゆく思い、ときには激怒している。

「農業法や企業助成政策を正当化するぐらいむずかしいだろうな」ルーサーは言った。「怪しげなものに何百万ドルも費やしていることを説明するのは」

「誰も彼もが超常的なものの存在を断固としてあからさまに否定しているとき、おまえやわたしやグレイスやソサエティのほかのメンバーのような人間が奇人変人ではないことを、どう証明すればいい？　板ばさみ状態とはまさにこのことだ。裸の王様とはまさにこのことだ。近視眼的で、愚かで――」

「なあ、ファロン。クレイグモアの死体をどうするかに話を戻さないか？　ぼくはオーラをいじくるのが得意だが、それにも限界はある。もし明日たまたま保健所の人間が店にやってきたら、冷凍庫の死体を見て見ぬふりをするように説得するのは少々むずかしいかもしれない」

「すまない。ふだんはこんな脱線はしないんだが」

「気にするな」

ファロンの関心のほこさきがそれたことが、現状について多くを物語っていた。

「認めたくはないが、今回おまえとグレイスがあばいた問題が気になりはじめているんだ」

不機嫌なむっつりした口調でファロンが続けた。「夜陰の活動はわれわれの予想以上に大掛かりで金がかかっている。なのにこちらは単独で対抗するしかない」

それはごまかしようがない。ルーサーは思った。夜陰がもたらす危機は現実のものだ。理事会はその脅威に対処する覚悟を固めているが、一般社会の目に映らない戦いは容易ではない。

大半の人にとって、超常的なものは娯楽に等しい。テレビや本や映画のなかの話だ。現実世界には現実の心配ごとがある――テロや地球温暖化のようなものが。邪悪な超能力者による名ばかりの組織に関する警告など、真に受けようとはしない。とくにその警告が、超常的なものの研究に励んでいる同じような人知れぬ団体から発せられたとなればなおさらだ。

J＆Jの要請に応じられる超能力者――ソサエティのメンバー――は政府機関や警察やさまざまな現場で働いているが、彼らが提供できる協力は限られている。しかもそれがどんな協力にせよ、あくまでオフレコだ。自分には超能力があると公言してはばからない人間でいることは、カルトの指導者でないかぎり、一般的に賢いキャリア戦略とは言えない。

「死体のことだが」ルーサーは言った。「選択肢は二つある。ペトラとウェインに彼らの船で沖合に運んで海に捨ててもらうか、あんたがクレイグモアの家族へ引き渡す手配をするかだ」

「クレイグモアに家族はいない。三回結婚したが子どもはいなかった。噂では子どもを持つ能力がなかったらしい。三人めの妻は十年近く前に亡くなっている。とはいえ、遺体はこちらへ運ぶ必要がある。ある日突然姿を消すわけにはいかない。あれこれ疑問を持たれる。ちょっと考えさせてくれ」

　パソコンのキーボードをたたく音が聞こえてきた。

「よし、どうやらクレイグモアは民間の航空会社を使ったらしい」やがてファロンが言った。「自家用機はいまもロサンジェルスにある。つまり、記録を残したくなかったんだ。言い換えると、定期便の予約には偽のＩＤを使ったんだろう。問題はない」

　ルーサーはファロンの論理についていこうとしたが、途中で頭が真っ白になった。ファロンと話していると、しばしばこういうことが起きる。

「何が問題ないんだ？」彼は訊いた。

「クレイグモアがハワイへ行ったことは誰も知らないから、ロスの自宅で死体が見つかっても誰も変だとは思わない」ファロンが説明する。「冷蔵設備のあるうちの飛行機に、遺体を引き取りに行かせる」

「検死は行なわれるのか？」

「おそらくない」とファロン。「心臓麻痺で死亡し、発見されるまで数時間かかったように見えるだろう。クレイグモアは七十歳だった。死因に疑問を持つ者はいないはずだ」

「だがもし検死があったら？」

「事件性はないとされるさ」うわの空の返事が返ってきた。ファロンの関心は、頭のなかでやっている三次元のチェスの次の手にすでに移動しているのだ。

「どうしてそこまで確信がある？」

「オーラを攻撃できる人間は、おまえが初めてじゃない」

「初めてじゃない？」ちらりとグレイスを見る。あいかわらずモニターを見つめているが、こちらの会話に耳をそばだてているのはわかっていた。「ほかにもいたのか？」

「数人な。オーラ能力者のなかでもきわめて異例な存在だ。並外れたパワーが求められ、いまさら言うのもなんだが、おまえはたまたまそれを備えている。しかも、報告されたいずれのケースでも、エネルギー場全体を攻撃しようと思ったら、オーラ能力者は被害者と直接接触する必要があった」

「クレイグモアともみあった」抑揚のない声でルーサーは言った。「あいつの上に乗っていた」

ファロンが勢いよくキーボードをたたく音がした。「その種の火傷が回復するにはしばらく時間がかかる。二、三時間横になったほうがいい」

「言われなくてもわかってる」相手がすっかりうわの空になっているのが残念でならなかった。ファロンを黙らせることができたらさぞかし胸がすっとしただろうに。

「今回の件について、おまえが知りたがりそうなことがあと二つある」ファロンが言った。

「言ってみろ」

「しばらく前にソサエティの古い研究論文を見つけた。おまえが今日やったような殺し方は、密接なものだと書かれていた。ナイフや素手を使うことに似ていると」

杖をつかむルーサーの手に力が入った。「ありがたい話だ」

「それゆえに、超心理に予期せぬ悪影響が及ぶ可能性がある」ファロンが続ける。

「なんだって？」

「外傷後ストレス障害のたぐいだ。論文には後遺症はきわめて予測がつかないと書かれていた」

「事前に警告しようとは思わなかったのか？」

「ああ」

「なぜだ？」

「まず、オーラ能力者がほんとうに他人のエネルギー場を消せるかどうか、実際に起きるまで知りようがなかった。実験を試みるのは問題外だ。少なくともソサエティにとってはな。さらに、その種のエネルギーを放てるひと握りほどの超能力者の記録は最高レベルの機密扱いになっている。ソサエティはインターネットやタブロイド紙にそんな記事が載るのを望んでいない」

「教えずにいてくれて、どれほど感謝しているか言葉が見つからないよ、ファロン」

「さっきも言ったように、おまえにあんなことができるのは実際にやるまで知りようがなかった」ふたたび急に話が途切れ、キーボードをたたく音がした。「興味深いものが見つかったぞ」

「これ以上興味深い情報を受け入れられるか自信がない」

「専門家によると、おまえは厳密にはクレイグモアを殺していない」

「ウサギの穴に落ちたアリスになった気分になりはじめたよ」

「こういうことだ」気乗りのしない返事に怯《ひる》むようすはない。「おまえがオーラでやったことは、どうやらクレイグモアが放った凶暴なエネルギーを跳ね返すことだったらしい。要するに、おまえは鏡をつくったんだ。おまえと接触したとき、クレイグモアは強烈な跳ね返りを浴びた。それが相反する波長を生んで彼のオーラを粉砕した。かいつまんで言えば、クレイグモアは跳弾の犠牲者だ」

「ふうん」

「間違いない」ファロンが言った。「今回のような場合、物的証拠はいっさい残らない。単にクレイグモアの心臓が停止したように見えるだろう。まあ、死因がなんだろうと、最後にはみんなそうだが」

「クレイグモアは裕福だった」ルーサーは言った。「彼の財政帝国を相続するのが誰であれ、死因にいささか疑問を抱くかもしれない」

「数年前にクレイグモアは、研究資金を提供できるように全財産をソサエティに遺すと前宗主に伝えている。そういう事情を考えると、理事会があれこれ訊いてくるとは思えない」

「クレイグモアとぼくは駐車場で長々としゃべったわけじゃない」ルーサーは言った。「だが自分が夜陰だと認めたことから考えて、財産の行き先について考えを変えた可能性がある」

「ああ、遺産を狙ってどんなやつらが出てくるか、いまから楽しみだ。数人のスタッフにクレイグモアの自宅とオフィスへ探りを入れに行かせている。おまえとグレイスがマウイ島で四人の夜陰に遭遇したことに、クレイグモアが気づいていたとは思えない。おまえたちがユーバンクスに関心を持っていたのは、J&Jが殺人の件でユーバンクスを調べていたからだと考えていたはずだ」

「クレイグモアは理事会のメンバーだった。ぼくたちが夜陰との関係を察知したことを、なぜ知らなかったんだ?」

「なぜなら夜陰に関連するデータをわたしはいっさいコンピュータに入力していなかったし、ザックはおまえとグレイスが発見したことを理事会に報告しないことにしていたからだ」

ルーサーは小さく口笛を吹いた。「二人とも、本気でスパイを危惧していたんだな?」

「言っただろう、ザックは夜陰がソサエティのごく上層部にスパイを送りこんでいると感じていた。そのスパイが理事会のメンバーである可能性すら考えはじめていたんだ。いま何より重要な問題は、ソサエティ内部にあと何人夜陰のスパイがいるかだ」

「クレイグモアがユーバンクスを始末しようとした理由に目星はついたのか?」

「まだだ」ファロンが認めた。「いま調べはじめたばかりだ。おおかた対抗心がらみだろう。クレイグモアとユーバンクスは夜陰内で同じ地位を狙っていたんだ」

「なんでぼくを狙ったんだ?」

「グレイスをガードしていたからだ」例によって見事な理屈に従ってファロンが答えた。

ルーサーは血管を切り裂くおぞけを押し留めた。

「クレイグモアがグレイスを警戒するとしたら、彼女が歌手を特定できることが理由としか思えない」

「いかにも。クレイグモアは、もしわれわれに歌手を突きとめられたら、自分との関連もいっきにあばかれると思ったに違いない」

ルーサーはファロンに言われたことをじっくり考えた。「どうしてあっさり歌手を始末して、自分とのつながりを断たなかったんだろう？」

「以前から言っているだろう、例の女はスイートウォーターと同じくプロだ。簡単に見つけられるものではないし、ましてや排除するのは困難だ」

ファロンがいつものようにさよならも言わずに電話を切った。彼との会話の終了は、耳元で電話が切れたことでわかるのだ。

## 34

グレイスは、携帯電話を閉じてどさりとソファに腰をおろすルーサーを見ていた。ぼんやりと右脚をさする彼の全身から疲れがにじみだしていた。クレイグモアとの対決の余波が彼を捉え、あらゆる方角から襲ってきているのだ。それがどういうものか、グレイスはわかりすぎるほどわかっていた。

「スイートウォーターが必死でセイレーンを探しているとファロンが話していた」ルーサーが言った。「見つかるまでたいして時間はかからないだろうと」

「よかった」

グレイスは立ちあがってキッチンへ行き、棚からウィスキーを出した。グラスにたっぷりウィスキーを注ぎ、それを持って居間に戻ってルーサーに渡す。

彼はつかのま意味が呑みこめないようにグラスを見ていたが、やがてウィスキーに口をつけた。

「ありがとう」彼が言った。「これが必要だった。こういうものが」

グレイスは隣りに腰をおろした。二人はベランダに面して開いた戸口から夜を見つめた。

グレイスはルーサーの太ももに手を置き、やさしくマッサージを始めた。ルーサーはどう反応していいかわからないようにためらっていたが、やがて何も言わずにグレイスにマッサージを続けさせた。しばらくすると、彼がふたたびウィスキーを飲んだ。

「今夜のファロンはようすが変だった」ルーサーが言った。

「どんなふうに?」

「さあ。いつもと違った。疲れていた。心配していた。元気がなかったと言えるかもしれない。あるいは単に参っていたのかも。うまく説明できない。今夜みたいなあいつは初めてだ。ファロンはつねに――」

「ファロンだった?」

「ああ、そう。ぼくが知るかぎり、あいつはつねにファロンだった。自然の力、雷雨や津波やサメのようなもの。でも今夜は違った」

「夜陰を阻止するためにこちらにあるのはJ&Jだけだし、ファロンはJ&Jの責任者だわ」グレイスは言った。「この戦いの今後は彼の双肩にかかっている。ファロンには誰かが必要なのよ」

「誰かとは?」

グレイスは考えてみた。「話ができる相手。信頼できる相手。何よりも、責任の一部を引き受けてくれる相手。アシスタントね、たぶん」

ルーサーが首を振る。「ファロンがアシスタントを雇おうとしたことは一度もない。仕事は一人でやるんだ。ぼくのように」

「あなたはマウイ島で一人じゃなかったわ。わたしがいたでしょう？　そしていまもいる」

「それは、きみにボディガードが必要だと思えるかぎり、一人で出歩かせる気がぼくにないからだ」ふたたびウィスキーに口をつける。

「いいえ」グレイスは静かに言った。「わたしがここにいるのは、ここにいたいからよ」

ルーサーは暗闇をじっと見つめている。「いまを生きている？」

「誰だって本当はそうじゃない？」

「いいや」とルーサー。「誰もがそれぞれの過去も抱えている」

グレイスはため息をついた。「ええ、それもまた事実ね」

ルーサーがさらにウィスキーを飲む。

数分後、グレイスはもう一度挑戦した。

「どんなものか、わたしは知ってるのよ」

「いまを生きることを？」

「いいえ、自分のオーラで人を殺すことを。わたしにも経験がある、忘れたの？」

ルーサーがグラスの縁越しに見つめてきた。「真偽のほどは定かじゃないが、ファロンに言わせると、ぼくたちは厳密には誰も殺してはいないそうだ。ぼくたちは、自分のエネルギーを使って相手の凶暴なエネルギーを跳ね返した。その過程で生まれた相反する波長が相手のオーラを粉砕した。自分が撃った弾が跳ねてあたり、死んだようなものだとファロンは話していた」

グレイスはその説をじっくり考えてみた。「おもしろい説だけれど、だからって何も変わらないと思う。相手の死に責任があるのはまぎれもない事実だし、彼らがどれほど悪人だろうと、死ぬのがどれほど当然の報いだろうと、わたしもあなたもその責任を背負って生きていかなければならないことに変わりはないのよ」

「ああ」ルーサーが言った。「そうだな」

「クレイグモアはあなたを殺そうとしたのよ。あなたは自分の命を守るために闘ったのよ」

「クレイグモアのオーラはあいつが持ってたライトみたいにぷつんと消えたんだ。誰かがスイッチを切ったみたいに」

「それを目の当たりにするのがどんな気分か、わたしも知ってるわ。武器を使わずに命を奪うものが自分のなかにあると思い知らされて、背筋がぞっとするの」

ルーサーがグラスに残ったウィスキーを見つめた。「人間ではないものが自分のなかにあるような気がする」

「いいえ、わたしたちは人間よ。人間はむかしから殺戮が得意だもの。でもわたしたちは自分の能力を使うとき、大きな代償を払う。同じ経験をした人間は、以前のままではいられないと思う」

「きみもぼくもペトラもウェインも代償を払った。スイートウォーターたちはどうなんだろう？」

「たぶん、スイートウォーター家の人たちも彼らなりに代償を払っているのよ」グレイスは言った。「きっとだから結束が固いんだわ。生きていくために自分たちがやっていることに耐え抜くために、おたがいが必要なの。一つ確かなことがあるとしたら、彼らには家族以外に本物の友だちがいないことでしょうね。子どものころですら。他人を信じるわけにはいかないもの」

「ああ、生活費を稼ぐためにパパが何をしているか、子どもたちに隠さなくちゃならない。子どもはしゃべるから」

「そしてそのあとは、わが子に嘘をつくように言わなければならない。スイートウォーター家の人たちは、結婚相手を見つけるのも苦労するに違いないわ」

「ああいう仕事を家族でやっていたら、生き方も制限されるだろうな」とルーサー。「ゴルフ仲間に仕事の話をしづらいのは間違いない」

「それでもわたしやあなたとは違うと思うわ。自分に殺人ができて、しかもごく特異な方法で、オーラでそれができるなんて、なんだか……」グレイスは適切な言葉が浮かばずに口を閉ざす。

「野蛮な気がする」ルーサーが言った。

「そう、野蛮」グレイスはくり返した。「自分のことをそんなふうに考えたくない。自分に対して抱いている認識と相容れないもの。でもわたしたちについて一つはっきりしているのは、わたしたちが生き延びたということよ。いざというときは、そうするしかない。生き延びなければ戦いに負けてしまう。その事実も受け入れなければいけないんだわ」

ルーサーは暗闇から目を離さなかったが、太ももに置いたグレイスの手に手を重ねた。グレイスは彼と指をからませ、立ちあがって手をつないだまま廊下を寝室へ向かった。

二人は愛し合った。激しく、前置き抜きで、少々乱暴に。グレイスの言葉を確かめ合いながら。二人はどちらも生き延びたのだ。

ルーサーの電話が鳴り、彼は不愉快なアドレナリンの噴出とともに目を覚ました。まぶたをあけると窓の外で日差しが輝いていた。もう十時近いのだろう。そう思いながらルーサーは携帯電話をつかんだ。

「数分前に荷物が引き取られていったわ」ペトラが言った。「ウェインと二人で飛行機が本土へ旅立つのを見届けた。うちの冷凍庫はもう安全だってグレイスに伝えて。もう保健所の職員を心配する必要はないわ」

「ありがとう」ルーサーは言った。

「いいのよ。むかしを思いだすわ。そっちの調子はどう?」

「だいじょうぶだ」

「あなたは自分の務めを果たしたのよ。もう過ぎたことは忘れてグレイスと朝ごはんを食べなさい」

ルーサーは電話を閉じてグレイスに目を向けた。

「過ぎたことは忘れてきみと朝食を食べろとペトラに言われたよ」

グレイスがにっこり微笑んだ。「いい考えだわ」

# 35

グレイスは半分にカットしたパパイアからスプーンで小さな黒い種を取りのぞき、皿に載せた。

ルーサーは彼女を見つめながらコーヒーを淹れている。表情が暗い。駐車場で起きたことのショックからまだ完全には立ちなおっていないのだ。ルーサーには時間が必要だ。

「ここはきみが馴染んでいるような場所じゃないんだろう？」彼が言った。

不意を突かれ、グレイスは小さなキッチンテーブルへ皿を運ぶ途中で足をとめた。「え？」

「このアパートだよ」狭苦しいキッチン兼居間のスペースと、その先にある狭い寝室のほうへ首をかしげる。「きみが慣れている暮らしとは違う。マウイ島のホテルのスイートルームにチェックインした日からわかっていた。きみは目をぱちくりさせることもなかった」

「ぱちくりさせたほうがよかったの？」

話がどこへ向かっているのかわからず、慎重にテーブルに皿を置く。

「そうじゃない。あれはきみが最高級の旅に慣れているせいだ」

「ああ」グレイスは微笑んだ。

「どういう意味だ？」

「何が言いたいのか、わかったという意味よ。ええ、わたしは十年以上最高級の旅をしていたわ。マーティン・クロッカーはお金の稼ぎ方を心得ていたし、お給料もはずんでくれた。でもマーティンに出逢う前は、わたしはここと同じぐらいの広さのアパートに住んでいたし、服は古着屋で買っていたわ。イクリプス・ベイで住んでいる家も、ここと似たような広さよ」

ルーサーがグレイスの頭のてっぺんからつま先まで視線を走らせ、シャツもズボンも古着屋で買ったものではないことを無言で伝えてきた。

「J&Jはとてもお給料がいいの」そっけなく言う。「あなたにもたっぷり払ってくれているんでしょう？」

ルーサーがコーヒーメーカーに視線を戻した。「ここ数年、出費がかさんでいるんだ」

「離婚はお金がかかると言うものね。ロマンティストの報いよ。コーヒーはできた？」

ルーサーがコーヒーメーカーをにらんだ。「ああ」

もう我慢も限界だ。「はっきりさせておくわ。わたしは贅沢《ぜいたく》な暮らしもしたし、路上生活もした。贅沢な暮らしのほうがたしかに楽だけれど、どちらも自分のうちだとは思えなかった。イクリプス・ベイの家だって自分のうちだと思えたためしはないわ。このアパートとダーク・レインボーにいるときはくつろげる。さあ、ペトラのアドバイスに従ったら？　過ぎたことは忘れてコーヒーを注いでちょうだい」

ルーサーはつかのま動かなかった。その場にじっと立ったままグレイスを見ていた。やがてかすかに微笑んだ。目つきがやさしくなっている。そしてポットを手に取った。

「わかった」

グレイスは二つのマグカップにコーヒーを注ぐ彼を見ていた。「それから、コーヒーを注いでいるあいだに、事故の話をしてくれない？」

ルーサーがカップを一つ差しだした。「J&Jの前回の仕事をしているときに撃たれたんだ」

「撃たれた？」ぞっとして彼を見つめる。「事故だったと言わなかった？」

「事故だ」自分のカップを手に取って杖をつかみ、カウンターをまわってテーブルに腰をおろす。「銃の引き金を引いたやつがいた。ぼくはたまたまその銃の正面にいた。まずい場所にまずいタイミングで。事故と呼んでも間違いじゃない」

「なんてこと」

「寸前に予感みたいなものがあったんだ」パパイアをほおばりながら続ける。「少なくとも身をかわす時間はあった。相手はぼくの背中を狙っていたが、弾は太ももにあたった」

「何があったの？」

「J&Jからしょっちゅう依頼される仕事の一つだった。取るに足らない調査さ。クライアントには、別れた夫から守ってほしいと言われていた。本人の話では、夫につきまとわれているということだった」

「本人の話では？」

「彼女はぼくをだまして夫を殺させるつもりだったんだ」

「どうしてそんなことができると思ったの？」

「彼女はレベル7の戦略能力者だった。戦略能力者がどんなものか、知ってるだろう。彼らは相手を出し抜いて操れると思っている。つねに自分がいちばん賢いつもりでいるんだ」

「たしかにチェスの達人になる人が多いわね」グレイスは言った。「オーラ能力者には先が読めるんだから、そう簡単には操れないと知らなかったのかしら？」

「多くの超能力者のように、彼女はぼくたちみたいな能力を侮《あなど》っていたのさ。ぼくたちにできるのは、放出されるエネルギーを感知するのがせいぜいだと考えていた。他人を見たとき、人間型の電球に見える程度だと思いこんでいたんだ」

グレイスは顔をしかめた。「典型的なパターンね」

「J&Jに連絡してきたとき、彼女はハイレベルな能力を持つ人間を雇うだけの金を払う気がないことをはっきり告げてきた。それどころか、オーラ能力者にしてほしいと指定したんだ」

「危険を冒したくなかったのね？」

「ああ。できれば普通の人間を雇いたかったんだろう。超能力を持たない私立探偵をね。でもえり好みできる状況じゃなかった。家族を含め、会う人会う人に元夫が死ぬほど怖いとふれまわっていたからね。家族は全員ソサエティのメンバーで、J&Jからボディガードを雇うように強く勧めた。彼女は体裁を整えるしかなかったのさ」

「まさかハイレベルなオーラ能力者が来るとは思っていなかったんでしょうね」

「ぼくの能力がどれほど高いか知らなかった」とルーサー。「でもしょせん気にもしていなかったんだろう。ぼくがオーラ能力者であるかぎり、彼女は自分は安全だと思っていた。ファロンは少々疑っていた」

「ファロンはいつも疑うのよ」

「たしかに。ぼくも怪しいと思ったが、ぼくもファロンも何が怪しいのか特定できなかった。それに、ぼくには金が必要だった」

「だから引き受けたのね」

「クライアントはぼくのことを、単に腕っぷしが強いだけのまぬけだと踏んでいた」

「おめでたいこと」

「あいにく、その思いこみはそれほど的外れじゃなかった」ルーサーが言った。「ぼくは危うく殺されかけたんだからな」

「どうなったの？」

「元夫は彼女につきまとってなどいなかった。彼女のことなどなんとも思っていなかった。そのうち彼女の狙いがぼくに元夫を厄介払いしてもらうことだとわかったので、そういう仕事はしないと言ってやった。さっきも話したように、相手は戦略能力者だ。即座に彼女はぼくがあっさり仕事から手を引くだけではすまないと悟った。元夫に警告するはずだと考えた

「それで?」

「キレた」スクランブルエッグをひとくち食べ、飲みこむ。「かっとなって、ぼくのせいですべてぶち壊しだとわめきだした。洗いざらい話したよ。そのときになって、ようやく彼女が元夫の死を望んでいる理由がわかったんだ」

「彼女のオーラを軽くいじって、自制を失って洗いざらい話すように仕向けたのね？」

ルーサーが肩をすくめた。「そのころには、相手が何をたくらんでいるか知る権利があると思っていたんでね。結局、彼女が元夫の死を望む理由は、二人で築いたビジネスの夫の持ち分を彼女が相続することになっているせいだとわかった」

「撃たれたのは、そのとき？」

「いいや。わめきたてる彼女のオーラを操るのに集中しているあいだに、うしろにある廊下に彼女の恋人が出てきてぼくを撃ったんだ」

「恋人がからんでいたの？」

「ややこしい状況だったんだ」

「寸前の警告って、どんなものだったの？」

「ぼくは廊下に背を向けていた。でもぼくにわめきちらしているクライアントは、まっすぐ廊下を向いていた。銃を持った恋人に気づいたとき、彼女のオーラから光の矢が突きだすのが見えて、場の空気が変わったのがわかったんだ。その先は警察官の勘に従った。太ももに弾があたった。恋人が二発めを撃つ前に、ぼくはそいつを眠らせた」

グレイスは身震いした。「危機一髪だったのね。クライアントと恋人はどうなったの？」

「二人ともいま刑務所にいる。たぶん刑期満了前に釈放されるだろう。家族はたっぷり金を持ってるし、一族には有能な弁護士が複数いる」

グレイスはうなずいてゆっくりとパパイアを食べ、いまこの瞬間をできるだけ引き延ばそうとした。非の打ちどころがないほど完璧な時間。暖かい日差しに満ちた部屋、光、ベランダからただよってくる花の香りのするそよ風、ルーサーと囲むテーブル。人生にこれ以上のものを望めるだろうか。でもこんな時間が永遠に続くはずはない。それは誰よりもよくわかっている。しばらくのち、彼女はスプーンを置いた。

「話があるの」

「くそっ」

グレイスは眉を寄せた。「何が？」

「『話がある』で始まる会話は嫌いなんだ」

「悪いわね」椅子の上でわずかに背筋を伸ばす。「でも大事なことなの」

「そうか」ルーサーがトーストを手に取った。「わかったよ、聞かせてくれ」

「ファロン・ジョーンズは、少なくともあなたとわたしに関するかぎり、事態は収拾していると言いつづけているわ。でもゆうべあなたは危うく殺されかけた。わたしのせいで」

ルーサーが口をつけていないトーストを皿に戻した。両目をわずかに細めている。「ゆうべのことはもう終わったことだ。あのときは事態が収拾していなかったとしても、いまはしている」

「そうかしら。わたしはゆうべのことで目が覚めたの。ミスター・ジョーンズがなんと言おうが、わたしはセイレーンのオーラを見たのよ。彼女はきっとマウイ島であったことに執着しているわ。彼女は強力で殺傷能力を持っている。わたしを守るためにあなたやペトラやウェインが殺されるなんていやよ」

「人を守るのがぼくの仕事だ。忘れたのか？　ぼくはボディガードなんだぞ」

「それはゆうべわかったわ。わたしのために、これ以上危険を冒してほしくない」

「危険の心配はぼくがする」

「ペトラやウェインはどうなるの？　二人は無関係なのに、セイレーンはわたしを襲うために彼らをターゲットにするかもしれない。これ以上あなたたちを危険な目にあわせたくないわ」

「また姿をくらますつもりなのか？」

グレイスの体がこわばった。「前回はうまくいったわ」

「きみは新しい人生を築きあげた。また別の人生を始めるために、いまの暮らしを捨てるなんて本気で思うはずがない」

「自分の問題はずっと自分でなんとかしてきたわ。今度だってうまくやれるはずよ」

「一人じゃ無理だ。今度ばかりは。この厄介ごとにきみを巻きこんだのはJ＆Jだ。J＆J

にはきみを守る責任がある。そしてJ&Jのボディガードでいちばん現場の近くにいるのはぼくだから、きみが望もうと望むまいと、きみはぼくを受け入れるしかない」

「ペトラとウェインはJ&Jに雇われているわけじゃないわ」

「きみにとってソサエティは家族にいちばん近い存在だと言っていたな？」

「だから何？」

「ペトラとウェインはぼくの家族だ。きみとぼくが一緒にいるかぎり、あの二人はきみも家族と考える。彼らに手を引かせようとしても無駄だ」にやりとする。「それに、きみに助太刀を断わられたら、二人ともがっかりするはずだ」

「わたしのせいで殺されるより、がっかりされるほうがましよ」

「ペトラとウェインはそんなふうには考えないぞ。もう若くないかもしれないが、あの二人は兵士なんだ、グレイス。骨の髄までね」

グレイスはまばたきで涙をこらえようとしたが、うまくいかなかった。「こうなるんじゃないかと心配していたの」

「心配していたって、何を？」

手の甲で一方の頬をぬぐう。「あなたの申し出を断わる勇気がないんじゃないかって」

「これは申し出じゃない」ルーサーがやさしく言った。「事実を言っているだけだ。きみをこのまま放っておくことはできない。たとえきみが望んでも」

「ルーサー――」

「しーっ」

グレイスは嘘のように心が落ち着いていくのがわかった。

「やめて」とルーサーをにらむ。「オーラを操ってほしいときは、そう言うわ」

不自然な落ち着きが消えた。

ルーサーがにやりとする。「きみのそういうところが好きだよ。ぞくぞくする」

グレイスはいっそう怖い顔で彼をにらみつけた。「こんなときに、よくセックスの話ができるわね」

「もっともだ。セックスとなると、それについて話すより行動のほうがはるかに楽しい」

ルーサーが立ちあがってテーブルをまわり、椅子からグレイスを立ちあがらせた。彼を制止するまともな理由を思いつく間もなく、グレイスは唇を奪われていた。

丸々二秒間、グレイスは抵抗を試みた。そのあとため息を漏らし、彼の肩に手を置いてキスに応えた。

二人のあいだで情熱がふくらんでいくのがわかった。キスをされているうちに情熱の火花があがり、欲望で身震いが走り、飛行機に乗ることはおろか、新しい人生を始めることさえ考えられなくなっていく。

ルーサーが両手でグレイスの顔をはさんだ。

「ぼくの前から消えるなんて許さない」彼が言った。「姿を消そうとしても、ぼくが追いかける。忘れるな。そしてぼくはかならずきみを見つける」

グレイスはルーサーの肩をきつくつかんだまま、動けなかった。せきを切ったようにこみあげる交錯した感情の正体がわからない。恐怖？　希望？　愛？

「わたしを見つけられるって、なぜそこまで確信があるの？」

口答えではない。疑問だ。切実な疑問。どうしても答えを知りたい。

「なぜなら、きみとぼくは結びついているからだ」ルーサーが答えた。「ぼくたちのあいだにある絆《きずな》に気づいていないとは言わせないぞ」

返事を待たずにふたたび唇を重ねる。グレイスの手に力が入った。うわずった小さな声をあげて彼女はキスを返し、ルーサーがしてくれているように彼をきつく抱きしめた。

いつのまにか二人は古びたソファの上にいた。ルーサーがそっとグレイスを仰向けに横たえる。出逢ってからの短いあいだに、ルーサーはどうすればベッドでグレイスを熱くさせられるか充分すぎるほど学んでいて、その知識を容赦なく発揮した。情熱のエネルギーが、その光と影が激しく燃えあがっていく。

けれど二人の絆の効果は双方に現われていた。グレイスはルーサーが彼女のことを知っているのと同じぐらい彼のことを知っていて、しかも同じぐらい容赦なかった。

ルーサーが奥まで入ってきた。グレイスの感覚にいっきに火がつき、絶頂を迎えた瞬間、二人の意識が溶け合った。そして二人はそろって世界の縁から落ちていった。

## 36

モンスターはベッドの下から現われるのではなく、明かりが消えた廊下の先からやってきた。さっきしっかり閉めておいたドアの鍵をモンスターがあける音がする。彼女は恐怖で金縛りになったまま、足音を忍ばせて部屋に入ってくるモンスターのおぞましいオーラを見つめていた。

彼女は十四歳になったばかりだった。里親の家に来てからまだ数カ月しかたっていなかったが、生存本能はすでにかみそりのように鋭くなっていた。いずれこの家の主人が彼女の部屋へやってくるのはわかっていたから、毎晩きちんと服を着たままベッドに入っていた。

暗闇のなか、姿は見えなかったが、相手のエネルギー場は倒錯した欲望のどす黒い光でぎらぎら輝いていた。男がベッドの横にやってきた。

「起きてるのか、かわい子ちゃん？」猫なで声で言う。「おやすみのキスをしにきたよ」

彼女は返事をしなかった。動かなかった。動けるとは思えなかった。寝たふりをしていれば、モンスターはいなくなるかもしれない。

男がベッドの縁に腰かけ、彼女の脚に手を載せた。彼女は身震いし、とっさに脚を引っこめた。

「やっぱり起きてるんだな」男がささやいた。「そうだと思った。おまえはセクシーだ。すっかりおとなになっている。これまでに二人ぐらいはボーイフレンドがいたんだろう？」太ももに沿って手を上へすべらせる。「でも本物の男は知らないはずだ」

「お願い、やめて」喉が締めつけられて、うまく言葉が出てこなかった。

「これから男の喜ばせ方を教えてやろう。何度かおれから手ほどきを受ければ、狙った男はすべて手に入るぞ」

「いや」

「心配するな。そんなケツをしてるんだ、素質があるに決まってる」

男の手が毛布の上を移動して、腰から胸へ動いていく。吐き気をもよおすオーラの脈動が見え、彼女は上半身を起こそうとした。

「いや」

悲鳴をあげたつもりだったのに、恐怖で喉が詰まってうまく言葉にならなかった。

「いい加減にしろ」男の声に怒りがこもった。「おとなしくするんだ。どうせ誰でもいずれ経験することだ。おまえはそれを今夜学ぶ。おれがおまえを女にしてやる。間違いない、終わったときにはおれに感謝しているさ」

逃げようとしたが、ヘッドボードに追い詰められてしまった。自分の鼓動で全身ががたがた震えている。必死でもがいても、相手のほうがはるかに力が強かった。男は枕に彼女を押し倒し、勢いよくシーツと毛布をめくった。

「ジーンズをはいたまま寝ているのか」くすくす笑う。「おてんばのくせに気が小さいな。でもそれも克服できるから、心配するな」

男が彼女のジーンズのボタンをはずしはじめた。

彼女は両手の手のひらで男の胸を押した。手のひらにざらついた毛深い肌が触れた。まださっきと同じ薄汚れたタンクトップを着たままなのがわかった。

「せいぜいじたばたすればいい」男が言った。「そのほうが楽しめるってもんだ」

そしてジーンズを引っ張った。

「いや」彼女はくり返した。あいかわらず喉に詰まった声しか出ない。

自分にはどうすることもできないとわかっていた。力で勝てるはずがない。相手のほうがはるかに大きいし、力も強くて興奮している。死にもの狂いになった彼女は、両手とありったけのオーラで男を押しのけようとした。

あたかも恐怖が引き金になったかのように、急速に強まりつつあった新しい能力がかつてない激しさでほとばしった。いっきに跳ねあがった見えないエネルギーの勢いと脈動と閃き《ひらめ》を、彼女は感じ取った。自分を包みこんでいる強烈なベールは見えなかった――人間にオーラが見えないことはすでに知っていた。オーラ診断をする者でさえ――が、パワーはつねに感じ取っていた。その効果はたちどころに現われ、男にとってはそれが命取りになった。

男の体が感電したように激しくひきつった。怒りと恐怖の叫びが喉につかえている。数秒後、彼女の上にどさりと倒れこんだ男は、ぐったりして息をしていなかった。

彼女の両手は焼けていた。


「グレイス」

揺るぎのない頼もしいルーサーの声が、グレイスを夢から引きだした。彼女ははっと目を覚まし、身震いした。ルーサーがグレイスを抱き寄せ、体とやさしい手でなだめてくれた。

「ごめんなさい」グレイスは言った。

「気にするな」背中を撫でてくれている。「オーラを落ち着かせてやろうかと思ったが、このあいだいやがられたからやめておいた」

「ええ」つかのまくちごもって続ける。「誰かにコントロールされている気分を味わうより、悪夢と対決するほうがいいの」

「わかるよ」

グレイスはルーサーに寄り添った。しばらくすると震えが治まり、呼吸も落ち着いてきた。

彼女はゆっくり息を吐きだすと、ベッドの端に腰かけて両手を体に巻きつけた。

「気づいていないかもしれないけれど、わたし、いろいろややこしいの。こんなわたしと関わり合いになってもいいと、本気で思ってるの?」

「気づいてないかもしれないが、もう関わり合いになっている」ルーサーが杖をつかんでベッドの足元をまわり、グレイスの隣りに腰をおろした。すぐ近くだが、触れてはいない。

「そして、この関係で少々ややこしいのはきみだけじゃない。それで？　ひどい夢だったのか？」

「聞かないほうがいいわ」

「いいや、聞きたい」

彼には知る権利があると、グレイスは思った。

「マーティン・クロッカーが死んだのはわたしのせいだって話したわよね」静かに話しだす。「でも、それがはじめてじゃなかったの」

ルーサーは何も言わなかった。じっと続きを待っている。

「もう一人いたの。十四歳のときに」

「里親の家にいたときか？」

「そう」体に巻きつけていた腕を解いて両手を見る。「ある晩、養父がわたしの部屋へやってきた。わたしを女にしてやると言ったわ。わたしは彼のオーラに怯《おび》えてとっさに自分の能力で抵抗したけれど、能力はまだ表出しはじめたばかりだった。自分に何ができるのか、自分にどんな能力があるのか知らなかった。コントロールしようがなかった」

「きみは抵抗し、相手は死んだ」

「彼はわたしにのしかかってさわってきた。わたしは彼の胸に両手をあてて、押したの」

「両手とありったけのオーラで」

「すべては恐怖心と自然の衝動からしたことだった。彼は悲鳴をあげようとしているようだったけれど、声にならなかった。ただ倒れこんで死んでしまった」両手をきつく拳に握りしめる。「まるで燃え盛るストーブに触れたみたいだったわ。でも手のひらに火傷《やけど》の痕はなかった。痛みはすぐに消えたわ。二日もたたないうちに痛みのピークは終わった。でも四日後にファストフード店でピザを買おうとしたとき、店員がうっかりプラスチックのお皿を落としたの。わたしと店員は同時にお皿に手を伸ばした。おたがいの手がぶつかった。焼けるような痛みが戻ってきた。最初のときほど強くはなかったけれど、痛かった。ずっとしたわ。一生消えない印がついてしまったような気がした」

ルーサーがグレイスの片手を取った。「敏感になったのは、それがはじめてだったんだな？」

「ええ」

グレイスは自分の手を握りしめている彼の手を見つめ、触れたり触れられたりできることのすばらしさであらためて胸がいっぱいになった。

「きみはどうしたんだ？」彼が訊いた。「そのあと？」

ピザ屋の出来事のことを言っているんじゃないのはわかっていた。「モンスターがわたしのベッドに倒れこんだあと、わたしは少ない荷物をまとめ、彼の財布からお金を取って逃げたの」

「賢明だ」

「死んだのはわたしのせいだと思われるのが怖かった」そこで言葉に詰まる。「それに、実際にわたしのせいだったから、ぐずぐずしていて状況を説明しようとするのがいい考えとは思えなかった。最終的に死因は心臓麻痺とされたけれど、お金と一緒にわたしが姿をくらましていたことがよく思われるはずがなかった。姿をくらましたままでいるしかないのはわかっていた。何があろうと、あの家に戻るわけにはいかなかった」

「それで路上生活を始めたのか？」

「ええ。以前も話したように、能力のおかげで生き延びることができたの。そのおかげで誰を信頼し、誰を避けるかわかった。言うなれば、生き抜くための究極の知恵に恵まれていたのよ。しばらくはシェルターで寝泊まりしていたわ。皿洗いも山ほどやった。ある程度の人脈もできた。そのうちに、ささやかながら儲《もう》かるビジネスを始めたわ……セールスの」

「でも売ったのは自分じゃない」ルーサーの声には確信がこもっていた。

「ええ。たとえ体を売るほど切羽詰まっていたとしても、それだけはできなかった。好意を持っている人に触れるのだって大変だったんだもの。お金のためだけに誰かとセックスするなんて、想像することもできなかった。耐えられたはずがないわ」顔をしかめる。「きっと自制を失ってお客を殺してしまっただろうし、そんなことになったら仕事にマイナスになる」

「何を売っていたんだ？」

「たいていはインターネットで偽のＩＤの仲介をしていたわ。わたしの母にはハイレベルの暗号解読能力があって、コンピュータの天才だった。亡くなる前に、ネットの世界で情報を見つける方法をいろいろ教わっていたの。わたしは売り手と買い手を引き合わせるのがうまかったのよ」

「それで手数料を得ていたんだな？」

「そう。実際かなり儲かったけれど、少々危険も伴った。ある日わたしは本物の仕事をしようと決心したの。皿洗いや偽のＩＤの仲介以外の仕事を」

「どうして？」

グレイスは一方の肩をあげ、すとんと落とした。「普通の人間になった気分を味わいたかったというのがもっぱらの理由ね。ばかだったわ。わたしたちみたいな人間が、普通になれるはずがないのに」

「どんな仕事をしたんだ？」

「信じてもらえないかもしれないけれど、花屋で働きはじめたのよ」当時のことを思いだし、わずかに微笑む。「すごく楽しかったわ。普通の人間になった気分は味わえなかったけれどね。しばらくすると、店長にしてもらえたの。マーティンに出逢ったのはそのころよ。恋人の一人にバラを一ダース買いに店に来たの。マーティンはひとめでわたしが強力な超能力者だと気づいたわ。ハイレベルの戦略能力者だった彼は、すぐにわたしが役に立つと察知した。当時マーティンは小さなカジノの責任者だったんだけど、問題を抱えていたの。彼はわたしにセキュリティスタッフにならないかと言ってきた」

「どんな問題を抱えていたんだ？」

「いかさまグループが彼のカジノをターゲットにしていたのよ。店からさんざんお金をまきあげていた。マーティンのボスは、損失の原因はマーティンじゃないかと疑いはじめていた」

ルーサーがグレイスの手を握る手に力をこめた。「クロッカーはきみに何をさせたんだ？」

「お客の分析よ。わたしはいかさまグループのメンバーを特定したの。あれやこれやで、最終的にマーティンはカジノを所有している会社の社長にまで上りつめた。わたしたちはそこから事業を拡大したの」

「マーティンはきみを利用したんだな」

グレイスは首を振った。「わたしたちは対等のパートナーだったわ。協力する見返りに、マーティンはわたしがたっぷり収入を得て教育を受けられるようにしてくれた。自分は『マイフェアレディ』のヒギンズ教授だとよく言っていたわ。彼がクロッカー・ワールドを設立したあと、わたしはかなりいいお給料をもらっていただけでなく、株も所有していたの」

ルーサーが小さく口笛を吹いた。「クロッカー・ワールドの分け前か。一時はひと財産だっただろうな」

「ええ。はじめて彼のオーラに薬の影響を認めたときは、所有する株をすべて売り払ってそのお金を海外の口座に隠すことも考えたけれど、マーティンに気づかれそうでできなかった。秘薬を使いはじめてからの彼は、あらゆることにすごく疑り深くなっていたの。わたしは用心する必要があった。そうこうするうちに、武器の密売に気づいたの」

ルーサーの手に力が入る。「だからクロッカーはきみを殺そうとした」

「マーティンの遺体が発見されたあと、会社の株の価値はほぼゼロまで急降下したわ。そこから二度と復活しなかった」

「値を戻したところでどうせ意味はなかった。きみが自分の持ち分を売れないことに変わりはない。死んだバトラーの口座の動きに警察が気づいたはずだ」

「ええ。でもアーケイン・ソサエティはお給料がいいことがわかったし、イクリプス・ベイでの暮らしにはあまりお金がかからない。だからだいじょうぶ」

「それでもきみはクロッカーと一緒に築きあげた帝国に別れを告げなければならなかった」

「終わりのころは、会社の利益はマーティンが夜陰と段取りをつけた武器密売で汚れていたわ。血で汚れたお金」ぶるっと身震いする。「たとえ問題なくできたとしても、あのお金に手をつける気にはなれなかったと思う。どんな理由があろうとね。一時的にせよ、自分もそれに関わっていたと思うと吐き気がしたわ」

ルーサーがグレイスに腕をまわして抱き寄せた。

「みんながそういう考え方をするわけじゃない」彼が言った。「金は金だ。血は簡単に洗い流せると思ってるやつも大勢いる」

「そういう人たちは間違っているのよ」

# 37

お父さんが死んだ。

ダマリスはベッドの端で体を丸め、薬が引き起こした震えをとめようとしながら涙をこらえていた。めぐり会ってからまだこんなに短い時間しかたっていないのに、たった一年しかたっていないのに、お父さんが死んでしまった。とうてい信じられない。あんなに健康そうで、あんなにたくましくて、あんなに無敵に見えたのに。

ウィリアム・クレイグモアは裕福な男だった。彼の死はネットでニュースになり、そのあと朝刊に載った。〝隠遁《いんとん》の資本家、自宅で遺体が発見される〟。けれどダマリスはその何時間も前からホノルルで何か恐ろしいことが起きたことを感じ取っていた。しばらくは希望にすがり、不吉な予感も薬の副作用にすぎないと自分に言い聞かせていた。でもネットに第一報が載りはじめたときは、事実を直視するしかなかった。お父さんは死んでしまったのだ。

唯一理解できないのは、遺体がロサンジェルスにある父の自宅で見つかったことだった。心臓発作で死んだなんて嘘だ。問題は解決したと伝えるためにホノルルから一度電話があったから、父がホノルルにいたのはわかっている。父と話したのは、あれが最後だった。翌日ロサンジェルスの自宅で遺体が見つかった。

ありえない。お父さんに何があったにせよ、それはホノルルで起きたのだ。だとすると、J&Jがからんでいるとしか思えない。

電話が鳴り、ダマリスはびくっとした。寝返りを打ち、サイド・テーブルから携帯電話を取る。

「ヴィヴィアン」ダマリスは消え入りそうな声で答えた。

「たったいまニュースを見たわ」怒りくるっている。「どうして連絡してこなかったの?」

「わたしもいま知ったばかりなの。電話しようと思っていたのよ」こめかみをもむ。「ショックから立ちなおるまで、少し時間が必要だったの」

「何があったの?」ヴィヴィアンが語気荒く尋ねた。

「わからない。新聞には心臓発作と書いてあったけれど、わたしは信じないわ」

「わたしもよ、これっぽっちもね。あいつらに殺されたのね?」

「J&Jに? ええ、わたしもそう思う。でもどうやって? きっとお父さんが夜陰なのがばれたんだわ」

「あなたとわたしのこともばれていると思う?」ヴィヴィアンの声にはじめて心底からの不安が聞き取れた。

「いいえ、わたしたちは安全よ。お父さんはすごく用心深くわたしたちのことを隠していたもの。たとえJ&Jがわたしたちの存在に気づいたとしても、たいしたことはできないわ。

J＆Jは、わたしたちが違法なことに関わっている証拠をいっさいつかんでいないはずよ」

「あんまりだわ」ヴィヴィアンがつぶやいた。「こんなのぜんぜんフェアじゃない。間違っているわ」

苦悩がこもる姉の声を聞き、ダマリスは驚くと同時に感動していた。姉は表《おもて》に出していた以上に父のことを想っていたのだ。

「わかるわ」ダマリスは言った。「お父さんと過ごした時間は短すぎたものね」

「いかにもあのろくでなしらしいわ」

「え？」

「あの死に方よ。オーラ能力者の女を見つけもしないうちに。正直言って、もしまだ死んでいなかったら、わたしが例のパフォーマンスをしてやりたいところだわ」

「ヴィヴィアン――」

「あれがそんなにむずかしい頼みだった？　名前。わたしが知りたかったのはそれだけよ。あの女の名前だけ。なのに、あの女を見つける前に殺されてしまうなんて。たった一つの名前。これまでわたしがお父さんに頼んだのは、唯一それだけだったのよ。あのばかは、それすらやってくれなかった」

ダマリスはどさりとベッドに倒れこんだ。「お父さんは見つけていたわ、ヴィヴィアン。彼女のボディガードも見つけていた。だからホノルルへ行ったのよ。わたしたちのために、事態を修復しようとしていたの」

「なぜわたしに言わなかったの？」ヴィヴィアンが食ってかかった。

「彼女の始末はお父さんが自分でつけたがっていたからよ。彼女の名前を教えてあげることはできるけれど、知ったところでどうにもならないわ。お父さんが死んでしまったいま、わたしたちにはＪ＆Ｊのデータにアクセスする手段がないもの。ただの名前にすぎないわ」

「教えなさい」

「グレイス・レンクイスト」

「たしかなの？」興奮で声が活気づいている。

「ええ、でも、それを知ったところで――」

「ありがとう。もう切るわ。リハーサルが始まるの。アカシア・ベイの責任者の態度にわたしがどれだけ我慢を強いられてるか、あなたには想像もできないと思うわ。雑魚《ざこ》のくせに、ラ・セイレーンに指図できると思ってるのよ」

　電話が切れた。ダマリスはしばらく携帯電話を見つめていた。お父さんが死んだいま、わたしも死んだようなものだ。薬の供給源はお父さんだったのに、その供給源が断たれてしまった。せめてもの救いは、あのおぞましい薬の在庫がもうすぐなくなることだ。あいにく、薬の摂取をやめたら正気を失って死んでしまうとお父さんに警告された。手元の薬は三週間と少しもつ分しかない。すべてはあくまで時間の問題だ。わたしがいなくなったら、ヴィヴィアンは寂しく思ってくれるだろうか。

# 38

ルーサーは、海からあがってくるグレイスを見つめていた。マスクとシュノーケルをはずしながら穏やかな波を縫って歩いてくる。水滴が肩や胸や腰を流れ落ち、髪は耳のうしろになでつけてある。

身につけている黒い水着は、今朝カラカウアのブティックで買ったものだ。ルーサーはシュノーケリングの道具をジープの後部座席に放りこみ、自分だけの楽園と考えている人気《ひとけ》のない小さな入江へグレイスを連れてきていた。

ウェインとペトラは二人分のサンドイッチと数本のミネラルウォーターを持たせて二人を送りだし、夕食の時間まで戻ってくるなと言った。本物のデートだ――ルーサーは思った。

パラソルの下に敷いたタオルの彼の横にふわりと腰をおろしたグレイスは、健康的でみずみずしく、このうえなく女らしかった。そして濡れている。信じられないほどセクシーだ。

グレイスが冷えたミネラルウォーターのボトルに手を伸ばしながら、怪訝《けげん》そうに彼を見た。

「どうかしたの？」

ルーサーは自分がグレイスを見つめていることに気づいた。

「なんでもない」

「何を考えていたの？」

「セックス」

「男の人はしょっちゅうそのことを考えているみたいね」

「女はどうなんだ？」

「女も考えるわ」グレイスが答えた。「でもわたしたちのほうが想像の領域が広いかも」

「そうなのか？　その領域には、ほかにどんなものがあるんだ？」

「いまは靴のことが浮かんだわ」

ふたりそろってルーサーの素足に目を落とす。

「ぼくの領域に靴はないな」

「気にしないで」ルーサーのむきだしの太ももを軽くたたく。「あなたの足はすごくすてきよ。大きくてたくましい」

「大きくてたくましい男の足が好きなのか？」

「正直言って、最近まで男性の足にそんなに注目したことはなかったわね」どことなく気取った笑みを浮かべ、サングラスをかける。「でもいまはすごく魅力的だと思ってる」

「それはよかった」

グレイスがうしろに両肘をついて体を横たえた。「警察の仕事を辞めた理由を話してくれないのね」

ルーサーは泡立つ波を見つめながら考えていた。この質問をされるのはわかっていた。グレイスは自分の過去を話してくれた。彼女にはこちらの話を聞く権利がある。それだけでなく、自分は彼女に知ってほしい。情報の交換も絆の一部だ。

「刑事をしていたときは、自分の能力が役に立ったと話しただろう」彼は言った。

「ええ。見たところ、あなたは危険な状況をやわらげるのが上手だったに違いないもの。オーラの一撃を与えるだけで、悪者は銃を落として眠ってしまう。気が利いてるわ」

「この能力でできることは、ほかにもあったんだ」

グレイスがわずかに首をかしげた。「どんな？」

「自白を引きだせた」

「なるほど、自白ね。それも気が利いてる」

「犯人に指一本触れずにね」淡々と続ける。「『わたしはあなたの依頼人にいっさい触れていませんよ、弁護士さん。自白のビデオテープを見てください。あなたの依頼人は、どうやって血まみれになるまで被害者を殴ったか、率先して話したんです』」

「あなたはそれをどう思ってたの？」

「最高だったよ。しばらくはね。驚くほど簡単だった。心の底では、犯人は自分がどれほど利口でどれほどマッチョか、話したがっているんだ。コンビニ強盗はアドレナリンの噴出。住居侵入はスリル。殺人は究極のパワートリップ。犯人たちは警察官を感心させたいのさ。自分がどれほどタフか見せつけたい。だから、多くの犯人がある程度は話したいと思ってるんだ。ぼくはその自然な欲求をひと突きして、正しい方向へ向けさえすればよかった」

「自白をする気になるのは罪悪感からだと思っていたわ」

「そういうこともある」ルーサーはクーラーからミネラルウォーターを出した。「ぼくはやましさに働きかけることもできる。軽く何度かいじれば、良心をさいなむ後悔や、親がどう思うか心配する気持ちが痛烈な罪悪感に変わることもある」

「それに必要なのはそれとない操作だけで、そうすると容疑者は突然洗いざらい話したくなる。そういうことね?」

「それをビデオに撮って、物的証拠を少々加えれば、たいていは裁判に勝てる。ゴムホースで殴る必要も誘導尋問も必要ない」

グレイスがまじまじと彼を見た。サングラスで目の表情が読み取れない。「あなたはすごく優秀な刑事だったんでしょうね」

「ああ」冷たくさわやかな水を飲む。「かなり優秀だった」

「つまり、あなたは自分が超能力を備えた自警団員みたいになった気がして警察を辞めたのね」

グレイスが理解してくれるのはわかっていた。意外だったのは、こみあげてきた安堵《あんど》だった。

「そんなところだ」彼は言った。「フェアな闘いとは言えなかった。統計的に、ぼくが遭遇した犯罪者のほとんどは精神的にかなり混乱していて、親からひどい扱いを受けるか、親をまったく知らないかだった。多くは幼いころ虐待を受けていた。精神を病んでいる者も多かった。ぼくが逮捕した容疑者の半数近くは新聞すら読めなかったし、ましてやまともな仕事についたこともなかった」

「彼らに同情したの？」

ルーサーはかすかに微笑んだ。「そこまではいかなかったが、本当のことを言えば、ぼくが刑務所送りに協力したやつらの大半はぼくに勝ち目はなかったんだ。正当な法の手続きをするために、ぼくは容疑者を含めた誰にも知られることなく彼らの権利を侵害できたし、実際侵害した」

「あなたは、法的には彼らの権利を侵害していないわ」

「ああ、でも本質的には侵害したんだ」

「あなたはいいことをたくさんしたのよ、ルーサー。悪人たちを刑務所に入れた。被害者に正義をもたらした。文明社会では重要なことだわ」

「数年間は自分にそう言い聞かせていたよ。でも自警行為には天罰がつきものだと思い知るはめになった」

「失敗した二度の結婚のこと？」

「それもある。それ以外に、パートナーたちを不気味がらせてしまったせいで、ぼくと組みたがるやつが一人もいなくなった。一匹狼《おおかみ》のレッテルを貼られた。警察官にとっていいことは言えない。警察官はチームの一員であるべきなんだ。ぼくは周囲の人間を、とかく落ち着かない気分にさせてしまったんだ」

グレイスが眉をひそめた。「仲間の刑事たちが、あなたがしていることに気づいたことはあったの？」

「ぼくがほぼ毎回結果を出すことは知っていたが、どうやってその結果を出しているかは知らなかった。まあ、知りたくもなかったんだろう。なかにはぼくが容疑者に催眠術をかけていると考える者もいた。結局、知らないうちに催眠術をかけられるかもしれないやつの近くで働きたがる人間は一人もいなくなったんだ」

「それが問題になりかねないのは理解できるわ」

「ダーク・レインボーにとっての皿洗いと同じぐらい、次から次へとパートナーが変わった。勘が鋭い仲間は、ぼくが何度も自白を引き出しているのには、超自然的な理由があるんじゃないかと考えていた。その発想は彼らにとって、催眠術説と同じぐらい気に入らないものだった」

「なぜなら自分の精神の健康に疑問を抱かせられるから？」

「優秀な警察官の大半は、嘘をついたりごまかしたり殺人をしたりする人間に対しては、かなり勘が働くものなんだ。普通は自分の勘の鋭さを認めてはばからない」

「警察の世界では、勘の鋭さは長所とみなされるんじゃない？」

「まあね。でも超能力者のレッテルを貼られたがる警察官はいない。怪しげな要素はキャリアをふいにしかねないからね」

グレイスがしげしげと彼を見た。「あなたはなんのきっかけもなく仕事を辞めただけなの？」

「決め手になるようなことがあった。事件だ。人が死んだ。辞めたのはそのあとだ」

「何があったの？」

ルーサーは入江の海面で光る日差しを見つめた。

「ある男がいた」彼は言った。「名前はジョージ・オルムステッド。ある日署にやってきて、仕事のパートナーを殺したと言った。拳銃を出し、それには彼の指紋がついていた。本人の話では、会社を売るかどうかでパートナーと口論になったということだった。自分にはどうしてもその金が必要だったのに、パートナーが商談をまとめるのを拒否したと」

「あなたは信じなかったの？」

「オルムステッドは一見かなり落ち着いていたが、オーラが大きく波打っていた。ぼくはしばらく彼と話し、軽く追及してみた。その結果、パートナーを撃ったのは彼じゃないとわかった。オルムステッドは娘をかばっていたんだ」

「お嬢さんはパートナーとつき合っていたの？」

「恋愛関係にあった」ルーサーは言った。「娘は二十五歳だった。高校時代から精神科にかかっていて、薬を飲んでいた。パートナーは遅まきながら彼女がかなり不安定なことに気づきはじめていた。二人の関係に終止符を打とうとしたため、彼女は逆上して彼を撃った」

「それから父親のもとへ逃げた？」

「オルムステッドは自分に任せろと娘に告げた。娘を守りたかったんだ。それが自分の務めだと考えていた。娘が生まれたときからそうしてきたんだ。彼にとってはたった一人の子どもで、母親は数年前に亡くなっていた」

グレイスがうなずく。「娘とパートナーの関係を知っていたの？」

「ああ。二人の関係を歓迎していたんだ。結婚すれば娘も精神的にいくらか落ち着くだろうと思ってね。殺人が起きたあと、すべては自分の責任だと思い、自分が罪をかぶることにしたんだ」

「でも彼の供述は破綻《はたん》した」

「ぼくのせいで。娘が逮捕されたとき、オルムステッドは父親としての務めを果たせなかったと感じた。娘は獄中で自殺した。オルムステッドは自宅に戻り、銃をくわえて引き金を引いた」

「その結果、彼も娘と同じぐらい不安定だったことが証明された」グレイスがつぶやく。

「でもあなたは責任を感じた」

「ぼくの責任だった。顧問精神科医を呼んで任せるべきだったんだ。なのにぼくは先走って、答えを得るまでオルムステッドのオーラの弱点をつついてしまった。一匹狼がまた事件を解決したんだ」

「真実を突きとめるのがあなたの仕事だったのよ」グレイスが静かに言う。

「ああ。ただ、ぼくが自分の務めをきちんと果たしたせいで、二人の人間が自殺したのは辛すぎた」

「そうね、辛い話だわ。でもあなたのせいじゃない。二人のうちの一人が人を殺し、もう一人がその罪をかぶろうとした。彼らの行為はあなたの責任じゃない」

「理屈のうえではそうなんだろう」

グレイスが半分空になったミネラルウォーターのボトルをこれ見よがしに振りまわした。

「ちょっと待って、マローン。理屈のうえだろうとそうでなかろうと、あなたに責任はなかったわ。あなたの能力は、視覚や聴覚や触覚のようにあなたの一部なのよ。あなたはその生まれ持った能力を使って自分の務めを果たし、この世にいくばくかの正義をもたらしたのよ」

「言っただろう、悪いやつらはたいていどうしようもない負け犬なんだ。ぼくなら簡単にやっつけられる」

「そうよ」とグレイス。「彼らは悪い人間だったの。嘘を見破ることができる相手にめぐり会ったのが運のつきだっただけ。でも、前から言っているように、あなたはどうしようもないロマンティストでもある。自分がフェアだと思える勝負をしたいのよ。J&Jでの仕事はその満足感を与えてくれる。あなたと同等の能力を持つ悪人と対決できる。対等な舞台で勝負できる」

「むしろ対等のジャングルだと思ってる」

グレイスがにっこりした。「いい解釈だわ」

# 39

翌日の午後、ルーサーが二日間店を休みにしようと言いだした。ペトラとウェインに異存はなかった。

「骨休めをするのもいいかもな」ウェインが言った。「一部の観光客がなんとも腹に据えかねているんだ。連中のアロハムードが癇《かん》にさわってしょうがない」

「わたしもよ」とペトラ。「最後に長い休みを取ってから、ずいぶんたつわ」

時刻は四時で、ランチタイムの客の波がとぎれたところだった。四人は店の厨房にぼんやり立っていた。ほかの三人を見ているうちに、グレイスはふいに説明できない衝動にかられた。

「今日J&Jのデータで重要なことを見つけた気がするの」彼女は言った。「話すと長くなる。今夜一緒に夕食を食べながら聞いてもらえないかしら。ファロン・ジョーンズに報告する前に、意見を聞きたいの」

ペトラがにやりとしてルーサーの肩をぽんとたたいた。「デートのお誘いみたいね」

「そうじゃないの」グレイスは言った。「みんなでよ。ルーサーの部屋で。わたしが料理をするわ。その、家族の夕食みたいに」

グレイスは必要な調理器具を店から借りてジープに積みこみ、ルーサーのアパートへ運んだ。ラザニア——フェタチーズとほうれん草のベジタリアン版——をつくり、大きなボウルに入れたシーザーサラダとかりかりの温かいパンを添えた。

ブルーノ・ザ・ワンダードッグのけたたましい吠え声が、ペトラとウェインの到着を告げた。ルーサーが玄関をあけて二人を招き入れ、ビールのボトルを配った。

四人はビールを飲みながらどうでもいい会話を交わし、重要な話は夕食のあとにまわした。グレイスの肌にあたるさわやかな夜風は暖かく、気持ちがよかった。バニヤンツリーの大きな緑色の樹冠を、そよ風が揺らしていた。

グレイスがラザニアの大皿を運んでいくと、ルーサーとペトラとウェインが聖杯でも見るような目でラザニアに見入った。グレイスはスパチュラでそれぞれにたっぷりラザニアを配った。

「最後にラザニアを食べたのがいつか、思いだせないわ」ペトラが神妙につぶやいた。「子どものころ、よく母がつくってくれたの」

全員の視線がペトラに向いた。

「何？」彼女が訊く。

「子どものきみを想像できない」とルーサー。「本物の母親といるところを」

ペトラがフォークで大きくラザニアを切り取る。「誰にだって母親はいるわ」

「いまはどこにいるの?」グレイスは尋ねた。

「わたしが十六のとき亡くなったわ。癌《がん》で」

「ごめんなさい」グレイスは言った。「立ち入ったことを訊いて」

「いいのよ。むかしの話だもの。母が亡くなったあと、わたしは父と父の再婚相手と暮らすようになったんだけど、うまくいかなかった。十七のとき、父に放りだされたわ。無理もないの。わたしでも同じことをしていたはずよ。あの家はわたしに向いていなかった。父には、わたしはほかの子どもに悪い影響を与えると言われたわ。再婚相手とのあいだにできた子たちに」

「おれにもお袋がいた」パンをほおばりながらウェインが言う。「だが、料理はあまりしなかった。料理よりマティーニと薬にのめりこんでいた。元気の元だと言ってたよ。親父に見つからないように、家じゅうに酒ビンを隠していた」

「あなたにとっては辛かったでしょうね」サラダを取り分けるトングに手を伸ばしながら、グレイスはあれこれ質問するべきではないと自分に言い聞かせた。

「親父は酒や薬のことを知っていたんだ」とウェイン。「数年後、おれが十一のときに秘書と駆け落ちしたのはそのせいだと話していた」

「いまはもう秘書とは呼ばないのよ」もったいぶってペトラが言う。「役員アシスタントとか、そんな言い方をするの」

「知ってるよ」とウェイン。

話題を変えなければ。グレイスはそう思ったが、あと一つだけ訊かずにはいられなかった。

「お母さんはどうなったの、ウェイン？」

「ご想像のとおりさ」ウェインが肩をすくめる。「親父が駆け落ちした数カ月後、薬を山ほど飲んで、でかいピッチャーにマティーニをつくった。翌朝、ソファで死んでるところをおれが見つけた」

誰もひとこともしゃべらなかった。ペトラとルーサーは自分の皿のラザニアに集中している。みんな相手の過去を知っているのだ――グレイスは思った。そしてわたしもいまそれを知った。おたがいを結びつける方法の一つ。

衝動的にグレイスはトングを置いた。

「お母さんを見つけることになって、心から同情するわ」静かに言う。

「ペトラも言ったが、もうむかしのことだ」

グレイスは全員の手がとまっていることに気づいた。三人とも、テーブルのグレイスの横に置かれているタトゥだらけのウェインの前腕を見つめている。同じようにそこへ目をやったグレイスは、ウェインの温かい素肌の上になぐさめるように置かれた自分の手のひらが、骸骨マークを半分隠していることに気づいた。

「どうしてさわれるの？」ゆっくり手をあげ、顔の前に持ってくる。「どうしてあなたたちに触れても痛くないの？　客室係とあんなことがあって、少なくとも一週間かそれ以上は敏感になっているはずなのに」

ペトラの表情が訳知り顔に引き締まる。「はじめて火傷したのはいつだったの？」

とっさにグレイスはむかしの話はしたくないと言おうとした。でもみんなはそれぞれむかしの話をしてくれた。みんなには知る権利がある。そしてわたしは知ってほしいと思っている。

「里親の家で」グレイスは無意識にテーブルの下に両手を隠した。「……襲われたの。ろくでなしがさわってきて、わたしは……相手を押し戻した。彼は死んだわ」

ペトラが平気な顔でうなずいた。ルーサーはビールを飲み、ウェインも落ち着き払っている。そしてフォークでラザニアをすくった。

「里親をやったとき、あなたはいくつだったの？」ペトラが訊いた。

「十四よ」ペトラの表現にわずかに怯みながら答える。「彼をやったのは」

「能力が現われはじめていたころね」とペトラ。「ソサエティの精神科医は、その時期にトラウマになるような出来事があると、感覚がめちゃくちゃになることがあると考えているわ。場合によっては一生。わたしが思うに、襲われたショックと、レイプしようとしたその下種《げす》野郎を殺したときにあなたの超感覚が受けたショックが合わさって、何かに触れることにひどく過敏になったに違いないわ」

ルーサーがペトラを見た。「ソサエティの精神科医と話したことがあるのか？」

「引退したあと、ウェインもわたしもしばらく診てもらっていたのよ」とペトラ。「二人ともよく眠れなくて、それ以外にもいくつか問題を抱えていた。医者がいろいろ説明してくれたわ」

「そうだ」ウェインが言う。「医者の話だと、崩壊した家庭で過ごした子ども時代とおれたちがやってた仕事が原因で、二人ともあれこれ問題を抱えていたんだ。治すことはできないと言われたが、おかげで銃をくわえて引き金を引かずにすんだ」

ペトラがグレイスに向きなおる。「要するに、里子に出されたことと、超能力がらみのちょっとした出来事が二度あったせいで、あなたも少々おかしくなっているということ」

グレイスは膝《ひざ》の上で両手をきつく握りしめた。「超能力がらみのちょっとした出来事? わたしはオーラで二人の人間を殺したのよ」

「おれはライフルを使った」ウェインがパンをひとくちちぎり、バターナイフに手を伸ばした。「やり方は関係ない。遅かれ早かれ精神の領域で代償を払わなければならないんだ。どうやらあんたの場合は、触覚にいつまでも消えない影響を受けたようだな」

グレイスの体がこわばった。「それならなぜ、ルーサーやあなたやペトラには身がまえなくてもさわれるの?」

ペトラがにっこりした。耳のゴールドのリングがきらりと光る。「わたしは専門家じゃないけれど、たぶんわたしたちといると気が楽だからじゃないかしら。あなたはわたしたちがどんな人間か知っているし、わたしたちがあなたを理解していることもわかっている」

「サバイバー」ルーサーが言った。

「ああ、そういうことだ」ウェインがうなずく。「いずれにしても、おれたちは全員サバイバーなんだ。相手を理解できる。一緒にいても隠しごとをする必要はない。手負いでないふりをする必要はない」

「恐れる必要はない」ルーサーがグレイスを見つめた。

突然涙がこみあげ、グレイスはまばたきしてそれを押し戻した。

「家族」とつぶやく。

「そう」ペトラが言った。「家族。ラザニアのおかわりをもらえる?」

グレイスは目に涙を浮かべたまま微笑んだ。

「ええ。好きなだけおかわりしてちょうだい」

「彼女にそんなこと言っちゃだめだ」すかさずウェインが言う。「全部食われちまう。おれもルーサーもまだおかわりしてないんだ」

「泣き言を言ってると嫌われるわよ」とペトラ。「ねえ、店のメニューにラザニアをくわえたらどうかしら。常連たちに受ける気がするの。揚げ物じゃないけど、悪くないわ」

# 40

夕食のあと、ペトラとウェインがあと片づけをしてくれた。グレイスは、ルーサーがコーヒーを淹れているあいだにきれいになった調理器具をダンボールにしまった。それぞれマグカップを手に居間に腰をおろすと、グレイスは系図調査でわかったことを話しはじめた。

「ミスター・ジョーンズに機密データにアクセスする許可をもらったの」と切り出す。「自分の歌声で人を殺した人物として、J&Jがはっきりつかんでいる対象が一人だけいたわ」

「誰だ？」ルーサーが訊く。

「アイリーン・ボンティフォートよ。でも、彼女がユーバンクスを殺したセイレーンじゃないことは断言できるわ」

「なぜそこまで確信があるんだ？」とルーサー。

「ボンティフォートは一八〇〇年代末のスターなの。一世紀以上前に亡くなっている。当時はかなりの有名人で、メルバとトップを争っていた」

ペトラのマグカップが口元の手前でとまった。「メルバトーストと同じぐらい有名だったの？」

グレイスはつい笑ってしまった。「まあ、そうとも言えるわね。メルバトーストは、オペラ歌手のネリー・メルバの名前を取ってそう呼ばれるようになったんだもの。デザートのピーチメルバもそうよ」

「あらまあ」とペトラ。「毎日新しいことを学ぶものね」

「アイリーン・ボンティフォートは文句なしに大評判だったの。ヨーロッパのあらゆる首都でコンサートをしていた」

ルーサーが彼女を見た。「そのアイリーン・ボンティフォートとやらの死因は自然死だったのか？」

「正確に言えば違うわ」グレイスは答えた。「J＆Jが扱った初期の事案の一つだったの。だから目を引かれたのよ。記録によると、彼女は自分のカバーを少なくとも一人殺している。彼女を蹴落《けお》とそうとしていると本人が思いこんだ歌手を」

「カバー？」とペトラ。

「代役のことだ」ウェインが言った。

「ひけらかしちゃって」ペトラがぼやく。

「カバーはつねに野心を燃やしているものよ」グレイスは続けた。「当然のことながら、自分もスターになりたいと思っている。どうやらボンティフォートは、一人の有望な新人を深刻な脅威とみなしたようね。その新人は謎の死を遂げたけれど、その死は自然死とされた。ボンティフォートの周辺では、ほかにもいくつか不審な死があるわ。名声を得はじめたライバル、評論家、愛人」

「ボンティフォートに愛人がいたの？」とペトラ。

「何人も」グレイスは答えた。「歌姫というのは欲望が旺盛なことで有名なの。食べ物に対する欲望にかぎらず」

「おやまあ。奔放なのはロックスターだとばかり思っていたわ」

ウェインがぐるりと目をまわして見せた。

グレイスはあらためてメモに目をやった。「J＆Jの注意を引いたのは、ボンティフォートの愛人の一人の死だった。被害者のゴールズワージー卿はソサエティのメンバーだったの。彼の死は、ほかの人と同じように自然死とされたけれど、未亡人のレディ・ゴールズワージーがJ＆Jに調査を依頼した」

「J＆Jは、ボンティフォートがゴールズワージーを殺害した証拠を見つけたのか？」ルーサーが訊いた。

「記録によると、J＆Jは彼女の有罪を一点の疑いもなく確信していたみたい」グレイスは言った。「でも警察に任せられるような確たる証拠はつかめなかった」

ペトラが興味をそそられた顔をした。「J＆Jはどうやって彼女を阻止したの？」

「しなかったのよ」とグレイス。「J＆Jが手を打つ前に、撃ち殺されてしまったの」

「誰がやったんだ？」ウェインも興味をそそられている。

「レディ・ゴールズワージーよ」あらためてメモをチェックする。「J＆Jからボンティフォートが犯人であることを示す心的証拠はあるけれど、法廷で認められるような証拠はないと聞かされた彼女は、自分で始末をつけることにしたの。ある晩、彼女はボンティフォートの私邸前の茂みでようすをうかがっていた。ボンティフォートが馬車をおりて屋敷前の階段をのぼっていくと、レディ・ゴールズワージーが茂みから現われて至近距離から二発撃った。状況から考えて、ボンティフォートは完全にふいを突かれたようね。ひとことも歌うすきはなかった」

「レディ・ゴールズワージーはどうなったんだ？」ルーサーが訊く。「逮捕されたのか？」

「いいえ。彼女は頭のてっぺんからつま先まで喪服姿だったの。厚手の黒いベールを含めてね。現場で彼女に気づいた人はひとりもいなかった。銃撃事件のあとは大騒ぎになったから、逃げることができたのよ。逮捕者は一人も出なかった。容疑者は大勢いたけれど。最終的に新聞各紙には、ライバルに殺されたという記事が載ったわ。警察も同じ結論を出した」

「J&Jはどうなんだ？」とルーサー。

「記録された内容は少々曖昧《あいまい》なんだけれど、どうやらJ&Jは何が起きたか承知していて、レディ・ゴールズワージーの名前が容疑者リストに載らないように対策を講じたみたい」

「J&Jはどうしてボンティフォートが愛人を殺したことを見抜いたの？」ペトラが訊いた。

グレイスはにっこりした。「こういうことよ。ボンティフォートを調べていた調査員は生まれつき耳が聞こえなかったけれど、暴力行為の残留思念にきわめて鋭敏だったの。文字どおり犯罪現場を読むことができた。J&Jのもっとも優秀な調査員の一人だった」

ルーサーが両脚を前に伸ばした。「その調査員はボンティフォートと実際に対決したのか？」

「ええ、じつはそうなのよ。調査が進むにつれて、ボンティフォートは彼を疑いはじめて歌声で殺そうとした。彼は報告書のなかで、彼女が自分に向かって歌っているのがわかったし、危険なエネルギーが迫ってくるのを感じたけれど、それ以上のことはなかったと書いているわ」

「つまり、声を聞かなければ歌で殺されることはないんだな」とルーサー。「おもしろい。神話のセイレーンに対するオデュッセウスの戦術には成算があったようだな。船員に蜜蠟《みつろう》で耳栓をさせたのはオデュッセウスじゃなかったか？」

「そうよ」メモから目をあげる。「そしてJ＆Jが出した結論もそれだった。セイレーンの能力が最大の効果をあげるのは、被害者が実際に歌声を聞いたときに限られるの」

「レディ・ゴールズワージーが銃で目的を果たさなかったら、J＆Jはどうするつもりだったんだろう」

「どうやらボンティフォートはJ＆Jにとって、いろいろな理由で警察に引き渡すことができないハイレベルの超能力を備えた殺人犯を扱う初めてのケースじゃなかったみたいね。そういう問題を内々で処理するために協力を求める専門の調査員がいたのよ」

ルーサーの眉があがった。「当時のハリー・スイートウォーターか？」

「どうしてわかったの？」

「わかったって、何が？」

「その調査員の名前はオーヴィル・スイートウォーターというの。ハリーの遠い先祖よ」

ペトラがにやりとした。「狭い世界ね、アーケイン・ソサエティは。それで？　そのボンティフォートとかいう女にあなたが興味を持ったわけは？」

「二つあるわ」グレイスは答えた。「まず、彼女はゴールドワージー卿の娘を産んでいるの。まあ、レディ・ゴールドワージーが激怒した理由はおおかたこれだったんでしょうけれど、いまこんなことはどうでもいいわ。ボンティフォートは妊娠と出産をひたかくしにしていた。きっと世間体が悪いと思ったのね。J&Jですら当時は赤ん坊の存在に気づいていなかった」

「その子はどうなったの？」ペトラが眉を寄せる。

「孤児院へ行くことになったわ。おとなになったとき、彼女はなんらかのかたちで両親にまつわる事実を知った。両親の死の原因はソサエティにあると考えて、その気持ちを宗主に突きつけた」ふたたびメモをチェックする。「当時の宗主はゲイブリエル・ジョーンズね。かいつまんで説明すると、彼女はゲイブリエルに、ソサエティは自分に大きな貸しがあるはずだと訴えたのよ」

「その作戦がうまくいったと思えないわね」とペトラ。「ジョーンズ家の人間が恐喝に応じるとは思えないもの」

「じつを言うと、ゲイブリエル・ジョーンズは彼女の言い分にも一理あると考えたの。ソサエティはみずからが行なったことに責任を持つべきだと告げて、メンバーとして登録しようと申しでた。彼女が断わると、ゲイブリエルはかなりの大金を渡したのよ。彼女はそのお金を持ってアメリカへ渡ってるわ」

「娘が母親の能力を受け継いでいることを示すものはあるのか?」ルーサーが訊いた。

グレイスはメモ帳をたたいた。「オペラ歌手にはなっていないけれど、ナイトクラブやキャバレーで歌って生活費を稼いでいた。かなり人気があったのよ。評論家も絶賛していた」

ペトラが眉をあげた。「評論家は彼女の声を〝魅了される〟と表現してるの?」

「じつは」グレイスは言った。「そうなの」

「歌うこと以外にその能力を使った形跡は?」とペトラ。

「はっきりしないの。彼女には愛人が大勢いて、最終的にサンフランシスコの富豪の実業家と結婚した。でも結婚の半年後に実業家は急死して、死因は自然死とみなされた。彼女は夫の全財産を相続している。遺族は苛立ちの極みだったでしょうね」

「一直線に墓場へ送られたと見ていいだろうな」とルーサー。「子どもはいたのか?」

「未亡人は死ぬまで再婚しなかったけれど、愛人とのあいだに娘が一人いたわ。その子は贅沢三昧に育てられた。ステージにあがったことはないものの、それはたぶん働く必要がなかったからでしょうね。でも音楽と歌のレッスンを受けていて、内輪の集まりでひんぱんに歌を披露していたわ。母親や祖母のように、愛人には事欠かなかった」

「彼女の周囲で急死した者は?」ルーサーが訊く。

「興味深いエピソードがいくつかあるわ」グレイスはメモ帳のページをめくった。「あるとき彼女は人気上昇中のハンサムな映画俳優と恋に落ちたの。彼女は恋人の映画二本に資金を提供した。でも名前が売れてくると、彼は彼女を捨てて有名な女優を選んだ。彼はそれから間もなくハリウッドの屋敷で遺体で発見された。死因は麻薬の過剰摂取とされたわ。彼女にも娘が一人いた」

「そして同じことのくり返し？」とペトラ。

「そして同じことのくり返し」グレイスはメモ帳を閉じた。「現在にいたるまでね。途中ところどころはっきりしないところもあるけれど、わたしたちが探しているソプラノ殺人犯を突きとめたと思う。わたしが正しければ、彼女はアイリーン・ボンティフォートの子孫よ。名前はヴィヴィアン・ライアン」

ウェインが眉をしかめた。「ラ・セイレーン？」

全員が彼を見た。

「あんたには驚かされっぱなしだな」ルーサーが言った。「ラ・セイレーンとは何者なんだ？」

「二年前まで大スターだった」とウェイン。「彼女のCDを何枚か持ってる。信じられないような声をしてるんだ。だが最近は表舞台から影をひそめている。ここしばらく噂《うわさ》を聞いていない」

「ネットで調べたところによると、カムバックをもくろんでいるわ」グレイスは言った。

「カリフォルニアのアカシア・ベイに新しくできたオペラハウスのこけら落としで夜の女王を演じることになっているの。『魔笛』の初演は二日後よ。ああ、それからもう一つ」

「何？」とペトラ。

グレイスはメモ帳を胸元で握りしめた。「〝ラ・セイレーン〟は、たまたまアイリーン・ボンティフォートに贈られた称号でもあるの」

「ヴィヴィアン・ライアンの周囲で自然死した者はいるのか？」ルーサーが訊いた。

「それがいるのよ」グレイスは答えた。

グレイスから調査結果の報告を聞き終えたルーサーは、すぐさまファロンに電話をかけた。

「鵜呑みにはできないな」ファロンが言った。「そもそもパターンに合致しない。ユーバンクスを殺したのが誰にせよ、そいつはプロだ。クレイグモアは狡猾《こうかつ》だった。気まぐれで知られた歌姫を使うようなリスクを冒すとは思えない」

「スイートウォーターに手を引かれたあと、ほかに選択肢がなかったんだろう」ルーサーは言った。「クレイグモアには急いで手を打つ必要があった。〝殺し屋デパート〟で買い物しているひまはなかったんだ」

「なら、どうやってその歌手を見つけたんだ？」ファロンの声からは、苛立ちだけでなくかなりの疲れが聞き取れた。「ソプラノ殺人犯がイエローページに広告を載せているわけじゃなし」

「その点はまだ調査中だ」と認める。「グレイスがホテルで遭遇した歌手がラ・セイレーンかどうか確認する方法が一つある。ヴィヴィアン・ライアンのオーラをグレイスに見てもらえばいい。アカシア・ベイでのオペラの初日を見に行きたい」

ファロンはしばらく黙りこんでいた。やがて口を開いた。「九六パーセント時間の無駄だと思うが、カリフォルニア行きを認めよう。コンサートに行ってグレイスに確認させろ」

「じつはちょっとした問題があるんだ」とルーサー。

「今度はなんだ？」

「チケットが完売なんだ。手に入れてくれ。いい席を頼む。ライアンのオーラを読み取るためには、グレイスはある程度の距離まで近づく必要がある。確実にやらなくちゃならないからな」

「なんだそれは。わたしにコンシェルジェをやれと？」

「あんたなら、そのへんのコンシェルジェよりうまくやれるだろ。J&Jの責任者なんだから」

「覚えておけよ、完売のコンサートのチケットを取ってくれた人間には、チップを渡すものだぞ」

# 41

おしゃれでこぢんまりしたアカシア・ベイの町は、ロサンジェルスのすぐ北の、風光明媚《めいび》な南カリフォルニアの海岸線沿いに広がっていた。芸術で町を有名にしようとしている住民は、新しいオペラハウスの建設に惜しみなく金を使っていた。アーチ状の天井と列柱があるガスリー・ホールのエントランスは、クラシック音楽に力を入れている劇場にふさわしい厳粛な雰囲気をかもしだしていた。きらきら輝くロビーはベルベットと宝石であふれた箱のなかのようだ。

グレイスとルーサーはエレガントなロビーの隅に立ち、公演開始を待つオペラファンたちを見つめていた。

「きみが言ったとおりだったな」フォーマルウェアに身を包んだ上品な銀髪の男性をながめながら、ルーサーが言った。「アロハシャツじゃ少し浮いていたかもしれない。ジャケットとネクタイでよかったんだろうか。タキシードを持ってくればよかった」

「タキシードを持ってるの？」

「いいや」

「だと思ったわ」グレイスは微笑んだ。「心配しないで、最近のオペラでは、ジーンズからタキシードまでいろいろなの。とくに西海岸ではね」

「目に入るタキシードの大半はレンタルには見えない。それに、女性は高そうなドレスや一〇〇万ドルはしそうなきらきらしたものを身につけている」

「こけら落としの夜はふだんよりドレスアップするものなのよ。だいじょうぶ。人ごみでめだたないことが大事だと言っていたでしょう。わたしたちを二度見ようとする人なんていないわ」

厳密に言えば嘘だ。今夜わたしは二度以上ルーサーを見てしまった。南国のカジュアルルウエア以外のものを着ている彼を見るのははじめてだった。ルーサーがダッフルバッグから仕立てのいいジャケットと糊《のり》のきいた白いシャツとネクタイとズボンを出したときは、少なからず驚かされた。

ハワイにいたとき、袖の短いスポーツシャツにチノパンにランニングシューズといういでたちのルーサーは、休暇中の殺人課の刑事に見えた——負傷した殺人課の刑事ではあるけれど。今夜、ジャケットとネクタイ姿の彼は、署へ向かう負傷した殺人課の刑事に見える。服は男性を実物以上に見せることもあるけれど、彼が放っているパワーのオーラは服装とは無関係だ。

本土行きの飛行機に乗る前に、グレイスはアラモアナ・ショッピングセンターであわただしく買い物をすませていた。一緒についてきたルーサーは、グレイスがいくつものデザイナーブティックや高級デパートに局所攻撃をかけるあいだ、並々ならぬ忍耐を見せていた。二度と着ないかもしれない服に大金をかける気になれず、グレイスはセールコーナーに目標を定めた。任務用の服を探しているのだと自分に釘を刺した。けれど心のどこかでは、ルーサーがはっと目を見張るような服を見つけたいという気持ちを抑えきれなかった。たとえ敏感な肌を必要以上にさらすことになろうとも。

最終的にニーマン・マーカスの試着室を出たときは、襟ぐりが広くあいた細身のなめらかな黒いドレスを着ていた。丈は膝のすぐ上までで、かつてないほど予測がつかない触覚を考慮して、袖は長袖だった。

わずかに細められたルーサーの目と、心から気に入ったことを示すオーラの輝きで、正しいドレスを見つけたことが伝わってきた。

「席につこうか」ルーサーが言った。

「その前にお化粧室に行ってくる。すぐ戻るわ」

〝婦人用〟と書かれたスイングドアまで、ルーサーが律儀に送ってくれた。一歩なかに入ったとたん、グレイスの足がとまった。感無量で、どこまでも延々と続くきらめく個室のドアを見つめる。

「すごい」彼女は近くの洗面台にいた身なりのよい中年の女性に話しかけた。「個室が五十はありそうですね」

「そして劇場の反対側に、もう一つお化粧室があるのよ」嬉しそうに女性が答える。「この町の方《かた》じゃないようね」

「ええ、でもオペラハウスにはそれなりに行ったことがあるから、幕間《まくあい》の需要を満たすだけの個室があったためしがないことは知っています」

「アカシア・ベイの市長は女性なの。女性客向けのお化粧室が充分確保されないかぎり、ガスリー・ホールへの援助を拒否したのよ」

「理想の政治家ね」グレイスは熱をこめて言った。「優先順位がはっきりしているわ。大統領に立候補してくれないかしら」

まもなく彼女は化粧室を出てルーサーのところへ戻った。

「ずいぶん嬉しそうだな、殺人犯を特定するためにここにいるわりには」彼が言った。

「今日の三時以降、水分を控える必要はなかったわ」

「どういう意味だ？」

「ここのお化粧室には個室が五十個以上あるの。数えたのよ。しかも劇場の反対側にも、もう一つお化粧室があるのよ」

「だから？」

「だから、休憩時間までここに長居することになっても、いらいらしなくてすむの」

ルーサーが眉をしかめる。「だいじょうぶか？」

「気にしないで、女の話よ」

「そういうことにしておこう」

座席案内係に連れて行かれた席は、ステージから十二列めにあった。ルーサーが満足そうな顔をする。

「この距離ならよく見えるな」

グレイスのみぞおちがにわかにきゅっと引きつった。胸がざわざわする。ファロン・ジョーンズにアカシア・ベイへ向かうように命じられてから、二人とも準備やロサンジェルスまでの長いフライトや海岸沿いを車で北上することで頭がいっぱいだった。いまはじめて、溶けた氷河が起こした水しぶきのように、これから自分がやろうとしていることが襲いかかってきた。もしわたしの勘違いだったら？　もしわたしが正しかったら？

「心配するな」ルーサーが言った。「もしぼくたちが探している暗殺者じゃなくても、どういうことはない。オペラの夜を楽しめばいい」

「でももしわたしがマウイで会った女性だったら？」

「その場合はファロンに連絡する。そこから先はあいつの仕事だ。ぼくたちは明日ホノルルに戻って、ウェインとペトラと夕食を食べる」

そしてそのあとは？　わたしはワイキキには住んでいない。オレゴン州のイクリプス・ベイに住んでいる。一人で——考えちゃだめ。いまを生きるのよ。

「およそ理屈に合わない話だな」ルーサーが言う。

グレイスはどきっとして彼を見た。「どういうこと？　話はまとまった——」そこで口を閉ざす。ルーサーはプログラムに書かれた物語の要約を読んでいる。「ああ、物語の筋のことね。『魔笛』の筋が理屈に合っていると言った人はいないわ。でもモーツァルトの作品だから、オペラファンは物語の筋みたいな些細《ささい》なことにはこだわらないのよ」

「覚えておくよ」

「ソサエティの専門家は、モーツァルトは超能力者だったと信じているのよ」

「そうなのか？」

「それ以外に、あの並外れた音楽の才能の説明がつく？」

「モーツァルトはソサエティのメンバーだったのか？」

グレイスはにっこりした。「彼はそれよりフリーメイソンを選んだみたいね」

「まあ、とりあえずラ・セイレーンが第一幕に登場してくれて助かった」ルーサーがプログラムを閉じた。「答えがわかるまでそれほど長くはかからないだろう」

照明が消え、満席の客席が静まり返った。序曲が始まり、荘厳で華麗なエネルギーが観客に降り注いだ。音楽にはパワーがある。冷蔵庫と電子レンジが一つになった不思議な装置のように、音楽は死して久しい作曲家のまばゆいエネルギーを閉じこめ保存し、それを暖めて世代から世代へとくり返し提供しつづけるのだ。

緞帳《どんちょう》があがって古代のエジプトが現われた。最新かつ最高の技術を総動員して精巧につくられた舞台の上で、物語がくり広げられていく。オペラの観客が桁《けた》外れな豪華さを求めることをグレイスは知っていた。歌手のみならず、舞台装置や衣装に至るまで。アカシア・ベイの劇場はその要求を満たしていた。

それは人殺しのコロラトゥーラ・ソプラノにとって、完璧な舞台だった。夜の女王がステージに現われたとき、グレイスは座席のうしろに隠れたい衝動をこらえるだけで精一杯だった。

夜の女王の衣装は、ほんのりとサファイアブルーが混じるシルクとベルベットがいくつも段になった手の込んだものだった。ゴールドで縁取られ、はめこまれたビーズがきらきら輝いている。凝ったつくりの黒いかつらは〝豊かな髪〟の定義をくつがえしていた。きらびやかな王冠は、高く盛られたつくりもののカールに巧みに編みこまれ、クリスマスツリーのライトとは似ても似つかない効果をあげている。

夜の女王のすべてが、舞台を支配する不吉な存在としてきらめき、光り輝いていた。そして聴く者を惑わせる歌声が持つ信じられないパワーを含め、あらゆるエネルギーがぞっとするようなオーラのなかですさまじいまでの光を放っていた。

〈わが運命は苦しみに満ち〉の華麗な歌声がいちばん高い階上席まで客席を満たすと、観客はその場で釘づけになった。ラ・セイレーンは想像を絶するほど高音のFをか細いかすれ声で歌うのではなく、豊かな声量で歌いあげていた。

グレイスは指一本動かせなかった。ほとんど息もできないまま、ガラスが割れる音をなかば覚悟した。音の花火は精神パワーで満たされていた。命を奪うほどではないが、観客を眩《げん》惑《わく》させるには充分だ。グレイスの肌がぞくぞくし、焼けつくように痛んだ。あらゆる感覚が目の前にけだものがいると叫んでいた。おかしなけだものがいると。

ルーサーと自分が安全な闇にまぎれているのはわかっていた。舞台の強い照明のせいで、歌手からは客席のほとんどが見えないことも、今夜調べられていることをラ・セイレーンが疑うはずがないこともわかっていた。けれどその理屈で生存本能が納得する気配はなかった。ステージの上を死と狂気が歩いている。

あえてルーサーに小声で話しかけようとはしなかった。客席の誰かが咳をしただけでも周囲の客たちは不快感を示すに決まっているし、ましてや連れに話しかけるなんてできるはずがない。

ルーサーの右手で左手をつかまれ、グレイスは自分が震えていることに気づいた。彼の指に力が入り、彼にもしっかりメッセージが伝わっていることを知らせてきた。明暗の細かいところまではわからなくても、女王のオーラが持つパワーを感じ取っているに違いない。おそらく狂気を示すものも見えているのだろう。

ルーサーがわずかに身じろぎし、グレイスの手を軽く引っ張って引き上げようと合図してきた。グレイスは彼の手を引き戻し、女王がステージにいるあいだは席を立てないと伝えた。自分たちが帰ることに気づかれてしまう可能性が高い。

場面が変わると、二人はすばやく座席を離れて通路を歩きだした。グレイスは非難の視線に気づかないふりをした。ロビーに着いたときは安堵のため息が漏れた。

「みんな手厳しいな」ルーサーが言った。

「オペラには観客のマナーがいろいろあるの。途中で席を立つと眉をひそめられるのよ」

「夜の女王にあの声で何ができるか知ったら、観客は出口に殺到するだろうな」

「そうかしら」必死で呼吸を整えながら言う。「これはオペラよ。観客は桁外れのパフォーマンスを求めるものよ。それで、これからどうするの？」

「予定どおり、ファロンに連絡する」

二人は劇場を出て通りを渡り、きれいに整備された駐車場に入った。夜の女王はまだステージにいて、まだしばらくはそのままだとわかっていたが、グレイスは無意識のうちに超能力であらゆる物陰をうかがっていた。レンタカーに着くと、ルーサーが運転席に乗りこんで携帯電話を出した。

最初の呼びだし音でファロンが出た。

「で？」

「グレイスは彼女だと言ってる」ルーサーが言った。「間違いないと」

「くそっ」ショックが伝わってくる。「たしかなのか？」

「自分の予想を裏切る展開を受け入れがたいのはわかるよ」ルーサーが言った。「あきらめるんだな。子守唄でぼくたちを殺せる女から半ブロックの距離にいるのはこっちだ。で、どうする？」

「ハリー・スイートウォーターは、同業者のなかにラ・セイレーンの特徴に一致する者は見つからなかったと言っている」

「それはたぶん、グレイスが最初から言っていたことが正しかったからだ。彼女はプロの殺し屋じゃない。プロのオペラ歌手だ」

「筋がとおらない。プロじゃないなら、なぜはるばるハワイくんだりまで出向いてユーバンクスを殺したんだ？」

「おそらくクレイグモアは彼女がその能力で何ができるか承知していて、なんらかの手段でユーバンクスを始末するようにうまく説得したんだろう。彼女の愛人だったのかもしれない。愛人が多い家系だとグレイスが言っている。いちばん重要なのは、彼女が人殺しだということだ」

「謎が多すぎる」ファロンが言い張った。「パズルの大きなピースが欠けている。クレイグモアとオペラ歌手を結びつけたものを突きとめる必要がある。その歌手はサンフランシスコにタウンハウスを所有している。できるだけ早く誰かに室内を調べさせよう」

ルーサーは腕時計をチェックした。「ラ・セイレーンはしばらくステージを離れられない。グレイスの話では、公演後は楽屋で一時間ほどファンと過ごすらしい。そのあと内輪のパーティに出席することになっている。滞在中のホテルの部屋をぼくが調べる時間はたっぷりある」

グレイスがさっと首をめぐらせた。片手でシートの背をつかみ、暗がりのなかで大きく目を見開いている。

「だめよ」グレイスがささやいた。

「やれ」ファロンが電話を切った。

ルーサーはグレイスに安心させるように微笑みかけた。

「落ち着け」彼は言った。「厄介なことになるはずがない」

# 42

グレイスは両腕を胴体に巻きつけてホテルの部屋をうろうろ歩きまわっていた。体の震えをとめられない。ルーサーに車をおろされてから二十分近くたつ。もうヴィヴィアン・ライアンの部屋にいるに違いない。彼は元警察官なのよ――グレイスは自分に言い聞かせた。自分がやっていることは心得ているはずだ。それに、まだ『魔笛』の第二幕が終わっていない。いまごろ夜の女王はステージで、娘に父親を殺すように告げる迫力あるアリアを歌っているはずだ。

時間はたっぷりある。ヴィヴィアンは楽屋で熱烈なファンの相手を終えるまで劇場に留まっている。彼女は本当の意味で歌姫なのだ。酸素が欠かせないように、ちやほやされずにはいられない。それはオーラにはっきり現われていた。

壁まで歩いたグレイスはくるりと向きを変え、反対方向へ歩きだした。どうして居ても立ってもいられないような心のざわめきが消えないのだろう? あらゆる感覚がひりひりしている。深呼吸とずっと歩きつづけていることで、かろうじてパニック発作の前兆を瀬戸際で押し留めている状態だ。こんなふうになるのははじめてだ。ずっと自分の面倒は自分で見てきた。でもいまは、母が亡くなってからはじめて、自分以外の誰かに危険が迫っているせいで怯えている。

マーティン・クロッカーほど親しい相手に対しても、ここまで不安になることはなかった。彼が秘薬の魅力にどんどん取りつかれていくことに気づいたときでさえ、こんなふうにはならなかった。マーティンとは友人でビジネスのパートナーだった。二人のあいだに親愛の情はあったけれど、男女間の愛情が芽生えたことはなかった。最後のほうでは悲しみと後悔、そして裏切られた思いしか感じなかった。そのあとはいつものように、鋭い生存本能がそういう感情に取ってかわった。

でもルーサーが相手だと、すべてが一変する。彼の安全のほうが自分の安全より大事になっている。

わたし、恋をしている。

それに思いあたったとたん、デスクの前で足がとまった。グレイスは明るい光を放つモニターをじっと見おろした。

わたしは恋をしている。

言いようのない解放感が押し寄せた。じゃあ、恋に落ちるとはこういうものだったのだ。ルーサーの腕のなかで経験した情熱とは違う。おたがいを理解し合い、相手の能力や過去を受け入れるのとは違う。わたしがルーサーに対して抱いているのは、それらすべてを含みながらも違う何か——純然たる、まぎれもない精神的な絆だ。単なる言葉で表現できる領域をぎりぎり超えた結びつき。思いつくかぎりいちばん近い表現は〝愛〟だけれど、それでは足りない。今後どんな運命が待ちかまえていようと、ルーサーのことは死ぬまで胸に刻まれているに違いない。

こういう強烈な感情をベースにオペラがつくられているのも当然だ――呆然《ぼうぜん》としながらグレイスは思った。でも同時に、不安なマイナス面もある。わたしはかつて経験したことがないほど無防備になっている。

もうわたしだけの問題ではないのだ。そう思うとわずかに口元がほころんだ。

「オーケイ、わたしは恋をしているわ」輝くモニターに向かって話しかける。「だからって、こうしてコンピュータに話しかけながらパニック発作を起こしている理由にはならない」

携帯電話が鳴り、びくっと息を呑んだ拍子に少なくとも一〇センチほど飛びあがってしまった。まぬけになった気分でバッグへ走り、携帯電話を出す。小さなモニターにファロン・ジョーンズを示す番号が表示されていた。

「ミスター・ジョーンズ」彼女は言った。「グレイスです」

「だいじょうぶか？　息切れしているぞ」

「なんでもありません。ヴィヴィアン・ライアンの部屋を調べにいったルーサーの帰りを待っていて、少し心配になっているんです」

「落ち着け。ルーサーはやり方を心得ている。電話をしたのは、ウィリアム・クレイグモアの自宅を調べに行かせた調査員が壁金庫を見つけたからだ。なかに興味深い文書が入っていた。クレイグモアはラ・セイレーンの父親だ」

啞然《あぜん》とし、グレイスはどさりとベッドに腰かけた。「冗談じゃないですよね？」

「グレイス、わたしが冗談を言わないことぐらい、もうわかっていていいはずだぞ。それだけじゃない。ヴィヴィアン・ライアンには腹違いの妹がいる。名前はダマリス・ケンブル」

「妹も歌手なんですか？」

「いや。ダマリスはどうやらクレイグモア側の能力を受け継いでいるらしい。クリスタル・ジェネレーターだ」

「彼女も今回の一件にからんでいるんでしょうか？」

「それをいま調べている」

グレイスは指で髪の毛を梳《す》いて考えようとした。「ヴィヴィアン・ライアンに腹違いの妹がいることは、系図ファイルの記録にありませんでした。あなたもルーサーも、クレイグモアには父親になる能力がないと言っていませんでしたか？」

「クレイグモアは二十代のはじめ、匿名の政府機関で働くようになる前に、ソサエティのメンバー専門のクリニックに精子を提供していたんだ」

グレイスは、ラ・セイレーンが歌う高音のFを聞いたときのように凍りついた。

「バーンサイド・クリニックですか？」かすれ声で訊く。

「そうだ。あそこは数年前に全焼した。記録はすべて失われた。だがあの放火はクレイグモアの犯行だった気がする。壁の金庫に子孫に関する記録が保管されていた。どうやらクレイグモアはクリニックに侵入し、目当ての記録を奪ってから火をつけたらしい」

「なぜそんなことを?」

「言っただろう、あの男は政府の機密機関で数十年働いていたんだ。その手の仕事をしていると、過度な猜疑《さいぎ》心を持つようになるものだ。おそらく間違っても子孫の誰かに化けの皮をはがされることがないように、手を打っておきたかったんだろう」

「彼には……彼には何人娘がいたんですか?」消え入りそうな声で尋ねたグレイスは、自分が息を詰めていることに気づいた。

「二人だ。ヴィヴィアンとダマリス」

グレイスはぎゅっと目をつぶった。ほっとするべきなのか落胆するべきなのかわからない。

「二人だけなのは間違いないんですか?」

「それについてははっきり明記されていた。クレイグモアはあらゆる子孫を徹底的に調べあげ、娘を二人しか発見できなかったことに失望している」

「そうですか」

「きみは彼の娘ではないよ、グレイス」ファロンの声はグレイスを戸惑わせるほどやさしかった。「考えてもみたまえ。きみはどうせ自分の父親の記録を調べたんだろう? きみの母親はきみを登録したとき、父親に関する系図データも入力している。クレイグモアとは大違いだ。そもそもクレイグモアの瞳は茶色だった。しかもクリスタル・ジェネレーターだ、戦略能力者ではなく」

グレイスは氷山にぶつかった直後のタイタニック号になった気がした。

「わたしがバーンサイド・クリニック出身だと、ご存知だったんですか?」

「わたしは調査会社を運営しているんだぞ。自分の調査員に関する情報は可能なかぎり把握するのを主義にしている。ソサエティの未来、そしておそらく全世界の未来は、わたしが少なくともこの種の問題を正しく把握することにかかっているんだ」

「でも、わたしがバーンサイド・クリニックの赤ん坊だとどうしてわかったんですか?」

「たやすいことだ。グレイス・レンクイストになる前のきみが何者だったかわかれば、クリニックのことを突きとめるのは簡単だった。きみの最初の身元で記録されていた」

「まあ」すんなり理解できなかった。やがてじわじわと、もしファロンがバーンサイドについて知っているなら、それ以外のこともすべて知っているはずだと悟った。

「ああ、わたしはきみとマーティン・クロッカーのことも知っている」彼女の心を読んだかのようにファロンが言った。でも、そんなことはありえない。「あの悪党は武器か麻薬の密売をしていたんだろう? どっちだったんだ?」

「武器です」かぼそく答える。「でも――」

「きみに武器のことを知られたために、クロッカーはきみを殺そうとし、きみは相手の機先を制した。そういうことだったとわたしは考えた。よくやったと言っておこう」

カリブ海であの日起きたことをなんでもないことのように受け入れている相手の態度に、グレイスは漠然と恐怖を覚えた。

「あれは任務ではありませんでした」グレイスは言った。「あくまでも自分の命を守るためにしたことです」

「わたしにとってはどうでもいいことだ。だがいまは思い出話をしている暇はない。われわれは問題を抱えている」そこで一時《いっとき》口を閉ざす。「自分が言ったことが信じられない。少し睡眠を取る必要がありそうだな。肝心なのは、クレイグモアとラ・セイレーンの関係がわかったことだ」

「もう一人の娘」すかさず言う。「ダマリス・ケンブル。彼女はどうなったんですか?」

「いま全力で探しているところだ」

「よかった」ふたたび寒気が走った。グレイスはクレイグモアやバーンサイド・クリニックに関する思いを頭の隅に押しやった。ルーサーの身に危険がせまっている。確信がある。

「もう切ります、ミスター・ジョーンズ。すぐにルーサーに電話をしないと」

「待て、だめだ。あいつは仕事中だぞ」

「ヴィヴィアンの部屋からすぐ出るように警告する必要があるんです」

「なぜ?」

「わかりません」

グレイスは電話を切ってルーサーの番号を押した。

応答がない。

# 43

「ちょっと困ったことになったわね」女が言った。ルーサーの胸に細い光をしっかりあてている。「少しばかり違うことを計画していたんだけれど、せっかくあなたがここへ来てくれたんだから、二人でなんとか解決できると思うわ。姉のコンサートは楽しんでいただけた？　姉はすばらしいでしょう？　頭はおかしいけれど、すばらしい」

「ヴィヴィアンの妹なのか？」ルーサーは体に力が入らず震えていたが、いまのところレーザー光線がオーラにおよぼす最悪の影響はふせぐことができていた。目の前の女にクレイグモアほどの力がないのは明らかだ。

「ダマリス・ケンブルよ」女が言った。「ヴィヴィアンとは腹違いの姉妹なの。精子ドナーの子ども。ウィリアム・クレイグモアはわたしたちの父親だった」

ダマリスは表面上は比較的冷静に見えたが、オーラは不安定に燃え盛っていた。さまざまな激しい感情――怒り、絶望、そして恐怖――が、秘薬の邪悪なエネルギーがちりばめられたあらゆるスペクトルで脈打っている。

持っているレーザー装置は、クレイグモアに駐車場で向けられたものと同じもののようだった。いまのところ、ダマリスはルーサーが自分の能力を使って光線の最悪の影響をかわしていることに気づいていないらしい。

杖から手を放すように言われたために、ルーサーはデスクの角にもたれて体を支えていた。両手をあげているせいで、ただでさえおぼつかないバランスを取るのがいっそうむずかしくなっている。だがそういう予防措置を取ったことを別にすると、ダマリスはことさら心配しているようには見えなかった。オーラ能力者をまともに捉える者はいない。あっさり不意を突かれたことを考えると、あまり高く評価されないことにもそれなりの理由があるのだろう。

姉の部屋にいるルーサーを見ても、ダマリスはとくに驚いたようすを見せなかった。それに反してルーサーの反応は——つい口から出てしまった〝くそっ〟をのぞくと——、アドレナリンの噴出と期待だった。欠けていたパズルのピースがついに収まるべき場所に収まったのだ。いまの目標は、全体像をつかむまで生き延びることだけだった。

「おまえは水晶がらみの能力を持ってるんだな、歌手でなく」彼は言った。

「ジェネレーターよ、父のように」ダマリスが誇らしげに言う。「わたしを見つけたとき、父は自分の能力が受け継がれていると知って大喜びしていたわ」

「クレイグモアはいつからおまえたちを探していたんだ？」

「数年前よ。クリニックに精子を提供したのは念のためだったと父は話していたわ。スパイをしていたら長生きできない可能性が高いと知っていたから、万が一に備えて自分の遺伝子を残しておきたかったのよ。父はスパイの職務を生き延びたけれど、与えられていた能力増強薬にはいくつか深刻な副作用があった。そのうちの一つは生殖機能を失うことだった。何年間も、父はそれを信じようとしなかった。三回結婚したあと、ついにあきらめてわたしと姉を見つけだしたの」

ルーサーは信じがたい思いでダマリスを見つめた。「クレイグモアが働いていた政府機関は創設者の秘薬を再現したのか？」

「そこは、ハルゼイという名の科学者が責任者を務める研究所を運営していたのよ。ベイジル・ハルゼイの子孫。これを聞いて、何かぴんとこない？」

「ああ。ベイジル・ハルゼイはJ&Jでは伝説的な存在だが、それはいい意味でじゃない。ベイジルは一八〇〇年代末に山ほど問題を起こした。典型的なマッドサイエンティストだ」

「彼の子孫がその政府機関のために、むかしの秘薬を再現してみせたのよ」口元がひきつる。

「でも優秀な科学者も、秘薬の欠陥をすべて修復することはできなかった」

「できた者はいない」ルーサーは言った。「それでも挑戦をやめようとする人間が現われる気配はないがね」

「その政府機関が実りのない活動を突然停止したとき、父への薬の供給もとまってしまった。父は多少薬を備蓄していたけれど、何か手を打たなければ一カ月以内に死ぬのはわかっていた。父の指導者は、父が正気を失って自殺するのを期待していたの」

「そうなれば、政府のささやかな超能力研究の痕跡はきれいさっぱり消えてしまう」

「そういうこと」吐き捨てるようにダマリスが言う。

「何があったんだ？　おまえの父親はどうして生き延びたんだ？」

「指導者たちは父に最後の任務を与えたの。ドクター・ハルゼイを始末させようとしたのよ。でもそのころには父は秘薬に疑惑を抱いていて、ハルゼイと話をした。ハルゼイから秘薬を使いきったらどうなるか、具体的な説明を受けた父は、ハルゼイが薬をつくりつづけるかぎり、生かしておくことにしたの」

「双方にとってメリットのある結論というわけか」

「ドクター・ハルゼイにとって大事なのは、研究を続けることだけだったのよ。求めているのは研究所だけだった。彼と父は取引をしたの」

爆弾が炸裂《さくれつ》するように理解が訪れた。

「そうか。おまえの父親は夜陰の一介のメンバーじゃない。夜陰をつくったんだ、そうだな？」

「そうよ」ダマリスの顔とオーラを、誇らしさと怒りがよぎった。「何年間も父は、理事会が秘薬の真の価値と可能性を理解する日がくるのを待っていた。いずれはソサエティが秘薬の研究を認めると確信していたわ」

「なんのために？」

「父にはソサエティの将来に対するヴィジョンがあったのよ。えり抜きのハイレベルな超能力者組織なら、政治や実業界やあらゆる科学事業で主導権を握ることができる」

「だがそんなことが起きたためしはないし、これからも起きるはずがない」

「ええ」うんざりした顔でダマリスが答えた。「あなたたちが夜陰と呼ぶ組織を父がつくった唯一の理由は、理事会がソサエティの科学者に秘薬の研究を許可する日はこないと認めざるをえなくなったからよ。少なくとも父が生きているあいだはね。父はソサエティがつくろうとしないものをつくりあげることにした。永遠に残る遺産を遺そうとした。でもその父も、あなたのせいで死んでしまった。ハワイで何があったの？」

「夜陰がJ&Jより一歩先んじていたのも当然だな。理事会の信頼できるメンバーとして、クレイグモアは最初からソサエティのあらゆる秘密を知っていたんだから」

ダマリスの目に苦悩に満ちた怒りが浮かんだ。「ハワイの話をしなさい」

ルーサーは汗をかきはじめていた。寒気が激しい暑さに取ってかわっている。それでもレーザー光線の効果を瀬戸際で押し留めているエネルギーの一部を使い、ルーサーはダマリスのオーラをなだめた。ダマリスが二度まばたきし、落ち着きを増した。

「その前に、おまえの父親がユーバンクスを始末しようとした理由を教えてくれ」ルーサーは言った。

「ユーバンクスはとても野心的になってきわめて危険な存在になっていたわ。自分の研究所で、新しいカプセル版の秘薬を開発した。それと、秘薬で高めた戦略能力に物を言わせて幹部の地位を要求してきたのよ」

「クレイグモアはユーバンクスを幹部にしたくなかったのか？」

「ええ。父は彼を信用していなかった。ユーバンクスはもちろん父が誰か知らなかったわ。

組織のトップの正体を知っているのは幹部会のメンバーだけだった。ほかの幹部たちは、ユーバンクスが幹部にふさわしいことが証明されたと考えていた。彼を組織のトップグループに迎え入れるほうに投票しようとしていた」

「クレイグモアはそれを望まなかった」

「父はユーバンクスの抹殺を望んだけれど、自分の差し金だと気づかれるような方法は取りたくなかった」

ダマリスが黙りこんだ。体が震えているのがルーサーにはわかった。

「スイートウォーターを使ってユーバンクスを排除しようとしたんだな」彼は相手がふたたび話しはじめるように水を向けた。

「スイートウォーターを使うのは父のアイデアだった」意気消沈した声になっている。「最悪の場合でも、幹部会はJ&Jを疑うはずだった。いずれにしても、夜陰のリーダーがからんでいるなんて、誰も考えるはずがない。でも何か手違いが起きた。スイートウォーターは仕事を断わってきた」

「それで姉さんに救いの手を求めたんだな?」

「もっとうまい方法を考えている余裕はなかったわ。ユーバンクスにはマウイ島で死んでもらう必要があった。幹部会は彼をメンバーに迎えるかどうかの投票を、次の週にすることになっていたから」

「だから家族だけで片づけることにしたんだな。まあ、たしかにきみの姉さんの腕前はたいしたものだったよ」

ダマリスの体がこわばった。「姉は経験豊富だったわ。天性の才能なんだと父は話していた。あとは指示が必要なだけだと」

「標的だな」

「父はヴィヴィアンを完全には理解してはいなかったと思う。ヴィヴィアンは自分のことしか考えていない。ユーバンクスの前に殺したのは、自分のキャリアの邪魔になると姉が考えた相手ばかりだった。でも、たしかにあの手のことには才能があるようね。たぶん姉ならではの能力が持つ副次的作用なんだわ。どっちにしても、たまに試してみる気にならなかったら、声で相手を殺す能力を持っている意味がないじゃない？」

「こう言っちゃなんだが、その論理はちょっと説得力に欠けるな。銃があれば誰でも人殺しはできる。でもみんながみんな、それを試してみようとは思わない。おまえの姉さんの能力は一種異様なものだが、進化論的に言えば、もともとは自分の身を守るための超能力だったんだ」

ダマリスの笑みにユーモアは微塵《みじん》もうかがえなかった。「姉をよくわかっていないようね。姉にとっては、セイレーン能力を使うのは護身のためにほかならないのよ。姉が自分にとって脅威と考えた人間が、たまたまライバルや評論家やむかつくマネージャーだっただけ」

「じゃあ、どうしてユーバンクス殺害を引き受けたんだ？　クレイグモアのためか？」

「いいえ、姉と父に親子の絆はなかった。強い結びつきは生まれなかった。ヴィヴィアンはわたしのためにやったのよ。わたしはこの世でラ・セイレーンが大事に思う唯一の存在なの。自分自身以外で、という意味だけれど、もちろん」

「たいした愛情だな、おまえのために人殺しをするなんて」

ダマリスがそわそわと身じろぎし、集中力が弱まった。ルーサーは深呼吸して感覚をさらに少し高めた。

「ユーバンクスは善良な被害者だったわけじゃないわ」不自然に弁解がましくダマリスが言った。「遺産目当てに奥さんを二人殺したと父が言っていたし、愛人関係にあった若い女性も殺したそうじゃない。きっとその女性はユーバンクスと夜陰の関係に気づいたんだわ」

「クレイグモアは、J&Jがユーバンクスを監視しているのを知っていたのか?」

「いいえ。マウイ島のホテルで姉が姿を見られるまで知らなかったわ。ヴィヴィアンが一部にせよ歌声に抵抗できる女性に遭遇したのは、偶然と考えるにはできすぎていると父は判断した。J&Jのデータをチェックして、J&Jがユーバンクスを調べていることを知ったのよ」

「気が気じゃなかっただろうな」

「どうして? J&Jがユーバンクスに関心を持っているのは、あくまで若い女性が殺された事件が原因なのは明らかだった。J&Jはユーバンクスが夜陰とは知らなかった。とはいっても、父は気が抜けなかった。もしJ&Jが突っこんだ調査を続行したら、夜陰との関係がばれてしまうかもしれない。父がユーバンクスを始末しなければならなかった理由には、それもあったのよ」

氷と炎の感覚は依然として全身に寒気をもたらしていたが、ルーサーはわずかに緊張を解いた。むずかしい状況のなか、ファロンとザック・ジョーンズはよくやってくれた。駐車場へやってきたとき、クレイグモアはおのれの唯一の問題はユーバンクスの貪欲《どんよく》さだけだと考えていた。ユーバンクスと夜陰の管理職四名の正体がばれているとは思いもしなかった。J&Jのお手柄だ。

「クレイグモアがぼくを襲ったのは、ぼくを倒さなければグレイスに手を出せないとわかっていたからだ」ルーサーは言った。「グレイスにラ・セイレーンの正体をあばかれるのを恐れたんだ」

「そうよ」レーザー装置を握るダマリスの指に力が入った。「父は、ヴィヴィアンを見たオーラ能力者を始末する必要があると言っていたわ。そしてみずから手を打つことにした。でもあなたが父を殺した、そうなんでしょう？　どうしてそんなことができたの？　父は力が強かったのに」

「誰でもどじを踏むことはある。このぼくがいい例だ」

「父はどじなんか踏まなかったわ」ダマリスが言い返した。すっかり喧嘩《けんか》腰になっている。

「父は危険な仕事を何年も生き抜き、アーケイン・ソサエティの中枢でも同じことをやり遂げたのよ。理事会のメンバーだった。誰一人、父を疑りさえしなかった」

「率直に言って、それは少し違う。ザック・ジョーンズは宗主を引き継いでから間もなく、ソサエティの中枢にどうも引っかかることがあると気づいた。ザックはすぐに警戒するようになった」

ダマリスが震えだした。「父を疑ったはずがないわ。ありえない。父はすごく頭がよかったもの」

「クレイグモアは頭がよかったし、ザックが宗主になる前に自分の不正行為の証拠を消す時間はたっぷりあった。だがザックとファロンは理事会のメンバー全員に目を光らせていたんだ。おまえの父親が裏切り者だと見抜くまで、さして時間はかからなかっただろう」

「父は裏切り者なんかじゃないわ。生き延びるためにやらなくちゃいけないことをしただけよ。薬の安定した供給がなければ死ぬ運命だった。秘薬を調合してくれるように理事会を説得するのは不可能だと知っていたのよ」

「だが、クレイグモアは、自分が生き延びるために必要な秘薬をつくっただけじゃない」ルーサーは静かに言った。「夜陰を結成した。権力への道を見つけ、それをたどった」

「やめて。父を殺したあなたには、その償いをしてもらうわ。でもその前にどうやったのか知りたい。知る必要があるの」

ルーサーはふたたび能力を高め、あらためてダマリスのオーラを見た。

あいかわらずいきり立っていて、スペクトルを断ち切るように激しくエネルギーが脈打っている。不安定なパニックはさっきより強まり、それはどす黒い脈動も同じだった。

「いつから秘薬を打ちはじめた？」ルーサーは穏やかに訊いた。

それがダマリスの不意を突いた。金縛りになったように凍りつき、まもなく手に持ったレーザー装置が震えだした。ルーサーは光線が押さえこんでくる力がいくらか弱まったのを感じた。

「わかるの?」消え入りそうな声でダマリスが訊く。

「オーラリーディングは高級な能力とは思われていないが、役に立つこともあるんだ」

「父はわたしが秘薬を打つのに反対だった。副作用があると言って。でもわたしは譲らなかった。わたしのレベルは7しかなかった。あらゆる意味で父の真の継承者になりたかったのよ」

「クレイグモアが言った副作用の話は本当だ。投与を中止したとき起きる最大の副作用は悲惨きわまりない。投与をやめれば死ぬんだ。手元にある薬はあとどのぐらい残ってる?」

ダマリスは自分の殻に閉じこもったように見えた。オーラに現われていたパニックと絶望が、はじめて顔にも出ている。

「あと三週間分あるわ」抑揚のない声で答える。「液状の秘薬はひと月以上はもたないの。たとえ最適の状態で保存してもね。だからこそ、ユーバンクスがカプセル版を開発したことが重要だったのよ」

「どうして姉さんのコンサートを見に劇場へ行かなかったんだ?」

「行きたかったわ」ダマリスがつぶやいた。「でも気分が悪かったの。秘薬にアレルギーなんだと思う」口元がひきつる。「きっと薬を使いきるまでもたないわ」

「ひょっとしたらぼくたちは取引できるかもしれない」ルーサーは言った。

「取引なんてしようがないわ。最大でも三週間後にはわたしは死んでるのよ。わたしと取引できるものをあなたが持っているはずがない。ここへは姉にお別れを言うために来たのよ」

「人並みの寿命の可能性ならどうだ？　関心がないか？」

「解毒剤のことを言ってるの？　ソサエティの研究所が解毒剤の研究をしていることは父から聞いたけれど、まだ完成していないと言われたわ。たとえ効果があるとしても、理事会がわたしに使わせるはずがない」

「判断するのは理事会じゃない。ザック・ジョーンズが許可するかもしれないし、ファロン・ジョーンズが推せば許可するはずだ。ただ、現時点ではかなり実験的な段階にあるのは確かだ。まだわかっていないことがたくさんある。でもきみに失うものがあれこれあるわけじゃない、違うか？」

ダマリスがルーサーを見つめた。望みをかける気になれないらしい。「ザック・ジョーンズが解毒剤を試す許可を出すとは思えないわ」

光線はかなり弱くなっていた。口ではどう言おうと、ダマリスは生き延びる可能性に心を奪われているのだ。ルーサーは震えがおさまり、ふたたび普通に呼吸ができるようになっていた。

彼は最大レベルまで感覚を高め、ダマリスのオーラに抑制エネルギーを送りこんだ。レーザー装置が足元の床に落ちた。ダマリスは目を閉じずにいるのに懸命で気づいていない。

ルーサーは杖をつかんで彼女のほうへ歩きだした。「宗主はきみに解毒剤をくれるさ。なにしろきみはソサエティが喉から手が出るほどほしがっているものを提供できるんだからな」

「なんのこと？」

「夜陰の上層部に関する内部情報だ。父親が死んだいま、きみは夜陰になんの義理もない。どうする？　取引するか？」

「断わったらばかね」ダマリスがささやき、自分を抱きしめた。

ルーサーはさらにいくつか質問し、それを終えると相手のオーラにふたたび抑制エネルギーを送った。ダマリスが目を閉じて眠りこんだ。

意識のないダマリスを縛らずにいるのはばかがやることだ、とルーサーは思った。一度警察官だった人間は、一生警察官なのだ。

彼はオペラに締めていったネクタイとベルトで相手の手首と足首を縛った。それから携帯を出してファロン・ジョーンズに電話した。

「クレイグモアが夜陰の創設者だった？」ファロンは心底驚いていた。めったにないことだ。

「ダマリスはクレイグモアの娘。くそっ、ああ、もちろんだ。本人に話す気があるなら、解毒剤の使用を許可するべきだ」

「そう言うと思ってたよ。とりあえず大事なことから片づけよう。ダマリス・ケンブルを迎えに誰かをアカシア・ベイによこしてくれ。いまは眠っている。グレイスがこの町にいることを姉が知っているはずがないとダマリスは言っていたから、当面そっちの心配はない」

「ケンブルを研究所に連れてくる人間を、できるだけ早くロサンジェルスのオフィスから向かわせる。だが到着までに一時間かそこらかかるだろう。道路の混み具合による。それまで彼女から目を離すな」

「姉は朝までこの部屋には戻ってこないとダマリスは言っていたが、保証はない」

「よく聞け、マローン。やむをえない場合をのぞき、ヴィヴィアン・ライアンと顔を合わせるのは避けるんだ。こういう問題を解決するために、われわれはスイートウォーターに金を払ってる。ケンブルをその部屋から出せ」

「わかった。でもぼくは、意識のない女性を肩にかついでホテルのロビーを横切って外へ出るわけにはいかないんだ」

「なにかアイデアは?」

「このホテルのほかの部屋を取るっていうのはどうだ? チェックインをすませたら、またここへ戻ってきてダマリスを移動させる」

「どうやって移動させるんだ? おまえは杖をついてるんだぞ、忘れたのか?」

「心配するな、忘れるようなことじゃない。ランドリーカートを使う」

「いい考えだ」とファロン。「どうしてそんなことを思いついた?」

「たまたま浮かんだのさ」

「わずかなあいだでもケンブルを一人にしておきたくない。貴重な存在だ」

「だいじょうぶ、彼女はどこへも行きやしない。フロントに電話して違うフロアの部屋を取ってくれ」

「専属のコンシェルジェ扱いするのはいいかげんやめてくれ」

「もう一つ」ルーサーは言った。「もし今夜のうちにラ・セイレーンがここへ戻ってきたら、ダマリスに何かあったと気づくはずだ」

「勝手に気をもませておけばいい」

「もし行方をくらませたら？」

「おい。彼女は歌姫だぞ。十分以上姿をくらますことはできないさ。居場所はすぐわかる」

「そうだな。今後、彼女のことはあんたに任せる」

ルーサーはすばやく指を動かし、かろうじてファロンより先に電話を切った。

# 44

あのレンクイストとかいう女、なんていまいましいんだろう。あの女のせいで、またしてもすべてがぶち壊しになりかけている。よりによって今夜アカシア・ベイに現われるなんて、よくできたものだ。

ラ・セイレーンは鏡越しにニューリン・ガスリーをにらみつけた。「ここにいるのは間違いないの？」

「ああ、ボディガードも一緒だ」両腕を広げたニューリンは、哀願しているようにも怒りをなだめようとしているようにも見えた。「J&Jのデータに侵入するのは簡単だった。昨夜カーニー夫妻の名前でチケットを二枚購入している。ホノルル発ロサンジェルス行きの便だ。カーニーはミス・レンクイストとマローンが使っている偽名だ。残念だが、最悪の事態を覚悟したほうがよさそうだ」

「あんまりよ。なぜわたしがこんな目にあうの？　今夜は最高の出来だったのに」

マウイ島への旅は、〝ボイス〟にきわめていい影響を及ぼしていた。ユーバンクスに向けて最大限のパワーを使ったせいで、このうえなく驚異的なかたちで能力が活性化されていたのだ。ボイスを最高潮に保つには、最大限まで声を出す適切な練習をひんぱんに行なうことが必要なことぐらい、もっと早くわかっているべきだった。

「きみは完璧だったよ」ニューリンが言った。「なんと言ってもきみはラ・セイレーンなんだ。みんなも絶賛していた」

ヴィヴィアンはスタンディング・オベーションを受けた。カーテンコールが何度もくり返され、そのあいだ本物の夜の女王になった気分だった。そのあとニューリンと楽屋口のガードマンは、延々と訪れた崇拝者たちの最後に残った数人を楽屋から追いださなければならなかった。ヴィヴィアンの期待どおり、ロサンジェルスからは数人の名のある評論家が来ていて、サンフランシスコの評論家も一人いた。休憩時間には新しいマネージャーから興奮したようすで電話がかかり、広報担当者がマスコミからの明日のインタビュー依頼を続々と受けていると言ってきた。

なにもかも完璧だったのに、これだ。レンクイストの始末はアカシア・ベイの公演が終わってからつけるつもりでいたのに。わたしはアーティストなのだ。こんなことに邪魔をされるいわれはない。

ヴィヴィアンはふたたびティッシュで厚化粧をふき取った。激しい怒りの波が次つぎに押し寄せてくる。大声でわめきたいが、そんなことをしたらボイスによくない。

彼女はティッシュを握りつぶして脇へ放り投げた。ヘアブラシをつかみ、何も考えずに鏡にブラシを投げつける。木製の柄が鏡にあたり、傷一つ残さずに跳ね返った。化粧品の瓶をつかんで同じ場所へ投げつける。今度はガラスが割れる鋭い音がした。鏡になんとも胸のすくひびが入った。

ニューリンが怯《ひる》んで一歩あとずさった。見たこともないほどおどおどしている。腰抜け。なにもかも我慢ならない。マリア・カラスにはオナシスという愛人がいた。世のなかを知りぬいた船舶王が、前世紀の伝説的大物の一人が。ラ・セイレーンが甘んじている相手は？裕福なギリシャ人《グリーク》ではなく、裕福な能なし《ギーク》だ。これがわたしの本物の運命であるはずがない。

でもニューリンにはわたしに対する崇拝や富にくわえ、このうえなく便利な点があることは認めざるをえない。彼はサイバースペースに精通している。クレイグモアが遺体で発見されたあと、ダマリスはＪ＆Ｊのデータを監視できなくなり、グレイス・レンクイストの足取りもつかめなくなってしまった。でもニューリンは高度に暗号化されているＪ＆Ｊの機密データに楽々と侵入した。彼の会社はその種のソフトウェアをつくっているのだから、驚くにはあたらない。

ヴィヴィアンは意思の力を振り絞って心を静め、考えをめぐらせた。

「この話はこれまでもしてきたでしょう。あの女がここにいる理由はわかっているはずよ」スツールに座ったままくるりと振り向いてまっすぐニューリンを見る。「彼女はストーカーなの」

「それはほんとうに間違いないのかい？」

ヴィヴィアンはすっと立ちあがり、ドレッシングガウンの腰紐《こしひも》を締めなおして贅《ぜい》を凝らした楽屋を歩きまわった。「言ったでしょう、グレイス・レンクイストは何週間も前からわたしにつきまとっているのよ」

もともとストーカー説は、ニューリンに状況を説明するためについた軽い嘘だった。けれどいつのまにかそれは真実になっていた。ヴィヴィアンにとってレンクイストは、嫉妬《しっと》に突き動かされてつきまとってくる人間に他ならなかった。

「このあたりで警察に連絡するべきじゃないか？」ニューリンが言った。

「こういう問題で警察はなんの役にも立たないわ。本当よ、わたしにはよくわかってるの。こういう目にあうのはこれがはじめてじゃないもの」

「それなら二十四時間態勢できみを守るボディガードを手配させてくれないか？」

少しやりすぎたらしい。ボディガードなんてとんでもない話だ。

「言ったでしょう、そんなことをしたら噂やスキャンダルになるだけだって」あわてて言う。「そんなの論外だわ。いまはオペラ歌手としてデリケートな時期なのよ」

いまのは今世紀最高の大嘘だ。オペラの世界では、扇情的なスキャンダルほど人気に火をつけるものはない。

ニューリンは両手をもみしだくも同然になっていた。「でもきみの安全が第一だ。ぼくなら最高の警備を手配できる。めだたないようにやってくれるさ、本当だ」

ヴィヴィアンは手を振ってその意見を払いのけた。「だめよ。でも考えてみれば、あなたの言うとおりかもしれないわ。レンクイストは単にわたしの歌に感動している熱心なファン

「で、今夜のコンサートを聞きにホノルルから飛んできただけかもしれない」なだめるように言う。

ありえない。レンクイストがアカシア・ベイにいる理由は一つしかない。わたしを追って

きたのだ。あの女がラ・セイレーンの力を見抜いていたとわかったのはなんとも爽快《そうかい》な気分

だが、生かしておくわけにはいかない。

ヴィヴィアンは衣装だんすの手前で足をとめ、くるりとニューリンに振り向いた。慣れた

動作で、青いサテンのドレッシングガウンがドラマチックにふわりと舞った。

「わたしに考えがあるわ」彼女は言った。「でもそれにはあなたの協力が必要なの」

「もちろんだよ。なんでも言ってくれ」

「打つ手は一つしかないわ」ヴィヴィアンは声に抵抗しがたいエネルギーをこめた。その結果、声に歌うような微妙な節がついた。しゃべる声にも生まれつきいくらかパワーがあるが、最大限まで能力を出すにはもっと高い声を出す必要がある。「グレイス・レンクイストに直接会いたいの。女同士で。話をすれば、わたしに執着している理由がわかるかもしれない」

ニューリンが感心したように顔を輝かせた。「それはすばらしいアイデアだ」

「会話を録音するわ」軽快なリズムで発せられた言葉には、まばゆいばかりのエネルギーがほとばしっていた。「うまくいけば、彼女がファンなのか危険人物なのかわかるはずよ。もしストーカーだったら、警察に渡せる証拠が手に入るわ」

「すばらしいよ、言うことなしだ」

ニューリンはすでにすっかりとりこになっていた。彼の目を見たヴィヴィアンは、自分への熱い想いを見て取った。

彼女はひとことひとことにさらにエネルギーをこめた。ボイスが強さと響きと生々しいパワーを増していく。

「わたしのところへ彼女を連れてきて」歌うようにヴィヴィアンは言った。

ニューリンの眼鏡の上で黒い眉が寄った。つかのま持ち前の高い知性が浮上したのだ。「明日の朝、彼女が泊まっているホテルの部屋に電話をするほうが簡単じゃないか？」哀れっぽくニューリンが言った。「きみに直接会えると知ったら、ミス・レンクイストはきっと大喜びするぞ」

ヴィヴィアンは瞬時にヴェルディのマクベス夫人になりきっていた。くだらない良心の呵《か》責《しゃく》を克服するように夫を説得するという、気も狂わんばかりの難題に直面したマクベス夫人に。彼女は夢遊病になったマクベス夫人が歌うアリアを歌いだした。全身にエネルギーがみなぎっていた。

……震えているの？

……情けない

ラストが近づくにつれて、彼女の声は高音のDフラットに達した。〝ディーバ〟と呼ばれたマリア・カラスでさえ、そこまでの高音を維持するのはむずかしいと考えていた。だがラ・セイレーンにとっては他愛ないことだった。たやすいこと。

ニューリンはその場に釘づけになっている。

「きみのためならなんでもする」ニューリンがつぶやいた。「なんでも」

あたりまえよ――ヴィヴィアンは思った。ボイスは健在なのだから。

## 45

ルーサーは廊下の先にある用具室からランドリーカートを借用し、そのなかに眠っているダマリスを入れた。違うフロアの別の部屋に無事彼女を運びこむと、携帯電話を出してグレイスの番号を押した。

最初の呼びだし音が鳴り終わらないうちにグレイスが応えた。

「ルーサー？　無事なの？　心配でどうにかなりそうだったわ。また例のいやな予感がしたの。あなたが駐車場でクレイグモアに遭遇したときと同じもの。連絡しようとしたんだけど、あなたの携帯は電源が切ってあった。でもそのうちにいやな感じは消えてしまったの」

ルーサーのなかにほのぼのとした満ち足りた気持ちがこみあげた。固い絆《きずな》。いい気分だ。

「話せば長い」彼は言った。「でも、ぼくは無事だ」

「たったいまファロン・ジョーンズから電話があったのよ。クレイグモアの金庫で見つけたファイルに、ヴィヴィアン・ライアンが彼の娘であることを示す記述があったんですって。彼はむかし精子のドナーになっていたの。それだけじゃない、彼にはもう一人娘がいるのよ」

「彼女の名前はダマリスだ。さっき会った」

「なんですって？」

「ダマリスはソサエティが行なう最初の証人保護プログラムの対象になる」

電話の向こうで短い沈黙が流れた。

「いろいろ忙しかったみたいね」

「しかも今夜はこれからもっと忙しくなるんだ。誤解しないでほしいんだが、どうやらぼくはこれから一時間ほど、ホテルの部屋でブロンドと過ごすことになるらしい」

「なるほどね、それはたしかに少し説明が必要ね」

ルーサーはレーザー光線との対決を慎重にはぐらかしながらこれまであったことをかいつまんで説明した。あいにくグレイスは行間を読むことができた。

「あなたを殺そうとしたんだわ」

「彼女は秘薬を打ってるんだ、グレイス」冷静に告げる。「父親が死んだ時点で供給源は断たれた」

グレイスがため息を漏らした。「余命いくばくもないのね」

「彼女の唯一の希望は解毒剤だ。それを手に入れるためなら、J&Jだろうがザック・ジョーンズだろうが、誰にでも話をするだろう。姉と違って完全な社会病質者じゃない。スペクトルは正常だ。父親を喜ばせようとしただけだ」

「ウィリアム・クレイグモアを」

「クレイグモアは単なる裏切り者以上の存在だったことがわかった。夜陰の創設者だったんだ」

「ソサエティの次の総会でそれを説明するときは、少々気まずい雰囲気になりそうね」

「たしかにそうだな。幸い、ぼくたちに現状の政治的側面を心配する必要はない。荷物をまとめていてくれ。誰かがダマリスを迎えに来たら、ぼくはすぐそっちへ戻る」

「今夜チェックアウトするの？」

「きみをロサンジェルスに連れて行く。きみを必要以上に長くヴィヴィアン・ライアンと同じ町にいさせたくないんだ。でも、急ぐ必要はない。ダマリスの話だと、ヴィヴィアンはぼくたちがここにいることに気づいていない。もしラ・セイレーンが今夜のうちにこのホテルへ戻ってくるとしても、深夜になるはずだとダマリスは言っていた」

「新聞に載っていたパーティに出席するから？」

「そうだ。現在の愛人のニューリン・ガスリーが主催するパーティに」

「ガスリー・ホールのガスリー？　新しいオペラハウスの？」

「ああ。ガスリーはソフトウェアとハイテク機器で巨万の富を得た。アカシア・ベイの半分を所有している」

# 46

長い夜になりそうだった。ルーサーの安全を心配する必要がなくなったグレイスは、ハワイからの長いフライトと、ラ・セイレーンのオーラを確認したあと起きたアドレナリンの噴出が合体した影響を実感しはじめていた。

彼女は花崗岩のカウンターに置かれた小さなコーヒーメーカーのスイッチを入れ、シャワーを浴びてリフレッシュしようとバスルームへ向かった。ロサンジェルスまで車で戻ることを考えると気が重かった。

シャワーを止めた直後、喉が締めつけられるような圧迫感に襲われた。どういうわけか、だしぬけにあらゆる感覚が研ぎ澄まされていた。直観の働き方と同じだ。

グレイスはホテルがサービスで用意している白いバスローブをつかみ、バスルームのドアをあけた。

寝室にタキシード姿の男が立っていた。片手に奇妙な箱のようなものを持っている。

「申し訳ない、ミス・レンクイスト」男が言った。「でもこうするしかないんだ」

「誰?」グレイスはなんとか言葉にした。

「ニューリン・ガスリーだ」手に持った妙な装置に視線を落とす。「これはぼくの最新の発明品でね。きっとセキュリティ市場で大ヒットするはずだ。レイザー銃に似ているが、あれと違って最初にショックを受けたあとは何も感じない。スイッチを切ったみたいに二時間ほど意識を失うが、あとあとまで残る後遺症はない」

グレイスは耳を疑った。ガスリーは本気で申しわけなく思っているようなしゃべり方をしている。逃げる場所はどこにもなかったので、グレイスはガスリーにつかみかかろうとした。両手を前へ伸ばし、助けを求めて叫ぼうと口をあけながら。

部屋の中央まで行かないうちに、スタンガンの二対の針が触れた。永遠とも思われるあいだ、神経と感覚に焼けつく痛みが走った。

そしてグレイスは暗闇へ落ちていった。

# 47

澄みきった清らかな音色が不自然な暗闇の底からグレイスを呼び戻した。メロディで狂気と死が脈打ち、閃光《せんこう》を放っている。歌のパワーがグレイスの混乱した感覚を惑わし、麻痺させていた。

朦朧《もうろう》としながらも、自分がカーペットに横向きに横たわっているのがわかった。カーペットの下に固いコンクリートの感触がある。どっとパニックが押し寄せ、圧倒されそうな歌のパワーをつかのま押しのけてくれた。

グレイスはまぶたをひらき、カーペットに片手をついて体を起こした。まだホテルのバスローブを着たままなのがぼんやり意識された。最初に目に入ったのは、闇を切り裂くまばゆいエネルギーだった。心臓が何度か打つあいだ、強烈な光が想像を絶するほど美しいメロディとからまり合った。グレイスの感覚は、その二つを分けることができないようだった。

目の前にマーティン・クロッカーが現われた。きみのためならなんでもするよと言いたげな、得意の笑みを浮かべている。

「あなたは死んだはずよ」グレイスはかぼそい声でつぶやいた。

「そうか？」マーティンが訊く。

「そうよ」

不適に言い放ったつもりだったのに、口から出たのは苦しげに喉に詰まった声で、周囲で激しく渦巻く狂気のエネルギーに呑みこまれてしまった。

「きみはとても役に立ってくれた」マーティンが言った。「でもどんなに好ましいことにもかならず終わりはくるものだ。残念だが、きみはもう貴重な存在じゃなくなった。いまのきみは邪魔者だ」

これは夢じゃない。わたしは正気を失いかけているのだ。あの歌声のせいで、頭がおかしくなっている。

グレイスは耳に両手の手のひらを押しあてた。音を防ぐ効果はほとんどなかった。歌声はわずかに弱まったものの、まだ充分な強さを保っていて、周囲の空気を貫いて降り注いでくる。

「死んだはずよ」さっきより大きな声でくり返す。そのはずみで感覚が刺激され、エネルギーがいくぶんよみがえった。

驚いたことに、マーティン・クロッカーのイメージがふっとかき消えた。安堵で身震いが走った。震えながら耳から手を放し、すぐそばにあったものをつかむ。それは劇場の座席の肘掛けだった。

あいかわらず周囲で響き渡る容赦ない歌声が猛然と襲いかかってきて、澄みきった水晶のおぞましい奥深くへグレイスを引きこんでいた。

光をたどって首をめぐらせると、ステージが見えた。スポットライトの中央に、血を浴びたように見える白いドレス姿の女性が立っている。長い金髪を肩にたらし、片手にナイフを持ってセイレーンの歌声の精神エネルギーを劇場に注ぎこんでいる。

ヴィヴィアン・ライアン。ラ・セイレーン。

身の毛もよだつ一瞬、頭が冴え、コロラトゥーラ・ソプラノについてネットで調べていたとき目にしたビデオの一場面が混乱したグレイスの脳裏をよぎった。ヴィヴィアンは『ランメルモールのルチア』の有名な〈狂乱の場〉を歌っているのだ。純白のドレスについた血は、実物以上に本物に見えた。

ステージの暗がりに横たわっている人影もそうだ。男性。顔を向こうに向けている。溺《おぼ》れかけているような感覚に襲われ、グレイスは座席の肘掛けを握りしめた。オペラでこの場面が演じられるのは、ルチアが望まない新郎を殺したあとだ。間に合わなかったとしたら？　ルーサーが死んでしまったとしたら？

いいえ、彼は死んでなんかいない。歌のパワーがどれほど情け容赦のないものであろうと、彼が死んでいないことだけは確信がある。そう思ったとたん、不思議な力がわいて感覚が力強く脈打ちはじめた。不安になるほど身じろぎもせずステージに横たわっているのはルーサーじゃない。

ヴィヴィアンがふたたび高音の歌声をほとばしらせた。繊細なまでに澄みきった、耐えがたい不気味な歌声。歌に合わせてオーラが薄気味悪いほど不安定に大きく波打っている。ルチアのように、ヴィヴィアンは自分の歌声でみずからを狂気の奥深くへ駆り立て、聴く者を道連れにしようとしている。歌声とオーラにそれが現われている。グレイスにはそれが見え、聞こえ、恐怖を感じたが、抵抗できる自信がなかった。

狂気にはおぞましいパワーがあり、ラ・セイレーンはそれに陶酔していた。

グレイスはなんとか床に膝をついたが、しっかり立ちあがらないうちに里親の家で彼女をレイプしようとしたモンスターが現われた。にやにやしながら通路をこちらへ近づいてくる。グレイスの体に震えが走った。お願い、もういや。また別の亡霊の相手などできない。生き延びることだけに集中する必要がある。

「心配するな。これからおれがすることをきっと気に入るさ」モンスターが言った。

「あなたはもう死んでるのよ」グレイスは言った。わたしはマーティンを消した。このモンスターも消せるはずだ。グレイスは強烈な意思の脈動を必死で奮い起こし、それを精神エネルギーの業火に転換した。「死んでるのよ！」

モンスターがかき消えた。マーティンのイメージが消えたときのように。

よく考えて。いま起きたことには重要な要素が秘められている。反撃に役立つ重要なことが。

グレイスはようやく立ちあがったが、抵抗しがたい歌の魔力にとらわれていることに変わりはなかった。ステージのほうへ足が動いてしまう。安全な場所へ逃げるのではなく。必死で抵抗しても、歩みを遅くするのがせいぜいだ。避けられない運命を阻止できない。伝説の船乗りが死へ引き寄せられたように、破滅へ引き寄せられている。

ステージの上でヴィヴィアンが両手をかかげた。狂気の歌声がいっそう高く響き渡る。

グレイスはふたたび両手で耳をおおい、粉々になった感覚を立てなおして自分の力を高めることに集中した。嵐のような歌声に向けてエネルギーを押しだし、大波からわが身を守る防波堤をつくろうとした。歌声の威力が少し弱まった気がした。それに力づけられ、さらにエネルギーを投げかける。頭の曇りが晴れ、以前よりはっきり考えられるようになった。

猛り狂う荒波のようなセイレーンの歌の威力に立ち向かえるはずはないけれど、歌にエネルギーを与えているオーラの脈動の合間をすり抜けることはできるかもしれない。大波の内側をくぐり抜けるサーファーのように。

たとえその考えが正しくても、いまいる場所からではヴィヴィアンを無力化できないのはわかっていた。踵を返して逃げられないことも。歌声が持つ抵抗しがたい力がまだ強すぎる。チャンスは一度しかない。そしてそれにはステージに近づく必要がある。

歌声に真っ向から立ち向かってそれに合わせるのよ、グレイス。合わせるの。できるだけ早く。

グレイスはヴィヴィアンのオーラを見つめた。相手の顔ではなく、閃光を放つオーラの脈動のリズムに意識を集中した。そして、ラ・セイレーンの荒れ狂うスペクトルで大釘のように突きだしているオーラの谷間にエネルギーを送った。マシンガンに弓矢で対抗するようなものだったが、抗しがたいパワーが弱まって効果が出ていることがわかった。

ヴィヴィアンが歌うのをやめた。だしぬけに水を打ったような静寂が訪れた。

「そんな小手先の技でわたしに勝てると思ってるの？」小ばかにしたようにヴィヴィアンが言った。

グレイスは空っぽのオーケストラ席がつくる漆黒の縦穴の手前で足をとめた。歌っているときのオペラ歌手は、感情に呑まれてはいけないはずだ。強い感情は喉と胸を締めつけ、呼吸と歌をそこなう。

「ねえ、ヴィヴィアン」グレイスは話しかけた。「すてきな衣装だし劇場もすばらしいけれど、ありていに言えば、あなたは一介の歌手にすぎないのよ」

「お黙り、あばずれ。わたしはラ・セイレーンよ」

グレイスは暗がりにじっと横たわる男性に目を向けた。「それは誰なの？」

「ニューリン・ガスリーよ」

「愛人を殺したの？」

「あら、死んでなんかいないわ。気を失っているだけ」ヴィヴィアンが微笑んだ。「どうしてわたしが彼を殺すの？　ニューリンはとっても役に立ってくれているもの。おまえを見つけてくれたのも彼よ。ニューリンから今夜客席におまえがいると聞かされて、わたしがどんなに驚いたかわかる？　わたしの夜の女王を聴いてもらって嬉しいわ。すばらしかったでしょう？」

「どこが？　あなたは落ち目の歌手よ。みんな知ってるわ。だからメトロポリタン歌劇場じゃなくてアカシア・ベイで歌ってるんでしょう？」

「嘘よ」ヴィヴィアンが金切り声をあげ、オーラで憤怒の光があがった。「わたしはラ・セイレーンよ。生きている歌手のなかで、わたしがこの声でできることをやれる歌手は一人もいないわ」

「やめてよ、オペラの話をしてるのよ？　むかしはあなたもじょうずだったかもしれないけれど、もう違う。スカラ座でブーイングを浴びたのを忘れたの？　聴衆はあなたの声の衰えに気づいたのよ」

「わたしはスカラ座で客席全体を静まり返らせたわ」ヴィヴィアンが怒鳴った。

「あなたのかわりになるソプラノは、二十人以上いるでしょうね。しかもその多くはあなたより十歳は若い」

「おやめ！」ヴィヴィアンが金切り声をあげた。「わたしの声は完璧よ」

「数年前はそうだったかもしれないけど、いまは違うわ。ちなみに、わたしには一つ持論があるの。超能力の遺伝の法則について、わたしは専門家みたいなものなのよ」

「お黙り」

「人殺しに声を使うたびに、あなたは少しずつ自分を狂気に駆り立てているのよ。正気を失った人間は自制がきかなくなる。ここ数年あなたに起きているのはそれよ、ヴィヴィアン。あなたは声をコントロールできなくなっているの」

「わたしは正気よ」ヴィヴィアンがわめく。

「いいえ、違う。オーラを見ればわかるわ」

「この声で何ができるか、見せてやるわ」ヴィヴィアンが叫んだ。

「気をつけたほうがいいわよ。わめくと喉に悪いから」

ヴィヴィアンが血まみれのドレスの裾を握りしめて歌いだした。狂気に陥っていくルチアの高音の歌声が、ふたたび炸裂した。

グレイスは震えながら両手でしっかりと耳をふさぎ、聴く者をとりこにする歌声の影響を弱めようとした。それはあたかもボール紙一枚を盾にして火山の噴火を見ているようなものだった。グレイスは感覚を引きしめて雨あられと降り注ぐすさまじい火花に耐えたが、すべてを阻止するのは無理だった。鋭いガラスの破片が熔けた奔流のように、歌声が襲いかかってくる。

ヴィヴィアンのオーラを弱めなければ、殺されてしまう。

グレイスは相手のスペクトルの弱い場所すべてを思いっきり押した。

ヴィヴィアンがいっそう高く声を張りあげた。歌声はまだ澄み渡っているが、弱くか細くなりはじめている。驚くべき才能を発揮する能力が怒りでさまたげられているのだ。ヴィヴィアンは文字どおり自分の苛立ちと憤怒で窒息しかけていた。高くひと声歌いあげた直後、また何かが壊れた。

歌いつづけたまま、ヴィヴィアンが踵を返して客席へおりる階段へ歩きだした。オーラに現われている狂気と殺意は、いまや超能力がなくても見て取れる。

あたかもドラマチックな場面を演じているように、ヴィヴィアンが芝居じみたゆっくりした足取りで階段をおりはじめた。おりきったとたん、グレイスのほうへ突進してきた。短剣を高くふりかざしている。狂乱したかすれた歌声が、金切り声となって口からほとばしっていた。

グレイスは最後まで残っていた抵抗しがたいパワーが霧散したのを感じた。体が自由に動く。

彼女はすぐ近くの座席に飛び乗ると、背もたれをまたいでうしろの列におり、通路へ走った。間隔の狭い座席のあいだを走るのは至難の業だった。太ももが座席の肘掛けにがつんとぶつかった。

ヴィヴィアンはもはや絶叫していた。声がかすれ、パワーはほぼ消えている。短剣をふりかざして血まみれのドレスの裾をつかんで前列の端へ走っているから、通路で獲物をつかまえるつもりなのだろう。

グレイスはぴたりと足をとめ、ふたたび座席にあがって三列目に跳びおりた。さらにすばやく四列目へ移動し、相手と距離をあけようとした。バスローブをひるがえし、ひたすら走る。

ヴィヴィアンの声はしゃがれた金切り声になっていた。

ロビーからまぶしい光が漏れてきた。光のなかに、男性のシルエットが見える。

「グレイス」ルーサーが怒鳴った。

「わたしはだいじょうぶよ」グレイスは怒鳴り返した。「気をつけて、ナイフを持ってるわ。でも歌はもう役に立たない」

ヴィヴィアンがはっとしたように通路で立ちどまった。突然の静寂に包まれた劇場で、荒い息遣いがやけに大きく聞こえた。ロビーから届く光で、血まみれのドレスと乱れた髪が浮かびあがっている。ヴィヴィアンのオーラは、悪夢に現われるあらゆる色でできた虹のようだった。

「わたしはラ・セイレーンよ」かすれ声でヴィヴィアンがつぶやく。

そして短剣を床に落とし、くるりと振り向いてステージへ通路を駆けだした。

ルーサーが前へ出た。片手で杖をつき、反対の手で銃を構えている。オーラが熱く燃えあがっている。氷のような冷たさと熱さをあわせもつ、暴力のスペクトル。

「だめ」グレイスは静かに言った。「その必要はないわ。放っておいて」

つかのまルーサーに無視されるのではないかと不安になったが、やがて彼が銃をさげ、オーラも落ち着いた。

ヴィヴィアンが短い階段を駆けあがり、深紅の緞帳のうしろに姿を消した。

# 48

ニューリン・ガスリーの件を処理するために、J&Jによってソサエティのロサンジェルス支部からさらなる人員が送りこまれてきた。彼らが現場に到着するやいなや、ルーサーは手短に状況を説明し、そそくさとグレイスを車に乗せた。

「本当に今夜のうちにロサンジェルスに戻る必要があるの？」あくびをしながらグレイスは訊いた。

「ラ・セイレーンがそのへんをうろついているかぎり、アカシア・ベイでぐずぐずしてはいられない」

それは有無を言わさぬ決定事項だった。疲れて反論する気になれず、グレイスはシートにもたれて夜闇に染まる太平洋を見つめた。

「ルチアの衣装についていたのが本物の血じゃなくてよかったわ」彼女は言った。「衣装部屋にあった衣装だった」

「ファロン・ジョーンズは、彼女が狂気に陥っているというきみの説は正しいと考えている。ヴィヴィアンは最初から不安定だったんだ。たいした意味もなく、あるいはなんの意味もなく人を殺すために歌声を使ったせいで、どんどん正気を失っていった。そして狂気とともに、普通のものと超自然なものの両方のコントロールを失っていったんだ」

「どうやってわたしを見つけたの？」

「ぼくはいつだってきみを見つけられるんだ」

グレイスはにっこり微笑んだ。「ロマンティストね。わたしは本気で訊いてるのよ」

「ぼくも本気だ」

グレイスは首をめぐらせてルーサーを見た。「冗談はいいから、どうしてガスリーがわたしをガスリー・ホールに連れてきたのがわかったのか教えてちょうだい」

「消去法さ。ヴィヴィアンにはあまり選択肢がなかった。ここは小さな町だからね。ガスリーの屋敷では派手なパーティをしていたから、そこを使うわけにはいかなかった。ホテルの部屋にこっそり運びこむのは無謀な賭《か》けだ。ほかにどこがある？　きみは、彼女はスポットライトが好きだと言っていた。そしてニューリン・ガスリーは、この町で最高の舞台に顔がきく」

「見事な推理ね」

「ああ、むかし刑事をしていたもんでね」

グレイスはルーサーの痛めた脚に片手を載せた。「一度刑事だったら、死ぬまで刑事なのね」

# 49

ラ・セイレーンは、はるか眼下で砕ける煮えたぎる大釜のような波を見おろした。冷え冷えした月光がひと筋射しこんでいる。最後のパフォーマンスにとって、またとないスポットライトだ。この断崖は、銃殺隊に恋人が射殺されたことを知ったトスカが使ったサンタンジェロ城の城壁ではないけれど、用は足りる。

終わった。ボイスについてレンクイストが話したことは、悔しいけれど事実だった。もう力はほとんど残っていないし、取り戻す日が二度とこないのもわかっている。ラ・セイレーンの運命は決した。今夜のうちにステージを去るのがいちばんだ。明日になれば、評論家たちがラ・セイレーンが演じた夜の女王について熱く語ると同時に稀有《けう》な才能を惜しみ、ふたたびわたしを有名にしてくれるだろう。わたしの死はトップニュースになる。

ラ・セイレーンは両腕を広げ、みずからの死の歌を歌いながら城壁から身を投げた。

つまるところ、わたしはいつだってマリア・カラスをはるかにしのいでいたのだ。わたしはラ・セイレーンなのだから。

## 50

翌日、ロサンジェルス空港近くのホテルの部屋でファロンを交えた三者による電話会議が行なわれた。

「ヘルファイア・コーブという場所の岩場に打ちあげられたライアンの遺体が見つかった」ファロンが言った。「どうやらアカシア・ベイでは有名な景勝地らしい。岩が多くて波が高い。カメラマンに人気がある。遊泳もダイビングも禁止されている場所だ」

「トスカは城壁から身を投げるんです」グレイスは言った。「ラ・セイレーンの最後のパフォーマンスを飾るのにふさわしい場所だわ」

「彼女が投身自殺をするとわかっていたのか？」いたく興味をそそられたようにファロンが訊いた。

部屋の向こうからルーサーもグレイスを見ている。

「どんな方法を取るかまではわかりませんでした」静かに答える。「でも、きっと自殺するだろうとは思っていました。ステージへ駆け戻ったときの彼女のオーラに現われていたので」

「まあ、これでスイートウォーターにひと仕事頼まなくてもすんだな」とファロン。「手間が省《はぶ》けた」

「ダマリス・ケンブルはどうしてる？」ルーサーが訊いた。

「こうしているあいだにも、事情聴取を受けているはずだ。今日このあと最初の解毒剤を打つことになっている」

「もう？」グレイスは言った。「まだ三週間分ぐらい秘薬が残っているんだと思っていたわ」

「本人の意思だ」ファロンが説明した。「できるだけ早く解毒剤を始めたがっている。どうやら夜陰に渡された秘薬で不愉快な副作用を経験していたらしい。残っていた薬を調べられるように、ソサエティの研究者に提供した。いま夜陰がどうやって個々にあわせて秘薬を遺伝子操作したのか突きとめようとしているところだ。それがわかれば、解毒剤の調整に役立つかもしれない」

「お姉さんの死の知らせは、どう受けとめていたんですか？」グレイスは尋ねた。

「彼女と話したソサエティの精神科医によると、悲しんではいるが驚いてはいないそうだ」

「かわいそうに」グレイスはつぶやいた。「父親と姉の存在を知ってから一年もしないうちに、二人とも失うなんて。これでまた独りぼっちね」

「だが生きている」ファロンがにべもなく言った。

「ルーサーのおかげで」グレイスは言った。

ルーサーが眉をしかめた。「理事会のメンバーは厳密な審査を受けたはずなのに、クレイグモアはどうやってパスしたんだ？」

「いい質問だ」とファロン。少なからず苛立っている。「だが、クレイグモアが十五年間理事を務めていたことを忘れないでほしい」

「あんたがＪ＆Ｊを引き継ぐ前から、と言いたいのか？」

「当時はわたしの叔父が西海岸支部の責任者だった。叔父は優秀だったが、当時はいまのような調査技術はなかった。それにクレイグモアは偽の経歴をでっちあげるのを専門にしている政府機関の出身だ。経歴はそれこそ非の打ちどころのないものだった。おまけに動かしがたいものだった。彼が以前スパイをしていたことを知っている者は、クレイグモアは愛国心の強いヒーローだと考えていた。もとはと言えば、まさにそのとおりの男だったんだ。少なくとも夜陰を結成するまではな。いまさらだが、クレイグモアは世界最古の手口をまんまと使っていたんだ」

ルーサーがグレイスを見た。「ありふれた風景のなかに潜んでいたんだ」

「そういうことだ。わたしは少し前から理事会のメンバー全員の経歴をくわしく調べはじめていたんだ。そのまま進めていれば、クレイグモアの正体に気づいただろうし、少なくとも注意を喚起されていただろう。ダマリスによると、クレイグモアは不安になって姿をくらませようとしていたらしい」

ルーサーが部屋を横切り、デスクの縁にもたれて椅子の背に杖を立てかけた。「ニューリン・ガスリーはだいじょうぶなのか？」

「ああ。ただし、すっかり震えあがっている。ラ・セイレーンは、彼がつくったスタンガンでガスリーを気絶させたんだ。ロサンジェルス支部の人間がガスリーと話した。グレイスを拉致したことをひどく後悔している。自分がしていることはわかっていたが、自分を抑えられなかったと話しているらしい」

「それは本当です」グレイスは言った。「ホテルの部屋でわたしを待ちかまえていた彼のオーラは、不自然に固まっていました。暴力行為に及んでいる人間にはそぐわなかった。ラ・セイレーンに操られていたんだわ」

「警察に出頭すると言っていたが、J&Jの人間が説得してやめさせた。きみは無事だし、この一件を警察に通報する者はいないと話したんだ。ヴィヴィアン・ライアンが死んだいま、どうせすべて無意味だ」

「わたしの部屋にはどうやって入ったんでしょう?」

「隣りの部屋ときみの部屋をつなぐドアからだ」

「あのドアには鍵がかかっていました」グレイスは言った。「ルーサーと確認しました」

「ガスリーはあのホテルのオーナーなんだ。マスターキーを手に入れることなど造作もない」

「彼は頭のいい男だ」とルーサー。「J&Jの人間は、起きたことをどう説明したんだ?」

「特殊な催眠術の被害者だと説明した。それを聞いて本人はよけいに落ちこんでいたがね。ああいうタイプの人間は、自分が催眠術にかかったなんて認めたくないものだ。ただ、彼のスタンガンの購入にJ&Jが興味を示すと、いっきに元気を取り戻した」

「たいしたことじゃないかもしれませんが、オーラをちらりと見たかぎり、彼はハイレベルの暗号解読能力者だと思います」グレイスは言った。「おそらく自分に超能力があることには気づいていないでしょうけれど」

「奇遇だな。ガスリーと話をしたスタッフが、ロサンジェルスの研究所で検査を受けさせたらどうかと言ってきている。本人はすっかり乗り気らしい」

「これからどうするんだ？」ルーサーが訊いた。

「おまえとグレイスに関するかぎり、一件落着だ」とファロン。「請求書を送れ。帰りの航空運賃はJ&Jがもつ。ソサエティの旅行代理店のサイトをチェックしろ。おまえたちのチケットは予約済みだ」

「ルーサーが訊いたのは、夜陰の今後のことです」グレイスは言った。

「そっちはかなりのスピードで推移している」ファロンの声には疲労がにじみ、高揚感ではなく決意がこもっていた。「クレイグモアはユーバンクスの暗殺を極秘に企てていたから、夜陰の幹部はわれわれが四人のメンバーを監視しているとは夢にも思っていないはずだし、われわれは五番めのポストに誰がつくか見守っていればいい。あっちは創設者兼最高責任者が死んだことさえ気づいていない可能性がある」

「クレイグモアのあと釜をめぐって興味深い内輪もめがありそうだな」ルーサーが言った。

「われわれが五つの研究室の解体に着手したら、なおさらそうなるだろう」

「ああ、まだ話していなかったな。おまえたちが特定した四人の夜陰だが」

「あいつらがどうかしたのか？」

「どうやら全員が、それぞれ秘薬の研究か製造を行なう研究所の責任者らしい。どれも規模が小さいものばかりだ。クレイグモアは安全上の理由で活動を分散していたようだな」

「抜け目ないな」

「ザックと理事会が一時間前に作戦許可を出した。J&Jの職員がすべての研究所に踏みこみ、目についたパソコンや資料すべてを確保して、残りは焼きつくすことになっている。秘薬の研究所に対する定石措置だ」

「そして夜陰の関係者のなかに、警察に駆けこむ者はいない。違法な薬物研究所を運営していた証拠が捜査で明らかになるのを望む者はいないから」

「ああ、大筋ではそういうことだ」ファロンが認める。

「夜陰にとっては大打撃ね」グレイスは言った。

「問題は、稼動中の研究所がいくつあるかわからないことだ。だが、きみの言うとおり、創設者と五カ所の研究所を失ったことで、夜陰はしばらく大混乱に陥るだろう。目下の目標は、できるだけ多くのスパイを見つけることだ。まだ誰が幹部なのかわかっていない」

「ダマリス・ケンブルは知らないのか？」ルーサーが訊く。

「ダマリスの話では、クレイグモアは彼女がその種の情報を知るのはまだ早いと思っていたらしい。事情聴取している担当者はその話に嘘はないと考えている。いま、クレイグモアの自宅とオフィス、パソコンや過去全般を徹底的に調べさせている。わかったこともあるが、まだ先は長い。彼は秘密を隠す達人だった」

「J&Jはかなり忙しくなりそうだな」ルーサーが言う。

「まったくだ」ファロンがつぶやいた。「わたしは休みなしで働いている」

「だめよ、ミスター・ジョーンズ」グレイスは言った。「いずれ燃えつきてしまうわ。そんなことになったら目もあてられない。これから数カ月、ソサエティにはベストコンディションのあなたが欠かせないのに」

ファロンが鼻で笑った。「ほかに選択肢があるわけじゃなし」

「いいえ、あります。ほかの問題に集中するように、ほんの少しのあいだこの問題に集中すればすむことです。まずはアシスタントを雇うことから考えてください」

「問題外だ。わたしは一人がいい」

グレイスは微笑んだ。「ルーサーも同じことを言っていました。少なくともわたしと組むまでは。わたしたちがいいパートナーだったことは、あなたも認めるでしょう」

「わたしが一人で仕事をするのには理由があるんだ」無愛想にファロンが答えた。「五分以上わたしと働くことに耐えられる人間はいない」

「そんなことありません。わたしは系図部の調査アシスタントとして数カ月あなたと仕事をしましたが、べつに平気でした」

部屋の向こう側でルーサーがにやりとしたが、何も言わなかった。

「きみは特別だ」ファロンが不機嫌に言う。

「だから？　別の特別な人を見つければいいじゃないですか。あなたにはアシスタントが必要です、ミスター・ジョーンズ。誰かを雇うのを最優先にするべきです。できるだけ早く解く必要があるパズルだと考えてください」

「ソサエティの秘密を共有するほど信頼できる相手でなければならない」まだ納得していない。

「もちろんです。でもあなたがはじめてじゃありません。J&Jをつくったケイレブ・ジョーンズも、最後にはのちに妻になるパートナーを得た。彼女はジョーンズ&ジョーンズの二つめのジョーンズです」

「わたしの一族の歴史を教えてくれる必要はない。妻など探していない」

「アシスタントを見つけろと言っているんです、奥さんではなく」グレイスはなだめた。

電話の向こうで長い沈黙が流れた。「考えておこう。ああ、ところで、ダマリス・ケンブルに新しい身元を用意してくれないか。クレイグモアは夜陰の幹部たちに彼女の存在を知らせていなかったとダマリスは言っているが、運任せにはしたくない。ソサエティの系図データの奥底に彼女を埋めてくれ」

「ええと」言葉に詰まった。「J&Jには新しい身元をでっちあげるのを仕事にしているスタッフがいるのでは？」

「ああ、いるにはいる。任務中の調査員に一時しのぎの隠れ蓑《みの》を提供するような形式的なものならな。だがいま話しているのは、まったく新しい経歴だ。数世代前までの磐石《ばんじやく》なものがほしい。わたしが知るかぎり、こういう仕事にいちばん長《た》けているのはきみだ。少なくともソサエティ内で偽の過去をつくりあげることに関しては」

グレイスの口が渇いた。「いまなんて?」

「あの恥知らずのマーティン・クロッカーを始末したあときみが自分用に仕立てあげたものは、ほぼ完璧だった。クロッカーが違法な商売をしているような気がしてあいつをマークしていなかったら、死を取り巻く状況を調べようとは思わなかっただろうし、ましてやバトラーに疑問を抱くこともなかった。いい旅を」

耳元でいきなり電話が切れた。グレイスはゆっくり携帯電話を閉じてルーサーを見た。

「あれがファロンさ」ルーサーが言った。「ミスター・自己中」

「全部知ってたんだわ」とつぶやく。「何から何まで。バーンサイド・クリニックのことまで知っていた」

「ああ、それもまさにファロンさ。さて、きみはどうかわからないが、ぼくはもうこの町を出たい気分だ」デスクに載ったパソコンを見おろす。「ファロンが言ってた予約をチェックして、何時の便か確認しないか?」

どっと現実が押し寄せ、グレイスは薄ら寒さを覚えた。

「そうね」

グレイスはぽつりと答え、立ち上がってデスクに向かった。すばやく旅行会社のアドレスを入力し、画面にホームページが現われるとルーサーの予約番号を入力した。

「出発は二時十五分よ」

「よし」ルーサーが杖をつかんだ。「ランチにしよう」

「わたしは無理」ゆっくり背筋を伸ばす。「ポートランド行きの便は一時に出るの」

ルーサーが無表情な顔を向けてきた。

「ポートランド」とつぶやく。「そのことはうっかりしていた」

グレイスはうなずいた。何を言えばいいのかわからない。しゃべるのが怖い。

重苦しい沈黙が流れた。

「考えていたんだけれど」グレイスは慎重に切り出した。

「偶然だな」とルーサー。「ぼくもそうなんだ。どうだろう、二人でポートランドへ行って――」

「わたしはいくつか荷物をまとめる――」

「全部まとめればいい。そのあとぼくとハワイへ帰ろう」

グレイスは微笑んだ。涙で視界が曇っている。

「ええ。そうするわ」

ルーサーの両手がウエストにかかり、引き寄せられた。「これがどういう意味か、わかってるな?」

グレイスは彼の首に抱きついた。華麗なオペラのアリアのように、体じゅうに幸福感が響き渡っていた。「ええ、たぶん」

「愛してる」ルーサーが言った。「でもきっともうわかってるんだろう？　なにしろきみは一流のオーラ能力者なんだから」

「わたしも愛しているわ」やさしく唇をかすめるようにキスをし、わずかに体を離す。「でも参考までに言っておくけれど、オーラのなかにある本物の愛を読み取れる人はいないのよ。わたしみたいなハイレベルのオーラ能力者でもね。だから言葉にする必要があるの」

「問題ない」ルーサーがきっぱり言った。「言うよ。何度でも、いつでも」

「何度でも、いつでも」グレイスは誓った。

# 51

ハワイで履くことはないだろうと思いながらグレイスがブーツをスーツケースに押しこんでいたとき、ドアにノックの音がした。

「わたしが出るわ」彼女はルーサーに声をかけた。

本を詰めた箱にテープで封をしていたルーサーが体を起こし、ちらりと窓の外に目を向けた。「迷彩服姿の年配の女性みたいだ。黒いサングラスに黒いレインコート。銃を携帯していると思う」

「大家さんよ」グレイスは言った。「それから銃じゃないわ。特製のカメラよ」

「変わった大家だな」

グレイスは玄関をあけた。「こんにちは、アリゾナ。入って、雨で濡れてしまうわ」

「たしかにそうだね」アリゾナが足音あらく狭い玄関ホールに入り、黒いレインコートから水滴を払った。「朝からずっと偵察をしてたんだ。こんな天気の日はいつも以上に警戒しないとね。組織のやつらは雨の日に隠密な受け渡しをあれこれするのを好むんだ。監視されている可能性が低いと思ってるんだろう」

「ルーサー・マローンを紹介するわ」グレイスは言った。「ルーサー、こちらは大家さんのアリゾナ・スノーよ」

ルーサーが会釈して片手を差しだした。「よろしく」

アリゾナがミラーグラスをはずし、目を細めてルーサーをうかがった。「じゃあ、あんたなんだね」

「ぼくが何か？」

アリゾナがふんと鼻を鳴らし、分厚い革手袋をはずしてがっちりと握手した。「とぼけなくていいよ、お若いの。プロに会えばわかる。グレイスと一緒に歩道をやってくるあんたを見たとたん、彼女がイクリプス・ベイに潜伏しながら待っていたのはあんただってわかったんだ」

ルーサーがグレイスに微笑みかけた。「実際には、待っていたのはぼくのほうだと思いますが」

アリゾナがウィンクした。「なるほどね。スパイはきつい仕事だ、そうだろ？　でもあんたがここにいるってことは、任務完了と思っていいんだね？」

「はい」ルーサーが答えた。

グレイスはキッチンへ行った。「熱いコーヒーでもいかが、アリゾナ？　ちょうど淹《い》れたところなの」

「ありがたい、いただくよ」いくつもの箱やスーツケースを見わたす。「どうやら今度は二人一緒に出かけるみたいだね」

「わたしたち、結婚するの」グレイスは言った。「ハワイへ引っ越すのよ」

「でも組織の仕事は続けるんだろう？」

ルーサーが無言で尋ねるように眉をあげて見せた。グレイスは微笑んだ。

「もちろんよ」よどみなく答え、コーヒーが入ったマグカップをアリゾナに渡す。「でも副業として、ワイキキで小さなレストランを経営するつもりなの」

アリゾナが二人の指がかすめた場所を見おろした。その視線を追ったグレイスは、アリゾナにうっかり触れてしまったときもおかしなものは何も感じなかったことに気づいた。

「どうやらわたしの恐怖症もようやく治ったみたいね」

アリゾナが嬉しそうにうなずいた。「何よりだ。あんたたちが結婚することやら何やら、いろいろ」

ルーサーが笑い、グレイスからコーヒーが入ったカップを受け取った。「ほんとに何よりだ」

「ワイキキだって？」アリゾナがカップに口をつけ、昔を思いだすように考えこんだ顔をした。「引退してワイキキに引っ越したカップルがいたな」

「本当に？」とルーサー。

「たしか、レストランかバーを買うようなことを話してた。ペトラとウェイン・グローブズ。あの二人のことは忘れられないよ。あれほど優秀なスナイパーのコンビはいなかった。あたしは彼らの引退後、間もなく引退したんだ。あたしより二、三歳下だった。いまは六十代だろう。あたしもあの二人も、ちょっと燃えつきちまったんだろうね」

グレイスは面食らっていた。ルーサーのマグカップを持つ手が宙でとまっている。彼は幽霊を見るようにアリゾナを見ていた。

「ペトラとウェインを知ってるんですか？」ルーサーが平板な口調で尋ねた。

「知ってるどころじゃない。あの二人はどことなくあんたたちに似てた」頭の横をとんとんたたく。「第六感があったんだ。この国は自覚してる以上にあの二人に恩義がある。ああいう連中が勲章をもらうことはないけど、彼らこそもらって当然なんだ」

# 52

結婚式は、ルーサーが見つけて自分のものにした小さな入江で行なわれた。素足の新婦は身ごもっていて、幸せに満ちあふれていた。

その日二人はレストランを休みにし、常連客とミリー・オカダ、ジュリー・ハグストロムとジュリーの息子を招待していた。日没に行なわれる式のために、十八人ほどが集まった。首にかけたいい香りのする花が高く積みあがり、グレイスは誓いの言葉を言うとき花びらを何枚か吹き飛ばさなければならなかった。

暖かい砂の上に立つゲストたちの前で太陽が沈みはじめ、牧師によって執り行なわれる式に全員が神経を集中していた。そのあとクレイジー・レイがギターを出して〈ハワイアン・ウェディング・ソング〉を弾きはじめたが、それはどこから聞いてもエルビスだった。

式のあとはみんなでミリー・オカダの店へうどんを食べに行った。食べ終えるころ、ミリーが〝グレイスとルーサー　末永くお幸せに〟と書かれた大きなケーキで全員を驚かせた。ミリーとジュリーはシャンパンを飲んだ。グレイスは赤ん坊のために炭酸水で我慢した。ほかのみんなはビールを選んだ。

何度も乾杯がくり返されたが、その日を完璧な一日にしたのはウェインが音頭を取った乾杯だった。

「グレイスとルーサーに」ビールを高く掲げながらウェインが言った。「それから七カ月と八日後に生まれてくる赤ん坊に。まあ、誰も日数なんて数えちゃいないがね。赤ん坊には最高の家族ができる。みんなでしっかり面倒を見る。必要なことは全部教えてやる」

「予感がするわ」ペトラが言った。

全員が彼女を見た。

ペトラが笑い声をあげた。「いい予感よ」

# 訳者あとがき

ロマンスの女王、ジェイン・アン・クレンツが満を持して着手したアーケイン・ソサエティ・シリーズの新作をお届けします。

本シリーズは現代のアメリカとヴィクトリア朝時代のイギリスという、二つの時代と大陸にまたがる壮大なスケールで描かれており、十七世紀に錬金術師のシルベスター・ジョーンズによって創設された秘密組織〝アーケイン・ソサエティ〟が中心的役割を果たしています。これまでに二見文庫から刊行された『許される嘘』と『消せない想い』に続き、シリーズのコンテンポラリー作品三作めとなる本書で主人公を務めるのは、さまざまな超能力を持つメンバーによって構成されるソサエティで、超能力の遺伝の研究を行なう系図部で働くグレイス・レンクイストです。

グレイスは人間のオーラを読み取り、その人の本質を見抜くことができます。この能力は、孤児になったあと生き抜くために大いに役に立ちましたが、同時に本人が予想もしなかった代償を強いるものでもありました。あることをきっかけに、他人に触れると火傷をしたようなひどい痛みを感じるようになってしまったのです。それ以来、グレイスは人との接触を避け、忌まわしい過去をひた隠しにしてひっそりと暮らしてきました。

そんなある日、グレイスはソサエティ直属の〈ジョーンズ&ジョーンズ調査会社〉の西海岸支部の責任者であるファロン・ジョーンズから初めて現場仕事を命じられます。それはソサエティのメンバーを殺害した容疑がかかっている男のオーラを読み取り、殺人犯かどうか判断しろというものでした。グレイスの任務は遠くから相手のオーラを読み取ることだけなのでとくに危険はないものの、現場経験がない彼女のために、ファロンはオアフ島在住の調査員、ルーサー・マローンをボディガードにつけることにします。

ルーサーは相手のオーラを操る能力を持っています。シアトル警察の刑事をしていたときはその能力を活用し、犯罪者の凶暴な心を静めたり容疑者に自白を促したりしていましたが、それが逆に同僚たちから気味悪がられる原因となり、二年前に辞職しています。オアフ島に移り住んでからは〈ジョーンズ&ジョーンズ〉の調査員として働くかたわら、ワイキキのレストランでバーテンダーをしていますが、二カ月前に任務中に脚を撃たれ、いまでも歩くのには杖が必要な状態でした。

グレイスは自分のボディガードが杖を手放せない人間と知って不安を覚えますが、ファロンの指示どおりルーサーと新婚カップルを装って容疑者が滞在予定のマウイ島のホテルにチェックインします。そして翌日、予定どおりホテルに現れた容疑者のオーラを見たグレイスは、そこにただならぬものを感じ取ります。

それは一年前に、ある人物のオーラで見たものと同じだったのです。

予想外の展開を受け、ファロンはソサエティの創設者シルベスターがつくった超能力増強薬の悪用をもくろむ陰謀団〈夜陰〉との関連を疑い、グレイスとルーサーに監視続行を命じます。


簡単な仕事と思われたマウイ滞在が不穏な雲行きを見せるとともに、グレイスとルーサーの身にも危険が迫ります。

心に深い傷を負い、他人に触れると火傷をしたような痛みを感じる後遺症をあたかもカインの印のように受けとめているヒロインと、人生をやり直すためにやってきたハワイでようやく落ち着いてきた矢先に負傷したことで休職状態を余儀なくされ、やりきれない思いに悶々としていたヒーローは、さまざまな試練をともに乗り越えていくあいだに強烈に惹かれあっていきます。

きわめて珍しい超能力で二人を襲ってくる強敵との戦い、クレンツ作品の特徴である魅力的な脇役たちの活躍、そして二人の調査でついに明らかになる〈夜陰〉のリーダーの正体など、南国ハワイを舞台にくり広げられるスリリングなストーリーは今回も読みどころ満載です。

〈アーケイン・ソサエティ・シリーズ〉のコンテンポラリー作品としては、二〇〇九年十二月に〝*FIRED UP*〟が刊行されています。

夢のエネルギー〝ドリームライト〟の痕跡を感知できる特殊能力を備えたヒロインと、一族の呪いから逃れようとするヒーローが、謎めいた遺物をめぐって奮闘するこの作品は〝ドリームライト・トリロジー〟というシリーズ内の三部作の第一作め。しかも対人関係に何かと問題ありとされている名脇役、ファロン・ジョーンズに女性の影が見え隠れするものになっています。

ファロンのファンにはたまらないこちらの作品も二見文庫からご紹介する予定ですので、どうぞご期待ください。

二〇一〇年五月

ザ・ミステリ・コレクション

楽園《らくえん》に響《ひび》くソプラノ

著者　ジェイン・アン・クレンツ
訳者　中西和美《なかにしかずみ》

発行所　株式会社 二見書房
東京都千代田区三崎町2-18-11
電話 03(3515)2311 [営業]
03(3515)2313 [編集]
振替 00170-4-2639

印刷　株式会社 堀内印刷所
製本　合資会社 村上製本所

落丁・乱丁本はお取り替えいたします。
定価は、カバーに表示してあります。

ISBN978-4-576-10066-1
http://www.futami.co.jp/